本书获中南大学文学与新闻传播学院“双一流”学科建设经费资助出版

网络文学榜单作品精读

欧阳友权 著

中国社会科学出版社

图书在版编目(CIP)数据

网络文学榜单作品精读/欧阳友权著. —北京：中国社会科学出版社，2023.7

(网络文学品读丛书)

ISBN 978-7-5227-1988-7

Ⅰ.①网… Ⅱ.①欧… Ⅲ.①网络文学—文学欣赏—中国 Ⅳ.①I207.999

中国国家版本馆 CIP 数据核字(2023)第 097291 号

出 版 人 赵剑英
责任编辑 郭晓鸿
特约编辑 杜若佳
责任校对 师敏革
责任印制 戴 宽

出 版 中国社会科学出版社
社 址 北京鼓楼西大街甲 158 号
邮 编 100720
网 址 http://www.csspw.cn
发 行 部 010-84083685
门 市 部 010-84029450
经 销 新华书店及其他书店

印 刷 北京明恒达印务有限公司
装 订 廊坊市广阳区广增装订厂
版 次 2023 年 7 月第 1 版
印 次 2023 年 7 月第 1 次印刷

开 本 710×1000 1/16
印 张 19
插 页 2
字 数 266 千字
定 价 99.00 元

凡购买中国社会科学出版社图书，如有质量问题请与本社营销中心联系调换
电话：010-84083683
版权所有 侵权必究

目　录

一部改革开放题材的网络小说力作

——评何常在的《浩荡》

【作者简介】

何常在，本名崔浩，著名网络作家，中国作家协会会员，河北省网络作家协会副主席。何常在有着丰富的职场经历，先后从事技术员、记者、公务员等多种职业，这种经历提升了他文学创作的宽度和深度。网络写作之前，他从事过诗歌、小品文等多种文体的创作。诗歌发表在国内各大报刊上，结集出版，并成为《读者》杂志的首批签约作家之一。生活、工作的磨砺和各文体的写作实验不仅锻炼了何常在的笔力和文思，更使其此后的网络文学创作具有了超出一般网络作家的思想厚度和创新精神。

何常在是一个高产作家，兼具网络作家和实体书畅销作家身份。实体畅销作品有《问鼎》《掌控》《逆袭》《运途》《胜算》《前途》《高手对决》《契机》《交手》《谋局者》等；网络小说作品包括《人间仙路》（仙侠小说）、《官神》（官场小说）、《武动苍穹》（玄幻小说）、《浩荡》（现实题材小说）等。

2016 年 4 月，何常在在“全民阅读节——第十届作家榜”评比中获得年度网络作家金奖。2017 年 2 月，在第二届网文之王评选中位列百强大神。2018 年 5 月，获得第三届“橙瓜网络文学奖”百强大神称号。2019 年 10 月，《浩荡》入选 25 部“庆祝新中国成立 70 周年”主题网络文学作品暨 2019 年优秀网络文学原创作品。2020 年，《浩荡》获得首届“天马文学奖”，并入选中国网络小说排行榜（2019 年度）。

【上榜评语】

开拓创新、诚信守法、务实高效、团结奉献。40 年伟大实践所孕育的深圳精神，早已成为中国改革开放的耀眼灯塔。《浩荡》以深圳发展历程为背景，塑造了当代企业家的成功形象，立意深远、内涵丰沛，情节曲折，精彩纷呈，是网络文学现实题材的力作。

【故事梗概】

高才生何潮在 1997 年的夏天毕业了，香港的回归正使他感到兴奋不已，女朋友艾木却在此时提出与他分手，因为她不看好中国的发展而决定移民美国。带着失恋的苦涩，何潮与毕业于北京大学的发小周安涌来到了深圳，他们一起供职于元希电子。周安涌的女朋友辛有风弃他而去投向了公司老板庄能飞的怀抱，周安涌离开元希电子加盟启伦集团后，联合上游供货商和下游销售商使得庄能飞的公司破产倒闭。失去爱情、友情和工作的何潮虽然流落街头却并不落寞，凭着看透时代潮流的智慧以及善良正直的人格力量，他认识了黄阿姨及其女儿卫力丹、虎落平阳的顾两、出租车司机夏正、经济学才子江离，以及和仔、郑小溪等各路朋友，更是受到香港富家小姐江阔的青睐。何潮同和仔等人来到樟木头镇，成立了利道物流公司，后改名为利道快递。因为看好小灵通的发展前景，何潮决定与江阔、庄能飞一起成立三成科技公司。何潮的事业、爱情开始驶入快车道，但顾两的离开、周安涌的居心叵测，暗示着一切不会一帆风顺。

飞速发展的深圳每时每刻都有新的企业成立：曹启伦与刘以授、

赵动中联合成立万众置业，曹启伦的秘书邹晨晨出任总经理，这让周安涌的心里充满了强烈的危机感，他和李之用、柳三金合伙组建了七合科技公司。何潮与江阔考察完华强北和黄阿姨的小吃连锁店后，在高端酒会上结识了商界风云人物宁劲和彭帆。同时，玩世不恭的富二代郭林选早就对何潮心怀不满，在酒会上要跟何潮比试追求邹晨晨，何潮不仅帮了邹晨晨一把，还以德报怨缓和了善来集团郭氏父子的紧张关系。此时，香港正遭受亚洲金融风暴的严重冲击，江阔的家族企业更是风雨飘摇，在这个危急时刻何潮来到香港，先与江阔确定了恋人关系，更为江家父子出谋划策摆脱危机。在深圳这边，由于何潮、卫力丹对交通数据的重视，利道快递依靠速度优势占领了深圳快递行业大部分市场份额，逐渐完成了从樟木头镇到东莞、深圳的迁移，这也引起了竞争者兼黑社会势力的仇视。周安涌与深圳一哥张辰、政商大佬余建成暗里勾结，在武力无法迫使何潮就范后，提出通过一次送货比赛决定何潮与张辰的去留。何潮得道多助，粉碎了敌人的诡计阴谋，终于在深圳站稳了脚跟。

比赛之后，周安涌从启伦集团离职，并与海之心完婚，他依靠余建成、刘以授、张辰等人的帮助大力发展七合科技，并与韩国商人金仲焕暗中布局，企图一举毁灭何潮和他的公司。余建成认为何潮是极其难得的弄潮型人才而极力拉拢，何潮却不为所动，他不想被身有污点的人控制。何潮的朋友江离终于从学校辞职，创办了指山文化公司，并与擅长精密加工的技师蒋盼学走到一起。此时的何潮内外交困，一方面利道快递的高管伍合理叛逃至一帆快递，一帆快递的操控者实为顾两，他们用更高的利益拉拢利道的加盟商；另一方面，金仲焕扣住三成科技的小灵通和预付款，并把行事鲁莽的庄能飞送进韩国监狱。何潮把公司暂时交给江阔，与卫力丹前往韩国周旋。何潮通过假装投河引起韩国民众的同情心，利用金仲焕家族企业内斗等举措，打败对手、救出庄能飞、胜利回国。凯旋的何潮壮士断腕，在加盟商大会上慷慨陈词，直言会将加盟改为直营的企业变革进行到底，他通过分化加盟商、把黄阿姨的部分小吃店改为快递直营店、释放股权吸引投资等方法，顺利完成了改制。

2000 年的五一，何潮和江阔突破双方父母的阻力，终于领证结婚。婚礼现场犹如战场，何潮先是用佯醉的方式让金仲焕狼狈离开，又离间了顾两与周安涌的盟友关系，并在余建成的帮助下，把顾在利道的原始股份转移到周的名下。为了开拓各自公司的业务，何、江和周、海夫妇都来到美国考察，见到了因互联网危机而破产的艾木夫妇，并都在美国设立了办事处。随后，何潮又率领公司高管到欧洲考察，决定走自主创新的技工贸路线，逐步实现从小灵通到手机研发的转型。从 2002 年的非典、2008 年的北京奥运会到 2010 年中国超越日本成为世界第二大经济体的历史进程中，何潮躲过史荣、熊家全等人的打击，推出了具有自主知识产权的手机，成为行业翘楚。

事业光鲜的背后却隐藏着情感的危机，周安涌因为移情别恋夏清而与海之心离婚，并被七合科技扫地出门。何潮与江阔之间也是矛盾重重，他们在经营理念、行事风格甚至生活琐事上都产生了极大偏差，两人的婚姻同样风雨飘摇。顾两等阴谋家又在背后兴风作浪，不仅通过合成照片制造何潮与女同事的绯闻，还诱使利道的创始成员离职，企图从内部瓦解何潮的家庭、事业。关键时刻夫妇两人清醒过来，联手召开新闻发布会、调整公司战略方向，渡过了爱情和事业的难关。在经历过惨痛的失利后，周安涌终于认识到自己的错误，他向何潮真诚致歉，兄弟两人终于重归于好。随着 4G、5G 的到来，美国加大了对中国科技企业的打压力度，包括中兴、华为在内的大小科技企业都受到冲击，而何潮的三成科技因重视研发创新而有幸躲过。2019 年 10 月，利道成功上市，市值突破 2000 亿，成为中国快递行业的一支强大力量。当竞争对手余建成、顾两、张辰等人或离世、或深陷事业危机的时刻，何潮和他的朋友正在港珠澳大桥上驾车飞驰，在风轻云淡间细数时代的浩荡。

【作品反响】

《浩荡》作为一部现实主义题材的网络小说，不同的评价主体所关注的角度有所不同：主流媒体的评价多集中在肯定其反映新时代、表现改革开放创新精神的面向，文艺与政治、经济生活的关系紧密相连；学院派批评家重在挖掘小说的思想内涵，由此引发他们对个人与时代、历史与现实、欲望与启蒙的思索；网络读者的评价直率、感性，多从人物及其关系设定、故事编排层面品鉴文本、抒发人生感悟。不同批评相得益彰，作品的复杂性由此得以阐释。其中代表性的作品评价如：

《浩荡》推介语：作品将改革开放的时代步伐与小人物的悲欢离合糅合在一起，通过小人物自强不息的创业故事反映时代发展，再现改革开放历史进程，讴歌第一代深圳人的拼搏与创新精神。故事跌宕起伏，人物血肉丰满，语言气韵生动，是一部改革开放题材的网络文学佳作。

——新华网：《25 部网文佳作获国家新闻出版署和中国作协联合推介》

《浩荡》推介语：开拓创新、诚信守法、务实高效、团结奉献。40 年伟大实践所孕育的深圳精神，早已成为中国改革开放的耀眼灯塔。《浩荡》以深圳发展历程为背景，塑造了当代企业家的成功形象，立意深远、内涵丰沛，情节曲折，精彩纷呈，是网络文学现实题材的力作。

——中国网络小说排行榜（2019 年度）上榜作品推介语

在何常在的计划中，《浩荡》是一部通过小人物故事反映深圳特区发展历程的小说。他从房地产、金融和互联网三个和百姓息息相关的行业为切入点，设定了三个代表性的主人公：从事互联网行业的何潮、从事房地产行业的周安涌和在大学研究经济学的教授江离。以三个主要人物在深圳的成长轨迹和感情经历为主线，展示改革开放中第一代深圳人的拼搏创新和勇敢精神，用个人的成长和文化沉淀折射深圳的成长和文化沉淀。

——澎湃新闻：《何常在新作〈浩荡〉：用网文写改革开放四十年》

近日阅读何常在的小说《浩荡》，写深圳发展的历史背景下青年创业者的艰辛、睿智和闯荡的精神。作品凸显那一代人在国家上升时期的自信和乐观，以及战胜各种诱惑与逼迫的令人荡气回肠的气度。忽然脑子里冒出来一个念头：生活的精神史。

主人公何潮在不同的历史时刻总是可以成功“预测”我国未来的发展趋势和经济的走向，是典型的“回溯式写作”，即作者借助于主人公对已经发生了的历史进行回溯式的总结。这实现了现实主义的启蒙性功能，现实主义不就是用已经发生的历史来证明自身的真实吗？

这恰恰是以何常在为代表的网络文学创作的意义所在：正是《浩荡》这样的小说，坚守了平民话语形态的现实主义，延续用文学启蒙普通公众的命题。它当然抵抗了我所说的现实主义的文体哲学时段，却不也激活了现实主义文体政治的功能吗？

谁正在或还在启蒙？不正是这些立足于历史的快感机制的网络文学作品吗？

——周志强：《谁在启蒙？》

如果说恋爱是项目合作，合作不愉快，可以及时分手以达到止损的目的。那么婚姻就像是股份制公司，一旦入股，想要分开就得伤筋动骨。所以婚姻对两个人来说，是人生中最重要的一次选择，也是一场要么双赢要么两败俱伤的持久战。

海之心理解不了周安涌对何潮的情义，即使是亲兄弟，长大之后各奔东西，各赴前程，各有自己的事业，何必非要维系原本已经疏远的感情？何况在商业社会，一切要从商业利益出发，从小一起长大又能怎样？在国外、在香港，一家人还会因为利益而反目成仇，也会因为商业上的对抗而拼一个你死我活。

——书旗小说：读者“开心就好”对《浩荡》的评论

看了前面几章，就两个字，意淫。功力还是有的，就是使错了劲，所以看的人比较压抑。在网文里面属于文笔好，内容严谨，但是不够丰富。人物角色感觉就是一人分饰两角，很多人物性格都重合了，没有反差。主角的光环不够，经常被反客为主。最后还是得鼓励一下作者，肚子里还是有墨水的，值得回味。

——书旗小说：读者“百晓生”对《浩荡》的评论

只能说老何的故事总是引人入胜，主角相对来说总是独特而另类。不过没头没尾也是作者的最大缺陷。到现在没有一部系列电影作品有结尾。站在现在回顾过去，对一个刚毕业的大学生过度描绘，也有些事后诸葛亮，但可读性还是不错的。

——豆瓣读书：读者“旅途人生”对《浩荡》的短评

【作品评析】

一部改革开放题材的网络文学力作

近年来，现实题材网络小说的大幅度增长，一批优秀的现实题材小说登上网络文学排行榜，不仅改变了玄幻小说一家独大的格局，也让我国的网络文学呈现出新的气象。中国作协“中国网络小说排行榜

（2019 年度）”10 部上榜的网络小说中，就有《浩荡》《天下网安：缚苍龙》《朝阳警事》《传国功匠》《星辉落进风沙里》等 5 部小说属于现实题材。主流意识形态的倡导、文学网站的积极响应、网络作家的努力及广大读者的关注，为现实题材创作提供了舆论环境，也为整个网络文学增添了活力与动力，促使这棵生长了 20 多年的文字之树拓宽了树冠的领域、深化了树根的内涵、拔高了树干的品质，从自由、纯真的青少年迈向成熟、踏实的成年。这其中，何常在的《浩荡》就是网文现实题材的代表作。作者把几个刚刚离开大学校园的青年投放到改革开放的窗口，在时空的跨越中见证了个体的成长、深圳的发展和中国的崛起。《浩荡》不仅讲述了一个个热血的创业故事，还在宏大的历史进程中发掘出个体发展与民族复兴的精神同构性，为我们反思当下的网络现实主义创作提供了一个文学范本。

一　改革开放进程中的创业故事

在时间上，《浩荡》将故事背景设置在从 1997 年到 2019 年 20 多年的历史跨度中；在空间上，把人物放置在深圳这个最能代表改革开放伟大成就的城市里生活、创业。在主人公何潮的企业历经初创、发展、成熟、转型的过程中，始终伴随着国家、世界的重要历史事件：1997 年香港回归、1998 年亚洲金融危机、2000 年互联网泡沫、2002 年非典型性肺炎、2008 年北京奥运会、2018 年至今的中美贸易摩擦等。此外，科技变革也贯穿到了整部作品的叙事结构里：从小说开始时的传呼机，到小灵通的兴起，再到手机的普及，通信技术从最开始的 1G 发展到当下的 5G。政治事件、经济政策、文化迁移、科技变革甚至普通日常生活的真实再现，使得小说具有了一种历史百科全书式的文学风貌。

如果说改革开放进程中的深圳是《浩荡》叙事展开的典型环境，那么何潮就是代表创业者群像的典型人物，人物与环境有如盐溶于水，使故事具有了合理性和象征意味。何潮和周安涌大学刚毕业就来到深圳，在竞争激烈的商业环境里摸爬滚打，他们最开始所遭受的爱情、事业的失败最是能够引起读者共鸣的。大学毕业后从业失败，何潮走向了创业道路，小说的“爽感”正是在他战胜对手、逐步成长的过程中体现的。这集中体现在看不见硝烟的三次“大型会战”中：第一次商战的竞争对手是张辰，他作为深圳快递行业的地头蛇，把强于自己的竞争对手何潮视为自己的眼中钉，利用暴力手段无法迫使何潮就范后，又想通过一场看似公平实则暗藏凶险的比赛打败对手，惊心动魄的交锋后何潮反败为胜，利道快递经历了第一次打击后活了下来；第二次商战中何潮内外交迫，战场从深圳延伸至韩国，金仲焕、周安涌等人暗中勾结企图合力绞杀何潮的公司，利道快递面临着改制的重重阻力，三成科技掉进了韩国商人设置的陷阱，最终何潮依靠自己聪慧的头脑和战友的帮助，促使两个公司更上一层楼；第三次商战与其说是由顾两发起，不如说是源于何潮的婚姻困境和事业决策失误，关键时刻何潮意识到了自己错误，积极改善与妻子婚姻关系的同时，灵活调整了公司的战略方向，终于打造出自己的商业王国。

《浩荡》以人物推动故事情节发展，把故事讲述和人物塑造很好地结合到一起。首先，不同于许多网络小说情节的单点聚焦，《浩荡》除了叙写事业，还拓展到家庭、婚姻，并观照到每条情节进程“之后”的发展。以男女主人公的爱情婚姻为例，结婚典礼不仅是爱情圆满的结果，更是爱情困境的开始。多数网络小说只谈爱情不谈婚姻，更少涉及此后夫妻间的矛盾，《浩荡》在这一点上显示出了其作为现实题材小说的深度。其次，小说里主人公不仅有开拓的成功，还有守成的失败；不仅有超人的强大，还有他作为普通人的情感脆弱。这种对主人公内心情感复杂性的挖掘，使得何潮成为超越“扁平”人物的“圆形”存在。例如，何潮在吴老伯死前的忏悔就颇为动人：

> 我错了，吴老伯，我真的错了。我认错，也一定改错！我一直觉得自己是一个不能犯错的人，有太多的人我需要负责，我怕

我的一个错误会让他们失去太多，我承受不起他们因为我的失误而失望和伤心……

最后，作者非常善用对比的手法塑造人物，不仅有人物间思想、行为的比照，还关注人物自身的前后变化。何潮和周安涌就是互为参照的存在，前者宽容、真诚，后者口蜜腹剑、暗中伤人。而艾木作为何潮大学时期的女朋友，她在不同时期的选择也颇有意味：最开始她因为看衰中国的发展而移居美国，可是在小说结尾处她又返回深圳创业。艾木的改弦易辙一方面衬托了何潮的先见之明，同时也折射出改革开放进程中深圳的超越性变化。

二　个体命运与民族发展的精神同构

"《浩荡》正是从1997年香港回归，几个大学生到深圳创业作为切入点。伴随着改革开放成长起来的一代大学生，他们的人生贯穿了整个改革开放的历程，他们对改革开放带来的天翻地覆的变化感受更真实。他们的命运和改革开放密不可分，可以说，没有改革开放，就没有他们波澜壮阔的人生传奇。"这是作者在《浩荡》入选2019年度网络小说排行榜后的感言，文字间突出了改革开放宏大背景下个体与集体的辩证关系。如果说男主的创业故事是"显叙事"，那么国家民族的发展就是"隐叙事"，超越个体叙事实现显隐互补，将个体命运与民族发展统合起来，即两者的精神同构性表现在哪些方面。

拼搏精神是精神同构性的第一个表现。拼搏属于人类心理结构中的意志层面，最能体现个体和群体的主观能动性。主人公何潮没有听从父辈的建议选择一份稳定的工作，他跳出生活的舒适区来到残酷的、适者生存的深圳，这本身就是对自我的战胜。在事业的起步阶段，何潮一无所依，从考察调研、厂址选择到人员招聘、发展规划，他依靠脚踏实地的努力实现了事业的从无到有。此后，面对商业竞争对手的外部施压，他没有坐以待毙而是冲破重重阻力，完成了公司从弱到强的转变。这种拼搏进取不正是中华民族自强不息的精神写照么？1997 年香港回归时其 GDP 是中国内地的近五分之一，而 2018 年仅深圳一市的国内生产总值就已经超越了香港。数据背后蕴含着中华民族披荆斩棘、砥砺前行的努力，是个体与国家民族的想象共同体最直观的体现。

创新精神是精神同构性的第二个表现。创新作为主体的创造性实践行为，是对现有事物、方法、环境等元素的辩证否定，属于人类心理结构的思维层面。何潮被余建成称作“弄潮型人才”，其最大的“金手指”就是拥有看透时代运势的创新眼光。何潮的利道快递之所以能从上百家同行中脱颖而出就在于一个“快”字，这源于何潮对交通数据的重视和送货环节的优化。而在对三成科技公司发展的顶层设计中，何潮认识到手机必定会代替小灵通，而手机的研制务必要走注重自主创新的“技工贸”路线，这种思维格局帮助他的企业渡过了重重难关。在国家层面，创新是中华民族发展的第一动力，在十九大报告中“创新”一词出现了 50 多次。中国的高铁、移动支付、人工智能、以 5G 为代表的新一代通信技术能够引领世界，正是注重创新的结果。“改革开放”，是在吸收外部新事物基础上的改变、革新，《浩荡》无疑是对这种精神的艺术呈现。

乐观精神是精神同构性的第三个表现。乐观属于人类心理结构中的情感层面，是人类面对人、事、物等客体时的积极态度和持久性心境。何潮面对恋爱的失败、友情的背叛、事业的挫折，从未有过妥协、放弃的心理和举动，是对“人可以被毁灭，但不可以被打败”的最好阐释。在中国发展的浩荡过程中，总会有潮起潮落，不抛弃、不放弃、不动摇，保证了民族的复兴之舟没有偏离航道。小说里提到了美国对华为、中兴等中国科技企业的打压，认为这种封锁起到了大国崛起过程中的磨刀石作用。乐观精神不是盲目的非理性，而是看透现实的清醒，甚至是“明知不可为而为之”的决绝。《浩荡》全书洋溢着的乐观精神，无疑是个体与民族精神同构的黏合剂。

三　网络现实题材小说创作的反思

《浩荡》作为一部现实题材网络小说，因其对历史与现实的思考、个体同群体的统合方面的努力无疑应该被划归到佳作的范畴里，小说在故事可读性、价值探索性上的成功尝试，使其成为雅俗共赏的网文范本。这与作者何常在多样的工作经历、多文体的写作经验有关，当然也离不开其始终坚持精品创作的文学态度。该小说的一些叙事元素和创作倾向，引发了我们一些反思。

知识性强是网络小说的加分项之一，往往起到倍增器的作用。网络文学创作的类型繁荣正是来自不同学科背景的写作者的加入，知识性在“行业文”中体现得尤为明显，《大国重工》《材料帝国》《传国功匠》是其中的典型代表。但有的时候许多知识源自叙事者的直接干预，导致故事情节中断，前后文脱节。《浩荡》里就存在这种现象，例如在卷三，从十八章到二十七章，作者用了十章的笔墨写各个人物在余建成的山庄里进行知识辩论，涉及国际事务、科技发展甚至食物制作等多个论题。人物间的争论对推动故事发展并没有多少帮助，反而显得冗长、烦琐，知识性变成了争强好胜的说理，容易分散读者注意力，影响阅读的积极性。因此，网络作家创作时应该注意“知识的度”，知识和故事需要有机融合。

故事的完整性是另一个值得反思的问题。网络空间里有太多的未完成作品，有的作品虽然完结了但明显是越写越差。《浩荡》的完成度是非常高的，但也存在着一定的问题：小说里彭帆和宁劲、余知海、江安都是作者着力刻画的人物，按照叙事逻辑他们应该对情节发展有很大的贡献，但在后文中却几乎不再出现他们的身影，这使读者感到非常惋惜。另外，许多阅读者批评这部作品“没头没尾”，认为一些人物的结局交代得不够清楚，结尾匆忙，这种评价有其合理性。这主要是因为作者太想把现实中的问题纳入小说里了，在追着时间创作，小说结束时间和现实时间几乎完全一致，故事情节的内在统一性让位于问题的当下性，审美对象与现实生活的距离没有被拉开。这为网络现实题材创作带来很大的启示，也是老生常谈的问题：文学创作源于生活又高于生活，追求的是艺术真实而非现实真实，是表现而非简单的描摹。

网络文学主流化与读者接受之间的关系，是网络现实题材小说创作所面临的又一问题，《浩荡》在两者的结合方面是成功的。主流化是以接受、宣扬主流意识形态为基础的，传统的网络小说是以读者为中心，如何创作出“既叫好又卖座”的小说着实考验写作者的智慧。近年来，部分现实题材网络小说为了“冲奖”，以牺牲真实性为代价而强行迎合“主流”，这种主题先行的做法是违背文学创作规律的。《浩荡》避开了此雷区，依靠跌宕起伏的故事、血肉丰满的人物、气韵生动的语言，将改革开放伟大实践孕育的深圳精神呈现出来。所以，只有那些立足于网络小说共通的快感机制，坚守民间话语形态的主流化写作，又能遵守文学创作的艺术审美规律，才能让网络现实题材创作产生精品力作。

（江秀廷　执笔）

故事接地气，平凡亦英雄

——评卓牧闲《朝阳警事》

【作者简介】

卓牧闲是阅文集团的大神作家，中国作协会员，江苏省网络作家协会理事。他擅长写现实题材小说，用一系列警察题材小说开启了“警务小说”门派。除了《朝阳警事》，还有完本作品《洋港社区》《超级警监》《韩警官》《韩四当官》，现正连载《老兵新警》。卓牧闲的作品斩获过多个奖项，《韩警官》荣获首届网络原创文学现实主义题材征文大赛优胜奖，《朝阳警事》荣获第二届网络原创文学现实主义题材征文大赛二等奖，并入选国家新闻出版署和中国作家协会联合推介的25部“庆祝新中国成立70周年”主题网络文学作品暨2019年优秀网络文学原创作品排行榜。

卓牧闲是一个“70后”作家，出生于江苏海安的一个农村家庭，儿时就很喜欢看书。高中毕业后参军，正好赶上1998年抗洪，然后考大学，复员之后从事法律服务工作，但一直保持着阅读和写作的爱好。他开始写网络小说是因为喜欢看起点网上的小说又不想等更新，干脆自己来写。据他自己说，之所以热衷于警察题材创作，是因为他想写身边警察朋友的真实生活。

卓牧闲偏爱书写小人物，他的作品贴近现实，长于表现生活的点点滴滴，尤其擅长写处于基层的民警生活，文风朴素，自成一派。

【上榜评语】

百姓事无小事，平凡中见伟大。《朝阳警事》小中见大，塑造了平民英雄的生动形象，写出了小人物的可歌可泣，文风真实质朴，人物蔼然可亲，是网络文学现实题材创作的成功探索。

【故事梗概】

音乐学院毕业的实习警察韩朝阳，因专业不对口、思想不积极而受到派出所领导刘所的不待见，被直接发派到朝阳社区警务室工作。在社区警务室里，韩朝阳处理的都是如抓蛇、阻止小孩下河游泳、调解拆迁纠纷等鸡毛蒜皮的事。在处理这些小事时，韩朝阳积极贴近朝阳群众，发展群众力量为他提供可疑线索。在协助社区管理征地拆迁的过程中，韩朝阳将保安公司的保安组织起来建立了一支义务保安巡逻队以维持秩序。韩朝阳带领巡逻队清查外来人口，意外发现了潜逃多年的杀人犯，因此立了大功，被局领导誉为“小民警、大作为”。局里安排快退休的三级警监、穿“白衬衫”的二级英模顾国利当韩朝阳的师傅，同时朝阳警务室被改为综合接警平台。

盛海花园业主闹事，韩朝阳积极有效地维持了秩序；朝阳群众提供线索，小民警精准抓捕偷电动车的小偷。接警平台接到命案，韩朝阳赶去保护第一现场，当刑警大队破这一案子遭遇瓶颈时，他根据自己的买房经验，为破案提供了突破性线索，协助刑警成功抓捕凶手。韩朝阳后来又陆续遇到征地拆迁引发的迁坟争端、锁匠恶意破坏门锁贴小广告、赌博、电鱼事故等警情，这些案件都得到恰当的处理。在防治城市内涝时，他认真排水的形象被拍照上传网络，一夜间成“燕阳最帅民警”。韩朝阳向相亲时认识的女孩黄莹告白，两人正式成为情侣。一日，接警平台突然接到一起“弃婴案”，几番了解后，得知婴儿身患白血病，父母无钱治疗只能将其抛弃。韩朝阳发动朝阳群众为其募捐，筹款数万元，但婴儿最后还是不幸离世。在花园街道庆“八一”文艺晚会上，韩朝阳发挥了杰出的音乐才能，被理工大学校长看中并邀请他来理大做音乐老师，但韩朝阳坚持留在派出所当社区民警，并推荐师妹谢玲玲担任音乐老师这一职务，自己则义务协助她教导学生。

一次，局里组织民警交流活动，韩朝阳被安排前往甘南省龙道县公安局进行为期半个月的学习。体验到西北地区生活状况困苦的韩朝阳还协助龙道县公安局抓捕穷凶极恶的毒贩，在连续几天围林追捕未果时，他幸运地发现了被野猪拱伤的犯人，并不惧危险地将他抓获，回来后以此荣立个人二等功。开学季，韩朝阳维持理大开学秩序时接到命案警情，黄沙中倒出来一具尸体，韩朝阳在负责查车内监控时，又意外引出一桩婚外情案件。经过重重侦查，凶手锁定在涉赌的三个嫌疑人身上，韩朝阳通过查赌博案查获了大量凶案线索，干出一番成绩，最后协助成功破案。

前女友盛滟雯回国，离开前送给韩朝阳价值几十万的小提琴，韩朝阳没有接受。因此黄莹与韩朝阳感情进一步升温，黄莹来到韩朝阳老家见家长，没过多久，黄莹被调到行政服务中心，两人在工作上也各有进步。韩朝阳再遇电动车失窃案，这次不仅成功抓捕小偷，并且找到了收赃销赃的犯罪线，一次性发现两百多辆被盗的电动车。顾国利即将退休，韩朝阳参与组织了警营文化下基层晚会欢送他，没过多久，顾国利不愿离开工作，回到警务室义务当巡逻员。

一次，韩朝阳意外遇到一男子带着女儿寻找失踪妻子，与抚江市公安刑警支队交流后得知该男子的妻子是一桩贩卖毒品案件的主犯，韩朝阳协助公安同行共同抓捕犯人，最后成功破案。针对手机失窃案频发的情况，韩朝阳组织建立了一支反扒专业队，每日辛勤又充满危险的抓捕工作带来的反扒成果斐然。频立大功的韩朝阳被局里派到中山路警务区担任警长，还被破格提拔为副科级。《燕阳日报》发了一篇报道称韩朝阳24岁被破格提拔副科级引发争议，燕阳公安局澄清并列举韩朝阳工作以来的大量功绩，于是媒体跟着发各种赞颂软文，韩朝阳这个“最帅民警”越来越红。

局里为完成业绩，还没立案就成立“缉毒专班”，跟踪一个有贩毒前科的小伙前往北京，惊动了北京公安局，领导派韩朝阳前往北京进行解释。没想到这个小伙真的故案重犯，于是韩朝阳带领“缉毒专班”与北京公安局联合侦办，成功将毒贩抓捕，并将他所处的贩毒集团一锅儿端。一酒驾司机误撞警务室，反扒队的柳成全为救一女孩而不幸牺牲，韩朝阳将柳成全的死讯带给他的父母，并含泪承诺一定为他身后之事竭尽所能。警务室所有成员伤心不已，决心化悲痛为力量，在后面的工作中更加尽职尽责。公安局换了新局长，紧接着又遇杀人抛尸案，韩朝阳等民警深入群众探查线索，经过重重侦查，确定杀人动机是情杀，并摸排出犯罪嫌疑人，最后成功抓捕凶手。一工地出了人命，韩朝阳几番辛苦，终于顺利调解死者家属与包工头的矛盾，做好了维稳工作。韩朝阳向黄莹求婚，两人正式确定结婚日期。清明节局里带着柳成全生前的战友和朋友以及被救的女孩来看望柳成全的父母，为柳成全祭奠。

一包工头卷钱跑路，韩朝阳不遗余力进行抓捕，与此同时，他的朋友和学生为他的婚礼筹备音乐会。最后，韩朝阳顺利将逃犯抓捕归案，在燕阳大剧院完成婚礼，并成功圆梦个人音乐会。

【作品反响】

《朝阳警事》立足于现实生活，与日常生活同频共振，以浓缩的方式丰富人物形象，可读性和可感性很强，是一部充满温情的作品，具有令人尊敬的写实感。

小说真诚的叙述手法，以及故事的“实之有据，虚之有度”，让其具有很强的可读性和可感性。以现实题材为基础，以现实主义精神为支撑，将时下流行的、为读者所喜爱的网络文学常用的叙述技法艺术地糅进写实动作之中，作家做了很多尝试，且收获颇丰。如此贴着地面飞翔的创作，很好地体现了网络文学的现实题材创作的审美方向。

《朝阳警事》是一部充满温情的作品。这样的温情在网络虚拟空间和现实生活之间产生了我们所期待的共鸣和共情。更为可贵的是，这部作品尽显俗常生活和平凡人群的真心与真情，“让弱小孤寂者也能发出他们的心声”。

——朱钢：《紧贴当下生活现场飞翔——评卓牧闲〈朝阳警事〉兼谈网络文学现实题材创作》，载于《中国当代文学研究》2020 年第 6 期。

小说以一名“片儿警”韩朝阳的日常生活为切入点，讲述了基层民警如何协调邻里纠纷，如何解决老百姓生活中的“疑难杂症”，并充分发动群众，依靠群众，借群众之力屡破奇案，主要塑造了韩朝阳这样一位热心善良、充满智慧的基层民警形象。网络作家卓牧闲将创作视角聚焦现实生活，讲述基层民警的故事，传递出“小民警、大作为，小社区、大社会”的主流价值观念。

——姚婷婷：《讲述基层故事　弘扬主流价值观》，载于《文艺报》2019 年 6 月 26 日。

写社区民警的不多，写得好的更少，作者的文笔不错，身边的人和事活灵活现，有功力。更有意思的是把现代小民生活写得高潮迭起，就像武侠小说中的主人公打怪，从底层一级级打上来，代入感也很强。以前看的比较多的是玄幻、仙侠、穿越类的，这些题材写得热血沸腾要容易一些，毕竟想象的成分偏多。写现代题材能达到这个程度不容易。作者对民警工作的熟悉不是一点半点，能把琐碎的社区工作写得跌宕起伏，抓人心的功力不一般。

——豆瓣用户：hanzhuo

虽然没有那么多脑洞奇大的犯罪戏码，也没有特别激烈的警匪对决，但是够接地气呀，一个小小的派出所警员，联合普通老百姓一起破案，这种很琐碎很日常，但是却很真实的感觉，非常符合我等普通人的口味呀，总之，看得十分过瘾。

——知乎用户：曾静

不做作，不装逼。依靠群众收集线索，没有卖弄头脑，没有一人无敌天下。只有浓缩的阅历，真实的生活。看多了怪力乱神，烧脑诡案，此文可算探案文中最朴实的一股清流。

——知乎用户：点点圈书评团@叨叨物语

这是一本相当接地气的都市生活流 police 文。

主角非重生非穿越，奋斗基层的小警察，面对的是三姑六婆，处理的是家长里短。

没有金手指，没那么多戾气和做作，细节处理到位，写得很真实，书中的一切故事情节，都可以在生活中找到影子。

虽然没有惊心动魄的案情，但是胜在接地气，写出了基层民警的辛苦和无奈，把老百姓的善良与狡猾描写的入木三分，趣味十足。

朝阳群众到底是如何产生的，能力有多么强大，看本书就知道了。

另外，这书和常见网络爽文截然不同，故事会有些平淡，喜欢这类的可以试试。

——知乎用户：老书虫来了

没有金手指，没有特异功能，平凡的故事，不平凡的文字。

——起点中文网用户：下雨了呢

【作品评析】

故事接地气， 平凡亦英雄

近年来，网络文学现实题材小说创作呈现出崛起态势，涌现出大量以现实生活为书写对象，描写不同阶层不同职业人物的生存现状，关注国计民生的作品，《大江东去》《橙红年代》《浩荡》《网络英雄传》等现实题材佳作层出不穷，一改网络文学由玄幻、仙侠等幻想类小说独霸天下的格局，为网络小说注入了一股清新、亲切、接地气的文学气息。

相比依靠想象力腾飞的幻想类网络小说，优秀的现实题材作品往往能直面现实，书写当下，描摹人生，关注社会问题，表达价值立场，彰显人文关怀，在众声喧哗的网络时代发出自己的声音。《朝阳警事》是阅文大神卓牧闲创作的一部现实题材网络小说，它贴近现实，写基层警察的日常生活，在平常的故事中展现他们不平凡的风采，是一部具有现实精神和时代特色的网络文学精品佳作。

一　小众题材的现实书写

《朝阳警事》是一部题材小众新颖的作品，它面向现实，选择身边常见但文学作品鲜有涉及的警种“片儿警”——也就是社区基层民警作为写作对象。网络小说中写警察的并不少，刑侦文更是比较热门的分类，但写社区民警的作品却寥寥无几。《朝阳警事》选择这种小众题材不禁让人耳目一新，是从题材上对类型化网络小说的创新。连卓牧闲自己都说，在创作《朝阳警事》时，从未想过自己会写社区民警，“那么多警种，社区民警属于最不起眼的，他们每天干的都是琐事”。

卓牧闲的写作源于现实，他是以一种朴实、接地气的写实风格来写“片儿警”的。小说中没有网文里常见的金手指或特异功能，没有穿越、重生、打怪升级、成为警王这些网文中常见的套路，它写的警察生活是社区警察深入基层、处理群众问题的日常生活，地地道道，实实在在，民警们面对的案件大都是非法养蛇、贩售假证、拆迁纠纷等“小”事，是我们朝夕经历的日常生活，唯其如此，才真实可感。如小说中韩朝阳还兼任“河长”管过电鱼事件：

> “小韩，河里有人电鱼！从北边一路电过来，大鱼小鱼一条不放过，这不是竭泽而渔、杀鸡取卵吗？河里鱼本来就不多，他这么一电让我们以后钓什么。你是‘河长’，这事你管不管……”
>
> ……
>
> “河长”职责里好像有防止有人电鱼、毒鱼这一条，电鱼、毒鱼是一种“断子绝孙”的捕捞方式，不仅会导致生态环境遭到破坏，还会间接对水体质量产生不良影响。
>
> “朝阳群众”找上门，这件事不能不管。
>
> ——第十九章

小说减少了戏剧化和传奇性的情节元素，命案往往并不复杂，数量也不多，符合现实生活中民警很少参与命案的实际情况，正如文中所言：

> 命案！不是谁都有机会遇到的，许多民警干到退休都没有参与侦办过命案……
>
> ——第二百九十三章

遇到命案的民警一般不直接参与进命案的侦破过程中，而是提供线索，帮助刑警破案，并在破案过程中依旧照常处理日常小事。大案子扣人心弦，但对于基层民警而言，他们的工作实际上还是以小案子为主。正如卓牧闲自己所说："我比较了解现实中的警察，所以写的也全是我们身边那些普普通通的警察，他们并非铁打的汉子，并非无所不能。他在为群众排忧解难的同时，自己在工作和生活上一样会面临这样或那样的困难。他们默默无闻，一辈子或许都没机会参与侦破一起大案。但他们破的那些小案，做的那些小事，才是基层民警真正的写照。可以说我之所以能写出这么多故事，完全源于生活中的感动。"①

小说塑造的主人公韩朝阳是一个贴近生活、非常接地气的民警形象。在网络小说中，不管是男频文还是女频文中的警察，大部分都是刑警，要么靠着超强的侦查推理能力参与到破案过程中，要么靠着灵敏的行动能力与歹徒生死搏斗，基本以一种古典英雄式的"伟光正"形象存在，与我们大众日常生活有一定距离。比如同样是现实题材佳作的《写给鼹鼠先生的情书》，所讲述的警察故事也是与我们生活较远的卧底缉毒警察故事，塑造的是青山埋忠骨式带有悲剧美感的警察形象。当警察这一职业在文学作品中一直以伟岸崇高的单一形象出现时，某种程度上也是一种对现实的扁平想象。而《朝阳警事》中韩朝阳是个小警察，每天忙忙碌碌，24 小时值班，处理的大都是基层琐事，工作本身与群众很贴近，不再是有距离的警察形象，让人心生亲切感。他过着和大部分普通打工人一样的生活，会受到领导上级的批评，也想提高绩效和业绩，在领导面前扬眉吐气，而当谈恋爱时，他变成一个油嘴滑舌的情话大王，全然没有了警察的"伟岸"气质。褪去警察的光环，他也不过是普罗大众的一分子，是千千万万普通人的其中之一，他给人的印象是贴近现实、真实鲜活的。

"情人眼里出西施，在我心目中你是最漂亮的。"

① 《卓牧闲：用网文书写基层民警的故事》，澎湃新闻，https：//www. thepaper. cn/newsDetail_ forward_ 4375315，2019 年 10 月 5 日。

“别说这些甜言蜜语，韩朝阳，你总是这样让我真没安全感。”

“长得帅不是我的错。”

“能不能正经点，能不能别这么自恋！”

“好好好，说正经的，其实我一样没安全感，你这么漂亮，条件这么好，做我女朋友真是一朵鲜花插在牛粪上。不过我这坨牛粪跟其他牛粪不一样，不仅不臭而且富含鲜花所需的氮、磷、钾等各种养分……”

——第二百零九章

立足于现实，凭借着丰富的生活阅历和对这一行业充分了解和深入调研，以及贴近现实的写作态度，卓牧闲将这一行业里各种知识性的行业规则、专业名词和严谨的工作细节写得细致翔实。比如各种知识性科普：

一标三实是指“标准地址”、“实有人口”、“实有房屋”、“实有单位”，是由公安部门主导，规范标准地址、将人口、房屋、单位的详细情况录入信息系统，实现信息共享互通，为施政提供信息支撑的一项工作。

——第五十一章

选拔任用领导干部是一件很严肃的事，有一套严格的程序，大致可以分“动议”、“民主推荐”、“考察”、“研究决定”和“任职”五个阶段。

动议是指单位机构改革、机构变动、人事调整职位空缺或其他原因需要启动干部选任工作，单位党组织或组织人事部门根据工作需要和相关单位建设实际，提出启动干部选拔任用意见。单位主要负责人主持酝酿工作、组织人事部门负责综合各方面意见、研究提出初步建议。

然后再经过民主推荐确定考察人选，民主推荐有好几种，有会议推荐，谈话推荐，个人自荐等等。

——第五百零六章

再比如基层警察的绩效分数评定标准：

考勤情况、警容风貌、内务卫生和日常生活这些考评内容全是扣分选项，想加分只有靠治安勤务，查处一起治安案件加2分，行政拘留一个嫌疑人加3分。

如果能打掉一个犯罪团伙，除按抓获嫌疑人人数加分外，另加5分！

查获被盗抢的车辆加5分，收缴毒品每起加5分，收缴管制刀具每批加5分。如果能查获到枪支弹药那就厉害了，每支枪加20分，每10发子弹加10分，而且不够10发的按10发计算，一样加10分！

——第二十一章

就这样，《朝阳警事》从现实出发，关注基层警察的切实工作，以写实笔法真实地还原这一工作默默无闻辛苦付出的现状，讴歌了现实中朴素平凡的基层警察，以小写大，以实见真，在网络小说的领域中实现了对现实的观照。

二 趣味性、生活化的美学特质

《朝阳警事》长达200余万字，主要写基层民警处理辖区居民日常的琐事，没有大起大落的故事情节，在有些网友看来“平淡如水”。实际上，小说结构并不松散，它采取的是一种串珠式的叙事结构，即以韩朝阳的成长为主要线索，围绕着他的工作和生活展开故事，常常是长故事接着短故事，小案件续着大案件。这些案件有时独立并行，有时互相交织，呈现网状结构形式。日常的案件中有悬念、反转和激烈的矛盾冲突，而不是流水账式的平铺直叙，有些情节甚至可以称得上“峰峦迭起，曲折连绵”，体现出充满趣味性的美学特质。比如韩朝阳为征地拆迁工作可以顺利进行，在建立义务保安巡逻队后立马投入到清查外来人口工作中，不仅查出了抢劫犯，还查出潜逃多年的杀人犯，成功抓捕凶手后又引发了派出所和社区“抢功”矛盾。从简单的清查人口牵引出后面一系列事件，一环套一环，故事性和趣味性十足。

小说在危险严肃的案件处理中巧用轻松搞笑的情节元素，达到令人意想不到的“四两拨千斤”的趣味效果。例如，在大西北交流时，韩朝阳协助抓捕毒贩的情节将小说的趣味性体现得淋漓尽致，这段情节概括起来就是，公安局围林抓捕穷凶极恶的逃犯几天几夜无果，结果逃犯被野猪拱了，韩朝阳刚好路过捡了漏儿：

“你下山解手迷路，听到枪声，追过去一看，发现逃犯遭遇野猪，被野猪拱伤，正用手机照着包扎，然后冲上去将其擒获?”

这也太搞笑了，听完汇报，徐总队长将信将疑，重复了一遍，想确认一下。

——第二百六十二章

小说在处理惊险案件时善用“闲笔”以增加小说的趣味性。“闲笔”是明清小说理论研究的一个术语，指的是小说中出现的看起来无关紧要的人物、情节。同样是围林抓捕毒贩事件，小说穿插了韩朝阳与山林中的孩子这么一段于抓捕毫无关联的情节：

韩朝阳接过他摘的上面带刺儿的果子扒开吃了一口，那个酸那个涩，急忙吐掉喝水漱口，小家伙笑得前仰后合，又钻进树林摘来几个形状各异的野果。

“不吃了，你小子没安好心。”

“好吃，能吃！”小家伙终于开口了，一口标准的龙道普通话，跟何所的口音差不多。

“不吃，好吃你自己吃。”吃一堑长一智，韩朝阳可不会再上当，站在山顶观察起山下的动静。

“真能吃，真好吃。”小家伙往嘴里塞了一颗野果，一屁股坐到地上用木棍摔打起杂草。

“刚才给我吃那个是什么？”韩朝阳心不在焉地问。

“刺奶儿，人家说是中药，吃了可好呢。”

“你刚才吃的呢？”

“这个？”

“嗯。”

“裤裆泡儿，也叫叉叉果，附近就两棵长这个的树，在池柳想吃也吃不到。”

这野果长得奇形怪状，真有那么点像裤衩，韩朝阳接过一颗擦干净，塞进嘴里嚼了嚼，这次没上当，挺甜的，味道还行，忍不住摸摸他乱糟糟的头发。

“这是拐枣，可以酿拐枣酒，还可以熬麻糖。”小家伙咧嘴一笑，又跑下去钻进林子找吃的。

——第二百五十九章

这种“闲笔”不只是在紧张情节中起到调剂作用，使故事更加活泼，更重要的还在于它给小说带来更加真切的“烟火气”。大西北山林中淳朴的孩子，城市中吃不到的野果，两人温情、明快的互动，无不为小说增添了真实感和生活韵味。正是这种朴素的插曲，表现了生活本身的趣味性，而区别于曲折的故事情节所带来的快感。值得一提的是，小说在后续的情节中一笔带过这段“闲笔”的“结局”，韩朝阳在立功后，决定拿奖金扶助山林中这一家贫苦的生活，这段“闲笔”在某种程度上也起到了展现世间百态和凸显主角性格特征的作用，可谓“一箭多雕”。

小说充满趣味性的情节符合网络小说娱乐大众的特点，但其中一些有趣的故事里也暗含严肃性，比如第一章“欲哭无泪”就写到韩朝阳遇到一个报假警的老太太：

> 秀娟笑得前仰后合，眼泪都笑出来了，边笑边上气不接下气地说：“老太太姓桂，叫桂二妹，是个烈士遗孀，丈夫在抗美援朝时牺牲的，有两个女儿，全出嫁了，她一个人在陈家集过。每隔一两月都要去市六院看病拿药，每次都是乘村里的顺风车来，每次看完病拿完药就记不得家在哪儿了，就随便拉着一个人请人家帮她打110。”
>
> “她，她骗我！”韩朝阳反应过来，哭笑不得地问：“她报假警就是想让我送她回家?”
>
> “哈哈哈。”
>
> 众人又是一阵哄笑。

在表面轻松搞笑的情节和氛围之下，其实影射了现实生活中孤寡老人的心酸处境。

小说围绕韩朝阳的社区警察生活展开，在一个又一个有意思的案件之间，穿插了恋爱和生活日常，处理案件的严肃和恋爱生活的轻松相互调剂，叙事上张弛有度，故事的开展流畅自然。各种充满生活气息的情节不禁让人会心一笑，语言也呈现出朴素平实的生活化特点，接近日常用语，像“颜值控”“吃藕”等词语紧跟时代的潮流。比如这段“抢微信红包”：

> 案子越查越大，嫌疑人越来越多，自己这边的力量严重不足，韩朝阳当然欢迎，把他拉进群，想想先发了个10块钱的红包，随即输入一行文字：“各位兄弟姐妹，我到527厂了，徐经理也参加

行动，请汇报各自位置，汇报最新情况！”

谈得是很严肃的事，结果因为一个红包搞得很不严肃。

红包瞬间被抢完，紧接着是一波感谢“谢谢老板”之类的表情，老徐的表情比较老套，一个人毕恭毕敬的鞠躬敬礼，东明小区女保安陈洁的表情最搞笑，居然是“谢谢老板，有机会一起睡”。

“我也来一个。”

一进群就有红包抢，徐副经理觉得很好玩，竟顺手发出一个100元的大红包，不愧为领导，就是豪气、敞亮、耿直！

许宏亮手速最快，第一个抢的，18.66！

韩朝阳手速没他快，但运气比他好，第五个抢的，竟然是运气王，48.88，居然抢了近一半。

又是一波感谢的表情，当看到别人比自己多，而且不是多一两点时又是一波抓狂乃至喷血的表情。

“这么大包，我竟然连平均数都没抢到！”

“这是什么手气，哭晕在厕所。”

“第一个抢的是首富，运气王是韩警官，你们都是有钱人，为什么要抢我们穷人的红包，还嫌基尼指数不够大?”

“9494。”

——第二十八章

各具特色的表情包既有画面感，又有生活气息，“哭晕在厕所”“9494”等网络词语充分彰显了网络小说的网络性，具有时代感。

我们知道，玄幻、奇幻、仙侠、盗墓等幻想类小说盛行的重要原因在于它们的想象力奇崛、故事性很强，而“纯写实”类型作品面临的一大困境与难题就是脱离玄幻和金手指后，想象力开始僵化，故事不好看，读来无趣，看着无聊。对于以基层民警的日常为主线的《朝阳警事》而言，怎么把故事写得好看是相当有挑战性的，但卓牧闲凭借着高超的写作功力，将轻松搞笑的元素和“闲笔”之“闲事”融入到处理案件的过程中，将民警们看似平常的工作写得趣味横生，一波三折，彰显出大神笔法。而小说的生活化风格，无疑让有趣味的故事更加贴近生活，贴近现实，与读者同呼吸，与时代共脉搏。

三　正面向上的作品基调

《朝阳警事》是一部写小人物的小说，卓牧闲怀着一种人文精神与现实关怀，将笔触下沉到底层群众的生活，客观展现了身处底层的小人物笑中带泪、悲喜交织的生活图景。

小说讲述的就是身处底层的小人物韩朝阳的奋斗史，他出生于农村的普通家庭，家里条件不够好，在文化课学习上没有什么天赋，大学选音乐专业是因为艺术生分数线低，报考警察公务员源于每个普通男生藏在心里的“制服梦”。在勤勤恳恳地工作时却受到上司不待见，和现实中大多数从农村出来的孩子一样，面对自己负担不起的房价，只能依靠父母，即使父母砸锅卖铁付了首付又得面临如山般的房贷：

> 不仅没眼高手低，不仅没嫌基层艰苦，反而怀着满腔热血准备扎根基层大展抱负，结果因为专业背景不受待见。第一次见面，所长竟当那么多人面毫不掩饰地表示不欢迎，甚至当场给分局政治处打电话要求换人。
>
> ——第三章

> 韩朝阳忍不住问：“爸，妈说来就要来，说买房就要买房，咱家有那么多钱吗?”
>
> 这辈子就剩下两件事，一是帮儿子在省城买套房子，二是帮儿子娶媳妇。
>
> ……
>
> 可怜天下父母心。

老爸老妈恨不得把心窝子掏出来，让韩朝阳这个“啃老族”既高兴又歉疚。

——第一百三十二章

韩朝阳轻叹口气，看着他苦着脸说：“（烟）抽不起了，从现在开始当房奴，以后要勒紧裤腰带过苦日子。不能抽烟，更不能胡吃海喝，能省一分是一分，连矿泉水都不能买。你们再聚会再吃饭千万别叫我，这个人情我还不起。”

——第一百三十七章

小说通过书写韩朝阳的底层困境，真实再现了现实生活中平凡的年轻人普遍面临的生存境况：背负着买房、就业、结婚等多重压力无处挣脱，只能如陀螺般日夜旋转地艰难生活。

除此之外，小说还写了干了一辈子警察工作仍然只是协警，没有编制，家庭条件非常困难，既要供儿子上大学，又要照顾生病的老伴，准备开大排档赚钱又不敢轻易辞掉协警工作的老徐；因为没钱给孩子治病，不得已含泪将孩子弃在派出所门口的夫妇；大西北地区遭遇旱灾，过着贫苦生活的农民；因没开执法记录仪记录调解过程而被冤枉骂死人，被要求赔偿五万元却拿不出钱的何所……对何所深受委屈却又无法抗争的描写尤其令人动容：

参加工作几十年，不知道调解过多少矛盾纠纷和治安案件，没想到居然有需要别人帮助“调解”调解的这一天。

何平原越想越委屈，越想越窝囊，恨不得拍案而起，来一句劳资不干了。

然而，这只能想想而已。

当了这么多年警察，对这身警服、这份工作真有感情。

况且人到中年，一气之下辞职，不当警察又能干什么？

有老婆、有孩子、有家庭，前年在县城买的房到现在房贷都没还清，方方面面的因素决定了他不能意气用事，只能忍，一忍再忍。

“王局，政委，我听组织的。”何平原深吸一口气，哽咽地说：“但我前年刚买房，买房花不少钱，装修又花不少钱，让我一下子捧不出来，我没这么多钱。”

——第二百七十九章

对于现实底层人民的苦难述写，在一定程度上消解了网络小说的娱乐性，使作品具有了现实主义文学反映现实、批判现实的精神倾向。这种精神同时体现在韩朝阳处理的各种案子上，通过一些案情去揭露人性中阴暗、丑恶的一面，比如因利欲熏心而引发的迁坟争端：

俗话说远亲不如近邻，居然为了一点迁坟补偿吵成这样。

——第一百零四章

比如想独吞拆迁补偿的“杭世美”：

韩朝阳冷哼一声，紧盯着杭卫方冷冷地说：“杭卫方啊杭卫方，我看你这个名字应该改改，别再叫杭卫方了，干脆叫杭世美！遇上征地拆迁，口袋里有钱了，换手机，换车，换房子，还想换老婆！拆迁补偿输光了多好，欠一屁股高利贷多好，这样就不用给你妻子钱了，就不用分割财产了！”

——第三百九十三章

再比如仅仅因口角而冲动杀人的命案凶手：

“……谈海涛和蔡小方落网了，二人对伙同杨建东开设地下赌场及杀害曹胜凯并抛尸的犯罪事实供认不讳。杀人动机简直让人难以置信，仅仅是因为口角。曹胜凯觉得杨建东是大老板，谈海涛和蔡小方只是马仔，并仗着跟杨建东是老乡说话做事有点盛气凌人，有些瞧不起谈海涛和蔡小方……”

——第三百六十一章

但无论是对陷入生活泥沼的小人物悲剧命运的关注，还是对人间丑恶进行一种审美性观照，都没有改变小说充满温情、向美向善、正面阳光的总基调。正如泰戈尔《飞鸟集》中的诗歌所言：“世界以痛吻我，我却报之以歌。”

韩朝阳即使身处底层，遭遇了各种生活、工作上的困难，但依旧保持一颗积极乐观的心，被黄莹笑称为“打不死的小强”。他踏实努力地工作，专一认真地谈恋爱，因此才能够不断获得幸运加持，最后工作与爱情双丰收。没有穿越、重生、异能等各种金手指的加成，他的成长逆袭依然能让读者感到“爽”。但这种“爽”不是无脑爽，而是符合现实逻辑、可以为读者所信服的快感，实际上传达了努力就会幸运，努力就会有收获的充满正能量的价值观。

小说展现了基层民警们的赤诚善良，以及他们在处理这些案件时表现出来的“平常而不平凡”的风采，在众多灰色案件中散发出人性的亮光。大部分民警都坚守着职业道德与本心，有强烈的责任感和牺牲精神。众多民警没日没夜、不辞辛劳地抓捕犯人；年仅 21 岁的小警员柳成全为了救人不惜牺牲自己年轻的生命；穿“白衬衫”的英模顾国利做了一辈子的好事，即使退休也要继续做义务巡逻员；而作为徒弟，韩朝阳继承了顾国利为民做事、积极奉献的思想精神，热情善良的品质让他能够和朝阳群众打成一片，比如面对张贝贝的经济困难，他即使自己无房无车无存款，也愿意伸出援助之手：

一个大学刚毕业的女孩儿，在人生地不熟的燕阳遇到这么多事，不仅面临诉讼，之前还被俩泼妇殴打，韩朝阳心一软，停住脚步说："罚款肯定是要交的，而且不能拖，不然要收滞纳金。要不我个人先借 5000 给你，等拿到拆迁补偿再还我。"

张贝贝只想着请他去求求情，没想到他会借钱，一下子愣住了。

……

都说有困难找警察，但遇到这种情况真正能帮忙的警察又有几个，毕竟警察就那么点工资，警察一样也是人，一样有家庭，一样要过日子。

——第六十章

小说还赞扬这种善意的传递，在韩朝阳等优秀民警的感召下，朝阳社区与基层警察已经形成一个温暖的社区圈子，群众在得到警察帮助后，也会积极提供可疑线索，协助警察破案，共同维护社区安全，展现出群众强大的力量。他们是和谐社会的缩影，表现出来的是人与人之间温情友爱的一面。比如，在为身患白血病的婴儿募捐时，朝阳社区的大爷大妈们将群众的力量发挥到极致：

"欣怡，我转你微信上了。晓斌，记录一下，钱阿姨 100。"

……

"小韩，我儿子睡了，我家老古也不会加小郑的微信，发红包我会，发给你行不行?"

……

大爷大妈们很给力，最少的都是五十。

王厂长微信玩得最溜，退休工资最高，负担也最小，确切地说他根本没负担，不是发红包，而是转账的，一次转过来五百。

——第一百九十八章

一部现实题材网络小说要有现实主义精神，意味着不应该浮于生活表面，让作品充斥着鸡零狗碎、一地鸡毛，而应该通过作家对现实、生命深刻体悟与独特感知，表达自己的价值立场，赋予平庸日常以超越性的意义。正如评论者所言："真正的现实主义文学是良知与悲悯，是关爱与真诚，它是你的呼吸，你的心跳，你的眼泪，你的笑容，你的情怀与信仰，你的想象与憧憬，而不是一种外在于你生命的技能活动、一种谋生的'赶场'。"[①] 卓牧闲深入当下的现实，关注人民的切实生活，将自身的真实感受与生命体验融入写作中，铭记生活中美好事物带来的感动，保持着一种始终昂扬的生活态度，使作品一方面反映了底层群众的生存处境，客观地呈现并批判了社会上种种卑劣与黑暗，另一方面赞扬了现实生活中的真善美，让人们在对苦难和丑恶发出叹息、产生同情与共鸣的同时，依然能够从作品中汲取到乐观向上、振奋人心、超越苦痛的力量，这是一种现实主义精神的体现，是现实题材创作与现实主义文学的"精神合榫"。

（汪晶晶　执笔）

① 欧阳友权：《网络文学的三大迷局及其打开方式》，《文艺争鸣》2020 年第 7 期。

现实题材创作的筋骨、道德和温度

——评北倾的《星辉落进风沙里》

【作者简介】

北倾，“90 后”人气美女作家，别名北子，北爷，夫君，晋江文学城签约作者，小说发布在晋江“时遇倾城色”专栏。北倾素有“暖文小天后”之称，热爱美食和旅游，擅长温馨治愈系文字，语言暖甜而清新，细微处下笔如点睛，每一个精彩的情节，每一个重要的转折，都如精火慢炖般让人品出个中滋味。2011 年，北倾开始在晋江连载小说，喜爱写系列文。2016 年下半年，开始全职写作。在 2015 年，她的坚持和才华被出版社编辑发现，至此之后，北倾的书以平均每年 2—3 本的速度出版。至 2019 年，已出版小说十余部，其中，《他与爱同罪》《美人宜修》《红尘滚滚》三部作品已经影视版权签约。代表作有《他站在时光深处》《我和你差之微毫的世界》《谁说我，不爱你》《何处暖阳不倾城》《竹马镶青梅》《摇欢》等。其《星辉落进风沙里》荣获第二届泛华文网络文学“金键盘”奖，入选 2019 年中国作协网络文学排行榜。中国版权年会公布 2020 年度最具版权价值网络文学排行榜，有现代、古代及幻想三类共 30 部佳作上榜，《星辉落进风沙里》荣登现实类榜单。

【上榜评语】

青春作伴，理想为舟。《星辉落进风沙里》聚焦沙漠探险、职业救援，在温情叙事中展开浪漫求索，呈现“你守护世界，我守护你”的精神底色，体现了现实主义书写的筋骨、道德和温度。

【故事梗概】

《星辉落进风沙里》是一部加入推理悬疑元素的现代言情文。内容聚焦沙漠救援，驴友出行，野生动物保护等时下年轻人感兴趣的热门话题。讲述了沙漠救援队领队曲一弦和天才文物鉴定专家傅寻彼此深情守护的爱情故事，涉及人心与自然的博弈、赎罪和自我救赎的心灵之旅、寻找和守护等内容。整个故事背景放置在大西北壮丽神秘的自然环境之下，曲一弦与闺蜜江沅开始她们的大学毕业之旅，旅游目的地定在西北。她们从南辰市出发，直飞西宁，从西宁自驾到黑马河乡后与星辉越野车队汇合，准备在车队领队彭深的带领下，穿越可可西里无人区。就在他们穿越可可西里无人区的第一个夜晚，由于曲一弦有严重的高原反应，整个人意识恍惚。江沅便一个人去营地附近的车上拿水，等到曲一弦清醒过来时，却看到江沅像突然发疯一样，一个人开着越野车冲入可可西里，消失在茫茫夜色中。随后救援队展开了为期一个月的搜救活动，却毫无结果，江沅离奇失踪。为调查好友失踪的真相，曲一弦留在了西北环线并成长为星辉救援队领队，人送外号“小曲爷”。玉门关救援活动是搜救因想要逃票而中途从出租车上下车，迷路加手机电池耗尽而彻底失去联系的荀海超，此人今年25岁，刚研究生毕业。在救援活动中，曲一弦意外结识为自己越野车送补给的傅寻。傅寻是天才文物鉴定专家，也是星辉救援队背后的资金支持者。傅寻此次西北之行是为了寻找丢失的私人物品勾云玉佩的下落，二人达成协议，“你帮我寻人，我帮你寻宝。”遗憾的是最终救援失败。随后在与彭深、副领队袁野吃饭的饭桌上，曲一弦意外得知傅寻曾经是索南达杰保护站的志愿者，也是救援队背后的资金支持者。江沅失踪的那一晚，曲一弦曾给保护站打过求救电话，那通电话就是傅寻所接，傅寻详细记下了江沅失踪前后的种种细节，也曾自己开车前去寻找。但那是傅寻驻守保护站的最后一晚，第二天前来替班的同事出于私人因素，压下了这件事，导致曲一弦一直到救援活动结束也没有看见保护站派出的救援队伍。曲一弦在得知了傅寻的身份后，多年来积压在心中的困惑、不解、愤懑让她愤然离席。傅寻追上去，解释了前因后果，并暗示曲一弦，他或许可以帮助她找到江沅失踪的真相，“我这里，也许有你想要的东西。”

第二天傅寻飞回南辰市，曲一弦则继续留在西北，后傅寻回到西北和曲一弦践行二人协议，曲一弦帮傅寻找回文物，傅寻帮曲一弦找到江沅失踪的真相。由于曲一弦接了一个新的客人，刚大学毕业的女孩姜允，女孩一个人来西北旅游，定的是七天西北环线游。于是傅寻和姜允拼车，曲一弦开车带着姜允，袁野带着傅寻，四人一同出发。

在路途中，傅寻渐渐向曲一弦坦白自己会找上她的原因，原来丢失的勾云玉佩是父亲傅望舒送给傅寻的成年礼，不小心被项晓龙偷走，项晓龙是化名，他的真名叫做裴于亮。同时在找他的还有他所得罪的高利贷的那一拨人。裴于亮想在西北脱手玉佩，包的就是曲一弦的车，曲一弦也有印象，裴于亮脸上有一条骇人的刀疤，那天她带他跑了三个古玩鉴定行，但是二人并无其他交集。傅寻通过眼线进行摸查，最后线索就断在了曲一弦身上，所以不仅傅寻找上她，可能后面高利贷的一拨人也会找上她，曲一弦的处境可能会有危险。同时傅寻还坦白二人其实早有交集。傅寻第一次见曲一弦，是在西安，她弯着腰在挑选糖画，美得好似不食人间烟火。隔了一小时后，在酒吧里，傅寻看到了在驻唱的曲一弦，此后傅寻每晚都来，“每晚请你喝酒，又每晚被你拒绝。”第二次是在黄河渡口，她赤着脚，脚背沾了土，脏灰脏灰。当晚沿河留宿大通铺，她哼着曲，把行李搬到他上铺，问：“你下我上，没意见吧？”这样的曲一弦已经让傅寻深深迷恋了。傅寻此次西北之行目的是寻宝，这个“宝”不仅是指勾云玉佩，也指曲一弦。

在四人的行程中，曲一弦渐渐发现了姜允的反常。姜允的真实职业是记者，谎报户籍，意外落水，对曲一弦十分了解并充满戒备，对可可西里表示出了极大的热情，对傅寻则格外上心。同时让人意外的是曲一弦在莫家街随手淘到的一件古玩玉佩，竟然就是傅寻在寻找的勾云玉佩。正在二人怀疑姜允真正身份之际，姜允竟然失踪了。监控显示她并没有离开失踪前所在的沙山景区，一切不像是意外，而像是有预谋有计划的失踪。更让人意想不到的是，姜允是和裴于亮一起计划失踪的。就在曲一弦他们焦急地寻找姜允时，傅寻拿出了一张照片，照片上是随着当年江沅失踪而一起消失的越野车，现在的它满是泥灰。这是傅寻结识的一位驴友在可可西里废弃的军事要塞里拍下了它。这张照片的出现给了曲一弦极大的震撼，她隐隐觉得真相即将被揭开。随着调查的深入，姜允的身份也被揭开，姜允的真实姓名叫江允，是江沅的表妹，裴于亮用江沅失踪的真相来诱使她答应合作。曲一弦觉得冥冥之中有一双大手在牵引着他们，使她落入一个更大的阴谋中。为了解救江允，二人表面上答应裴于亮的要求，由曲一弦带路，带他走西藏偷渡到国外。内里准备让顾厌安排警方势力，将其抓捕，双方在途中斗智斗勇，曲一弦更是意外得知彭深与裴于亮是旧相识，二人之间似乎有些特别的联系。就在顾厌他们准备收网之际，裴于亮像是提前预知一般，提前反击，傅寻为了救曲一弦，被裴于亮开枪重伤，裴于亮带着江允逃跑了，抓捕行动失败。通过这次生死考验，傅寻和曲一弦的感情也直线升温，二人互相交付真心。曲一弦回到车队后，得知彭深要亲自参与救援江允的行动，裴于亮的话和彭深有些反常的行为让曲一弦产生了深深的怀疑，随着调查的深入，彭深的真面目渐渐被揭开，同时也终于拨开了江沅失踪的迷雾。

事实真相是，当年江沅意外听见了彭深私下交易偷猎藏羚羊的勾当，被彭深发现，面对恐吓和威胁，慌乱中想要开车去保护站举报他们，却被他们逼到了沼泽地中，活生生地被沼泽吞噬，所以才尸骨无存。曲一弦他们现在经历的一切都是彭深的阴谋，目的就是将知道他秘密的人一网打尽。彭深将所有人引诱到迷雾森林，想要故技重施，用杀死江沅的方法杀死所有人，将一切秘密全部掩埋在沼泽地中。曲一弦为救出正在下陷的江允，奋不顾身地将救命的绳索给了江允，自己却慢慢被沼泽吞没，在生死瞬间，曲一弦也终于放过了自己，多年来江沅的失踪像一根深扎心里的刺，这时终于被拔了。在最后生死关头，傅寻拼死救下了曲一弦。顾厌也及时赶到，将彭深制服，人质被安全解救。彭深罪有应得，被判处了死刑。曲一弦也完成了自我救赎，原谅了一切，放下了一切。傅寻和曲一弦二人经历重重考验后最终坚定彼此，共同完成“你守护世界，我守护你”的完美承诺，在西北环线上依然可见小曲爷的飒爽英姿，只是身边多了一个英俊沉稳的男人，肩膀上还立着一个名叫貂蝉的宠物白貂。

【作品反响】

《星辉落进风沙里》在一个沙漠探险、驴友救援的故事架构中，蕴含着个人奋斗的责任，青春成长的担当和勇气，以及“你守护世界，我守护你”的温情和关爱。很显然，这些描写正是我们时代某一侧面的文学存照，也是网络文学创作直面时代的文学尝试。

——欧阳友权：《网络文学如何书写我们的时代》，《文艺报》2020年10月26日

本文结合了当下青年热爱的户外、探险、环保、自助游、野

外救援等潮流话题，从救赎和自我救赎入手，向读者展现了沙漠救援队员所面对的种种挑战。这些挑战不仅来自自然的险境、盗猎者和不法分子的破坏，也来自对生命更崇高意义的追寻。故事有新意，有时代感。大漠风情的描写和团队精神的凸显更让此文跳出一般小的情爱，成为格局开阔、引人思索的作品。小说构思巧妙，结构紧凑，行文流畅，创作手法老练，与一般的爱情甜文不同。女主在风沙黄土的历练中，逐渐从胆小懵懂的女孩成长为纵横大漠的勇士，而“你守护世界，我守护你，”又为故事增添了温暖的色彩，甚至成为有正能量影响力的网络流行语。

——微信公众号：中国网络文学大会，许苗苗：《〈星辉落进风沙里〉：你守护世界，我守护你》

甜宠文中的现实关怀：小说以沙漠求生、驴友互助为故事架构，以文物鉴定师和救援队领队之间的爱情故事作为明线，回忆与现实若隐若现的交叠作为暗线，又以队友的失踪为故事蒙上了一层悬疑色彩，一步步将读者引向真相。其中涉及的人物个性鲜明，职业设定新颖，令人过目不忘。在甜且宠的情节中，作者不仅不断地撒糖，还传达着主角作为当代青年的担当与勇气，深度剖析了危难面前人性的隐藏面。最后以“你守护世界，我守护你”的温情作结，使小说读来荡气回肠，令人久久回味。

为社会公益事业发声：小说着重描绘了民间公益救援组织的现状，将其发展状况和所受的质疑非议带入读者视野，引起广泛的思考，呼吁社会深入了解和支持公益组织。同时，作者也向为可可西里生态环境做出奉献的志愿者们表达了崇高的敬意，深刻地展现了构建生态文明和人类命运共同体的必要性。

——微信公众号：北方文学创作中心，马奥：《〈星辉落进风沙里〉：沙漠中的勇气与温情》

好久没有看到这么带感的公路文了，火花四溅，你来我往，觉得特别够劲！很喜欢傅寻，出色的男人，稳重中又带点禁欲的感觉，也很喜欢曲一弦，这样的女人刷新了我对救援队队长的认知。很喜欢。还有那只貂，完全带入了作者自己的那只小动物，很可爱，很像我喜欢的噢噢。

——来自网络：大白白

亲爱的《星辉落进风沙里》荷尔蒙爆表的鉴定专家与英姿飒爽的冷艳队长，看似是火与火，王与王的过招，实际是火与水，热辣与柔情的爱意。《星辉落进风沙里》是我觉得2019年绝不可错过的公路文佳作。

——来自网络：斯漫楠

傅寻和曲一弦的背后都有一股势力，文物走私分子和盗猎分子，北倾巧妙地把他们串联到一起，明暗两条线相互交叠，他们互相配合与犯罪分子进行周旋，而感情也在此过程中慢慢发酵。一个关于守护与寻找的故事，一个关于治愈与救赎的故事。这次北倾把目光对准民间公益救援这一特殊职业，用这样一个故事来描写他们的现状，以及面对种种误解和非议，让读者对这一职业有了更深刻的了解，告诉我们公益救援需要全社会的支持。

——豆瓣读书，采薇：《〈星辉落进风沙里〉：错的人迟早走散，而对的人终会相逢》

【作品评析】

现实题材创作的筋骨、道德和温度

北倾素有“暖文小天后”之称，擅长写温馨治愈系文字，文字暖甜而清新，多是温馨动人的甜宠文。有写青梅竹马之恋的《竹马镶青梅》，有双向暗恋的《谁说我，不爱你》，有治愈型爱情书写《好想和你在一起》等。北倾像是一个邻家大姐姐，总是给喜欢她的读者带来疗愈和感动。正如一位读者所言“我看过所有北倾的书，充满温暖美好。我很感激在这样纷扰的世界，能有这样的书陪伴在身旁，谢谢你给我机会贪恋人世间的这般温暖。”① 而从《他与爱同罪》开始，北倾的创作开始朝着更成熟的方向迈进，不仅有甜宠、专情、勇敢的小治愈，更有责任、担当、家国天下的大情怀。《星辉落进风沙里》这部作品更是北倾一次勇敢的尝试，多次的西北之行，那片神秘壮丽的沙漠给北倾留下了不可磨灭的记忆，沿途遇见的风景，遇见的人，听见的事都让她有种想写一写的冲动，在那片秘密之境，大自然一方面赠予人类迷人的景色，一方面也丝毫不容侵犯，对冒犯它、小觑它力量的人以残忍的报复。而在西北环线上有这样一群默默无闻的公益救援队的志愿者们，如点点星辉，散落在沙漠中每一个需要他们的角落，同时间赛跑，同死神做斗争，努力挽救被救援者的生命。在这趟旅行中，你会感叹于曲一弦和傅寻的惊奇相遇，感动于“你守护世界，我守护你”的温情承诺，感慨于生命的凋零，进而产生出对生命的敬畏，对自然的敬畏，更有对于救援队志愿者们无私奉献精神的敬佩。

一　甜宠文的另类书写

从2015年开始，“甜宠”化潮流席卷网络言情小说，现代言情文也从“霸道总裁文”转向了“甜宠文”，只“撒糖”（指男女主的高甜互动），不“插刀”（指一些虐身或者虐心的情节）的甜蜜治愈文一度让女性读者追捧不已。乍一看，“甜宠文”似乎是“霸总文”言情模式的延续，其实不然，它们之间更像是对立面的关系。男主不再是高冷霸道的“面瘫”，而是变成了外表强大，内心“忠犬”（指忠诚，温柔的人物特质）的“护妻狂魔”。女主不再是“傻白甜”（特指偶像

---

① 来自豆瓣读书网友啦啦啦评价。

剧中单纯，傻萌的女性形象），而是独立、个性鲜明的女性形象。以往那种男强女弱，男性占据主导地位的爱情模式变成了一种男女平等的“相惜”关系。这也是女性自我意识的再度崛起的表现，是现代女性爱情平等观念的一种折射。《星辉落进风沙里》毫无疑问延续了北倾一贯的甜宠文风格，但是其独特的故事架构，男女主形象的塑造，势均力敌的爱情描写，青春成长的担当和勇气等都让它不同于一般的爱情甜文，成为对现实题材的另类创新性书写。

1. 枝繁叶茂：剧情加言情

按照作者自己的说法，这部小说是一部剧情向小说，即重在整个故事剧情的描写。故事架构十分巧妙，将背景放置在大西北神秘壮丽的沙漠之中，将驴友探险、野外救援、探寻真相、寻找文物等多条线索相交，在纷繁复杂的线索中，以多年前江沅失踪的真相作为一条引线，串起整个故事架构，种种意外看似像是巧合，其实内里都或多或少被这条线牵引。曲一弦寻找好友失踪的真相，傅寻寻找丢失的勾云玉佩，江允被绑架，裴于亮、权啸、王坤被利用，彭深设置一个巨大的阴谋等，只不过有人是为了让真相大白，有人则是拼命的掩埋真相。然而善恶终有报，所有躲藏在黑暗中的秘密都将被揭开，所有的罪恶也都将被救赎。作者有意设置重重悬念，让故事曲折生动。如曲一弦在听到裴于亮有意无意的暗示，对彭深产生了怀疑后，便开始了一步步的试探，从怀疑到试探，到推翻，再到确定无疑。曲一弦没法无视彭深的种种反常行为，可是在情感占据主导的内心深处，她不愿相信这个如大哥、如师父般朝夕相处的前领队会有如此肮脏不堪的行为，会有这么多不可告人的秘密。彭深到底是一个什么样的人？读者和曲一弦一样迫不及待地想要知道真相。故事环环相扣，剧情紧凑。从开头一场沙漠救援活动中，曲一弦与傅寻结识，意外牵扯出江沅失踪的案件，二人达成“你帮我寻人，我帮你寻宝”的协议，之后由寻找丢失文物所引起的一连串事件和环线上层出不穷的救援活动相重叠，到最后江允被裴于亮绑架，再到彭深设局，置所有人于危险的境遇，最后故事高潮来临，曲一弦、傅寻等人和彭深展开正面对峙，江沅失踪的真相被完整揭开，彭深的真面目也被掀开。剧情不断反转，推动高潮的到来。如在写到裴于亮绑架江允，以人质安全和江沅失踪的真相作为诱饵，迫使曲一弦答应将他安全领出沙漠，从西藏出逃到国外的要求时，曲一弦一方面假意答应，与之周旋，另一方面和傅寻暗中联系顾厌，集合警方势力，准备将其一网打尽。一切都有条不紊的进行着，就在众人以为事情终于要告一段落之际，却没成想在最后时刻裴于亮像是预知一般，提前反击，重伤傅寻后挟持人质离开。人质何去何从？裴为何会猜到有警方埋伏？是否有人暗中通报？下一步计划又将如何展开？跌宕起伏的反转情节扣人心弦。仔细阅读小说，会发现作者对情节发展，对江沅失踪的真相其实早有暗示，多次埋线，到最后真相呼之欲出之际，读者反复咀嚼之后更耐人寻味。如曾借胜子无意中的八卦聊天，再一次牵扯出当年江沅失踪的案件，并暗示其失踪或许与星辉救援队以及当时正是野生藏羚羊迁徙这个特殊时间段有关系。

> 据我后来了解，那两个女孩也不是单独进的可可西里，跟着车队，登记过救援。结果进去的第一晚，就出事了。”胜子眉头拧起，解释道“那女孩失踪的时间挺敏感，六月份正好是可可西里的藏羚羊举族迁徙。救援队进去了好几拨，搜救了整整一个星期，没找着人都打算撤了，家属不放弃，愣是又拖了一个月。
>
> ——《星辉落进风沙里》第7章

只是读者若不太了解西北地区常有人非法偷猎和交易野生动物的背景，或者阅读时并没有仔细揣摩，而只是简单带过，就很容易忽视掉这些细节。

作者在精心塑造剧情时，并没有忽视男女主感情的发展，相反，正是在跌宕起伏的剧情中，不仅男女主的人物形象得到了完整的塑造，二人之间的感情也在不断进展，直至经历了生死考验后更加相信彼此，坚守爱情。在风沙黄土的历练中，曲一弦从刚刚大学毕业、懵懂稚气的学生，成长为星辉救援队的领队，团队的主心骨和纵横大漠的勇士。她敢爱敢恨，敢做敢当，有野性，有韧性，勇敢坚毅，英姿飒爽，在西北环线一众男人的世界里，人送外号“小曲爷”。身为星辉救援队领队，肩负责任和担当，面对媒体的质疑，毫不留情地用犀利的言语回击，捍卫车队的清白和荣誉；在救援过程中，发挥自己多年来积累下来的经验，指挥若定，用傅寻的话来说就是“排兵布阵”，让救援行动井井有条地展开；面对救援中所遇的恶劣环境的挑战，总是不畏艰险，充当领头人，永远冲在第一线；面对被救援者千钧一发生死之际，可以毫不犹豫的以命换命，尽最大努力做好一个救援者的职责，在生死面前表现出来的无畏和奉献精神，让人敬佩和动容。在女主身上，我们可以看到青春成长的担当和勇气，这样的曲一弦无时无刻不在散发着自己的魅力。当然，坚强的外表下，曲一弦也有自己的软肋，一是江沅，面对好友的失踪，那种无能为力感一直不停地撕扯着曲一弦的心。二是傅寻，傅寻对曲一弦的爱，应了他对她的承诺“你守护世界，我守护你”那样，信任、爱护、分担、不弃、忠诚，这才是爱情的模样。傅寻沉稳专一，从了解曲一弦到理解曲一弦，从爱护到守护，凭借自己的人格魅力和真诚忠心打动了曲一弦。特别是在生死考验面前，有一个人能够把你看得比自己的命还重要，这种感情来之不易，是十分可贵的。傅寻冷峻严酷的外表，沉稳冷静的性格和对曲一弦的偏爱，形成强烈的反差。时不时的致命一“撩”，情话说起来一套一套的，饶是小曲爷也招架不住：

“这样。”傅寻曲指，指关节在仪表台上轻轻一叩：“我做饵，你收线。”

“二十分钟后，我可以代替你和裴于亮进一步谈判，提出你的要求。这段时间内，我会换出江允……”

“等等。”

曲一弦打断他："饵不该是我吗?"裴于亮的目标是她，她才适合当鱼饵引他上钩啊。

"不能是你。"傅寻抬眼，眸色深深："你做饵，上钩的只会是我。"

——《星辉落进风沙里》第69章

这种"撩"，它的内核不是轻浮和挑逗，而是真心与实意，不是靠华丽的甜言蜜语来捕获女孩子的心，而是从心里认定这份爱情，并在日常生活中自然而然地表露了出来。唯有真心才动人，傅寻说他此次西北之行的目的是"寻宝"，这个"宝"一语双关，既指勾云玉佩，也指曲一弦。剧情加言情的枝繁叶茂式描写，更增添了小说的可读性。

2. 强强联合：势均力敌的爱情书写

曲一弦和傅寻的爱情，从心动到爱慕，从陪伴到守护，经历重重考验后更坚定彼此。不是"霸道总裁爱上我"的虚幻爱情想象，没有三角恋偶像剧中狗血的桥段，也不是傻白甜似的灰姑娘为了爱情奋不顾身，甘愿牺牲，而是强调女性自身的魅力，这种魅力不仅体现在曲一弦美丽多姿的外表，飒爽的个性，还体现在她面对危险时的勇敢和无畏，其体现出的担当和勇气，以及作为救援队志愿者的责任和无私奉献精神。所有一切都是吸引傅寻的关键。对曲一弦来说也同样如此，傅寻家室好，身为顶级文物鉴定专家，帅气多金，而真正吸引曲一弦的是其冷静沉稳的个性，踏实坚毅的性格，对爱情的忠贞和勇敢，对自己的真情守护。二人在平等的爱情观下，有着同样的信仰和追求，才能勇敢地守护自己的爱情。这一场势均力敌的爱情书写，给予读者的是另类的"爽感"。正如评论者所说："无论是多么平凡的姑娘，你都有资格表达爱与追求爱，有资格获得爱的回馈。当一切价值信仰都变得可疑，而唯有爱情仍旧高洁；当日益原子化的社会迅速解离了原本复杂的人际互动，而唯有爱情尚可以超越孤独；当高度分工的碎片化社会剥夺了人们的历史感与社会参与感，而唯有爱情尚可以成就一段传奇，这种关于爱与被爱的许诺无疑就成了一种巨大的安慰与奖赏——每个人平凡的生命中至少都还能够期许一次超离庸常的机会，那便是一次伟大的爱情。”[①] 爱情不是什么奢侈品，而是人人都可以拥有的一种美好纯洁的感情，对爱的期待，对爱的理解，对爱的守护，对爱的忠诚，这才是作者想要通过“爽感”来传达的东西，也是舒婷在《致橡树》中所传达出的女性想要“作为树的形象和你站在一起”的独立现代爱情观的延续。男主对于女主的忠贞和守护就如诗中所写的“坚贞就在这里，爱，不仅爱你伟岸的身躯，更爱你坚持的位置，足下的土地。”这是一种平等独立，志同道合，互相尊重，互相理解，同甘共苦，互相扶持的爱情，是要共同践行“你守护世界，我守护你”的完美诺言。小说温情浪漫的爱情书写，给了我们相信爱、憧憬爱、勇敢爱、守护爱的勇气和力量。

二　以文学魅力观照现实

《星辉落进风沙里》是一部以救援为切入点的现实题材作品，结合了当下年轻人感兴趣的探险、驴友互助、自驾游、野外救援等潮流话题，将视角聚焦在西北地区那一群默默无闻的公益救援人员身上，向读者展示沙漠救援队员所面对的种种挑战，不仅有自然环境的困险和意想不到的意外，也有人为的算计和筹谋。小说用文学魅力传达出对于生命的礼赞、对自然的敬畏和对真相孜孜不倦的探求。其体现出的时代精神和现实关怀，让作品跳出一般的小情小爱，成为格局开阔，内涵丰富，引人思索的作品。有研究者评价道：“《星辉落进风沙里》是在一个沙漠探险、驴友救援的故事架构中，蕴含着个人奋斗的责任，青春成长的担当和勇气，以及‘你守护世界，我守护你’的温情和关

① 王玉王：《论“女性向”修仙网络小说中的爱情》，《中国现代文学研究丛刊》2016 年第 8 期。

爱。很显然，这些描写正是我们时代某一侧面的文学存照，也是网络文学创作直面时代的文学尝试。”①

1. 救援守护的情怀，讴歌献身公益的平民英雄

作者用大量的笔墨写出了在救援活动中救援人员所面对的重重压力和困境。将救援活动具体的执行过程细细展现在读者面前。如小说开头讲述的搜救荀海超的故事，作者对大漠严酷的自然环境做了细致的描写。由于荀海超是中途从出租车下车，迷路后打的求救电话，随后手机没电，彻底失联。他的行程没有细致规划，救援人员不好定位，搜救范围难以确定，只能往大范围去搜，搜救难度可想而知：

> 七月的荒漠，地面的最高温度将近在七十摄氏度左右。
>
> 巡洋舰的引擎盖滚烫，透过挡风玻璃看见的地平线尽头，被高温扭曲揉折，隐隐透出几分海市蜃楼的瑰丽迷离。
>
> ——《星辉落进风沙里》第 2 章

这里不仅有高温的炙烤，缺水导致的生理不适，更存在海市蜃楼鬼魅般的诱惑，一步一步摧残人的意志，击垮人的心理。时间一分一秒流逝，救援活动从白天转向黑夜，黑暗中的大漠更是潜伏着层层危机，若是遇上可怕的起沙风，再坚强的求生欲也很容易被风一道一道吹散，作品写道：

> 等入了河谷谷地，这片水流冲刷集中，地面凝成的纹理如同瞬间抽干的河面，泥沙上一秒还被水流推搡得波澜起伏，下一秒河水干涸，地表被阳光暴晒后干燥驳裂，结成一块块盐壳地。
>
> 偏偏地表的那层盐壳酥脆不堪，大 G 引擎动力足，碾过的路面几乎都被泥地胎刨出一道深深的车辙印，露出盐壳底下松软的细沙。

① 欧阳友权：《网络文学如何书写我们的时代》，《文艺报》2020 年 10 月 26 日。

这种地形，饶是大 G，也行进得分外吃力。

天色渐暗，雅丹西侧已不见日光，只昏寐得露出半片被染红的夕阳，彩霞余辉一道一道，把那片镶着金边的地平线染得如九天仙殿。

隔着一道雅丹深沟，不见远方落日的平和。有风势从沟底卷出，飞沙走石。

眼前的天暗得格外迅速，风沙四起，视野可见范围内，黄沙夹着碎石砂砾不断地拍打着车身。

几乎是短短的数十分钟内，沙尘遮天蔽日。

“是真的扬沙了。”曲一弦看向后视镜，身后的世界比前路更凶险可怕。

车尾扬起的细沙被风卷成漩涡，从四面八方猛扑而来。

——《星辉落进风沙里》第 7 章

救援人员就是在马不停蹄地抢时间，和死神作斗争。大自然馈赠人类以壮丽的风景，但这片充满神秘野性的大荒漠也会惩罚蔑视其威力的人。对自然怀有敬畏之心，也就是对生命怀有敬畏之心。作者曾借曲一弦之口说道“人总是小看自然的力量，高估自己。只有等出了事，才知道追悔莫及。”被救援者迷失在荒漠中，面对种种生死考验，但救援队的志愿者们也面临着同样的危险，他们凭借着对职业的热爱，对生命的尊重，承载着被救援者的期盼，渴望与信任，身上肩负着责任和担当，凭借着勇气和无畏，奋战在救援一线上。文中大力书写救援守护的情怀，致敬每一位奋战在救援一线的志愿者们。民间公益组织如星辉一般散落在全国各地，但并不是所有的救援队都能像星辉救援队一样幸运，可以遇上那样的傅寻，为其提供雄厚的资金支持。多数公益组织在民间艰难地生存，或许还要接受一些误解和指责，现实处境并不乐观。小说有意展示这些细节，就是想呼吁人们去关注公益事业的发展，尊重他们的工作，理解他们的职责，向现实中的这些平民英雄表示敬意。

2. 救赎的心灵之旅，现实题材创作的成功尝试

这是一趟救赎的心灵旅程。有人敬畏生命，尊重生命，在茫茫沙漠中尽力守护生命，守护自然；也有人自以为是，为了满足一己私欲，妄图掌控他人生命，把弄他人命运。彭深、裴于亮、权啸就是如此，在利益欲望的熏染下一步步滑向犯罪的边缘，最终坠入罪恶的深渊。这是一场救赎之旅，无论怎样掩盖，真相总有重见天日的一天，所有隐藏在黑暗中的秘密都会被揭开。小说塑造了一个受争议的角色——彭深。在曲一弦眼里，他作为救援队的前领队，作为前辈，值得尊敬和爱戴。这么多年，从救援一线到退居幕后，一直默默无闻地为救援事业做出贡献。可当其真实面目被掀开后，让人唏嘘不已。

彭深具有典型的表演型人格，人前人后完全是两副面孔。他善于伪装，身为星辉救援队的领队，表现出的一直都是大义凛然、正直善良、大公无私的一面。受伤后他退居幕后，也是一副热爱公益事业，具有责任担当的正面人物形象。私底下却干着违法犯罪的勾当，甚至残忍杀害江沅，是一个十恶不赦的恶魔。彭深一步一步设下圈套，想要故技重施，将所有知道他秘密的人全部杀死，自以为做得滴水不漏，最后却难逃道德的谴责、法律的制裁。小说的高潮也在此，援救江允，揭开真相，曲一弦多年的寻找终于有了结果，深扎在心头的一根刺也终于拔出，雪山金顶的光辉驱散了所有的黑暗，将一切都显露无遗。而彭深最终也付出了代价，死刑是他最后的归途。

多年来深扎在曲一弦心里的一根刺在真相大白的这一天被拔出，她可以勇敢地面对好友离去的真相，原谅彭深，释怀一切，继续守护西北，守护江沅最爱的雪山金顶，守护自己的事业，带着爱和宽恕，与傅寻幸福地走下去，这是曲一弦的自我救赎。彭深最终也要踏上自己的赎罪之路。大团圆结局符合大众的阅读心理期待，也是北倾想要表达的善恶有报的人生价值观。

《星辉落进风沙里》融冒险与悬疑于一体，在一个户外探险、公益救援的故事里，讲述了一个有关寻找和守护的故事，其中有守望相助式的现代爱情，也有无私奉献的大义凛然，有青春成长的责任与担当，也有人性两面的真实写照，兼具时代感和“大漠风情”。作为一部现实题材作品，该小说很好地弘扬了时代精神，传播了正能量，其甜宠文中表现出来的现实关怀令人动容。正如有文章所说：“文学的社会效应首先是题材效应，文学的精神之根是深植于现实生活的，接地气，表现一个时代，是优秀文学的品质。这些网络小说的出现表明，网络小说不只是玄幻、盗墓、武侠等娱乐化类型小说的代名词，它也有入世的现实关怀；网络小说不只有‘轻逸’的休闲、情趣化特点，也有令人‘沉重’的深层文化之思。”[①]《星辉落进风沙里》就具有这样的特点。这部作品故事新颖，人物形象立体丰满，情节曲折生动，爱情书写动人，记录了这个时代无私、勇敢、善良的沙漠救援者们成长的担当和责任，谱写了一首动人的弦歌。这是网络文学现实题材写作的成功范例，也是网络文学精品化创作的成功尝试。“我们在网络文学界倡导现实题材创作，并不是不顾及网络文学的特征与特色，而是要让网络文学的特质与现实题材更好结合，创作出比现有作品更具吸引力的网络文学精品。网络文学以娱乐为主要目的、以抚慰心理为主要功能，具有想象力丰富而新奇、立足大众视角、注重网络化表达、呈现百花齐放景观等特征，这些特征都应当保留并在现实题材作品中体现出来，以此赢得读者和人气。这才是现实题材作品的成功，也是我们倡导现实题材创作的本意与初衷。”[②] 这是对网络文学现实题材精品化创作的希冀，也代表着网络文学的光明未来。

（潘亚婷　执笔）

① 张丽萍：《新世纪现实题材网络小说的文化分析》，《创作与评论》2013 年 12 月号（下半月刊）。

② 《中国作协网络文学委员会主任陈崎嵘关于网络文学现实题材创作答记者问》，人民网，http：//media. people. com. cn/n1/2018/0530/c40606 – 30021808. html。

唱响中华文明世代传承的赞歌

——评陈酿的《传国功匠》

【作者简介】

陈酿，原名陈珊珊，浙江温州人，现为连尚文学旗下逐浪网、咪咕阅读签约作家，温州日报报业集团资深记者、编辑，温州市宣传文化系统“四个一批”人才，浙江省网络作家协会会员。陈酿出身于书香门第，从小文笔出众，大学毕业后曾在省重点中学担任语文老师，1997 年转行新闻行业，进入温州媒体单位工作，担任一线记者 20 余年。20 多年的记者生涯和基层体验，让她积累了大量文学创作原始素材。陈酿以描写温州百姓生活见长，主攻网络文学现实题材，主要作品有《凤舞三生》《传国功匠》《旷世烟火》《廊桥梦密码》等。她的《旷世烟火》获选 2019 中国超级潜力 IP 评选 TOP10、庆祝新中国成立 70 周年首届全国网络文学现实题材征文大赛一等奖（最高奖），荣登“2019 年度影响 IP 作品”榜单。她的《传国功匠》荣登 2019 年中国网络文学排行榜、2020 年度最具版权价值网络文学排行榜，入选国家新闻出版署和中国作家协会联合推介的“2019 年优秀网络文学原创作品”，并荣获“2019 扬子江原创网络文学大赛”特别奖，获得第二届泛华文网络文学“金键盘”奖。她的最新力作《廊桥梦密码》于 2021 年 5 月 10 日完结，这部以中国廊桥为背景的小说，以梦境与现实时空相交织的剧情设计，为中国廊桥描绘了一个美丽奇幻的故事，展现了中国东南畲乡的风土人情，刻画了颇具艺术魅力的大国匠心。

【上榜评语】

饱蘸瓯越水墨风情，展现温州非凡匠艺。《传国功匠》集悬疑、传奇于一体，高扬传统工匠的敬业精神，歌颂励精图治的职业操守，唱响了中华文明世代传承的赞歌。

【故事梗概】

汪楠源从小在英国长大，一次在梦境里，他来到了美若仙境的江边，变成了江中竹筏上娇嫩的幼儿，随后的暴雨和旋涡让竹筏分崩离析，他也失去了自己的父母。噩梦惊醒，他发现自己的继父即将走到生命的尽头，继父临终前交给他一些陶瓷窑址的图画和一把形似莲花的钝刀“破刃”，让他回到国内找到《瓯宝图》阳本，与藏于英国伦敦的《瓯宝图》阴本结合，复原瓯地千年匠艺技术，并带回流落国外的瓯匠瑰宝。汪楠源接过命运的重担，回到神奇而瑰丽的瓯越之地，踏上了寻宝寻亲之路。然而他没有想到，登上回中国的飞机时，他就被黑石集团盯上了，他的命运也将发生翻天覆地的改变。

汪楠源到达白瓯机场后，经历了宝物差点被盗的惊险，结识了芦叶儿，并跟随她来到了家乡古村落莲瑞村。他发现莲瑞村的民间艺人们个个脸色阴郁，还有些惴惴不安，原来莲瑞村要加快“美丽乡村”改村项目进度，一旦铲车推土机进村，《瓯宝图》阳本可能就再也找不到，“瓯宝大会”也不会再召开了。为了加快寻宝进程，推动“瓯宝大会”召开，他们紧急召集清音县郦家、白瓯城花家、阳平县南家，瓯地五匠齐聚，共同完成寻宝使命。然而这次寻宝行动，除了外界的觊觎（英国黑石集团）和由此带来的重重阻碍，还有五大瓯匠内部的隐患。肖云志是五大顶级瓯匠——“瓯染”的新生代嫡系传人，他本也想传承发扬瓯匠技艺，奈何自己父亲做房地产生意失败，欠下大笔债务，妹妹甚至不惜借高利贷出国留学，为了填补财务漏洞，他决心推行改村计划。另外，郰家贝雕传人郰终成怨恨养父将自己送到贫寒孤岛学习贝雕，不甘心永远只做莲瑞村的一个小小瓯匠，渴望在中国乃至世界名利双收。为了获得财富，肖云志、郰终成二人与英国黑石集团暗中结成同盟。

在南屿心母亲墓前祭奠时，汪楠源、芦叶儿等人遇到了一个不太正常的大叔汪清潭，没想到，这位大叔就是汪楠源朝思暮想、时隔20年才相见的生身父亲。在芦长汀的引导下，汪家父子二人相认，《瓯宝图》阳本“百宝缬”的线索也浮出水面。原来，“百宝缬”当年就是被汪清潭拿走并弄丢的。肖云志为了改村计划和亨利许诺的巨额财富，偷偷找到汪清潭，企图拿肖家珍宝“双珍鼓槌”来换。这“双珍鼓槌”是汪清潭心心念念想要得到的，原来每届“瓯宝大会”后，族长都要将“双珍鼓槌”交给瓯宝状元来擂响祠堂鼓，而在几十年前最后一届“瓯宝大会”上，汪清潭输给了瓯染肖家，年轻气盛的他一把火烧了那对“双珍鼓槌”，因此被赶出了莲瑞村。肖云志本想拿鼓槌换“百宝缬”，却被妹妹制止了，双方争执不下，而汪清潭误打误撞之下擂响了大鼓，正式恢复了中断多年的“瓯宝大会”。大会召开前期，汪楠源等人见识了郰家第二个绝活——活字木雕，也明白了这些伟大的匠人是如何安静而寂寞地守护了华夏民族的文化珍宝。与此同时，肖云志再次找到了汪清潭，引诱汪清潭说，只要拿出“百宝缬”，就可以还清他欠下的百万赌债，然而“百宝缬”早在当年他和肖惊云的争夺中就卷入了楠溪江中。汪清潭从肖惊云口中得知，南屿心手中可能还有绣品“百宝缬”。为此，他特意找到南屿心，没想到南屿心在装“百宝缬”的紫檀盒中发现了母亲的绝笔信，由此知晓了自己的身世——汪清潭的亲生女儿。在悬崖松上经历了惊心动魄的认亲和生死营救后，绣品“百宝缬”坠入悬崖。所幸，坠下悬崖的是南屿心仿制的，其母亲的瓯丝“百宝缬”幸存了下来。

年轻瓯匠们在“百宝缬”的指引下，找到了大祠堂古戏楼，发现了旺世堂的二耳罐和里面的木活字。他们将 32 个木活字组合排列，便得到了《瓯宝图》的下一个线索瓯心屿，由此爱华德家族与瓯越大地的深厚情谊、亨利家族与瓯匠的血海深仇也浮出水面。在瓯心屿上，瓯匠们与国外的匠艺大师们展开技艺大比拼，并从国外匠人那里想到了创新的点子。随后，“小逅背”爷爷给他们带来了另一个二耳罐，里面也有32 个木活字，可组成八个短句，下一个线索便出现在“松台山上，八卦井外”。他们来到松台山，遇到了高僧达慧大师。在大师的指引下，找到了真正的线索所在地——仙僧井，并且得到了下一个二耳罐。此时，在莲瑞村，南屿心突发急性盲肠炎，情况危急，肖云志兄妹将她送去白瓯城医院。肖云志一直苦苦压抑自己对南屿心的爱，经此一事，他向南屿心表白心迹，南屿心苦尽甘来终于等到了自己的真爱。根据找到的二耳罐，众人推测最新线索是在莲瑞村古戏楼里，尘封百年的《瓯宝图》终将现世。与此同时，黑石集团幕后老板亨利也来到了莲瑞村，与瓯匠们争夺传世瓯宝。

众人在古戏楼里找到了最后一条线索：集齐破刃，打开龙窑。一番努力之后，众人集齐了五把破刃，也探索到了传统瓯匠技艺的创新之道。肖云志与郦终成为了自己的利益，骗得了花大萌的破刃，并仿制了假破刃，企图抢先一步找到龙窑，他们诱骗汪清潭带路找龙窑，没想到黑石集团众人也跟随其后。最终，汪楠源、芦叶儿等人与黑石集团在龙窑展开了生死搏斗。汪清潭为救南屿心，死在了亨利的枪下，关键时刻，林姆妈到来，用高超的枪法救了众人。众人齐心合力打开龙窑宝匣，却发现里面空空如也，这时林姆妈才知道他们到底在寻找什么，想起了《瓯宝图》在自己家中。汪楠源等人欣喜若狂，去到林姆妈家中拿到《瓯宝图》阳本，随后奔赴英国拿回了中国的至尊瓯宝，谱写了瓯越大地匠艺传承的千年传奇。

【作品反响】

《传国功匠》是近年来网文的佳作，它立足客观的现实，展现了硬核的匠品技术，表达了对传统文化继承与发扬的独特思考，预示了传统文学与网文的融合发展新道路。阅读《传国功匠》，第一个深刻的印象当属那些鲜活动人又细腻精致的匠品技艺的出色呈现，几乎每一章都会列举几种精美的匠器或匠技，令读者大饱眼福，大开眼界。《传国功匠》给人第二个深刻的印象在于它通过对瓯匠匠艺在传承过程中的种种曲折、艰难进行渲染与描写，借匠艺的传承之路反思、重估传统文化的独特价值并继而完成对坚守的意义确认。《传国功匠》给人第三个深刻的印象在于其写作方式并不是延续了网络类型小说的常规模式，走大长文一路，而是充分继承了传统文学的写作方式，借鉴吸收网络文学的新颖元素，从而完成了传统写作的网络转型。

——孙涛:《〈传国功匠〉: 传统文学与网文的融合发展新尝试》,《文艺报》2020 年 6 月 19 日

《传国功匠》借一个年轻瓯匠寻宝、夺宝的现代传奇，颂扬瓯越百工的工匠精神和家国情怀，弘扬中华传统文化。作品谱写了近百年来“温州百姓的生活和心灵史”，展示了瓯越文化的深厚底蕴，传扬了中华文化薪尽火传、文脉绵延的不灭信念。

——孙凯亮:《中国网络文学排行榜（2019 年度）上榜作品述评》,《文艺报》2020 年 11 月 23 日

《传国功匠》写得真的非常棒！这本小说与近些年大热的玄幻修仙等小说完全不一样，首先是篇幅很短，只有二十余万字，与动辄百万字的长篇网络小说相比，读起来十分轻松。其次，它

的文化性或者说知识性很强，作者对温州瓯地的文化很了解，几乎每一章都有对当地文化风俗的详细解说，还有对传统匠艺的生动展示。最后，这本小说文笔非常优美，开篇对楠溪江的描写就吸引到我了，小说里还有深厚的人性美、人情美，搭配上瓯地的山水美景和人文景观，仿佛沈从文先生笔下的边城小镇茶峒，读来韵味无穷。

——逐浪小说网读者小海豚：68633094

小说里对非物质文化遗产的描写真是太详细啦，看完涨了很多知识，好想去温州旅游，想看当地的瓷器和刺绣，当然最想吃温州的菜啦，每次看到小说里写瓯菜的制作方法和口感，就感觉自己也饿了哈哈哈。

——逐浪小说网读者小海豚：68650253

这本小说情节太平淡了，人物性格也不突出，坚持了几章实在看不下去了。

——逐浪小说网读者小海豚：68648438

【作品评析】

唱响中华文明世代传承的赞歌

陈酿是浙江温州籍网络作家，她的小说《凤舞三生》《旷世烟火》立足温州现实生活，展示温州风土人情，建立了极具文化特色的地缘世界。《传国功匠》是陈酿温州书写的转型之作，她将视角从坚韧聪慧的温州女性身上转移到温州特有的非物质文化遗产上，讲述文化遗产背后身怀绝技的民间工匠的故事，展现匠人们坚守华夏文明的伟大匠心。这本小说只有20余万字，共78章，却展示了丰富的匠艺，蕴含了深厚的文化内涵，是近年来网络小说中不可多得的佳作。

“玄幻小说的作用是麻醉，那么现实题材小说的作用就是指引。”①2015年以后，国家大力倡导网络文学书写现实题材，催生了大批优秀的现实题材网络小说，如《大国重工》《网络英雄传》《浩荡》等。这些小说立足社会现实，展现社会生活的方方面面，让读者在社会历史的观照下认识自我，认清现实。陈酿的《传国功匠》也是这样一部作品，它指引读者们关注逐渐被人遗忘的中华文化瑰宝，关注匠人们的现实生活和创作困境，具有很强的现实意义。在现实题材创作同质化现象严重的当下，《传国功匠》给了网络小说创作者们新的启示，现实题材作品不应该仅仅写国家改革开放、大国崛起和经济腾飞，也可以深入到中华非物质文化遗产中，展现传统文化之美和匠人精神之坚。

一　非遗文化的硬核书写

《传国功匠》以温州非物质文化遗产为书写对象，以工匠精神来体现温州百姓性格特征，这在网络小说中是十分少见的。陈酿是温州籍作家，20多年的记者经历让她对温州非物质文化遗产和民间匠人有了深入了解，也让她下定决心写一部能够展现温州匠人伟大匠心和绝世匠艺的小说，《传国功匠》就此诞生。众所周知，温州自古就是“百工之乡”，汇集了各行各业的能工巧匠，目前拥有“泰顺编梁木拱桥营造技术”“乐清细纹刻纸”“永嘉昆曲”“瑞安木活字印刷技艺”等4项人类非物质文化遗产项目，35项国家级“非遗”、136项省级“非遗”以及769项市级“非遗”代表性项目。《传国功匠》并没有事无巨细地描写工匠技艺，而是选取了最具代表性的五大工匠——瓯瓷、瓯雕、瓯染、瓯绣、瓯戏，将他们集中到瓯地楠溪江畔的莲瑞村里，通过他们寻宝护宝的经历展现瓯地匠人的精湛技艺和执着的匠心。

陈酿对匠艺技术十分地熟稔，她不是简单地泛泛而谈地呈现这些技艺，而是深入挖掘这些文化瑰宝的每一个制作细节，使得小说呈现

① 禹建湘：《从玄幻想象到现实观照：网络文学的审美转向》，《中州学刊》2019年第7期。

出百科全书式的质感。小说几乎每一章都有对瓯匠技艺细致而全面地描写，例如说到“瓯染”，作者从种靛、打靛说起：

> 家里的工人们把叶和梗全割下，梗截下留作种，叶和嫩茎倒进砖砌的缸内浸酿。三天三夜后，捞去渣，加入蛎灰使劲搅啊搅，再沉淀一个晚上，滗净上面的水，留下来的就是纯纯净净的漂亮的靛青了。
>
> ——《传国工匠》第四章

介绍“瓯绣”时，作者从用一百多种彩色丝线绣成的巨幅瓯绣《十二金钗图》写起，继而介绍齐针、切针、套针、接针、施针、滚针、断针等二十几种针法。说到“瓯瓷”，作者这样描述：

> 楠源常常把玩的牛形灯、褐彩碟、五联罐和仿花果形的碗、盘之类器物，造型特别活泼秀硕，但是纹饰却简单朴实，颜色上大量使用褐色装饰，大部分都是点彩、彩斑和条形彩绘。
>
> ——《传国工匠》第九章

然后又点到汪家的九大瓯窑。写到“瓯菜”，作者详述其做法及口感，文字简单朴实，却能勾得读者口舌生津。例如清明饼的做法：

> 用三分糙米加七分糯米蒸熟米饭，关键一点不是用艾叶，而是采摘田间地头一种叫做“绵菜”的只有楠溪江沿岸才有的野菜，用绵菜揉进蒸熟的饭团中，放进石头捣臼捣得又糯又屉（口感细腻、黏性很强），待到绵菜完全和米团融合在一起，米团变得光滑细腻，绵菜的清香若隐若现，沁人心脾。
>
> ——《传国工匠》第六章

又如八字素面的做法：

> 用新麦打下来的面粉掺上恰到好处的盐，选一个阳光灿烂、东风拂面的好日子来做成细如发丝、洁白柔韧的素面。头天夜里和好面，第二天一大早经过开条、搓面、绕面、熟面、拉晒等几道工序，然后趁着好阳光和东风，把拉得细细的面条晒在阳光下，到了晚上，便能收获香喷喷的素面了。
>
> ——《传国工匠》第十二章

介绍瓯雕三门时，作者着重介绍了木活字雕和海岛贝雕，其中对木活字雕族谱的描写尤其让人印象深刻：

> 只见他定了定神，闭目几秒后，稳稳拿起一个棠梨木做的模坯，用毛笔在上面反写了一个“楠”字，对着这个“楠”字吹了几口气，很快，木模上的墨汁便干了。于是，一把刻刀稳稳拿在手中，一时间，只见他左手不停转动字模，右手稳准运力，刀尖划过，木屑纷飞。也就不到几分钟的时间，一个方正而典雅的阳文反字——“楠”已经如生命苏醒般地挺立在这块方方正正的棠梨木上了。
>
> ——《传国工匠》第二十章

陈酿笔触生动，她以非遗文化守护者的姿态将精彩绝伦的瓯匠技艺娓娓道来，使小说的非遗书写硬核传神，掷地有声。

此后的创作中，陈酿延续了她的硬核非遗文化书写风格。在新作《廊桥梦密码》中，她同样以严谨而硬核的笔触为读者展现泰顺廊桥的制作细节和专业知识。不同的是，《廊桥梦密码》的非遗书写更具幻想色彩，她将人、仙两界以梦境和现实交融的手法交织，以仙界凰神触怒王母被贬人间建立一千座彩虹桥为背景，串联起了浙江畲乡蓝乔两家与泰顺廊桥的前尘往事。

陈酿是一位极具实干精神的作家，她真正观察和体验过温州匠人的制艺过程，因而无论是《传国功匠》还是幻想色彩更浓厚的《廊桥梦密码》，她都不是仅凭天马行空的幻想，而是凭借严谨认真的态度，硬核地还原瓯匠技艺，让读者在阅读的过程中既为匠人的精湛技艺所惊叹，也了解到温州非遗文化的种种知识，这使她的创作真正体现了专业性与知识性的有机统一。

二　匠艺精神的历史传承

非物质文化遗产是每个民族最重要的文化印记，是先民古老生活智慧的现代观照，文化之美，美在传承，然而古老匠艺技术的传承已变成一个世界性的难题。“匠艺传承，后继乏人”，是当代匠人们不得不面对的问题。《传国功匠》聚焦匠艺传承这个历史性难题，却另辟蹊径地将视角放在新一代瓯匠传人身上，它不写老瓯匠如何艰难坚守，而是写新一代瓯匠如何发自本心地热爱和延续传统匠艺。小说主角汪楠源自小在英国长大，继父临终前告知了他的身世，并要他承担起瓯瓷传人的伟大使命。为此，汪楠源毅然踏上了数千里之外的中国浙南大地。莲瑞村的芦叶儿是名牌大学历史学专业高才生，因为热爱家乡传统文化，所以毕业即返乡，她知道家乡的净土上有伟大的使命等着她。汪屿松、南屿心等人自小学习瓯匠技艺，并且自觉探索瓯艺创新之法。即使是肖云志、郸终成这样利欲熏心的瓯匠传人，所作所为也是为了摆脱债务危机，以便更好地发展自家技艺。当然，《传国功匠》并没有忽略老一代瓯匠艺人在传承过程中的支柱作用，以不多的笔墨塑造了一些坚守信念的老瓯匠。芦长汀爷爷是一位值得敬重的老艺人，作为瓯戏唯一传人，多年来他坚守本心，传承瓯戏传统，他总是在主角团遇到难题时出来答疑解惑，在主角团的寻宝之旅中起到了关键性的作用。瓯越五匠的先祖面对日军扫荡，毅然决定将传世瓯宝交付给传教士爱华德，这样有胆识、有魄力的举动既保全了千年瓯宝，也为后代瓯匠传人的匠心镶嵌了一块试金石。

《传国功匠》中有一个反复提及的70年的盟约：

> 如果中国瓯匠还将这些国宝工匠技艺一脉相承，那么爱华德家族后人将无偿把这一批瓯宝归还给中国瓯匠。如果中国瓯匠届时已经没有瓯匠再传承这些伟大技艺，那么，这些瓯宝将由爱华德家族捐献给大英帝国，作为世界文化工匠瑰宝永久保存在大英帝国博物馆。
>
> ——《传国功匠》第四十二章

开始约定一个甲子为限，后来为了对中国瓯匠传承和坚持增加考验，爱华德再加了10年，改成70年的盟约期。这其实点出了小说的内涵核心：文化传承。而文化传承的首要条件就是坚守，如果没有世世代代的匠人们坚守本心，将千年技艺传承下去，文化传承从何而谈。

围绕文化传承这个核心内涵，《传国功匠》着重刻画了瓯匠技艺传承的种种艰难，小说的主体情节是五匠后人团结协力寻找“百宝缬”，拿回传承千年的民族文化瑰宝——瓯宝，在寻宝过程中，作者并没有一味地赞扬瓯地匠人的智勇与高超技艺，反而大胆揭示了瓯匠技艺传承中的种种矛盾乃至瓯匠本身的人性弱点。瓯染肖家嫡系传人肖云志对瓯匠技艺有很深的感情，却因为父辈投资房地产失败，不得不放弃瓯染来推行新农村计划，企图获取大笔利润填补债务漏洞。欧雕郕家第三子郕终成一心想要自己的贝雕事业走出国门，实现名利双收，最终在巨大的利益诱惑下迷失了自我。瓯瓷汪家家主汪清潭本想靠赌博赚钱来更好地发扬瓯瓷技艺，却陷入赌博深渊，欠下巨额债务，最终为了还债甚至做出拿“百宝缬”换钱的糊涂事。以上种种，无不显现出作者对文化传承的深刻思考：在坚守传承和对财富追求的价值观冲突上，新一代大国工匠该如何抉择？以此为基点，小说又塑造了极具正义感的瓯匠汪楠源、芦叶儿等人，他们不为金钱所诱惑，始终坚守初心，坚守瓯匠精神，最终完成了寻宝护宝任务。除了金钱的诱惑，瓯匠技艺的传承还面临后继无人、创新不足等种种难题，比如瓯菜花家新一代传人花大萌就经常苦于如何创新菜品吸引顾客，瓯绣南家传人南屿心苦于如何制作新的绣品，传承匠艺成为他们毕生的追求。

《传国功匠》也显示了家族传承在非遗文化传承中的重要作用。儒家学说强调“修身，齐家，治国，平天下”，如孟子所言：“天下之本在国，国之本在家。”家族与国家天下处于同一层次，由此可见家族在社会发展中的重要作用。家族是由姓氏、血缘关系联结成的社会集合体，是维系社会发展的重要载体。家族文化具有延续性、排他性、坚韧性，是中华文化的重要组成部分，有责任保护和传承家族文化遗产。汪瓷传人汪屿松在父亲失踪后，接过传承重任，苦心孤诣地创新以谋求瓯瓷的繁荣。如果说汪屿松是从技艺上对家族文化的传承，那么汪楠源则体现了文化精神的传承。汪楠源的返乡既是对故乡瓯越百工技艺的热爱，也是对家族历史文化的回应。小说第一章写远在英国的汪楠源梦见充满诗情画意的楠溪江，江上一只竹筏溯流而西，竹筏上年轻男子紧握竹篙与风雨搏斗，年幼的他则在母亲怀中。这是汪楠源第一次梦见故乡，而后他返回莲瑞村，触目可见许多熟悉之景。作者通过梦境与现实的联结，揭示了汪楠源灵魂深处的家族文化印记。芦家祖宗芦芳菲夫死后回到娘家，她承袭丈夫的瓯戏技艺，根据自己的经历创作戏文，使瓯戏蜚声国内外。芦长汀子承母业，在母亲的教导下习得瓯戏精华，唯一的孙女芦叶儿也接续了瓯戏精粹，承接了胸怀宽大、巧心慧思的芦家精神文化。瓯雕郧家是家族传承的典范，郧家一门三雕，老大继承黄杨木雕，老二继承木活字雕，老三继承海岛贝雕，三人既接续了家族传统木雕，又不断创新，让瓯雕焕发出新的生命力。瓯绣南家以女红绣艺传家，南家祖上既工于绘画，还擅长刺绣，南屿心的母亲从祖辈那里传承了瓯绣的精华技艺，南屿心也在母亲的严格要求和精心培养下，掌握了精彩绝伦的绣艺技术。

小说写道：“天下匠人千千万，匠心都很高贵。”《传国功匠》聚焦瓯地匠人的匠艺精神，从家族文化的熏陶到瓯匠个人的责任担当，展现了华夏民族传承千年的匠艺精神，非常生动地为读者讲述了瓯越大地的文化传承史。

三　温州情调的诗意展现

乡土是作家永恒的诱惑，中国现当代作家对生于斯长于斯的乡土从来都不吝笔墨，鲁迅就曾以犀利的笔触勾勒未庄百态，沈从文也曾以饱含热情与诗意的笔调描画他的湘西世界。网络作家陈酿学习前辈大师，也将视线投射到自己的乡土温州上，从《凤舞三生》《旷世烟火》到《传国功匠》，从女性命运浮沉到非遗文化，她以深情的笔墨诉说瓯越大地之美，对温州人情风俗诗意的展现而不遗余力。《传国功匠》在五种瓯匠技艺之外，加入了众多文化元素，如瓯地千年的自然风光、民俗文化和古村落文化，展示了极具特色的温州地域文化之美，同时表达了对自然之美、民俗文化之美以及人性美的追求。

中国现当代乡土小说一个重要的审美特征便是"风景画"，在这一点上，陈酿的创作颇有沈从文《边城》的韵味。陈酿对瓯越大地的山水景观从来不吝赞美之词，她笔下的莲瑞村仿佛一个世外桃源，不染纤尘。《传国功匠》的故事开始于主人公汪楠源梦中楠溪江的景色：

> 目光穿过眼前宽阔平缓的江面，远山如黛，云雾如潮。夕阳从天际洒下金辉，雄伟的山岩如桅峰一般倒映在碧水中。老农荷锄赶着耕牛，悠然地哼着小曲。对岸古村上空炊烟袅袅，一派充满诗情画意的田园风光。把眼光收回一点，滩林边松枝展翠，藤萝障翳，时有白鹭从江面略过，停留在滩林里被东风吹得齐刷刷斜向一边的溪萝树。再把眼光收拢一点，聚焦在眼前这一段清澈见底的江面上，只见一只竹筏溯流而西，优哉游哉进入汪楠源的视野。
>
> ——《传国功匠》第一章

江面、远山、云雾、老农、古村……楠溪江的景物一个接一个浮现在读者眼前，好似中国传统书画中的工笔山水画。全文有很多对瓯地自然风光的描述，例如楠溪江的“金滩银练”：“这些鹅卵石从滩林一直延伸到江底，宛如在水底隐藏了一条卵石长龙。因为鹅卵石过滤了上游来的沙石，因此，透过漫江碧透、涟漪微泛的水面，白天可以看到大大小小的鹅卵石在水底闪闪发光，而岸边的鹅卵石滩在阳光下则呈现一片金黄，宛如一条巨大的鹅卵石金龙！夜晚，在月色和星辉下，则银光闪闪。”鹅卵石与江面、月光与星辉构成了楠溪江最具审美情调的图画，为男女主角的懵懂生情提供了诗意的氛围。

“风景画”之外，《传国功匠》还描画了瓯越之地独特的“风俗画”。小说有多处描写瓯地百姓生活画面的片段，显现出浓厚的风俗美，如清明节吃清明饼、收早稻后要“敬天地”喝新酒、女人坐月子要吃“素面汤”、夏日劳作后要吃一碗“烧酒杨梅”。这些风俗文化世世代代传承下来，早已融入瓯地百姓的生活中，成为当地人骨血中不可割舍的一部分。

陈酿认为，爽文“爽”在真善美，真正好的作品应该是讴歌善与美的。《传国功匠》很好地体现了她的这种观点，小说处处洋溢着人性美与人情美，仿佛沈从文先生笔下的茶峒小镇。芦叶儿是陈酿温州世界里的“翠翠”，是爱与美的化身，她身上集中体现了作者的理想女性形象，美丽善良、聪慧勇敢，没有她解不开的谜，也没有她学不会的艺，但她又没有翠翠那种悲情的美感。小说塑造的爱情故事也十分的富有诗意。老一代匠人肖惊云、汪清潭、南琴音的爱恨纠缠，似可见到《边城》中翠翠与天保兄弟爱情纠葛的影子。天保兄弟以赛歌争夺美人的芳心，肖惊云、汪清潭则以制宝技艺争夺心上人。两部作品的结局也非常相似，《边城》以天保意外死亡傩送远走他乡做结，《传国功匠》以南琴音伤心离开做结，呈现出悲剧的美感。新一代瓯匠汪楠源与芦叶儿相识于机场，在月色下的楠溪江滩懵懂生情，二人都有稚子般的纯洁内心，如同茶峒小镇的翠翠和傩送。小说中还有一些情节特别让人动容。如英国人华莱士来到白瓯城传教，他待人和善，还在白瓯城开了第一家西医医院和戒烟所，与白瓯城百姓结下很好的善缘。当他年幼的儿子爱华德落水差点溺死时，汪家先祖奋力抢救，也与爱华德结下善缘，日军侵华期间，为了保护千年瓯宝不被毁坏，爱华德家族决定将瓯宝带回英国，并定下 70 年盟约。70 年后，爱华德的孙女信守承诺，奔赴瓯地，完成当年的约定。爱德华家族与白瓯城的几代善缘，恰恰体现了人与人之间最美好的感情——善良与守诺。小说还写了老一辈人对孩子的宠爱，如新米刚出来时为了满足孩子的口腹之欲，将新米浸泡后做成便于消化又口味独特的“千层糕”，在物质生活并不富裕的年代，“千层糕”便是孩子们心中最美味的食物。

四 网络小说的传统书写

网络小说以类型化写作为主，类型化写作满足了特定读者群的阅读审美需求，也利于市场定位，但是真正优秀的作品不会被类型所束缚，《传国功匠》就是一部反网络文学类型、续传统文学血脉的小说。《传国功匠》尽管是一部网络小说，但它似乎并没有遵循网络小说一贯的创作模式，走大长篇爽文模式，而是立足于社会现实，走传统文学的创作道路。陈酿认为自己并不是一个纯粹的网络写手，她没有写过小白文、总裁文、宫斗、盗墓、修仙、二次元等网络文学，她希望自己的作品能够记录时代、讴歌生活、弘扬美好，既能让读者“爽”，也能让读者“赞”。①

我们知道，当代文学作家中，冯骥才也是一位长于书写极具地域文化特性的非物质文化遗产的作家。他聚焦天津的民俗文化、传统节庆还有传统手工工艺，以知识分子的审美眼光观照这些非遗文化，在创作上采用传奇与实录并行的手法。陈酿的创作在一定程度上接续了冯骥才的

① 只恒文：《陈酿：写作要跳出“身边的小小的悲欢”》，http：//www. chinawriter. com. cn/n1/2019/1024/c405057 –31417873. html。

非遗文化创作特色。《传国功匠》这部小说并没有僵硬地描述瓯地匠艺传承过程，而是采用“传奇笔法”与“实录叙事”相结合的方法，虚实结合，不仅让小说呈现出传奇性与娱乐性，还呈现出硬核的真实感。

冯骥才曾说：“古小说无奇不传，无奇也无法传。”① 中国古代传奇小说极注重写传奇事，述传奇人。奇人异事与幻想虚构结合，便是传奇小说笔法。在《传国功匠》中，陈酿注重发掘人物和故事的传奇性，她将目光投向最具传奇性的五大瓯匠，围绕“制宝、藏宝、失宝、寻宝、夺宝、还宝”这个充满传奇色彩的故事线，将寻宝夺宝、盗墓、奇幻等网络文学元素融合进去，形成青年读者喜爱的故事形式。瓯越匠人精绝的匠艺本身就具有传奇性，匠人们为了保护瓯宝将瓯宝托付给英国传教士，约定70年后由子孙后代取回宝物的设定，从时间和空间跨度上获得了很强的传奇性。新一代瓯匠传人的寻宝之旅便是在这样传奇的背景下展开的，而他们的寻宝旅途更是奇上加奇。汪楠源等人要寻找到《瓯宝图》阳本，要先找到刻有汪家“旺世堂”字样的瓷器，将里面的32块木活字重新排列，得到八个短句，以此作为下一步的线索，如第一个线索是“楠溪瓯匠，扬名天下。白瓯城内，江心屿上，有缘有福，神明指路。中西合璧，荟萃千秋。”指出第二个线索所在地是白瓯城江心屿上，由此引出爱华德牧师一家在白瓯城生活的过往事迹以及当年的70年盟约。第二个线索是“白瓯名匠，匠心独运。松台山上，八卦井外。有缘有福，神明指路。中西合璧，荟萃千秋。”由此引入对二十八星宿井和松台山传说的介绍。第三个线索“楠溪瓯匠，藏秀于木。人生如戏，戏甲东南。七八木椽，捡漏有宝。中西合璧，荟萃千秋。”指出线索在莲瑞村“东南无双”古戏楼里，借此描述瓯地木工的精绝技艺。最后的线索“瓯越百工，天地灵气。龙窑藏宝，泽丕后地。莲蕊破刃、齐心为钥。天下瑰宝，匠心一统!”指出最终的线索在汪家龙窑内，而开启宝藏的钥匙就是五把破刃。如

① 冯骥才：《关于〈俗世奇人〉》，《文学自由谈》2000年第5期。

此一环扣一环，既使情节连贯严谨，带给读者解谜似的游戏体验，又增添了小说的传奇性。开启龙窑时，小说最后的关键人物林姆妈忽然迷糊起来：

> 只觉得自己站在了北高峰笔架山下，一条巨龙正醒来，那一双巨眼慢慢张开，随之巨龙也慢慢掀动着身子。”“只见它角似鹿、头似驼，项似蛇、腹似蜃，一双巨大的龙爪开始一张一合，全身的龙鳞闪闪发光，喉下有逆鳞，口旁有须冉，巨龙的颌下居然有一颗巨大的明珠！
>
> ——《传国功匠》第七十四章

最后龙窑坍塌，林姆妈又仿佛看到一条巨龙腾空而起，在天空盘了个旋踏云而去。虚幻的巨龙与现实的龙窑遥相呼应，使得小说在传奇色彩之外更添魔幻色调。

“实录叙事”要求作家创作的客观真实性，作者描述瓯越大地的非遗文化因素和民俗风情，一直采用实录笔法。陈酿是一个有着 20 多年从业经验的资深记者，在为供职的《温州晚报》做“温州非遗”专题时，曾接触采访了大量民间艺人，实地考察过当地的非遗文化，并且搜集了大量非遗文化资料。她所做的种种努力使她创作《传国功匠》时有根有据，驾轻就熟，做到了传奇有魅力，写实有特色。

陈酿一直秉承严肃的文学创作观。她认为文学作品不应该只是娱乐消遣的工具，而应该“以鲜活的文学形象引领时代年轻人的价值追求和家国情怀，仰望星空、脚踏实地，寻找适合自己的工作和生活方式努力拼搏，积极向上，实现自己的人生价值和梦想”。[①] 为此，她拒绝低俗而一味求爽的网文创作模式，追求文学作品艺术性与思想性的

① 只恒文：《陈酿：写作要跳出“身边的小小的悲欢”》，http：//www. chinawriter. com. cn/n1/2019/1024/c405057 - 31417873. html。

统一，字里行间处处可见深厚的文化内涵和审美格调。陈酿的创作一直是偏向传统文学的，《旷世烟火》以徐家大小姐徐逸锦跌宕起伏的一生为脉络，串联起与她相关的各个阶层和人物，展现从中华人民共和国成立到改革开放40年温州地区壮阔的历史画卷。小说将家国命运与主人公命运紧紧结合，在历史场域中展现对女性命运的观照。《传国功匠》的基调没有《旷世烟火》那么凝重，作者继续构建她笔下的温州世界，但这部书所选角度不同——她选择了非遗文化这个独特的题材来展现温州的历史、现在以及未来。从主角团的冒险中我们可以看到瓯地匠人们为文化传承所做的种种努力和面对困难百折不挠的勇气，这些伟大的匠人们，安静而寂寞地守护了华夏文明的一点星光，作者用细腻的笔触，让它在历史的长河里静静地闪耀着，一直延续到今天。

结 语

陈酿的《传国功匠》立足于温州的非物质文化遗产，硬核而细致地展现瓯越大地的瓯匠技艺，讴歌了华夏匠人们坚守本心、传承文化的工匠精神，具有深厚的文化内涵，对当代青年读者具有重要的启发意义，是网络小说现实写作不可多得的佳作。当然，小说也存在一些瑕疵，例如人物塑造偏向扁平化、脸谱化，情节较“平”，最大的高潮或者说冲突是在小说结尾，其余多是介绍瓯地莲瑞村的山水人文景观和瓯匠技艺及其文化传承，虽然有很强的文化性和知识性，但也会让读者觉得有些乏味。总体来说，瑕不掩瑜，陈酿的非遗文化书写是非常成功的，她自觉融合网络小说和传统文学的创作手法的尝试值得我们为她点赞，也值得其他网络小说作家学习借鉴。

（杨春燕　执笔）

以悬疑故事书写网络安全

——评管平潮《天下网安:缚苍龙》

【作者简介】

管平潮，本名张凤翔，中国仙侠网络小说代表作家，中国作协会员，浙江省政协委员，浙江省作协副主席，中国网络作家村副村长，浙江省网络作协副主席，杭州市滨江区作协主席、文联副主席，浙江省网联会副会长，中国网络文学研究院特约作家，江苏省网络文学院特聘研究员，杭州市新联会副会长，杭州市知联会常务理事，中国移动咪咕文学院名誉院长，咪咕阅读白金级作家，江苏省南通市网络作家协会名誉主席。创作网络小说总字数超过800万字，代表作有《仙剑奇侠传》《血歌行》《仙路烟尘》《九州牧云录》《燃魂传》等。

管平潮的作品在原创文学网站及阅读平台都获得超高人气及多项荣誉。他还热心推广阅读，通过讲座、授课等形式，积极推广、倡导网络文学精品化创作理念。求学时期，本科和硕士就读于中科大，然后拿到日本文部省奖学金，去位于东京的日本国立情报学研究所深造。前后所学，全都是电子工程、计算机网络安全等工科专业。他出版的第一本书是一本教育部电教办的指定培训用书《局域网组建与维护实例》。

2017年9月，管平潮被共青团中央聘为中国新兴青年群体梦想导师。

2017 年 11 月，成为首批入驻中国网络作家村的作家。2018 年度杭州年度品牌人物。

2019 年 5 月橙瓜《网文圈》第 37 期封面人物。

2019 年 7 月 1 日，内蒙古宣传部在锡林郭勒盟东乌珠穆沁旗揭幕“管平潮创作采风基地”。

2020 年，管平潮入选橙瓜见证 · 网络文学 20 年十大仙侠作家，百强大神作家，百位行业人物。

【上榜评语】

在虚拟中显智谋，于无声处听惊雷。《天下网安：缚苍龙》在极富趣味性的叙事中，表现网络时代国家安全的风云变幻，融入物联网、人工智能、芯片制造等高科技信息，具有鲜明的时代意义。

【故事梗概】

故事开头是在美国拉斯维加斯召开黑帽子安全技术大会，年轻的中国科大少年班博士留学生陆少渊进行演讲并展示网络安全实时攻击，令在场众人惊叹不已，但陆少渊却在会后低调消失，令网络安全专家姬腾霄觉得可惜。5 年后的 3 月，陆少渊在杭州开了一家网络安防服务公司“网络保安堂”事务所，世交杭州商界信息产业风云人物、太宇光恒技术集团董事长欧阳雄组织事务所在家开会却被窃听，欧阳雄的儿子欧阳攻玉也开了家网络安全事务公司，与陆少渊二人是发小。欧阳雄回忆开会当天家里的种种细节，陆少渊答应帮欧阳雄找到被窃听的原因。杭州市网警支队队长龙云生爱才，觉得名校毕业的苏雪婷缺乏社会经验和专业实战技能，将她送到陆少渊的事务所做助手，但她却认为这是网警队派给她关于境外犯罪集团“苍龙骑士团”的秘密监视任务。这天陆少渊和苏雪婷来到“蓝色港湾”酒吧，由湖上的波光想到了激光窃听的真相。攻玉是个花花公子，想追求苏雪婷。

春季的杭州被一辆追着人群而去的轿车打破了宁静，嫌犯王国泰因工伤补偿问题无差别报复社会还杀害了自己的工友，苏雪婷觉得此人穷凶极恶，发了请假信就去抓人。根据王国泰有网瘾的特点，陆少渊拿出暗格中的神器“谛听”去搜寻他，却因为王国泰极度敏感，在网吧把苏雪婷当了人质，后来网吧中的许多年轻人一起帮忙压制住了王国泰，警方顺利逮捕了他。网警支队请陆少渊做特别顾问，龙队长请他查出来建良家中着火的原因，弟弟来建英嫌疑重大，后查明是家中智能电热板被网络入侵，是弟弟请他人所为。天气晴朗的一天，陆少渊独自去西湖边游走，这天游客也非常多，陆少渊被之江大学中文系老师沐晓湄的自拍杆打到脚，由于沐晓湄喜欢白蛇传说，自觉与陆少渊的保安堂有别样的缘分。攻玉与温柔甜糯的杜君怡恋爱了，但苏雪婷觉得她有一些奇怪，陆少渊与苏雪婷聊到自己是因为自卑后不断努力才有今天这样的自己，二人多有感慨。攻玉回到公司发现网站被入侵，还影响到了父亲的公司，便请陆少渊帮忙，这是一件棘手的事情，此时沐晓湄却来到事务所念诗给他听，二人没有什么精神共鸣。陆少渊用系统“蜂农”查出攻玉公司网络入侵是已经怀孕的杜君怡所为，攻玉受到了一定的打击。

阴雨绵绵的杭州，陆少渊与苏雪婷划船，提到自己在追踪黑客“闪爷”，“闪爷”有喜欢纸张记录重要资料的习惯和喜欢年轻网红的癖好。在一次龙井茶讲座的契机下，发现了女网红早早可儿撒的纸片与闪爷有关，于是陆少渊去搜集纸片，但拼凑出来的信息并不全，又从早早可儿那里找到了闪爷入罪的证据，并用“神剑”定位了闪爷的位置将他逮捕。之江大学材料科学与工程学院院长施俊请陆少渊帮忙调查研制的隐身衣成果被盗一事，此次事件牵扯到境外犯罪集团和国家利益问题，陆少渊立刻答应并与苏雪婷住进了学校里。沐晓湄素有“表白终结者”之称，这天计算机系副教授史文杰跟她表白，他极度自恋，于是求爱不得便出口伤人，陆少渊和苏雪婷帮助沐脱身。到了夜里，陆少渊等人用“女巫攻击”法找到史文杰的盗取证据，史文杰趁机逃跑，被苏雪婷一个扫堂腿制服，顺利抓获，并查到境外势力就是苍龙。杜君怡有一个组织上给她安排的男友刘混迪，为了要解救杜并交出城市大脑“天曜”系统，制造了电动大巴失控事件，苏雪婷骑摩托车追赶并进入大巴内部，用“神剑”系统力挽狂澜。此事后，苏、陆、沐三人一同去梅城镇旅游结识了情侣秦浩、朱婷婷。在杜事件之后攻玉并没有一直消沉，决定用无人机向丁恬表白，却不料无人机失控，变成了求爱闹剧，与此同时新闻小报上也有无人机乱入足球场的报道。

七月天气晴好的一天，无人机爱好者李达博、吴季秋等人在禁飞区附近放飞无人机，李带来的还是最新款固定无人机。但放飞不久后无人机却失灵了，影响到了国际机场航班的正常飞行，攻玉带来升级过的“十二生肖”系统却没能解决问题，在绝望之时，陆少渊带来了神器“天道”，让空中的无人机排成了“中国”二字向别处飞去，苏雪婷也在混乱的人群中进行监视。因解决此事，陆少渊得到了丰厚的奖励，龙队长觉得甘愿挺身而出的人理应褒奖。后来陆发现自己的电脑被植入了木马，暗格后的“谛听”被垂涎，对方看中了其中可知过去可预未来的系统“天下”，苍龙想打造“谛听”网。不久后却得到了秦浩因研发的游戏技术被盗跳楼身亡的噩耗，其遗嘱上让婷婷来请陆少渊帮忙，又有魔爪伸向了国家监控系统“天海”，陆决定迎难而上，主动出击，正面交锋一触即发。欧阳雄让陆亲自运送一款研制的新电池技术，自己则驾车出发，想正面迎战。苍龙首领“幻面那伽”驾车跟随陆，陆用听从撞车指令作掩护让幻面那伽放松警惕，幻面那伽以为控制了陆的车却不料反被陆控制，一路开到了警察局，而幻面那伽的真实身份就是姬腾霄，但他即便落网也是毫无悔意，闭口不谈他知道的一切，在中国服刑后引渡回国的途中被同伴劫走，但苍龙骑士团离整体覆灭不远了。朱婷婷留在了杭州，苏雪婷出国进修，陆对沐的喜欢表示感激，日子似乎又像往常一样过下去。

【作品反响】

哪有轻易的现世安稳，不过是有人为你耗尽年华；哪有什么岁月静好，不过是有人替你负重前行。英雄总是坚守在幕后，默默撑起繁荣与安宁。

——咪咕阅读 App 书圈用户：WHZ3601

管大的书应我国互联网高速发展时代而生，以故事的形式对网络安全、个人信息保护，网络攻防进行生动诠释。开篇就体现出了我泱泱中华的大国自信和骄傲自豪。在这样一个时代，真的是一本网络小说的良心书，也是互联网时代一部教科书式的网络小说，美好的时代太需要这样一本书了，不管懂不懂网络的读者都去看看，同时希望管大能给我们带来更精彩的故事，期待中……

——咪咕阅读 App 用户：文佬 App《大宋教书匠》

一部很有教育意义的小说，让我们提高对高科技防卫的重视。

——咪咕阅读 App 用户：求枫亭

终于得空把管大这本《天下网安：缚苍龙》看完了！虽然有不少疑似“广告植入”，但是，能够将新颖的网络安全题材，丰富的计算机科学知识，生动的破案情节，写实的社会现象，魅力十足的男女主（我被陆少渊给迷住了），幽默的文笔……合而为一，可见管大功力之深厚，用心之良苦！就是短了一点，看不过瘾，强烈建议写续集!!!

——咪咕阅读 App 用户：·☆莫惜☆·

很好，内容紧凑，描写的也比较细腻。

——咪咕阅读 App 书圈用户：密革诗翠 m

文笔，剧情，衔接的都很好，喜欢。

——咪咕阅读 App 书圈用户：szq001

很喜欢这本书虽然情节有些短但是没有完美的书只希望作者以后努努力写出更多的好作品。

——咪咕阅读 App 书圈用户：七饭

情节故事还是很吸引人的，作者继续加油。

——咪咕阅读 App 书圈用户：养成每天的阅读习惯

结构思路很清晰明朗，期待下一部。

——咪咕阅读 App 书圈用户：爱吃鱼的鲁西西

剧情挺好~写得非常入味，经常看得发笑。很不错的休闲娱乐读物。

——咪咕阅读 App 书圈用户：夏夏小夏夏

一直认为，看书是为了开心，很多不理解为什么要看网络小说，其实这就像看电影或者电视剧，即使是杜撰的，也有感动人心的时候。这书真不错，尤其是猪脚那不寻常的套路和作风。刻画的很好。

——咪咕阅读 App 书圈用户：dakang_ jingzhou

写的非常好，人物饱满生动。引人入胜。喜欢作者的作品。加油。

——咪咕阅读 App 书圈用户：零晨零零妖

【作品评析】

以悬疑故事书写网络安全

提到网络作家管平潮，常年阅读网络小说，尤其是喜爱阅读仙侠小说的读者对他不会陌生——管平潮是咪咕阅读的白金级作家，拥有许多可观的头衔，是网络仙侠小说的代表作家之一。他的《仙路烟尘》《血歌行》《仙剑奇侠传》《九州牧云录》等作品给广大读者展开了一场浩瀚的仙侠之旅，打造了一场想象世界的逍遥游。令人惊喜的是，2020 年 9 月，管平潮有关网络安防探案题材的小说《天下网安：缚苍龙》（后简称《缚苍龙》）入围了“2019 年度中国网络文学排行榜”之“中国网络小说排行榜”。打响了管平潮迈入现实题材网络小说创作掷地有声的一枪。他转身现实主义写作，并不只是突然地心血来潮，作为理工科学霸的管平潮，出版的第一本书是名为《局域网组建与维护实例》的教材，从仙侠来到书写现实中网络安全的世界似乎并不令人意外，而是结合了自己读硕博时期的通信与信息系统和网络安全技术专业知识，融合读者喜闻乐见的探案元素，再辅以合理的对高科技科幻器械等想象的运用，为网络文学现实题材书写提供了更多鲜活的动力和张力。《缚苍龙》展现的黑客之间的巅峰技术对决和主角假邪真善的人性魅力，为读者打造了一场酣畅淋漓的精神盛宴。

其实，在庞杂的网络小说谱系中，一直不乏直面现实、书写现实人情百态的作品。如具有“小确丧”伤感气息的辛夷坞的青春小说《致青春》系列，八月长安的“振华三部曲”系列，九夜茴的《匆匆那年》等。近期又涌现出昂扬的青春朝气的“小确幸”青春网文，如赵乾乾的“致我们”系列，素光同的《百岁之好，一言为定》，东奔西顾的《你是我的小确幸》等。有展现国家状貌和都市生活的小说，如体现国企工厂重振辉煌的《复兴之路》，有品味人生变迁，展现国企、集体和私营经济发展蓬勃之气的《大江东去》，有展现改革开放时代浪潮下一批小人物抓住机遇披荆斩棘的奋斗历程的《浩荡》，有考虑家庭、婚姻与事业关系的《男人都是孩子》，有展现都市小儿女酸甜苦辣的《欢乐颂》，有关注到网络犯罪领域的《网络英雄传之黑客诀》等。还有观照历史史实与爱国真情的党史题材小说《灰色》《我的抗美援朝》《谍殇之山河破碎》等荟萃小人物的抗战血泪史。近年来，更有刑侦类 IP 改编热的《无证之罪》《坏小孩》和《长夜难明》映入人们眼帘，可谓是群星闪耀。

一　介入现实题材，打破仙侠写作舒适圈

管平潮是仙侠题材代表性作家，现在却转身写现实题材，有意打破写作舒适圈，这是对自己的挑战。《缚苍龙》以网络技术犯罪事件为描写领域，以短短 50 章，约 20 万字的篇幅，展现了网络安防技术方面的天才青年陆少渊破境外网络犯罪团伙的热血事件。小说以享誉世界的顶级盛会“黑帽子大会”为开端，在大会上崭露头角的青年技术高手陆少渊，在大会结束后却并没有想要名声大噪、扬名立万，反而非常低调的到杭州开了一家名不见经传的“网络保安堂”事务所。明面上接手网警支队龙云生队长、太宇光恒技术集团董事长欧阳雄、发小欧阳攻玉等人带给他的业务，实则暗中调查境外网络犯罪集团“苍龙骑士团”的各项线索和犯罪证据，想要尽自己的力量将他们绳之以法。主角陆少渊与管平潮此前在仙侠世界中描写的主角合而不同，如张醒言是普通的店小二，苏渐和景天是流氓式的英雄。《缚苍龙》中的主角陆少渊从自卑的农村平凡少年成长为众人瞩目的科技达人，于是他大部分的面孔不是平凡的普通人，他是网络安防专业领域的精英，有着俊朗招喜的外表，认真严谨的做事态度，在杭州自己开的事务所暗中调查境外网络犯罪集团的蛛丝马迹，这是一个精英对抗精英的故事。《仙路烟尘》中的张醒言、《九州牧云录》中的张牧云他们都有痞子气，嬉笑怒骂灵活鲜明，而陆少渊则嬉笑而不失严谨，视钱如命的特点也是颇具喜剧色彩。正如管平潮自己有提过：“我一定要保

证我小说的通俗性、娱乐性、精彩性和生活性。”① 他也一直秉承这样的观念，刻画出具有生活味的人物和故事。

作为管平潮迈入现实主义题材书写的重要一步，《缚苍龙》整体结构完整，脉络清晰，没有复杂的情节链条。作品以时间发展为故事主要叙事线索，在书中的杭州经历了由春至冬的四季变化，让一个个网络安全入侵事件以串珠形式展开。由欧阳雄家中窃听事件开始，经历了“城市兵王”王国泰无差别报复社会事件、来建良家中智能电热板纵火案、欧阳攻玉公司网络被入侵、境外团伙成员闪爷落网、施俊院长隐身衣技术被盗案和高校计算机人才史文杰被捕、车联网大巴失控、攻玉无人机失控告白失败、禁飞区无人机失控等事件以及最后陆少渊与苍龙幕后首脑正面交锋事件为完整的故事线索链，由小及大、由轻及重层层深入，丝丝入扣，一道道谜题经过陆少渊的推理最终揭露苍龙骑士团首脑“幻面那伽”的惊天秘密。也就是与他在黑帽子技术大会上一见如故、求贤若渴的网络安防领域的大咖级人物姬腾霄。网络安全的最大特点是实战性和对抗性，即网络进攻与防御能力的比拼。小说中的每一场实战难度都层层推进，是技术与心理的博弈。

如何让小说与现实更贴近？除了有个性鲜活的各类人物，以及与现世读者心灵相通的共情能力和精神世界之外，作者管平潮干脆将自己直接代入所写的小说中，与小说故事中的人物为友，如庄周梦蝶般，似真似幻、似有若无，你中有我、我中有你。陆少渊和苏雪婷在闲聊中提到爱读管平潮的作品，在嬉笑间给本身比较严肃的网络犯罪探案带来一丝轻松和欢愉，作者还让陆少渊进行网络安全方面的演讲，体现主角陆少渊多方面的能力。但与此同时也可能造成小说出现一些衔接突兀的情况，如在陆少渊、苏雪婷对付“城市兵王”王国泰的事件中，故事的上一秒主角刚从惊心动魄的打斗中结束，下一秒主角就可

① 周志雄、管平潮等：《网络文学需要降速、减量、提质——管平潮访谈录（下）》，《雨花·中国作家研究》2017 年第 4 期。

以悠闲自得的半开玩笑，并讨论自己爱读管平潮的作品，用女性角色苏雪婷的视角来道出对管平潮作品的阅读感受。一方面可以表现陆少渊云淡风轻、波澜不惊的处事态度，但也容易影响阅读体验，产生跳脱感。作者同时也不回避将现实中的真实案例引入小说之中。如在第四十三章中“那伦敦的盖特威克机场，先后被两架无人机蓄意干扰，就导致机场两天的运营持续受到影响，大概有1000架航班被取消，14万乘客的出行受到严重影响。”是在2018年12月19日晚间和21号发生在伦敦盖特威克机场真实发生的事件，主角直接以转述此次事件。既然《缚苍龙》是现实题材作品，那就要求真，要实事求是，尽管作者提及的数据其实与新闻报道的数据有一定出入。就像一些党史题材的小说，对于历史上的确有其事，就应当做到确切而真实，一定程度上也可以为读者对了解过去发生的真人真事有直接的帮助意义。

另外，作者一改古雅的用词，在《缚苍龙》中更多的是用近乎白描的笔法，这样更能贴近杭州的清新感，突出杭州“精致、古典、优雅、洁净，又文明、开放、包容、先进”的特质。小说对人物的描写略显干涩，事件中正邪之间的较量，光明与黑暗的抉择似乎在张力和爆发力方面都有所欠缺，事件局势的紧张感有所不够，只有在《一路狂奔》《凌空而降》《撞车惊魂》等章节能感受到形势的紧张与惊心动魄，但这一定程度上也是小说故事强度层层递进的体现。

二　以细腻的技法表现传统文化元素

作者在仙侠的世界里遨游了十五年，《缚苍龙》的创作没有割裂他的仙侠情怀，依然有着对传统文化、古典元素的自觉传承。在小说的名字上就能自觉感受到其中的奥妙，《后汉书·张纯传》中有云“苍龙甲寅”，注释为“苍龙，太岁也”，而太岁在古时为凶神恶煞，与天上的太岁形成呼应。后世更有毛泽东《清平乐·六盘山》豪言壮语道：“今日长缨在手，何时缚住苍龙?”小说名中的“缚苍龙”展现了主人公陆少渊欲擒住敌人的赤子之心，也突出了苏雪婷、龙云飞、欧阳攻玉等一行人想要共同维护网络安全的初衷和不变的追求。作者在陆少渊、欧阳攻玉使用的网络安全技术方面的神器命名上独具匠心，“谛听”乃是传说中地藏菩萨的忠实坐骑，由名生意，由意知用，表明“谛听”神器有着专注度极高的强大能力。欧阳攻玉的“七星”、十二生肖系列也有明显的传统理念。作者运用写作仙侠小说特有的想象力，以及脑洞大开的“脑补”能力，在陆少渊使用各大神器时，发挥别具一格的作用。“谛听”使用时散发的幽蓝的光芒，“天道”使用时则发出玄幻式的红蓝色光晕，如：

> 在他们的注视中，随着陆少渊一条条指令的发布，那个本来黑黝黝的泛着金属光泽的立方体，忽然间表面上闪烁起各种红蓝色的光芒来。
>
> 并且随着光芒的闪耀，那四根天线也随之开始转动起来，还发出“滋滋”的响声。
>
> 看到眼前这一幕，欧阳攻玉等旁观者眼里，好像都能感受到，这个奇怪的设备，正在发射出无数束电波信号……
>
> 随着陆少渊吐了一口气，在键盘上敲下一个键，猛然间，这国际机场上方的虚空中，就好像突然爆开了一圈无形的波纹，瞬间横扫过整个天空苍穹！刹那间，那些狂飞乱舞、电量充足的无人机，一个个悬浮不动，再没了刚才诡异嚣张的气势。
>
> ——第四十二章《替天行道》

光芒“爆开”又“横扫苍穹”，失控的无人机不再“狂飞乱舞”，表现出主角陆少渊技法的高超以及行文中自然流露出的仙侠之气。

《缚苍龙》有着与郭羽、刘波的《网络英雄传之艾尔斯巨岩之约》共通的情感表达，就是有着对杭州这座城市的无限热爱，对于家乡永远有剪不断的乡愁。郭羽、刘波用“艾尔斯巨岩之约”这样一个文艺的表达，展现了杭州年轻人的创业之路，年轻一辈披荆斩棘的心路历程，不畏艰难的实现自我价值。管平潮则展现了杭州作为“电子商务之都”和“互联网创业之都”的风采，人物在这样的背景下展现出互联网高新科技的正邪两面的争锋。杭州古色古香温情的一面是作者所喜爱的，映射出小说中人物情感细腻的一面。《缚苍龙》中提到杭州时，多是与“西湖”“苏堤”这样的传统美景紧密相连，水乳交融，更有对杭州西湖断桥之景、白蛇传说心心念念。沉浸在自我世界中的沐晓湄更像是来自仙侠异界的存在，认为陆少渊将事务所命名为“保安堂”与自己有着妙不可言的缘分。管平潮的文字有诗意，有描情状景的古典意味，在仙侠小说中是这样，转为现实题材也离不开对所见之景的诗意描摹。对杭州景色的描写，就是一幅幅杭州美景的婉约古风画。作者对杭州景物的描写，亦拥有仙侠幻境的朦胧美，早春的杭州、细雨中的杭州、冬日里的杭州，都拥有着别样的风姿。与自然、人物心境和事件发生也起到呼应的效果，在苏堤观雪的陆少渊想起昔日与苏雪婷漫步的情景，感慨由心而生，绵密细致，缓缓而出。且看作者对于西湖之景的描绘：

西湖就是西湖，哪怕它的堤岸边人头攒动，湖中依旧是碧波荡漾，空阔灵澈，和岸边如织的游人形成了鲜明的对比。

那近处飘摇轻拂的嫩绿柳丝，远处悠然飘荡的乌篷游船，再远处层叠婉转的西湖诸山，汇集在一起，就是一幅意境幽远的春山碧水图。

——第十四章《进击的自拍杆》

四顾湖波，粼粼发光。仰望天空，星月灿烂。

所以杭州这座城市，真的很特别。

于是就在清风拂过脸庞的那一刹那，陆少渊仿佛有些懂了，那沐晓湄常常念叨的“流水今日，明月前身”，大概是什么含义。

本身已是发达的城市，却又在城市的闹市区，有这么一片诗情画意的真山真湖。

——第三十九章《温柔似水》

陆少渊与苏雪婷漫步西湖之景，如：

三十分钟前，檐下看雨；三十分钟后，湖上看雨。

春雨弥蒙的西湖，如诗如画，无论远山近水，如同水墨。

细雨落湖，如泛微潮，又有扁舟数叶，自眼前悠然飘过。

——第二十三章《雨落江南》

在冬日里苏堤观雪的陆少渊想起昔日与苏雪婷游西湖的场景：

但是，和“旧同事”长离别后，在一个白雪纷飞的冬日，陆少渊徘徊在西湖苏堤时，看到一座雪花飞舞中的苏堤亭子，便忽然心里一动，想起了一个人……

——第四十九章《苍龙坠落》

作者用平实又不失温情的笔调描绘了杭州温婉、典雅、明净、灵澈的古典美，后面又以景写情，表达主人公陆少渊感受到昔日“旧同事”苏雪婷翩然一度又浮上心头的细腻情愫。

对人物的写作上，作者自觉运用古典写作的方式，对即将出场的主角基本都是“环境烘托”“未见其人，先闻其声”“未见其人，先见其衣着”的方式，如男主人公所在的事务所充斥着“放线菌”的自然香气，与老者在谈吐时一丝不苟地穿着一身单薄的黑西装，最后才揭示这就是在国际大会上低调消失的主角陆少渊，力求用语言、着装、行为先入为主的方式展现陆少渊的温润刚毅，引发读者的猜想，调动读者的好奇。更是契合了作者所言他“更关注现实了，更关心身边的人了。”①

小说在描写“幻面那伽”现身的场景时这样写道：

“到了，请你下来吧。”陆少渊走过来，竟是很绅士范儿地替这位神秘人拉开了车门。

车中之人，呆坐在座位上，沉默了片刻，便也下了车。

当他下了车，便知道，这人身材也是十分高大。

虽然刚才通过反操控，已经通过摄像头看清了这人的真面目，但这时对面相见，陆少渊还是很激动。他没法不激动，因为这人，竟是他的一个熟人。

“姬兄，虽然落在我后，但也来得不晚啊。”

原来，这位暗中操控陆少渊座驾、差点让他车毁人亡的神秘人，竟是陆少渊的一个故人：

姬腾霄！

——第四十八章《真人蜜罐》

这样的写作方式除能增强人物出现的神秘感之外，更是迎合了读者的期待预期，他们在故事进展中不断根据线索和暗示猜测幕后主使，等真相拨云见日的那一刻，是豁然开朗还是早已谋定，都能提升解开真相的快感。

如描写女性沐晓湄出场时，作者写道：

她理着一头乌黑的短发，烫着卷儿，不过并不夸张，在平添女人味的同时，又显得含蓄和恰到好处。

她身上则穿着一件雪青色的羊毛衫，和一条宽松的白色亚麻

① 《管平潮〈天下网安：缚苍龙〉：回馈新时代》，http：//www. chinawriter. com. cn/n1/2019/1114。

纱长裤子，显得整个人既清爽靓丽，又有几分从容恬静的气息。

——第十五章《断桥初见》

再如苏雪婷的形象：

这种英气，让她整个人显得动感，富有活力，即使安静的时候也像一只弹性十足的小鹿，能够一触即发，立即奔跑成一道疾风。

——第二章《有女婷婷》

苏雪婷对穿衣搭配有心得，也不得不说，这姑娘只是简单的米色毛衣、黑色套裙，就把整个人衬托得亭亭玉立，淡雅无比。

——第十六章《有女如春》

管平潮的每一部作品都少不了令人印象深刻的女性角色，她们与男性角色不是二元对立的存在，而是相互融合，彼此关照，拥有独特的能力与性格。管平潮的仙侠小说不回避儿女情长，细腻绵软，在主角求真问道的旅途中不乏红颜知己，而感情线路相对明朗。在《缚苍龙》中，苏雪婷之于陆少渊有说不清的情愫，沐晓湄则是希望可以成为和陆少渊推心置腹的人，但陆少渊却不知如何拒绝她的好意，情感线索是朦胧模糊的。虽然不少读者在阅读过程中觉得苏雪婷应当是女主角，但她最终远去他国进修，以陆少渊隐晦的回忆结束，对陆少渊而言，她只是他的“旧同事”。小说对网文中常见的一对一的CP指向不明朗，并没有完全意义上的女主，男主可以在活泼灵动、武力值可圈可点的助手网警队实习生苏雪婷、沉浸在自己神话传说世界中的羞怯文艺女青年沐晓湄，甚至是后来失去男友的坚毅女孩朱婷婷中做选择，似乎男性作家都离不开这样的幻想，离不开这样的男性凝视，在看似专情的外表下也不排斥“万花丛中过”。

三 独具特色的人物塑造

《缚苍龙》中的人物塑造独具特色，作者对他们做了正邪两类功能设定。主人公陆少渊有着假邪而真善的特点，温润而刚毅，做事一丝不苟，睿智细心，临危不惧，为国家网络安全事业默默贡献自己的全部力量。做事认真的花花公子欧阳攻玉，貌似纨绔，却又正直，为小说的整体基调增添了不少欢乐元素。网警队长龙云飞兢兢业业，坚守正确的善恶观。网警队实习生苏雪婷活泼灵动，武力值可圈可点，他们是正义和光明的代表。苍龙骑士团首脑姬腾霄是一只“披着羊皮的狼”，光鲜无害的外表下隐藏了太多人性的丑陋与狰狞。史文杰自负不逊，对沐晓湄表白失败后进行人身攻击，盗取隐身衣技术，被捕后仍恃才放旷。更有为了金钱利益嗜赌为命的来建英，他们是被深渊吞噬的“无良人”，是黑暗的代名词。正邪两类人物构成了光明与黑暗的两面，亦是复杂人心和人性的两面。

作者选择读者颇感兴趣的高新科技——网络安全板块构建悬疑故事，凸显出大数据时代下，不可忽视信息安全。在高新技术日新月异的今天，数据与数据之间的交流并无障碍，数据之间的联通性也越来越强，每个人都被自己的手机、电脑等电子用品公开化、透明化。小说展现网络安全人才的日常点滴，为国家网络安全敲响了警钟。小说还告诉我们，高新技术时代要关注道德建设，防范别有用心的人。小说中的姬腾霄作为反派人物，在意料之外又在情理之中，他是科技人才，是陆少渊的好友，是拥有许多光环的业内翘楚，却又是黑暗世界的“天神”，一念天堂，一念地狱，他是一个矛盾“混合体”。这说明，在高科技时代，是将自己铸造成抵御攻击中坚不可摧的盾、骁勇善战的矛，还是变成伤害和攻击他人及自身的矛，全靠本心和良知。

在这里，还需要提到一个中间性质的人物——杜君怡。她是欧阳攻玉的恋人，却也是苍龙骑士团的成员，为完成组织安排的任务，她化身偷吃蜜罐的美女熊入侵欧阳攻玉的公司网络，但她却又是真心对待攻玉的付出，为他家中的处境着想。在狱中一开始对组织“忠义”，充分扮演恶人形象。但她心中终归是有阳光、有坚守、有正义的，最终选择配合陆少渊等人，以刘混迪为突破口交代出对苍龙骑士团所了解的一切，顺从了自己的内心，选择了光明的世界。

网络时代下的隐形保护对国民的生命财产安全至关重要，《缚苍龙》不仅仅停留在对高科技犯罪和反高科技犯罪的描绘上，更多是对网络3.0时代下，在人工智能科技的引领下，对网络尖端科技和道德约束力的思考，以及对个人贪欲与国家、国民利益的反思。网络安全攻防的不仅是网络安全技术本身，更多的是人心，光明和黑暗取决于人心的选择。光明最大的反面就是它背后的黑暗，是一个闭合的莫比乌斯环。正如《黑客诀》中自私、利欲熏心的“黑帽”黑客和勇敢、有责任感和担当的“白帽”黑客，二者展现网络领域复杂而真实的一面，《缚苍龙》也为增强对黑客的正向作用，尖端科技的正确使用，以及道德约束力的思考上给我们以许多启示。小说体现的道德光辉和爱国力量具有较强的艺术感染力，它告诉人们，不要在凝望深渊的时候迷失自己，光明的道路是可以自己选择的。

四 结语

《天下网安：缚苍龙》作为管平潮现实主义题材书写的起航之作，用浅白又不失温润的笔法给读者带来了一场人工智能高科技领域的精英对决，将谜题层层剥析，最终拨云见日。这部网络安防小说虽然有着管平潮写作古典仙侠时的男性对女性的欲望表达，但却缺少传统男女主角一对一的CP模式，人物情感方向比较模糊。小说在描写现实生活时有不尽翔实之处，在探案元素的运用上，层层推进的伏笔和反转处略显干涩，但总体上看，它标志着管平潮由仙侠走向现实的一次成功转型，彰显出作者敢于突破自我的文学创新精神。

（王菡洁　执笔）

在炮火洗礼中绽放爱情之花

——评酒徒的《关河未冷》

【作者简介】

酒徒，原名蒙虎，内蒙古赤峰人，毕业于中南大学，中国作协会员。曾在北京从事电力设备调试多年，常出差，足迹遍及大江南北，现移居澳大利亚墨尔本。

2003年，酒徒凭借历史架空长篇小说《明》一举成名，被誉为“历史架空小说的开山鼻祖”，经典之作《隋乱》更是在2008年创下谷歌搜索量580万、百度搜索量430万的成绩。2008年，酒徒成为首届“中国网络原创作家风云榜”获奖作家，2010年，酒徒的“隋唐三部曲”被翻译成泰文出版，成为第一位被翻译成外文的网络小说作家，也成为中国网络文化对外输出的典型先例。2016年，酒徒成为“花地文学奖”设立以来首位获得金奖的网络小说作家，并再度获得广电总局推优。2017年3月，中国作协发布网络文学排行榜，酒徒两部作品同时位列完本榜和新书榜第一名，成为双冠王。一直以来，酒徒笔下的作品长期高居各大文学网站排行榜前列，被许多历史小说读者视为经典。可以说，谈网络历史小说，无论架空历史，还是历史传奇，都绕不开“酒徒”。

2017年，酒徒正式签约爱奇艺文学，有多部作品在爱奇艺文学平台上线，与却却、水千丞、雨魔、杨千紫、流浪的军刀、骠骑等大神作家一起成为爱奇艺文学明星作家团的代表作家。2018 年，获首届梁羽生文学奖。2019 年 5 月，《大汉光武》获首届“鹤鸣杯”网络文学奖年度历史作品。2019 年 5 月，《大汉光武》荣登中国作协主办“2018年中国网络小说排行榜年榜”。2020 年，酒徒入选“橙瓜见证 · 网络文学 20 年”十大历史作家，百强大神作家，百位行业人物。酒徒的作品气度恢宏、语言凝练、情节曲折，历史架空小说凸显民主救国思想，深受读者的欢迎。

【上榜评语】

投笔从戎，舍身抗战。《关河未冷》带领读者重回抗战岁月，体验青年学子为国家、为民族不怕牺牲的英勇事迹，叙事张弛有度，人物形象生动饱满，是一部向英雄致敬的革命历史题材佳作。

【故事梗概】

1937 年 7 月 7—27 日，日军每天鸣炮示威，要求中国军队撤出平津地区，整个华北在日军监督下施行自治。面对日军的无理要求，驻守北平的二十九路军上层将领与日军谈判，试图“和平”解决争端。然而，27 日夜晚，日军的炮弹突然向二十九路军驻扎的南苑军营倾泻而下，李若水、冯大器和袁无隅带着郑若渝、金明欣和殷小柔在炮火下逃亡。面对混乱局面，军事训练营营长周建良挺身而出，号召士兵随他回去营救本营的兄弟，守住东南门。李若水、冯大器、袁无隅、王希声等青年士兵积极响应，在日军大炮、飞机、坦克的轮番攻击之下，众人誓死守卫东南门阵地，这场死战从凌晨打到正午，依旧没让日军攻破东南门，不料负责防守北面的郑大章弃军潜逃，日军攻入南苑，众人不得不撤退。

潘毓桂向日军泄露撤退路线，致使佟麟阁、赵登禹两位将军被日军偷袭，双双殉国，周建良冒着枪林弹雨抢救两位师长的遗骸，下落不明。李若水、冯大器等 7 人在逃往固安的途中遇到通州保安队，与队长张洪生结伴投奔二十六路军。在孙连仲所带领的二十六路军中，李若水等人参与过炸毁日军的重炮基地，在黄樵松带领下打响了良乡战役，李若水等人逐渐对二十六路军产生深厚感情。冯大器在刺探敌情时不幸中弹受伤，做随军护士的郑若渝为他输血，冯对郑产生微妙感情。李若水看望虚弱的未婚妻郑若渝，彼此口头约定结婚。同时王希声与金明欣两人也在相处中暗生情愫。

随着战事的发展，国民政府的战略由保卫平汉线、伺机夺回平津变为防御日军沿铁路南下。淞沪会战在上海打响，国民政府渐感吃力，将希望寄托于西方列强，导致错失战机，战役失败。中央各军队在“以空间换时间”的论调下大步撤退，二十六路军不得已放弃收复北平和天津的目标，退守邯郸。郑若渝和金明欣被接回北平，袁无隅由于受伤失去了战斗力，也一起回到北平。王希声与家庭背景差距巨大的金明欣分手。

日军意图进攻山西，各方力量齐聚娘子关，然而各路军队貌合神离，互相不配合，娘子关被全线攻破，太原失守，数十万大军竟仓皇撤退。李若水、王希声所在部队在撤退途中遭遇日军伏击，被八路军解救。面对国民政府一再的战略失误，众人心头渐生不满。

1937 年 10 月，国民政府由南京迁往重庆，南京保卫战失败，日军占领南京后实施血腥屠杀，屠杀我 30 万百姓同胞，然而软弱的国民政府竟依然未公开向日寇宣战！李若水、王希声和学兵营的战士对日寇咬牙切齿，冒着生命危险炸毁了日军的一座毒气弹仓库。为逼阎抗日，李若水等人奉命冒充晋军向日军展开劫掠行动，离间了晋军投降派与日寇之间的信任。在一次行动结束后，李若水部撞上正牌晋军，两军正要开战，恰巧在附近行动的八路军赶来讲和，再一次帮助了李若水。

1938年，回到北平的郑若渝、金明欣和殷小柔加入了军统组织铁血锄奸团，刺探到日军要进攻徐州的情报，徐州会战打响。日军先占领了藤县，后直扑台儿庄。二十六路军各部死守台儿庄，与日军激战数十天，终于取得台儿庄大捷！这次胜利被国民政府大肆宣传，扬言要围歼日军，不料日军出动精锐反扑，打得国民革命军节节败退。为阻止日军西进，蒋介石下令炸开黄河大堤，日军被迫撤退，会战结束。然而黄河决堤导致沿岸数百万无辜百姓受难，李若水三人对国民政府愈加失望。水患消退，日军再次发动攻击。李若水所在的四十二师被派往大别山堵截日军，众人在襄阳遭到日军的狂轰滥炸，师长冯安邦不幸牺牲，然而国民政府为限制孙连仲的势力，下令取消四十二师的番号，李若水三人对国民政府彻底绝望。冯大器投奔军统特务马汉三继续做特工，李若水和王希声投奔了八路军。

李若水在八路军根据地发挥自己的知识和才能，带领团队研制出的威力巨大的炸药包，在战场上发挥了极大的作用，王希声则率领游击队在前线战场发挥自己的作战才能。北平城内，军统特务机构铁血锄奸团，郑若渝、金明欣、殷小柔、袁无隅以及后来加入的冯大器，在平津地区大杀特务和汉奸，为抗战事业做出巨大贡献。袁无隅更是身兼两重身份，既是军统特务也是八路军特务，他利用职权为八路军根据地输送了不少物资。然而，由于军统叛徒泄密，铁血锄奸团在北平的据点全部被摧毁，郑若渝被抓入狱，冯大器为销毁文件英勇牺牲，袁无隅和金明欣在天津租界逃过一劫，殷小柔被迫嫁给日本特务头子武田正一。郑若渝在狱中受尽严刑拷打，却坚决不肯透露任何有用信息，因郑的家族势力，日本人不敢将她杀害，就将她囚禁在半人高的笼子里，长达五年。殷小柔结婚后经常被武田正一打得住进医院，精神抑郁。袁无隅和金明欣没有被日本特务发现身份，依旧在北平暗暗展开活动。

1942年，日军对八路军冀中军区展开五一大扫荡，王希声力战而死，李若水也被误认为战亡，消息传到北平，袁无隅悲痛欲绝，单枪匹马来到日军凯旋仪式上为兄弟报仇，不幸死在日军枪下。金明欣在与袁无隅的相处中对其倾心，得知袁无隅殉国，穿上火红的嫁衣来到街前为其收尸，然后抱着心上人跳进金水河中殉情而死。殷小柔将两位昔日好友葬入靠近南苑的一处向阳山坡。侥幸未死的李若水，面对好友的接连去世，化悲痛为奋勇杀敌的力量，在八路军中立下赫赫战功，战斗的枪声一直响到1945年8月15日，日本帝国主义宣布投降。

日本投降后，郑若渝被释放，她受到政府的表彰并受邀到北平市府担任要职，但由于不满于国民党内部同室操戈的乱象，1946年，她随家人搬去了香港。解放战争结束后，中国人民解放军在人民的夹道欢迎中开进北平城，1949年10月1日，中华人民共和国成立，广场上举行了盛大的阅兵仪式，李若水昂首挺胸地走在一支受阅队伍里，突然看到了挥舞着红丝绸方队的领队老师郑若渝，他不顾一切地朝她奔去，两人在洒满金光的大道上紧紧相拥。

【作品反响】

历史大神酒徒签约爱奇艺文学，成为爱奇艺文学明星作家团的一员，新作《关河未冷》爱奇艺文学独家上线，新书既保持了酒徒一贯大气、热血、磅礴的世界观架构，厚重的历史感和冰冷的现实感交织的写作风格，更以历史真实人物为原型，刻画与宏大历史事件紧密交织的人物命运，展现烽火战争中的爱恨情仇。

《关河未冷》以真实历史人物抗日杀奸团女杀手郑昆仑、晋察冀军区冀中分区第八分区政委王远音、辅仁大学学生锄奸团头号杀手冯运修、北平锄奸团骨干财物主管袁汉俊等人生平为人物原型，讲述了抗战烽火中的青年学子，如何长枪铁马、浴血奋战、誓破楼兰。出身于民族大商人家庭的李若水因时局动荡，与好友王希声、冯大器、袁无隅等人毅然投笔从戎。在南苑、固安和台儿庄、东条山，李若水和朋友们，用生命和热血，兑现了自己入伍时许下的诺言。然而，因为对中国未来发展方向的认识不同，几个好友却渐行渐远。李若水、王希声两人加入共产党队伍，率领游击队，在晋察冀地区与日寇浴血奋战。冯大器则奉军统之命潜回北平，带领郑若渝、袁无隅等人，将枪口对准了那些卖国求荣的汉奸。

女主角郑若渝，则是一个集时代新女性所有优点于一身的形象。她对李若水是彼此欣赏的纯粹之爱，对国家民族的爱是不含任何尘杂的大气之爱。在被日本特务逮捕之后，她承受了所有非人折磨，却始终没有屈服。在抗日胜利之后，她却选择默默归于平淡。打碎这群年轻人原本的生活轨迹。前线战火与敌军奋力搏杀的危险重重，北平城内与日本特务周旋的危机四伏，恋人的失散，朋友的逝去，他们或许未能看到抗战胜利，但从未怀疑过内心坚定的信念，有人以身许国，但活着的人，却依旧没有放下手中的枪。

抵抗者杀不尽。

关河未冷，尽是少年血。

——爱奇艺文学微信公号：酒徒加盟爱奇艺文学明星作家团新作《关河未冷》独家首发

战争场面描写得太过瘾了！很佩服作者的文字功底，不仅人物刻画得入木三分，故事情节也设定得十分精彩，让我以另一种方式去重新回溯战争年代，去感受英雄们那种保家卫国的伟大民族精神！很受感动！书目《关河未冷》一开始就是因为很喜欢这个名字才点开看的，果然没失望反而很精彩！

——“爱奇艺小说”App 用户：喂！我爱你

关河未冷，尽是少年血。历史的英雄，热血也悲凉。七七事变、平汉线保卫战、台儿庄战役，这一段历史不管怎样的演绎，不管从历史书上看到，还是从作者的这本小说里看到，心中总是感慨万千心绪难平。这本书值得大家看。

——“爱奇艺小说”App用户：为你一辈子

【作品评析】

在炮火洗礼中绽放爱情之花

酒徒的小说《关河未冷》以真实历史人物抗日杀奸团女杀手郑昆仑、晋察冀军区冀中分区第八分区政委王远音、辅仁大学学生锄奸团头号杀手冯运修、北平锄奸团骨干财物主管袁汉俊等人生平为原型，描绘了以李若水为首的几位青年学子，不满侵略者肆意践踏祖国山河而毅然投笔从戎、浴血奋战的英勇事迹。作者采取“大事不虚，小事不拘”的写作策略，在尊重历史的前提下进行创作，对关键性史实不作改动，在历史细节方面大胆想象，使纪实与虚构巧妙结合，达到虚实相生的效果。小说还将个人命运与宏大历史事件紧密交织，以李若水几人的经历为中心，串接起抗战时期的一系列重大历史事件，描绘了波澜壮阔的抗战历史画面，使得故事曲折动人，人物形象真实生动，塑造了沉稳机智的李若水，机敏正直的冯大器，坚韧勇敢的郑若渝等个性鲜明的人物形象。同时，小说语言优美凝练，叙事张弛有度，内蕴丰厚，文学性较强，是一部向英雄致敬的革命历史题材佳作。

一　真挚动人的爱情描写

《关河未冷》不仅是一部向英雄致敬的革命历史小说，更是一曲爱情的赞歌。主角李若水和郑若渝相知相守的爱情历经血与火的洗礼而越发坚韧，既是情侣又是战友的身份，为他们坚贞纯洁的爱情增添了伟大和崇高的因素。酒徒在战争缝隙中书写炮火下的爱情，细腻的感情刻画，不仅给小说故事里的人物带来一缕明媚的希望，也给在文本之外的读者带来心理慰藉，有效缓解战争叙事带来的紧张感，在苦难中守护爱情之花的故事设定也比较符合读者的阅读偏好。

酒徒的小说体现了积极而正面的爱情观，他笔下的男女主角有着平等的爱情关系，爱意由心而发，爱得纯粹，不矫揉造作，如《家园》中的李旭和陶阔脱丝，李旭毫不介意陶阔脱丝的异族身份，被她身上体现的生命活力深深吸引，陶阔脱丝大胆追求爱情，坦率地表达对李旭的喜爱，两人之间的情感像草原上盛开的鲜花一般纯洁美好。在《关河未冷》中，李若水和郑若渝在感情态度上也折射出现代自由平等的爱情观，体现为互相欣赏、互相尊重、彼此信任和独立。这种进步的爱情观念受到两个层面因素的影响。

首先，对于李若水和郑若渝而言，作为接受过高等教育的知识青年，他们明显受到“五四”以来宣扬的爱情解放思想的巨大影响，由此两人身上体现出符合时代背景的大胆追求爱情的个性。尤其是作为女子的郑若渝，她不顾父母反对坚持要嫁给李若水，甚至冒着危险跑到军营向李若水表明心迹，面对表妹的担心和质疑，郑若渝剑眉一挑，嘴角含笑，铿锵有力地说道：

> 长辈是长辈，我是我。都什么年代了，婚姻大事还必须听父母之命！
>
> ——《关河未冷》第一章第一节

> 我是嫁给了他，又不是他们李家。
>
> 我父母的想法我都不在乎，他父母的想法，我更不会介意。如果公婆和妯娌们看我顺眼，全家人在一起当然能相敬如宾。如果公婆因为我没听父母的话非要嫁给他不可，就看低了我，我们俩都有手有脚，搬出去自己过便是！
>
> ——《关河未冷》第一章第二节

不同于莎菲的纠结和子君的柔弱，面对爱情的未来，郑若渝表现得十分自信和决绝，这是她坚韧果敢的性格与“五四”女性解放思想碰撞出的结果。

另外，作为小说叙述者，酒徒以一个接受过八九十年代女性主义思潮和西方自由开放精神影响的现代人身份，在刻画两人爱情关系时流露出强烈的女性平等独立观念，这种观念不同于“五四”时期女性解放的简单号召，而是超越小说人物所处时代的更为进步的爱情观。在描述两人之间的爱情关系时，郑若渝和李若水多次提及“英雄树”这一植物：

> 自己跟她，几年前就说好了要做两棵相邻的英雄树，一同面对所有狂风暴雨。自己不能将她变成一株藤萝，她也不该变成一株藤萝。否则，非但是委屈她，也玷污了”爱情“这两个字的神圣。
>
> ——《关河未冷》第十一章第一节

> 她这辈子，从来没打算做一条蔓藤，缠着他，束缚着他，让他心中的百炼钢化作绕指柔。她只希望跟他一样，做两棵并肩而立的英雄树。一起长大，一起面对来自太平洋的风暴，一起开出绚丽的花朵，直到天荒地老！
>
> ——《关河未冷》第十一章第十六节

> 既然他选择了坚强，自己就不会展露软弱。既然他选择做一棵英雄树，自己就绝不选择去做藤萝。这是他们两个的默契，不用说出来，也不用彼此提醒。既然曾经许下承诺，就永远不会更改，一直到彼此生命的终点。
>
> ——《关河未冷》第十四章第五节

“英雄树”指木棉树，盛开时满树枝干缀满艳丽而硕大的花朵，鲜艳如火，耀眼醒目，极为壮丽，该树不仅外表英俊挺拔，有英雄之姿，背后还蕴藏着一个关于英雄的传说：在海南岛五指山有位叫吉贝的英雄，因遭叛徒出卖，被敌人围困在大山上，身中数箭仍屹立山巅，死后身躯化为一株木棉树，箭翎变为树枝，鲜血化成殷红的花朵，后人为纪念他，尊称木棉为英雄树，把木棉花称为英雄花。“英雄树”身上蕴含的不屈不挠、坚毅挺拔的精神是两人共同的人格追求，他们在乱世投笔从戎的行为是对“英雄树”内涵的生动诠释。

另外，两棵并肩站立的英雄树，寄托着他们对“双星平衡”式的两性关系的向往。并肩而立的木棉树（即英雄树）这一意象，出自舒婷的《致橡树》，诗人以“木棉”对“橡树”的真情倾诉，表达对爱情的热烈追求，不仅否定传统的“青藤缠树”“夫贵妻荣”式以人身依附为根基的情感关系，同时也超越了牺牲自我、一味奉献给予的爱情原则。诗人认为恋爱双方都必须保持人格的独立与平等，有属于各自的特点和存在价值，并在此基础上同甘共苦、相濡以沫，传递出平等独立、互相尊重，志同道合、互相理解，同甘共苦、互相扶持，精神守望、互相交融的爱情观，对现代女性的独立自主意识及爱情观树立有着深远的影响和现实意义。酒徒无疑受到《致橡树》的启发，将男女主角塑造成一对拥有独立人格魅力且相知相守的恋人形象。

具体而言，男主李若水家境优越，是燕大的高才生，有着出众的外表和过人的才能，女主郑若渝出身名门，是北平的才女，美丽温柔而又勇敢坚韧，两人都接受过高等教育和新思想的熏陶，互相欣赏，彼此尊重。在外敌入侵、山河破碎之际，他们携手走向战场，为保卫祖国，在各自的岗位上默默奉献。李若水凭借冷静理智的头脑和舍身奉献的精神迅速成为一个队伍的领袖，他的沉着稳重和责任担当令郑若渝十分倾慕。而郑若渝也是巾帼不让须眉的坚毅女子，她先是跟随李若水在医务营做随军护士，回到北平后又加入铁血锄奸团做特工，以另一种方式和心上人并肩战斗。郑若渝对祖国的热爱和对民族大义的觉悟与李若水心意共通，这对恋人有着共同的志向和目标，各自独立而又相互帮助和扶持，在战争中一步步成长为两棵并肩而立的“英雄树”，实现了当初对彼此的承诺。

其中，女主角郑若渝，是一个集时代新女性所有优点于一身的形象。她坚强、独立、稳重，她对李若水是彼此欣赏的纯粹之爱，对国家民族的爱是不含任何尘杂的大气之爱。她不依附于恋人，有自己的追求，为拯救民族不顾危险去做随军护士和特工，在被日本特务抓捕之后，她承受非人折磨却始终没有屈服，在抗日胜利之后，她不与国民党同流合污，选择默默归于平淡。作者塑造的这个坚强独立的女性形象，在男频文中是十分出彩的。

李若水也是一个痴情忠诚的优秀伴侣，不仅外表和能力都很出众，在感情上也非常体贴。看似稳重实则细腻敏感的李若水总是想尽办法保护自己的爱人，他们不在一个营地的时候，李若水就会给郑若渝写信，哪怕只是只言片语，也能让她安心，不用再日夜担心自己的安危，而这些信件在后来也确实成为郑若渝孤独无助时的安慰。李若水对爱人也十分忠诚，当发现政委的侄女对自己产生微妙感情，他立刻婉拒，李若水对她说：

> 我们俩之间有过承诺。而有些承诺，既然做出了，这辈子，就永无悔改。我是，她也是。我相信她，正如她相信我。
>
> ——《关河未冷》第十五章第七节

这份承诺两人一守就是 12 年，自 1937 年两人在邯郸分别，到 1949 年中华人民共和国成立，光阴流转，但是他们对彼此的爱却始终未变，甚至越发深切。误认为李若水战死，郑若渝来到香港，却始终不愿意找个人嫁了，当在阅兵式上看到日思夜想的心上人，她却担心自己的身份会给李带来麻烦，选择默默离开，可是李若水不在乎旁人的眼光和自己的仕途，毅然追上了自己的爱人。

《关河未冷》在歌颂英雄之外以细腻的笔调刻画出美好崇高的爱

情，李若水和郑若渝那份诚挚的感情给战争年代增添了一抹亮色，不仅给那书中人带去温暖和希望，也给读者带来深切的感动。

二　以小人物抒写大情怀

酒徒曾说："对于历史，我更容易关注小人物。比如当人们都在说关羽水淹七军有多英勇时，我先想到的是被淹死的那些士兵与家庭，那些人会是什么样的命运。"在酒徒笔下，小人物往往能有浓墨重彩的一笔，他说："我们经历过，知道小人物多么无奈。所以比起帝王将相、大宅门，我更愿意写那些小人物的悲欢离合。"[①] 在大神专访中他也提到"宁为苍生说人话，不为帝王唱赞歌。"[②]《关河未冷》这部小说将视点更多地聚焦在小人物身上，通过书写小人物的抗战故事，展现宏大的家国情怀。

首先是主角团，除王希声外的六人虽然家世显赫，但他们不过是几个 20 岁上下的青年学生，放到整个抗日战争中来看，仍然属于小人物，而且刚加入军队的几位男生都是从低级学兵开始做起，跟高级决策层离得较远，即使几人后来都在各自岗位小有成就，但只有李若水和郑若渝成为比较知名的人物。他们的影响力虽然没有高级将领那么大，但这群知识青年还是凭借爱国热情、出众能力和无畏勇气为抗日战争做出巨大贡献。

李若水、冯大器、王希声、袁无隅放弃学业和富贵生活加入军队，南苑遇险后，他们在一场场残酷的战斗中迅速从毫无作战经验的学兵成长为各怀绝技、作战勇猛的"老兵"，凭借默契的配合一次次痛击日寇。郑若渝和金明欣则留在军中当护士，给受伤的战士带去温暖的关怀。"此刻的他们，除了满腔报国热情之外，只有一双天空般纯粹

① 罗昕：《专访丨酒徒：网文最大的优势在于自由和不拼爹》，澎湃新闻，https：//www.thepaper.cn/news Detail_ forward_ 1657718。

② 权哥哥：《大神专访丨酒徒的〈盛唐日月〉：宁为苍生说人话，写小人物的悲欢离合》，微信公众平台，https：//mp.weixin.qq.com/s/d-HBZwcHr52S_ 4YGogZtLA。

的眼睛和一张白纸般干净的心脏。”[①] 那时的他们不懂得什么是政治阴谋，他们心中只有一个简单的念头：保卫祖国母亲，把侵略者赶出中国！就是这种至诚至真的报国志向，支撑着他们在缺少弹药，艰苦作战的军队中坚持下来，激励着他们不顾生命危险与日寇搏斗，甚至不在乎军衔和名利，只要有机会上前线杀敌，他们就无怨无悔：

> “我留下！”冯大器带着满身尘土，大步走了进来，笑容骄傲而又坚定，“二十六也好，二十九也罢，还不都是中国的军队？国家都快亡了，再分那么细，还有什么意义？冯某不在乎是九还是六，只要有队伍肯打鬼子，冯某这条命，就可以交给他！”
>
> ——《关河未冷》第七章第七节

> “是！”王希声想都不想，立刻举手领命。正如他所说的那样，只要能杀鬼子，他愿意做任何事情，根本不在乎穿上一身黑皮。
>
> ——《关河未冷》第八章第一节

后来，李若水、王希声两人加入共产党队伍，率领游击队，在晋察冀地区与日寇浴血奋战。冯大器则奉军统之命潜回北平，带领郑若渝、袁无隅等人，将枪口对准了那些卖国求荣的汉奸。虽然加入了不同的组织，但他们的那颗滚烫的赤子之心依然没有变。为了将侵略者赶出中国，他们愿意忍受国民党的腐败，当他们发现只有共产党才能领导中国走向胜利时，又毫不犹豫地选择加入八路军，这群知识青年对祖国的赤诚之心是真诚且坚定的，他们身上体现了最热烈而深沉的爱国情怀。

---

① 酒徒：《关河未冷》，第一卷《岂曰无衣》第二章《与子同袍》第八节，爱奇艺小说，2017年9月连载。

除主角团外，作者还讲述了许多打动人心的小人物的抗战故事。事实上，军队中大多数士兵都是小人物，在实际战斗中，高级将领负责在后方指挥作战，前线战斗却要靠战士们的血肉来扛。作者的笔墨没有过多地在那些大人物身上停留，他着重描写的是在前线厮杀的那些普通士兵和低级军官的故事，比如学生兵赵小楠舍身炸坦克：

数颗流弹落在他身边，溅起朵朵水花。他躲都没躲，迅速弯腰，从血泊只之中捡起两捆手榴弹，左一捆，右一捆，挂在了自己脖子上，然后迈步追向正在远去的鬼子坦克。

几点红光在他身上跳起，他的身体打了个踉跄，然后继续加速，加速，加速。又有一颗子弹打中了他的肩膀，他的半边身体都被血水迅速染红。却猛地抬起尚能活动的手，拉燃了手榴弹后边的引火弦。

白烟从他肩头冒起，就像两团白云，遮住他的面孔和一部分躯干。腾云驾雾般，他第二次扑到了战车上，单手拉住了上面的凸起部位，将胸口贴向了冰冷的钢铁。

这一次，他已经没有力气再离开，献血顺着钢铁，淋漓而下，迅速染红的转动的履带。

“轰隆”一团巨大的烈焰跳起，将他的身影，化作永恒！

——《关河未冷》第四章第五节

厨子老路为不拖累队伍举刀自尽：

老路名叫路文，原本是个厨子，一年半前因为饭馆倒闭没地方吃饭，才混进冀东保安队做了伪军。平素训练总是偷懒耍滑，执行公务时也有一搭没一搭。如此一个混吃等死的家伙，自然不会受上司的待见，张洪生在起义之初，甚至都不想带上他。却万万没料到，此人在关键时刻为了不拖累袍泽，竟然果断选择了慷慨赴死。

——《关河未冷》第七章第二节

魏华清炸毁毒气弹仓库时哼着家乡的小曲：

魏华清歪着身子躺在“床上”，看着弟兄们忙忙碌碌地将炸药包摆满毒气弹仓库的每个角落，雷汞通过引线连向自己身边的引爆器，抽烟的模样好生悠闲。

陷阱很快布置完毕，李若水和冯大器等人，向魏华强施礼告别，然后缓缓合拢仓库大门，转身离去。在迈动脚步的刹那，大伙耳畔忽然又传来了一曲戏谑的河南小调，“腊月二十三，大雪封了山，拎上两只大白鹅，去找那小英莲……”

几个河南籍的老兵，扯开嗓子，越唱声越高，唯恐仓库里的老魏走得太孤单。

短短五分钟后，一声爆炸，俚歌戛然而止。

大伙含着泪回头望去，只见一团暗绿色的烟云伴着火光腾空而起。刚刚杀入村内的鬼子援军和分散躲在村中房屋鬼子残兵，绝望地四散奔逃，却无论如何都逃不出烟云的笼罩。

——《关河未冷》第四章第十五节

还有周建良冒着枪林弹雨为师长收复遗骸，刘团长死前仍不忘为战死的弟兄们点烟，张统澜、张笑书、左平等学生兵将年轻的生命定格在战场上，台儿庄战役中众将士喝着烈酒唱着战歌，拼尽所有力气冲向敌人……在这些普通士兵身上我们看到了浓浓的爱国情、战友情、兄弟情，他们绝大部分是来自社会最底层的农民，庞大的基数让他们成为军队的主力：

他们没有富家子弟们的见识，没有爱国学生们的热情，没有

> 溃兵们的素质，却在训练中，表现出了中国农民那种坚忍不拔的意志，以及对教官最大的服从性。而他们的团体，也最为庞大，如果能通过训练和教导，让他们懂得为何而战，他们极有可能变成这时代最出色的士兵，诚实，守纪且无所畏惧！
>
> ——《关河未冷》第一章第七节

正是无数普通战士身上涌现的团结对敌，顽强战斗、不畏牺牲的精神，令中华民族在重重苦难中坚韧地生存下来，直到将侵略者赶出祖国。

“酒徒的小说语言质朴凝练，没有特意煽情，却依然能够以情动人，这首先是源于作者对笔下人物倾注情感。”[①] 无论是主角还是配角，酒徒都以传统文学创作的方法细心描摹，主角身上固然有光环，但又尽量做到不失真实，李若水才智过人，但并不是一开始就拥有开挂技能，百战百胜，而是善于在一场场战役中总结经验，加上胆大心细，才能在装备简陋的情况下获得几场来之不易的胜利，作者还分别对其面对敌人、战友、爱人时的心理进行细腻刻画，让读者切实感受到这个人物的喜怒哀乐，感到李若水是一个活生生的人，让其从一个懵懂的学生兵成长为一名将领的经历变得鲜活真实。对于次要角色，酒徒以怀着强烈感情色彩的笔触来描写，对于贪生怕死、卑鄙无赖的李二叔，野心勃勃、不择手段的武田正一，虚伪自私、不顾大义的潘毓桂，他极尽鞭挞和讽刺；对于顾全大局但又无可奈何的孙连仲、黄樵松等将领，他投以同情；对于舍生取义、不畏牺牲的周建良、赵登禹、佟麟阁等无数战死沙场的将士，他毫不吝啬地表达赞美和敬佩之情。酒徒将充沛的情感贯注于小说当中，使读者在阅读过程中感受着作者的情绪，与作者产生情感共鸣，增强了小说的感染力。

---

① 慕容兔兔：《〈大汉光武〉：气势恢宏的历史演义》，中国作家网，http：//www. chinawriter. com. cn/n1/2019/1024/c425784 –31418635. html。

当然，战争中的小人物不一定都是崇高的，他们有的贪生怕死、临阵脱逃，有的做汉奸特务、出卖国家，甚至不少士兵怀着私心，来军队只是混口饭吃，不愿意轻易丢掉性命。但大部分士兵都是非常仇恨日军的，只要有合适的将领来领导，就能够在战场爆发惊人的战斗力。作者歌颂那些不畏牺牲的勇士，同时也写出了普通士兵的真实而复杂的情感，他们有儿女私心，但面对家国大义，最终都选择了抵抗到底。这是本部小说最真挚动人之处。

三　构思精巧的叙事方式

在故事架构上，作者没有选择对1937年到1949年的这段历史进行全方位的展示，而是将这段历史作为背景板，着重描写了李若水、郑若渝、王希声等七位青年在战火中成长的故事，以他们的经历为切入点，描写历史的侧面，将目光聚焦抗日战争中的小人物、小事件以及他们身上体现的儿女情、家国情，这种避开宏大叙事的写法，使作品更加接地气。同时，那种知识青年投笔从戎、舍身抗战的精神，十分贴近年轻人的心理世界和情感世界，更容易引起读者共鸣。

“酒徒的笔法非常凝练，甚至可以说是惜墨如金。不同于一般网络小说的搞笑语言和无端码字赚取稿费。”[①]《关河未冷》以80多万字的篇幅容纳1937年到中华人民共和国成立这段革命历史，以李若水等七位青年的经历为主线展开波澜壮阔的抗战画面，使厚重的历史感与真切感并存。全书几乎没有灌水痕迹，在紧张的战斗中穿插爱情、兄弟情、战友情的描写，使叙事张弛有度，很好地调节读者的阅读感受。其中对于战斗场面的描写展现出酒徒作为历史类网文大神的深厚笔力：

> 原本已经残缺不全的战壕，在震动中，像豆腐般一段接一段倒塌。几名不幸藏身在炮弹落地点附近国民革命军战士，连任何

① 聂庆璞：《网络小说名篇解读》，中国社会科学出版社2011年版，第131页。

闪避的动作都没来得及做，就直接被爆炸的余波震死。灼热的弹片，如同死神手中的镰刀，无影无形，以炮弹落地点为圆心，向周围飞窜。十五米内，凡是裸露在地表的目标，无论是人，还是泥土石块，全都被撕得四分五裂。

虽然带领麾下弟兄们，及时躲进了战壕和弹坑中。但是，由于阴雨天气和战壕过于简陋的缘故，李若水和王希声麾下的弟兄们，依旧在日寇疯狂的炮击中，死伤惨重。

很多战士，身上连一点伤口都看不到，趴在战壕里，就悄无声息死去。很多战士，明明已经躲进隐蔽处，却被炮弹直接给掀了出来，在半空中，化作一团团红色的碎肉。一些没有经验的民壮，被重炮的轰击吓破了胆子，翻过被坍塌泥土堵住的交通壕，尖叫着向后逃命。远处早有准备的日军重机枪立刻找上了他们，将他们拦腰打成了两段。

死亡和恐惧，笼罩了整个阵地。每个在第一轮炮击中幸存下来的人，都两眼通红。然而，比死亡和恐惧更令人痛苦的是，面对日寇的嚣张炮击，国民革命军的炮兵，却毫无还手之力。

——《关河未冷》第十章第七节

这段战斗场景的描写足见酒徒的严谨与细腻，他将镜头定格在战场上方，展示炮火下血肉横飞的画面，刻画战士的恐惧心理，还原了一个残酷而真实的历史画面，让读者仿佛身临其境。酒徒的小说之所以厚重，就是因为他在尊重历史的前提下进行创作，以宏阔的历史观、客观的视角书写正面战场的抗战，再现各个方面、各种力量中抗日英雄的血与泪。

另外，作者十分注重采用影视化手法叙述故事。首先是蒙太奇的手法，把同一时间不同地点发生的有关事件、场面串联起来，使它们有条不紊地呈现在观众面前，使剧情得以平行发展，强化观众的悬念心态。如在讲述南苑战斗时，除对正面战场进行描述外，还安排潘毓桂、香月清司，宋哲元几人的场景交替出现，既交代了日军的图谋和二十九军高层领导人的心理，又使故事的发展节奏急缓有序、错落有致，加强读者的阅读兴趣。其次，作者还巧妙地以一段声音或一个物品作为中介来衔接每一小节的故事，不仅使叙事更加严谨，混融一体，同时非常有画面感和镜头感。如在第二章第四节结尾：

> 我不过是个女人，追求爱情有什么错？又轻轻叹了口气，她闭上眼睛，举起罂粟花一般的红唇。
>
> ——《关河未冷》第二章第四节

第五节开头则是：

> 罂粟花缓缓下落，一把苗刀忽然凌空扫过，将血红色的花瓣贴着花萼斩下，化作数片折翼蝴蝶，缤纷满地。
>
> ——《关河未冷》第二章第五节

以罂粟花作为画面转换的中介，就是运用了影视剧中镜头切换的手法。

此外还有以声音和画面作为转换媒介的第五章第二、三节：

> “哗啦!”楼下传来的茶壶落地的声音，表面浮绘着文君当垆卖酒的汝瓷，被张品芜失手打了个粉身碎骨。
>
> ——《关河未冷》第五章第二节

> “哗啦!”一只来自大不列颠的皇家专供白瓷茶杯摔在地上，粉身碎骨!
>
> ——《关河未冷》第五章第三节

此外，酒徒对小说章节名称的设计也很有深意，如第一卷《岂曰无衣》中的章节名就全部取自《诗经·秦风·无衣》中的诗句。《秦风·无衣》是《诗经》中最为著名的爱国主义诗篇，它产生于秦地人民抗击西戎入侵者的军中战歌，歌颂了秦地人民面对外敌入侵时英勇反击的尚武精神，这首充满爱国主义激情的慷慨战歌是对小说第一卷中李若水等青年士兵团结对敌、不怕牺牲精神的生动诠释。第二卷《国殇》则是卷名和章节名都直接取自屈原的《九歌·国殇》，《九歌·国殇》取民间"九歌"之祭奠之意，以哀悼死难的爱国将士，追悼和礼赞为国捐躯的楚国将士的亡灵，屈原此作在颂悼阵亡将士的同时，也隐隐表达了对洗雪国耻的渴望，对正义事业必胜的信念，这也正是作者在小说中想要传达的。第三卷卷名《五月的鲜花》出自同名歌曲《五月的鲜花》，章节名选取了歌曲的前四句："五月的鲜花开遍了原野，鲜花掩盖着志士的鲜血，为了挽救这垂危的民族，他们正顽强地抗战不歇。"这四句诗格调是悲凉的，战争夺去了志士的生命，无数年轻生命永远停留在战场上，虽然最后取得胜利，但他们却再也没有机会看到。小说的最后，曾经并肩战斗的七个人只有李若水、郑若渝、殷小柔活着看到了中华人民共和国成立，不止是他们几个，还有更多的年轻战士用他们的鲜血换来了今日的和平，他们值得后来人永远尊敬和铭记，酒徒用他的笔记录下战士们的事迹，以此对抗日英雄致以崇高的敬意。

最后，作者对小说人名的设计也有深意，李若水的名字出自《老子·八章》中的"上善若水"，与老子对水的至高评价一般，李若水为人和善、处世谦卑，不仅是冯大器等人信服的老大哥，也是师长欣赏器重的后辈。郑若渝、冯大器、王希声、袁无隅的名字出自《道德经》第四十一章中的"质真若渝，大方无隅，大器晚成，大音希声"①，每个人名字的含义与他们的性格相对应，郑若渝纯真、袁无隅

① 老子著，李若水译：《道德经》，中国华侨出版社 2014 年版，第 300 页。

率直，冯大器机敏，王希声质朴，每个人都有鲜明的性格特色，连金明欣和殷小柔的性格也与名字相符合。

四　作品影响与不足

《关河未冷》于2017年更新于爱奇艺文学，2019年7月完结，这是酒徒继《烽烟尽处》之后完本的第二部抗日题材的历史小说，是2019第三届中国网络“网络文学+”大会·IP生态文娱峰会“献礼”篇章，“年度十大影响力IP入围”作品；并且，经过严格初评、复评、终评和读者线上投票，成功入选2019年度中国网络文学排行榜。作为爱奇艺文学优秀革命题材作品的代表，《关河未冷》还参与了由中国作家协会网络文学中心主办的“庆祝中国共产党成立100周年网络文学‘百年百部’系列活动”之“全国重点文学网站优秀网络文学作品联展”。第二届网络文学双年奖颁奖典礼上，酒徒凭借作品《男儿行》获得金奖，授奖词认为：“他的历史小说创作始终保持着旺盛的创造力。他秉持唯物史观和严谨的创作态度，以明朗的笔调钩沉民族荣辱与家国情怀。”① 与大多数网文的“快、狠、爽”风格不同，酒徒更注重文笔的雕琢、历史背景的考究以及人物命运的剖析。《关河未冷》延续了酒徒一贯的创作特点，厚重的历史感辅之以真实饱满的情感，在严谨的历史叙事中加入个人艺术创作，将个人命运置于宏大的历史背景之下，展现小人物的成长史及成长路上的喜怒哀乐。小说中无论是对战争场面的描写，还是人物情感的刻画都无愧于酒徒作为历史类网文“大神”的称号，优美凝练的文笔、有条不紊的场面描写、细腻的心理刻画以及家国情怀的抒发，展现出该小说较高的艺术性和思想性。

此外，小说也有一些不足之处：小说的叙事节奏前紧后松，前半

① 《第二届网络文学双年奖揭晓70后作家酒徒拿到金奖特地从澳大利亚打飞的赶来领奖》，都市快报，https：//baijiahao. baidu. com/s？id＝1583287283300902756。

部分的叙事时间较慢，从李若水加入八路军开始，叙事速度明显加快，作者用一大半的篇幅来描写 1937 年到 1938 年发生的故事，却只用很少的篇幅来描写北平军统、晋察冀根据地等组织的抗日战斗，有头重脚轻之感；情节前期紧张刺激，后期较平淡、琐碎；前期作者通过一场场具体的战斗来展现李若水、冯大器、王希声等人的性格和心理，显得真实而生动，后半部分对李若水、王希声的描写落入以往革命英雄叙事的窠臼，比较概念化。

值得关注的是，2021 年 5 月 20 日，在《关河未冷》后，酒徒颠覆以往写作方向，首度探索科幻领域，在爱奇艺小说独家发布他的首部科幻力作《银河防线》，期待这位一贯在历史军事领域深耕的作家能够突破以往写作局限，在新的题材领域带给我们惊喜。

（赵艳　执笔）

爽文外壳　温情内核

——评横扫天涯的《天道图书馆》

【作者简介】

横扫天涯，原名杨汉亮，曾用笔名毅君、情痴小和尚。“80 后”网络作家，自称老涯。阅文集团白金作家，青海省作家协会成员，青海省网络文学委员会副主任，中国作协会员，台湾繁体畅销作家。2019 年人气作家，阅文集团 2019 年十大男白金作家之一。其作品多是仙侠、玄幻类小说。代表作：《天道图书馆》《无尽丹田》《拳皇异界纵横》。其中《天道图书馆》在起点国际上，长期占据海外点击榜、推荐榜双榜第一，2017 年登上第三届中国原创文学风云榜榜单第四，荣获“年度受海外欢迎 IP”，2019 年再次登上中国作协网络小说排行榜榜单，全渠道订阅超过一亿次，收藏超过两百万。后被翻译成英文、法文、德文、土耳其文、越南文等多种语言，其中起点国际站英文版本，收藏超过 50 万，点击 9800 万余次，月票榜连续十个月第一，深受国外读者欢迎，被行业公认为“国际涯”。横扫天涯是一个天赋和努力兼具的作者，2009 年入驻起点中文网，入行十余年来，勤奋创作，一日数更，曾创下一日百更纪录，号称“百更帝”。

【上榜评语】

脑洞大开，体验酣畅。《天道图书馆》角色设定新奇，架构基调光明，通过神秘图书馆，洞见未知，追求梦想，超越阻碍，不断成功，出人意料的情节层出不穷，阅读体验痛快淋漓，是网络文学年度爆款作品。

【故事梗概】

小说的主人公是张悬，由地球穿越到异界。他的前生是一位图书管理员，穿越之后变成了天玄王国洪天学院的一名废柴老师，领导向他下令若招不到学生便把他开除，于是张悬开始积极招收学生，在招到了第一个学生王颖以后，张悬突然发现自己脑海中多出了一个神秘的天道图书馆。只要他看过的东西，无论是人还是物，都能自动形成书籍，记录下对方各种各样的信息，特别是缺点，在天道图书馆的助力下，张悬可以很容易地指点学生，让他们进步神速，因此张悬顺利收下了王颖、赵雅、郑阳、袁涛、刘扬五位学生。后来他们在新生大比上大获全胜，张悬也就变为炙手可热的明星教师。张悬的学生需要药液帮助修行，于是为了学生们的修炼，他在天道图书馆的帮助下通过考核成为一名正式的炼丹师。进入炼丹师公会后张悬找到了解决学生问题的药物，但他无力购买，于是张悬开始假扮名师杨玄赚钱。杨师的名气越来越大，甚至吸引了刘师、庄师、郑师三位真正的名师来访。一夜，张悬为了救国王陛下的老祖阅读了众多关于毒的天道秘籍，同时也在体内发现了一道古怪的黑气。张悬从刘师那里得知了毒殿的存在，他认为或许能解决自己体内的毒气。于是张悬离开洪天学院去往天武王国，一方面是为了解决毒气的问题，一方面是为了成为真正的名师。

张悬到达天武王国后伪装成总部特使进入毒殿，知道了自己体内的是先天胎毒，几乎无解。张悬想考核二星名师需要现收学生，在十天内，使学生信任度达到四十。于是张悬化名柳程加入真武学院，收了路冲为学生，并通过了二星名师考核。后来张悬在名师大比决赛中得了冠军，获得了去鸿远名师学院的机会。然后张悬去幻羽帝国，收了洛七七为徒，进入化清池修炼，在青稷山救了一名白衣女孩。后出发去吴阳子的地宫，遇上了“狠人”，张悬将其封印在天道之册，从此为自己所用。后来，张悬出发去鸿远城，顺利进入鸿远名师学院，在这里他又碰见了白衣女孩，知道了她叫洛若曦，是鸿远学院的老师。此时天道图书馆突然晋级，只要拿起书籍，其中的内容，就会自动印入脑海。由于太过优秀，张悬被推举为鸿远学院院长，前去参加战师殿选拔，张悬和他的学生也都全部通过，又偶然重逢了洛若曦，二人渐生情愫。张悬需要带着自己的亲传学生去清源城与战师堂交流，若曦却向张悬告别离开。张悬从别人口中知晓洛若曦可能是圣人门阀洛家的小公主，与圣人张家的小天才定下了婚约，只是这个张家小天才从未出现过。并且知道了洛若曦可能在圣子殿，于是他用尽一切办法到达圣子殿。到了这里张悬才发现名师堂总部真的有一位名叫杨玄的名师，更是找到了自己的亲生父母——兴梦剑圣，原来自己竟是与洛家小公主定下婚约的张家小天才，同时也知道了自己的先天胎毒是由于异灵族侵犯人族，无奈之下父母做的选择。另外张洛两家的联姻也事关能打开孔庙的传世天符的秘密。张悬本以为自己可以和若曦终成眷属，于是去洛家迎亲，却突生变故，若曦突然出现指责张悬欺骗她的感情，原来洛家小公主不是若曦而是洛七七。张悬便要退婚，洛张两家出现矛盾。张悬和洛若曦二人前往白溪山，获得了冉求古圣的传世天符。孔庙彻底开启后若曦拿到了春秋大典并要炼化，张悬意识到若曦的童子兀臣竟然是异灵族第一皇者辰庸皇。张悬十分震惊，若曦却告诉他自己不是异灵族人，而是灵神。然后名师大陆出现震颤，若曦就这样离开了。一个多月后张悬发现若曦将春秋大典放在了这里引发了图书馆升级。他跟着庸皇去异灵王城，助庸皇斩杀星皇、灵皇，解决了异灵族人的隐患。张悬得知想要联系灵神，必须在千叶山上摆出祭坛，张悬以为祭祀只需要使用宝物就可以，没想到要牺牲庸皇的生命。此时出现了一个神灵，张悬请其出手救庸皇。

结束这一切后张悬开始周游世界，进入上苍，加入凌云剑阁，一次偶然在乌海商行遇见一块神血石，怀疑与若曦有关，于是去逐星宫调查若曦的消息，同时被立为剑阁宗主。进入神界，到星宫见到了假扮的杜宫主，知道了一些密辛。通天桥开启后，张悬进入神殿，见到孔师，被孔师指出他拥有天道的一部分，此时张悬意识到自己拥有天道图书馆的原因应当是天道有缺。经历这一切以后张悬顿悟，创出天若有情功法。灵神是神界九天九帝之一，洛若曦当初自称“灵神”，也就是所谓的灵源之神，为确定若曦身份，张悬决定去灵源天看看。于是他成功与若曦重逢，确认了她是灵犀帝尊，真实的姓名是聂灵犀。而这时潮汐海出现变故，神界将要崩塌，这一切皆源于五十年前，一个手掌突兀出现，将神界击出大洞，大片陆地被空洞吞噬进去，形成了潮汐海。神界的天道也被剥离开，其中的天道有序和天道有缺，落入空间夹缝。现在一种特殊气体正在毁灭天道，而后他们发现竟是狠人吸收了这些气体汇聚了自己的力量要毁灭神界。原来若曦的父亲是神界天道，当年因窥探世界引来反噬，一个手掌落下，他抵挡不住，陷入昏迷，天道崩散成三部分，若曦掌管天道自然，孔师和张悬分别获得了天道有序和天道有缺。为战胜狠人于是若曦和孔师将力量灌输给张悬，张悬体内拥有了完整天道的力量，终于战胜了狠人。崩塌的神界停了下来，干枯的灵气也慢慢复苏。至此一切谜团揭开，张悬和洛若曦也终成眷属。

【作品反响】

这本书，中规中矩，算是很成功的作品。金手指方面给的很好，能帮助且伴随主角成长，也足够强。装逼打脸方面也做得不错，虽然很多细节非常弱智，不过对于网文来说，也够用了，毕竟也确实不是最牛逼的那一列。对于行文方面，总的来说没啥大问题，都还不错。但是具体的体系和主角升级路线来说，有点令人想不通。明明可以得到没破绽的连体功法，为啥就非要学那个五耀金身呢？我很搞不懂，简直是百思不得其解。至于这本书，很多人都会觉得反智，有毒，全是脑残套路，不过也无可厚非呀，网文不就是装逼打脸吗？

——知乎网友：陆香 fm

整书就是一种打怪升级模式。不过无可厚非，因为我们从小的成长过程就是考试（打怪），升学（升级）过程，也遭遇校园的各种奇葩现象。好在作者心底有清气，男主进出校门，依仗天道读书馆，质疑权威，他要么证明权威是对的，要么证明权威是错的。其中的关键词是质疑！质疑不是不信任，是最大的尊重。只有质疑不去论证就是哗众取宠，显现自己的特立独行，这个是伪独立思考。所以孔子在晚年听闻老子的道，才曰：朝闻道夕死可矣。现代人食古不化就是把国学经典视为不可侵犯，教条式地照搬不误。而王阳明精读四书五经后，只得出一个结论：学而时习之，知行合一。闻道、悟道、行道，魂魄、肉体与身心必然要经历劫难。这个观点贯穿全书是让我比较推崇的。甚至书里也有对名师堂的质疑，作者借用男主的心理活动写道【孔师当年，并未要求，存天理，灭人欲！既然如此，名师也要有自己的思想，自己的喜怒哀乐，不需要什么事，都要遵从礼仪，遇到真正违心的，也可以去抗争。名师，是师，却不是鸵鸟，逆来顺受，而是要有自己的思想，才能更好地运用知识，越走越远！】

还有一个纯粹属于个人价值观的问题，就是此书男主虽然穿越了，但还是带现代文明的婚姻家庭观念，没有出现什么三妻四妄的桥段。至少说明作者在“道”上还是知行合一的。

——微信读书网友：高强

一开始看还觉得很有新意，后来越往下看越觉得不成逻辑，如果说主角开挂升级快也就算了，几个学生指点什么了就修为暴涨，瞬间执掌一方？这说不通。个人觉得，作者想要描绘的小说世界体系和具象的人物刻画没有衔接上，而且语言文字和桥段的处理太小儿科了，一开始还觉得有点新意，后来就变成了千篇一律，没有想象空间了。本书高潮可能在众徒救师那个环节，本来写的很精彩紧张，但结尾处草草收笔带过，十分不尽如人意，……在这之后的孔庙完全是胡写了，纯粹是码字凑章节，主人公成长了这么多，收的宝物也不少，兽宠也不少，后来完全没下文了，让人不禁觉得有种电影按了快进键的纠结。总之此书太过于注重主线流程，对于人物刻画和支线事件描写完全是忽略和自欺欺人的一笔带过，不得不说作者有偷懒和糊弄的嫌疑，或者能力也就到这了。

——微信读书网友：波波

总的来说，是本好书，值得去看，语言轻快幽默、值得玩味，老涯进步很大（比起写《无尽》时）。缺点是：不耐咀嚼，缺乏回味感。

——微信读书网友：翊 Hr! d 无邪

“金手指”并非网络文学所独有，传统文学中的上帝之手、阿拉丁神灯、孙悟空的救命毫毛等当属其列。戏法人人会变，诀窍各有不同。《天道图书馆》这样一部别出心裁的作品获得“2017 最火玄幻作品，海外点推双榜第一”等多种殊荣可谓名归实至，遭遇众多言辞激烈的吐槽也在情理之中。或许对“最火”

与“第一”这四个字的含义不同的人有不同的理解，横扫天涯的这部作品拥有如此超乎寻常的赞誉和不近情理的苛求也就不难理解了。

——选自陈定家《“金手指”的功能与“叙事突转”模式——横扫天涯〈天道图书馆〉的几点启示》，《文艺报》2020年8月24日

【作品评析】

爽文外壳　温情内核

《天道图书馆》是阅文集团作家横扫天涯的原创作品，首发、独签于起点中文网。该作品于2016年11月上架，至2019年9月完本，历时近3年的时间完成了630余万字的创作。小说属于玄幻题材，讲述的是“异世大陆”的故事，一经上架就得到众多读者的喜爱，多次登上起点文学男频月票榜。2017年成为当时最火的网络玄幻小说，获海外点推双榜第一，2019年再次登上中国作协网络小说排行榜榜单。作者横扫天涯本人也在这部小说的助推下成为阅文集团2019年十大男白金作家之一。可以说，《天道图书馆》为横扫天涯收割了一批忠实粉并给他本人带来了极高的声誉，使其获得各项荣誉。究其原因是这部小说它不仅拥有极致爽文的外壳，而且蕴含了十分温情的内核，在有着巨大的娱乐消遣功能的同时，却不流于肤浅，完美地引领了读者的阅读取向。

一　引人入胜的故事桥段

作者横扫天涯很会讲故事，洋洋洒洒六百多万字讲述了一个穿越者得到“作弊神器”后一步步前进，登上修炼最高峰的故事。主人公张悬本是现代社会的一名普通的图书管理员，因一场大火，穿越到名师大陆变成了天玄王国洪武学院的一名废柴老师，遭受众多非议。为不被校长开除，他开始积极招收学生，在招到了第一个学生王颖以后，

张悬突然发现自己脑海中多出了一个神秘的天道图书馆。只要他看过的东西，无论人还是物，都能自动形成书籍，记录下对方各种各样的缺点，在天道图书馆的助力下，张悬的实力逐渐增强，很快招到了五位亲传学生。随着相处时间的增加，师生间的感情愈加稳定，张悬也从最开始的消极心态渐渐转变成真心为学生付出。至此，他终于完成了从穿越者到老师的转变。后来因新生大比、使者测评、假扮杨师等事件的推动，张悬坚定了要成为名师的信心，从此踏上一条名师修为之路。随之，他考上驯兽师、炼丹师、医师、名师各种职位，领悟明理之言和师言天授，成为天认名师，参加名师大比，援救学生，遇见挚爱。再进入圣子殿，探求自己身世，实力逐渐增加，名师大陆无人能敌。在人族生死存亡之际，他全力对抗异灵族人，守护名师大陆，再周游世界，穿越封印，抵达上苍，成为凌云剑阁宗主，消灭孔师恶念分身，找到至爱的女孩，获得九天封王，突破帝君之境，最终拯救整个神界。

这样一种主角开挂，万事尽在掌握之中，遇难皆可化险为夷的传奇故事，满足了众多读者的阅读需求，抓住了读者的眼球，带给受众十分刺激的阅读体验。《天道图书馆》可谓是一部极致爽文，一个个的爽点接踵而至，读者阅读时的爽感不言而喻。细究起来，造成这种故事抓人、爽感满屏的原因有三。

一是别出心裁的金手指设定。网络小说中的“金手指”，一般是指网络幻想类小说中演示“神迹”之“道具”的统称。在读者和网文评论家眼里，凡是主角拥有的“稀罕物”或“神助攻”皆可称为金手指。“金手指的出现，意在斩断叙事逻辑链条的束缚，使濒临绝境的主角化险为夷或反败为胜。”[1] 这部小说中的金手指就是张悬脑海中的天道图书馆，这个图书馆可以容纳各种各样的知识，只要是张悬看过的书籍都会被收录其中。另外张悬还可用它发现他人的缺陷，以便自

① 陈定家：《“金手指”的功能与“叙事突转”模式》，《文艺报》2020 年 8 月 24 日。

己采取相应的对策。天道图书馆可以说是张悬的“作弊神器”，因为它的存在张悬才能一路开挂，所向披靡。除此之外，天道图书馆还可形成“天道之册”，在收到学生真心的感激之情时便可获得，金色书籍可以封印任何级别的敌人，金色书页能够提升心境刻度，也可以用于将图书馆的内容消化成自己的大脑记忆，甚至拥有提升血脉的用处。可以说这种硬核的金手指设定大大增加了主角光环，也造成了读者阅读时的痛快淋漓之感。

> “嗯!”应了一声，张悬接过纹理石，掌心合拢，精神一动，心境再次运转开来。嗡！再次轻鸣，低头看去。和刚才没有数字不同，一道耀眼的光芒从中品纹理石上激射而出，照的四方光彩夺目，一行数字缓缓从上面浮现出来。看清楚上面的数字，众人全都呆住，立刻炸锅。“十、十……十点一?”“他的心境刻度，是……10.1?”本以为对方是在吹牛，没有心境刻度，结果……达到了十点一！心境3.0考核一星名师，6.0考核二星，10.1……就算考核三星也足够了！“刚才不是……5.1吗？怎么……”莫弘一这次是真的要哭了。他觉得对方是专门过来打脸的。
>
> ——《天道图书馆》第三百一十五章

二是小说环环相扣的链条式结构。《天道图书馆》的故事发展非常紧凑，一环扣一环，紧密相连，形成了一个链条式结构。每一个小故事都是其中一环，不可缺失。例如张悬假扮杨玄名师与他日后真的成为名师有着不可分割的联系，若不是假扮名师，张悬便不会被沈追陛下请去救治自己的老祖，若不去救治陛下的老祖便不会阅读众多关于毒的天道秘籍，也就不会发现自己体内有一道古怪的黑气，更不会前往天武王国考核名师。再如当初洛七七向张悬告白被拒，加上后来张悬的乌龙迎亲事件令她郁郁寡欢，所以张悬离开名师大陆进入上苍以后洛七七才会心中牵挂，不顾一切也要去往上苍。作者更巧妙地运用伏笔的创作手法增加了链条间的紧扣度，使各环之间互相牵引。例如：当张悬无力购买帮助学生修行的丹药时，他想到了假扮名师赚钱，脑海中一闪而过杨玄这个名字，于是从此化身名师杨玄。后来他到达圣子殿后，他才发现原来名师堂总部真的有一个叫杨玄的名师，并且是三大太上长老之一，那一刻张悬想到自己当初脱口而出杨玄这个名字是否源于自己在潜移默化中被天道控制，直至进入神界以后，张悬才顿悟原来天道是无情的，长期使用图书馆会被天道侵袭，失去自我。所以当初自己脑海中出现杨玄这个名字也就成为日后的一个伏笔，整个情节的发展都有迹可循。让众多小故事小细节都与后面的情节紧密联系，这样写作的好处是叙事节奏十分舒服，有“押韵”感，与修炼战斗故事的内容表达十分吻合。由于叙述方式简洁明了，整部小说呈现出快节奏的特点，因此每个小故事中的爽点迎面而来，狙击了读者的阅读取向。

三是淋漓尽致的升级流模式。在网络文学的一方天地中，类型小说是网络文学的主流，在市场选择、读者中心以及技术的催生下，网络类型小说形成了自己的“流”与“文”，诸如升级流、系统流、稳健流、总裁文、甜宠文、种田文等。《天道图书馆》采用了典型的升级流模式，并将其发挥到淋漓尽致。主人公张悬本是一名废柴老师，招不到学生，甚至即将被学校开除。可金手指一开，他便拥有了万能的天道图书馆，在金手指的助推下，他从学院倒数第一的教师一跃成为学院明星教师，肩上的称号更是数不胜数，走到哪里都是无敌的存在，突破修炼最高境界，拯救人族于水火。总之金手指设定加之环环相扣的链条式结构，以及类型小说中典型的升级流模式，使整个故事足够抓人，同时带给读者充分的爽感。

二　丰富传神的人物形象

张悬是小说主角，作者用大量的笔墨塑造了这样一个传奇又丰满的人物形象。作为一个穿越后拥有天道图书馆金手指的主角，作者对张悬的人设十分奇特巧妙，他首先是一个穿越者，拥有穿越前的记忆与地球现代人的思维方式，所以偶尔能以现代人视角观看这世间的形形色色；其次他又是拥有外挂的“氪金玩家”，遇上困难事，遇上挑战者，只需动用天道图书馆便可识得对方缺陷从而压制对方。正因为有如此强大的外挂，所以张悬这个人物形象不可避免地有些傲娇又有些小得意。比如：

> “这次不能叫天涯了……”停顿了一下。之前在星耀城通神殿，取名天涯，陆云长老等人都误以为是单晓天，这时候再以这个名字出现，很容易被察觉，到时候，还怎么拳殴宗主，脚踢长老？还怎么隐匿身份，调查洛若曦所在的灵神宫？“反正都是外号，既然天涯不行、杨玄没必要……那就按照我性格来吧……叫【我很低调】!”沉思了片刻，张悬取了一个满意的外号。之前的天涯，实在太难听了！尤其是被人称呼……天个毛，涯个毛……简直就是侮辱！我很低调……既符合气质，又契合他不张扬的性格。
>
> ——《天道图书馆》第一千九百五十四章

张悬进入凌云剑阁后给自己取了个名为“我很低调”的外号，认为这个外号十分契合自己的性格。但回溯张悬的整个经历，自从发觉拥有了天道图书馆以后，他何时真正地低调过！给他一会儿看书的时间便能掌握各类炼丹知识，舌战一群正式炼丹师，使他们哑口无言。与灵兽对决一次，便能让桀骜的灵兽成为自己的兽宠，甚至在战斗中只需瞬间就能达到别人殚精竭虑也无法突破的境界……张悬在化名“我很低调”后还在剑阁一人独挑众人，成了生命的“收割机”。自称“我很低调”却行高调之事，不免有一种“实力不允许低调”的嘚瑟之味。

除表面的特征之外，作者笔下的张悬形象也是复杂的，他有自私利己的一面，也有伟大正直的一面。正如莫言所说的“把好人当坏人写，把坏人当好人写，把自己当罪人写”。张悬这个人有阴暗的一面，比如他为了保住自己在洪天学院的教师职位，不惜欺骗王颖，胡乱指导甚至信口雌黄，让一个单纯的学生堕入自己的谎言之中。再有，当他发现天道之册这个功能强大的东西是因学生的感激而产生时，便立即决定要收学生，通过指点他们，让他们产生对自己的感激之情，以此方便图书馆产生天道之册，推进自己的修炼。这一行为举动并非出于张悬作为一位老师的职业道德或无私奉献的精神，更多的是为了自己的利益，在一定意义上来说，他自私地运用了学生对自己的感激。但是当知道自己的学生赵雅在冰原宫出事以后，他又会不遗余力地去营救，他始终觉得自己作为老师一定要守护学生的周全，所以每一个学生离开时，他都要在其体内留一道真气，以便他们生命受到威胁时可以自救，若他们受到欺负，不管对方是谁，他都要替学生们讨回公道。张悬去过很多地方，收过很多学生，其中一个叫路冲的学生因家族仇恨向林琅报仇，却意外被丁牧所伤，张悬为了给路冲报仇，不惜赶到轩辕国要置丁牧于死地。轩辕名师堂堂主洛千红极力劝解张悬和丁牧，而张悬却说他自己虽爱财但绝不会违背道义，最终替路冲报了仇，体现出了其性格特点。

“张悬名师是吧，可否给老夫一个面子，放过这个不肖的后辈？我愿用两千枚灵石作为答谢!”苍老的声音，迟疑了一下，缓缓响起。“两千枚灵石?”众人呼吸急促。灵石的价值极大，用金币换算的话，万金难求。一开口就两千枚，真够大方的。这么多钱，换算成王国和城市的话，绝对可以买得下天武王国！能买下一个一等王国的财富，拱手送出，只为了救下丁牧，足见这家伙在他心目中极为重要。听到对方的话，张悬也是一愣。他最富裕的时候，也就十五枚灵石，对方一开口就这么多，好大的手笔。“不错，两千枚灵石，代表的财富，不用说也应该知道!”老者的声音接着响起：“而且，真杀了他，对你也没什么好处，反倒要面对老夫无穷的追杀，如何抉择，你是聪明人，想必能够想明白！”对方的声音虽然淡然，却带着威胁。似乎只要张悬真敢动手，绝对会亲自出手，将其斩杀。懒得理会对方的威胁，张悬五指捏紧。他虽爱财如命，十分需要灵石，可绝不会为了这东西，违背道义和做人的原则。真要这样做了，以后路冲清醒，有何面目对他？

——《天道图书馆》第四百四十章

作者通过主人公的思想和现实选择，表现了人物本身的复杂性，使得人物更加丰满，能激发起读者的阅读兴趣。

除张悬这一主要人物，小说中还塑造了很多出色的配角形象。有刁蛮伶俐但内心温柔善良的大小姐赵雅，憨厚忠心但又有些小聪明的管家孙强，纯情执着的少女洛七七，以及身负重任、成熟美丽的灵神聂灵犀，爱女至深不惜放弃生命的父亲魏长风，等等，在作者细腻的笔触下，他们都以独特的面貌显示出了不同的个性。

三 温情动人的意蕴内核

作为网络类型小说的上乘之作，这部小说虽以“爽”破圈，以极致爽文为外壳，但其内核不是肤浅的、无营养的，而是温情的、富有温度和关爱的。正如张悬在创出天若有情功法时顿悟的那样：

想到这点，一道明悟从心底划过：“天道有序，一切事物，都可以遵守特定的规律去完成！天道有缺，一切物品，都有缺陷，并不完美……但只有感情，不遵守规律，一经释放，就让人沉迷，让人沉醉，无法自拔……”很多事情是有规律，可以按照规律去做，但……爱情遵守规律吗？不！遵守规律，做为张家小天才，和洛七七有婚约，应该喜欢她才是，却喜欢上了洛若曦！大陆上也有不少，明明是生死大仇，却喜欢上对方的事例！能够控制，谁不去控制？可惜……世界上最无法控制的就是感情，这种让人沉迷，而又无法自拔的特殊心境！至于缺陷，爱情有缺陷吗？有，而且很多……但，却能让无数生命趋之若鹜，深陷其中，甚至明明知晓，却甘之若饴……因此，缺陷也就不再是缺陷，而是美好。

感情，才是这个世界，超越天道，超越时光的东西！有些人，可以相爱百年、千年，一生无悔。有些人，可以为了情感，不惜身死，百折不挠。亲情、友情、爱情……洛七七，为了他，付出再多，都心甘情愿。张弘天为了人族，挥洒最后一滴鲜血，不求回报。颜回古圣，镇压通道，身死道陨，尸体留守，可以万年不移……无论名师大陆的还是上苍的历史，这种事情看的实在太多了。沧海桑田，名师大陆，几万年时光，都抹不掉孔师的伟大，足以说明，天道可以覆灭生命，却是无法影响情感。“天道并非永恒，唯有感情超越一切……”

——《天道图书馆》第二千零八十章

生而为人，总有七情六欲，内心里总有最柔软的角落，主人公张悬穿越到名师大陆以后遇见了许多不同性情的人，经历了各种各样的事件，新一世的人生体验不断丰富，随着张悬的成长升级，各种各样的情意也逐渐显现。比如师生情谊，张悬对自己的学生尽心尽力，尽其全力帮助学生突破，在学生遇到意外时突破一切羁绊前去营救。为了激活学生的体质，助力他们的修行，张悬还假扮名师挣钱给他们买丹药，他的学生们正因为有老师的倾囊相授才能迅速成长，拥有自己的一方天地。而张悬的学生对他也是竭力维护，也许他们不够强大，但是只要老师受到一丁点伤害，他们便会竭尽全力保护老师。当张悬被圣子殿和冰原宫诬陷时，张悬的亲传学生便从各地赶来为老师出气，替老师报仇，以正老师威严。这种不是亲人胜似亲人的师生情谊正是源于师生双方的真诚相待，大大增加了小说的温度。

小说有许多对纯真爱情的描写。比如，张悬初次相遇洛若曦时便对她一见钟情，二人的感情炽热且坚定。若曦对张悬也是一片真心，虽为神界灵神，却能勇敢地跨越一切阻碍与张悬相恋，他们二人在丘吾宫时，张悬在水晶球内遇到孔师留下的意念，得到了一个忠告，意念还没说完，洛若曦立即喊住张悬，让孔师留下的意念崩溃，避免了张悬被剥离天道图书馆。当若曦知道张悬要和洛七七成婚时，十分痛心地指责张悬欺骗她的感情，这也正体现了若曦的用情至深。张悬对若曦也是一片赤诚，自从遇见洛若曦以后，她的身影再也无法从张悬心里抹去。若曦突然离开，张悬用尽一切办法打听她的消息，得知对方是洛家小公主，人可能在圣子殿后也毫不犹豫地前往圣子殿寻找，他一直努力提升自己的实力，担起圣子殿殿主的重任就是为了能与若曦身份匹配，能光明正大地相爱。只可惜造化弄人，洛若曦并非洛家的小公主，而是神界的灵神，于是张悬又开始了自己的“寻爱之路”。后来张悬离开名师大陆进入神界，都是在寻找若曦这一驱动力下完成的，可以说一个“情”字助张悬成熟强大，站上世界的顶端。

小说还写了父母恩情。例如，魏如烟的父亲魏长风，为救女儿向张悬求救，得知救女儿需要云雾花后，他毅然决然地前往云雾岭采集云雾花，不幸遭到圣兽的攻击，断了手臂、碎了胸骨也毫不在意，支撑他反抗的信念就是自己还没拿到云雾花，还不能死。作为父亲，他从女儿出生后便四处求医，最终也为女儿献出了自己的生命。这种深沉的父爱让读者为之感动。总之小说流露出来的温暖情意使小说突破了表面的爽感，展现出更加温情动人的内核。

还有家国之情。张悬到达圣子殿后遇见了自己的亲生父母，知道了为何自己体内会携带先天胎毒，这一切皆因为异灵族对人族的侵犯。多年以来，圣人张家始终积极参与对抗异灵族人。在战斗中能够发挥绝对优势的就是古圣，可20年前的战争十分惨烈，张家仅剩的一位古圣张弘天受了重伤，随时都会死亡，若想让他继续活下来为人族继续战斗，只有灌输更精纯的张家血脉。结果只有还在母胎中的张悬通过了测试，可以用其血脉救治古圣。就当时的情况而言，不用张悬的血脉，张弘天先祖就会直接死亡，人族就将少一个抵抗异灵族人的后盾。借用张悬的血脉，则张悬随时都会死亡。这对于初为父母的兴梦剑圣来说是一个十分艰难的选择。但为了不让人族覆灭，张悬的父母最终选择了借用儿子的血脉还人族兴旺，可谓之有家国情怀的大胸襟、大格局。

四　尚待提升的艺术空间

《天道图书馆》以爽为文，以情为旨，收获了众多读者，但小说还可以写得更好。作为一部600多万字的小说，鸿篇巨制的规模背后，更加考验的是作者的想象力。客观地说，这部小说后半部分出现了套路化、思路枯竭的状况。张悬意识到自己拥有了功能强大的天道图书馆以后，他没有张扬，只是悄悄地提升自己，于是他仍然被公认为废柴老师，学校里许多老师依然看不起他，尤其是曹雄、尚文武和陆寻等人，与张悬始终势不两立。陆寻作为学院的明星教师，不仅没有高尚的职业道德，反而质疑张悬为何能招到五位学生，于是他便要求与张悬进行新生大比，意图羞辱张悬，而学院的旁观者们也没有一个人认为张悬的学生能够取得胜利。但出乎他们意料的是，张悬的学生毫无争议地战胜了陆寻的学生，惊艳了所有人。而后，张悬考核炼丹师也是先被怀疑能力，最后通过实力征服了他们。再后来考核名师、魔音师、惊鸿师、鉴宝师等职业都是一样的流程。乃至进入上苍以后张悬也是一开始被人轻视，后来逐步转变为如众星捧月般高大。小说的套路即是主角每到一处新的地方都先被人鄙视，受人质疑，然后借图书馆展现实力碾压众人，实现打脸，最终收获膜拜和各种名号。这样一种“先质疑—后打脸—终征服”的故事桥段在小说进行到后半段以后显得尤其明显，因此造成了读者的审美疲劳。正如有专家指出的，网络小说首先，需要校正和修补写作模式化的“重复短板”，为类型小说拓展更为开阔的创新路径。时下的一些网络类型小说，彼此雷同、自我重复的现象时有所见，同一类型作品的故事情节、人物塑造、叙事节奏、语言风格乃至遣词造句等都大同小异。《天道图书馆》的后半部分不免显得有些拖沓，或许恰到好处的收尾能让小说更加夺目。

在语言表达上，该小说的文字过于直白浅陋。网络小说具有“粗口秀”叙事的特点，贴近生活，走进读者是网络小说平庸写作的优势，然而网络文学终究是文学，应当具有一定的文学性，《天道图书馆》中的部分语言就有些过于直白粗鄙。比如第 1 章的章节名《骗子》、第 2 章《不要脸》、第 370 章《莫弘一掉粪坑了》、第 394 章《这群小畜生》……这类语言表达使小说不耐咀嚼，更不会有“余音绕梁三日不绝”的回味之感。另外，爆粗口在小说中屡见不鲜，不免有些太粗俗，以致背离了网络文学之“文学”。

总之，《天道图书馆》作为网络小说中的上乘之作，故事抓人，人物传神，突破了流于表面的爽感体验，能带给读者更加温暖的阅读感受，是一部有特色、有影响力的网络小说力作。

（关欣　执笔）

以现代智慧洞察历史与重塑世界

——评哥斯拉的《宰执天下》

【作者简介】

哥斯拉（Cuslaa），又称小怪兽，本名胡长乐，“80后”，南京人，现为纵横中文网大神作家，江苏省作家协会会员，江苏省网络作家协会理事，是当代知名历史类网络小说家。主要作品有《大宋帝国征服史》、《宰执天下》。其中代表作《宰执天下》备受好评，发表不久就快速占据新书榜第二位，并在短时间内跃升到新书榜第一位。两个月后跃居历史类点击榜第二，被誉为是大师级的历史穿越作品。2018年5月，在第三届“橙瓜网络文学奖”评选中，《宰执天下》荣获年度十大作品奖。2020年9月，入选“2019年度中国网络文学排行榜”之“中国网络小说排行榜”。

哥斯拉自述高中上的是理科，又是农大毕业，从事的工作也与历史小说创作毫不相关。他从幼时起，便对历史抱有很大的兴趣。从说岳和杨家将的小人书，到上下五千年，再到《三国演义》《白话本史记》，乃至二十四史、通鉴等大部头的史书，他都爱不释手。对历史的爱好就这么渐渐地被培养起来，也对历史的了解渐渐深入。他最开始是在龙的天空论坛写书评的，后来在和作者“互撕”的过程中逐渐兴起了写书的念头，并最终踏上了网络小说作家这条路。这种经历也使他作品的剧情环环相扣。逻辑清晰缜密，考据严谨充实，成为他创作的一大特点。

【上榜评语】

以现代智慧洞察历史，以改革精神推动发展。《宰执天下》通过灵动的文学想象处理严肃的历史史实，书写北宋社会变革，在当代性与历史性的碰撞中，寻求重塑世界的可能，为网络历史小说创作开辟了新的空间。

【故事梗概】

《宰执天下》是一部以宋神宗时期社会变革为主要故事背景的历史穿越小说。作品以北宋时期独有的个性特色和独特地位为叙事背景，讲述一个具备现代思想和知识的人超越时空，穿越到北宋时代，改变历史走向并重构历史的故事。

因为一场空难，贺方一迈千年，来到了传说中“积贫积弱”同时又“富庶远超汉唐”的北宋，变成了韩冈。一个贫寒的家庭，一场因贪婪带来的灾难，为了能保住自己小小的幸福，新生的韩冈开始了向上的脚步。在他的帮助下，国力日渐强大的大宋，开始了统一天下的步伐。几番大战，西夏被灭，辽国也从攻势转为了守势。韩冈在这其中是中流砥柱，做出了不可磨灭的贡献，也由此成了宰执中的一员。在与其他文人重臣明争暗斗、争夺“道统”的过程中，韩冈运用自己的知识和思想，在北宋完成了一次又一次社会变革，并最终开始对北宋整体制度进行变革，帮助中国在宋神宗变革这一特殊的十字路口上迈向康庄大道。

小说整体分为七卷，分别是“塞上枕戈”“河湟开边”“开封风云”“南国金鼓”“汴梁烟华”“九州惊雷”“宰制天下”。每一卷故事

都形成了相对完整的故事结构，

第一卷“塞上枕戈”讲述的是贺方穿越到宋神宗时期成为韩冈，靠自己的才智在各方压力下左右逢源，最终从“灌园子”的布衣入官，成为官员的故事。故事起源于李癞子等人贪图主角韩冈家里的三亩菜园，欲将其破家灭门，一则占了他家那三亩河湾地，二则将韩冈家的小养娘夺去。面对这样恶劣的生存环境，韩冈不得不做出反击，粉碎了李癞子等人的企图，这些事件同时也燃起了他对于官身的渴望。在经过一系列明争暗斗之后，韩冈立下了多次军功，建立了疗养院，制定了看护制度，并以此进入到王韶、张守约等人的视线中。在经历多次考核后，韩冈最终如愿以偿地得到了担任经略司管勾机宜文字的王韶的举荐，成为宋朝文臣群体的一分子。

第二卷“河湟开边”主要讲述围绕“河湟开边”这一战役所发生的各种事情。韩冈离开东京后返回秦凤路辅佐王韶，在古渭寨运筹帷幄，并提前一天做掉了托硕部。在协助王韶接连扳倒李师中、向宝以及窦舜卿后，却迎来了新对手郭逵。韩绛在他人的推荐下点了韩冈的将，让其参与到衡山攻略中。河西派来的援军在韩绛心急的指挥下遭到了伏击，2 万人死伤大半。西夏国相梁乙埋亲率大军攻打罗兀，宋人战术上胜利不断，然后绥德西南方向广锐军终于在遭受李复圭一通乱杀和王文琼抢其战马后举起了叛乱反旗。罗兀城下，八角弩轰爆了都罗马尾的脑袋。宋人烧毁罗兀城，韩冈一行撤退的路上又咬掉了嵬名济的脑袋。梁乙埋心乱如麻，在把国中疏远的家族兵推向宋人神臂弓箭阵以后，立刻下令撤兵，第一次罗兀战役、西夏以名败实平结束。在韩冈的协助下，广锐军的叛乱被迅速平定，韩冈再次回到河湟地区协助开边战役，大宋剑指木征。战役初始，韩冈驻渭源转运粮草，在他的指挥下宋军击败了偷袭渭源的敌军。次年，宋军与敌军木征决战，在一系列战役后，木征南逃，而王韶、高遵裕执意要翻越露骨山追击木征。河湟攻略历经数年终于功成大半，而韩冈也在因军功升职后选择卸任读书备考进士去了。

第三卷“开封风云”主要讲述韩冈考取进士并在宦海沉浮的故事。韩冈进京考了进士第九，娶了王安石二女儿王旖，将格物致知的口号传遍东京城。名利双收的韩冈携得贵人归，回到陇西开始运作棉布产业链，并从经济上控制蕃人。家乡事毕，韩冈被指派去白马县防患未然，而后任务明盘：安置河北流民。通过治蝗、修堤、挖井、以工代赈等一系列手段，韩冈完美地完成了任务。流民事毕，韩冈被指定了新差事：判军器监。在担任判军器监时，虽然遭到奸相陷害，但是依旧造出军国重器——板甲，同时也促进了水力锻锤等相关技术的稳步发展，最后造出了载人热气球，完成了技术的进步和“气学”的发展。

第四卷“南国金鼓”的故事主要围绕交趾战役展开。韩冈在朝中制衡之法失效已久的情况下，一言定乾坤，将退隐的王安石重新迎回朝堂，结束了朝政混乱的局面。在种鄂率军攻罗兀，西北战事再起的情况下，交趾也开始北侵南宁（邕州）。几番商讨后，宋廷决定命章惇任桂州知州，韩冈任广西转运副使，发兵支援南境。在邕州严峻的形势下，韩冈大胆用兵，击退了交趾叛军，之后携苏子元开始了恢复邕州生产的工作。在整顿羁縻州的蛮族后，韩冈通过一系列手段威逼利诱，驱使当地蛮族劫掠交趾。之后，韩冈又用计摧毁了交趾军的战船以后，开始强渡富良江，最终攻破交趾首府升龙府。南国立柱之后，韩冈、章惇班师回朝。韩冈随后带领方兴、沈括、李诫等人修建方城轨道，打通襄汉漕运。与此同时，韩冈开始利用国家力量向全国推广牛痘，并以此造势，迫使皇帝赵顼召他回京担任同群牧使的差遣。

第五卷“汴梁烟华”的故事以灭西夏、对辽战役以及朝堂变动三个部分展开。在收到辽国皇帝从热气球上摔死这个消息后，北宋皇帝决定以十年之积累，发六路大军直扑西夏。但由于利益纠葛以及各方牵制，此次战役功败垂成。同时，由于朝廷担心辽国南下，最终派了韩冈镇守河东，驻于太原府。在与辽国相互试探数次之后，韩冈抓住机会，伏击并歼灭了入侵的阻仆人。在此期间，辽国趁西夏与大宋交战，出兵占据了兴灵，灭亡了西夏。韩冈也顺势夺取了旧丰州，重整了对辽防线。随后，韩冈利用了黑山党项人以及辽人的心理，打了一场漂亮的伏击，大捷。回京之后，韩冈开始着手发扬“气学”，编撰《本草纲目》、发现甲骨文等。但在随后的郊祀大典上，皇帝赵顼却突然中风，虽然没有危及性命，却也口不能言，身不能动。在这危急关头，韩冈急中生智，寥寥数言便推动太子之争，让皇后垂帘听政，保障了新政的延续。然而，皇帝赵顼的中风也使得辽国蠢蠢欲动，在多次摩擦后，种家军与兴灵的辽军开战，辽军败退，种家军占据了兴灵。在大好的情势下，雁门关却被辽军突袭拿下，河东一片混乱。不得已，韩冈再次出征河东。在一系列艰苦的战役之后，韩冈率军重新夺回了河东，并通过和辽国丞相的一番分析，祸水东引，使宋朝得到了喘息的机会。然而在韩冈回京之后，太子赵煦因孝心引发的失误导致皇帝赵顼意外因一氧化碳中毒而死，皇权岌岌可危。

在随后的两卷中，韩冈逐渐稳定了朝纲，重新进入东西二府为相，在他的推动下，大宋击败了辽国，进行了政治制度改革，让朝政向着民主制度、议会制度发展。

【作品反响】

偧佛偧神肯定是错误的，但小怪兽也不要过于贬低宗教信仰，许多大科学家都是坚定的宗教信仰者，创立美国自由体制的 50 多个“国父”都是新教徒，即使不信教的爱因斯坦也保持对宗教的尊重，把“科学”和“宗教”喻为人类文明的两座最高峰。不论科学多么昌明，人类总要有宗教信仰，以救援个体孤独感，给文明延续设立支撑点。如文中对偧佛敛财、愚民应痛加揭露没有错，但对筚路蓝缕的释迦摩尼（与孔子相若）和佛家典籍应稍加尊重，对其“局限性”稍加谅解。对文学诗赋也是一样，对宋代崇尚以文字诗赋论治才高下评价人物的弊端应反对和揭露，但通过韩冈之口过于贬低诗赋、诗人却走向另一个极端，曾有言：“文学用来拨动人内心深处最柔软的部分”，对培养人们的美学感知和恻隐之心非常必要。

——pushly. 小怪兽：《不要过于贬低宗教信仰和文学，陷入技术主义》

《宰执天下》的作者 cuslaa（哥斯拉）可称“宋史专业户”。对宋史的整体把握能力和灵活驾驭历史材料的能力，使他做到了自由驰骋于“历史与文学之间”。某种意义上可以说，当年人们对《新宋》的期望，在《宰执天下》这里终于实现了。

《宰执天下》前五卷（约 500 万字）以穿越者韩冈从灌园小儿到大宋宰执的传奇经历为主轴，描写了当时各色人等的命运起伏与宋神宗时期的内外军政大略，从而全景式地展现了北宋最真实最具体的面貌。上至帝后宰执，下到贩夫走卒，中及文人士大夫、武将宦官以及宗室商人、胥吏地主，书中有名有姓的配角数以千计，其中让人印象深刻的各阶层代表人物也有数十人。《宰执天下》以其丰富生动的人物形象，扎实的考据功夫和对宋朝政治经济文化的深刻理解，被读者称为“宋朝元丰改制前官制和典故的科普文”与“北宋神宗朝的历史小百科全书”。

不过对宋史的深刻理解和对史料的大量占有，只是哥斯拉创作《宰执天下》的基础。如果这仅仅是一部无聊的宋史教科书，也绝对无法收获网文读者普遍的追捧与赞誉。如何把历史故事讲得精彩，是哥斯拉面临的首要难题。“干货够干却不枯燥，爽点够爽但不轻浮”，是《宰执天下》最终给出的答案。

——吉云飞：《〈宰执天下〉：“知识考古型”历史穿越小说的高峰之作》

作者的史学、文学功底非常非常非常棒，文字表述不输于一般的作家。历史人物真实的经历以及品性都能够较好地呈现出来，虽然是穿越改造文，但是在这一点上作者很用心。很多典籍故事作者都能信手拈来、引经据典，让我学到了很多——这点真的很厉害，现代社会，若不是这个学科的学生或者学者，往往很难潜心、客观、系统、深入地学习这门学科。像我等对历史较为感兴趣的外行人，也只有通过这种浮皮潦草的方式去学习了。作者在尊重已经发生的历史史实方面做得很好，没有犯一些常识性的错误，甚至纠正了我们普通人以及电视上经常犯的错误。很多穿越文，往往都爱穿越到宋、明。为什么，这两个时代，史籍很多，参考内容多，写起来较为容易；名臣能吏，奸佞党争，故事很多，冲突矛盾，一一铺开，这就是几百万字鸿篇巨制的骨架；还有最重要的一点就是：这两个朝代由辉煌，到落寞，被异族铁骑践踏，丧失了制霸全球的机会，以至于发生了清末长达一百年的屈辱历史，这是很多热血文艺青年所不能忍的。现代中国在通往制霸全球的道路上策马奔腾，此时此刻作此书，也算是大众狂欢、万人意淫罢。缺点就是：太冗长，前50%看似铺垫很多，但实际上，推动情节发展的线索不多，作者真正说到的事情也不多，导致浪费了太多笔墨，后面韩冈突然全面变革，太过于突兀。

——知乎网友张剑豪：如何评价《宰执天下》

这本书第一个优点就是，文笔好。

这本书在文字方面的优势非常大，作者在叙述一个涵盖帝国机器几十年政治经济文化军事历史的时候，显得十分从容，张弛有度，甚至达到了让人惊叹的地步。他对自己的文字和内容，始终保持了极好的控制力，风格稳定性非常高，以一贯之。我觉得对文字的控制力是建立在对内容的控制基础上的，所以相比很多网络小说作者写着写着不知道自己手下的人物在干嘛，出色的稳定性是本书的第二个优点。第三个优点很明显了，剧情和人物。这点可说的比较多了。我对政治上的情节触感比较迟钝，军事上和紫川，兽血，和天行健，和九州一比就知道了，文化上涉及儒教，和各种武侠玄幻修仙里对佛，道两家的解读一比也很明显了。我觉得网络小说的作者不需要自己多高，比读者高就可以了，你看鬼吹灯里扯那些个阴阳八卦，符合周易吗？我觉得那也未必，不过我作为读者区分不出来，那就足够了，相比写成了玄幻鬼神小说的另一部作品，不是高明了很多吗。所以我认为在剧情上最大的优点是作者对故事里政治军事文化上的理解，高于读者（也就是我），所以在大的逻辑上不露破绽。按说这该是基本的要求，不过一来很多人做不到，二来他做的确实很好，所以这点很突出。其次就是作者在紧处擅长于制造冲突和悬念，在松处擅长大规模的铺陈和叙述，这样整个文章虽然很长，但是看的过程并不枯燥，也不容易脱离剧情。除了主要人物和主要剧情以外，作者花费了不少笔墨在次要人物甚至无关紧要的小人物上以及一些不相关的剧情上，这样让作品更加丰富立体了。

——知乎网友：如何评价《宰执天下》

参照历史，足见细致诚恳；但参考过多，甚至冒名顶替，难免有偷懒意淫之嫌；本作中，熙宗宫变后，就完全是作者的推演了，在古代发展工业或不新鲜，宋朝走向内阁制、议会制总是少的。

皇帝制在中国将近两千年历史。在本书中，这制度是应该消灭的，它成功说服了一个中学时代还认为帝制非不可行，只要有明君的人。在阅读之前，扫过一个书评，大意是说打赢辽国明明是靠工业化，扯什么制度改革。看过便知，不动制度，真难有如此成果：第一、事成前，以天下奉一人，不确定性过大，字丑、貌丑、名丑、莫名其妙不被重用的能人多了；第二、当事时，天下系于一人，弱点过于明显，平添失败风险；第三、事成后，功高震主，皇帝多难容如此名望功绩的臣子，好点打发回家，不好直接做掉；第四、事成再后，人走茶凉，一朝天子一朝臣，人治下哪怕制度也不可靠，不定何时就推到重来了。

多数人给意见、少数人商量、一个人拍板，是不坏的决策模式。但皇帝制的核心缺陷是继承人选择范围过小，这“一个人”大概率是无奈之下所托非人。内阁制、议会制，选择范围多少大点，无奈能少一点。

而工业化，则是韩冈为制度鼎革准备的前提。

除去立意，剧情方面，本书让人爽。不少故事看得我手心出汗、激动入眠，如收复河湟、熙宗宫变、蔡确换帝、迫赌蔡京等。主角韩冈本质上是一路青云，扶摇直上的，在一些小说里这种路线会让真实感下降连带爽感下降，但本作中韩冈或厚积薄发，或果断抉择，从微末时的笨功夫、小手段，到渐成大器时的果敢杀伐、坚持争取，到登临绝顶后的高深难测、成竹在胸，变化是自然发生的，进步自也。

作者文笔有古风，读来有韵味；人物无论主配，都有立场，蔡确、章惇，人杰，也在自己的经验下做出了不错的选择——依托皇权宫廷政变、依托实力快刀篡位、都可理解，并且很可能成功。书中细节，伏笔、暗笔不少，如韩冈见皇帝时心中别扭与其废帝，熙宗在宫中摔倒与其中风；又如熊本之反是否章惇指示。不少细节未明写，待寻味，难怪有人二刷。

2010 年 12 月至 2019 年 2 月，作者逾八年笔耕，成就 700 万字巨著。我从 19 年 3 月开始读，到 12 月，也读了 8 个月，它给我启示与力量。虽说文无第一，它应属历史前十。

——早睡早起读：恢弘而精致的理想国

【作品评析】

以现代智慧洞察历史与重塑世界

《宰执天下》是一部以北宋社会为背景的历史穿越小说，发表以来一直受到广大读者的喜爱，并得到评论家的认可。2010 年 12 月 1 日，《宰执天下》开始在纵横中文网连载，于 2019 年 2 月 4 日完本，全文 735 万字，截至 2021 年 6 月 30 日，本站总点击 2897.3 万，总推荐 349.7 万，读者发帖数 70699。在汗牛充栋的网络文学作品库当中，历史穿越小说不在少数，而《宰执天下》能成为其中的佼佼者，为众人所铭记，在于作者对历史类网络小说创作进行了积极有效地探索。

一　“一言定乾坤” 的权谋描写

作为一部典型的历史穿越类型的网络小说，《宰执天下》具备现代人穿越后介入历史事件、与历史人物产生交集，并影响历史进程等基本要素。也正因如此，对于庙堂争斗的描绘也构成了该作品的核心故事成分。从官员之间的明争暗斗到党派之间的党同伐异，再到臣子与皇帝间的上下一日百战，作者 Cuslaa 在作品中描绘了各式各样的权谋斗争。毫不客气地说，《宰执天下》中的每一个独立故事，从军事行动到职位升迁，从社会变革到道统争锋，都或多或少的与“权谋”沾边。

对朝堂争斗的描写是“穿越救国”类网络小说的常用要素，但《宰执天下》凭借它优异的文笔功底和深厚的史学积累，使它在表现形式上有别于其他历史穿越小说，给读者留下了极为深刻的印象，其中表现最为突出的便是对“一言定乾坤”式权谋的描写。典型案例有韩冈两次出手阻止宫变的剧情，这也是该作品的两个剧情高潮部分。

韩冈第一次出手阻止宫变发生于皇帝赵顼中风后。为了保证自己儿子赵佣的安全并顺利继承大统，赵顼在召集重臣托付朝政的过程中不惜向太皇太后妥协，愿意停止新法，启用旧党。如果按照这种趋势发展，在太皇太后上位后，宋朝富国强兵的基本战略将迎来难以想象的挫折，而韩冈等新政主持者也将被迫退隐。在这种严峻的形势下，韩冈并未选择直接驳斥，而采用了曲线救国的策略。在这场关系到新政存亡的密会上，韩冈只发言了两次："参政之职，臣不能奉诏。臣不辞万死，恳请陛下册立太子！"和"臣曾听闻河北祁州，陕西耀州、各有一药王祠，甚为灵验。若以至亲去祈福，或有奇效。"韩冈的第一条发言用自己的仕途做代价换取了赵佣被顺利册立为太子。第二次发言则意在激怒太皇太后以及二大王，将二者的不轨之心暴露出来，为皇帝赵顼随后的"不孝"的行径奠定了基础，让天子可以理直气壮的将权同听政的资格交给皇后，从而消除了皇帝赵顼的后顾之忧。在这一故事单元中，韩冈的发言可谓一锤定音，直接扭转了局势，使二大王赵颢继承皇位的企图落空，让新政得以继续施行。

韩冈第二次出手阻止宫变发生于皇帝赵顼意外身亡之后。太子赵煦（原名赵佣）出于孝心所做出的举动却导致皇帝赵顼意外死于一氧化碳中毒，犯下了弑父和弑君两大罪过。这一变故导致赵煦的皇位不稳，朝堂震荡。在这种情况下，宰相蔡确选择和二大王赵颢联手，幽禁了赵煦和太后，控制住宫廷，企图废除太子赵煦，拥立赵颢的长子孝骞为新天子。当韩冈发现蔡确等人的企图时，危机已然迫在眉睫。在这危急关头，韩冈出人意料的选择了以力破局，在算清对方成员名单，确定蔡确在政变中所占的核心位置后，韩冈夺取班值手中的铁骨朵，当殿锤杀宰相蔡确，再辅以威逼利诱，直接瓦解了政变分子的意志，最终击破叛党，将赵煦重新迎回天子位，维护住了大宋内部的稳定。

在这两个典型案例中，小说的视角并没有固定在主角韩冈身上，而是将更多的笔墨花费在描写周围人的反应上，花费在对严峻形势的刻画上。韩冈言行的描写虽然稀少，但在故事中的地位却异常重要，它直接影响到小说故事的发展走向。虽然只是寥寥数语，但韩冈胆大心细、精于权谋的人物性格特征却由此树立起来。作者 Cuslaa 用他的作品证明，对于权谋争端的叙写，并不一定必须细细写就，有时简洁干练的一句话更能够引发读者对权谋的震撼与敬畏。与此同时，韩冈这种“一言定乾坤”的权谋方式在很大程度上契合了读者的心理预期，满足了很多人对于“挽狂澜于既倒，扶大厦之将倾”的心理期待。

二　精妙笔端的“知识考古”

有评论者曾将《宰执天下》归类为“知识考古型”历史穿越小说，认为“穿越历史，尊重文明”是该类小说共同的底色，同时也指出“干货够干却不枯燥，爽点够爽但不轻浮”是《宰执天下》的一大特色。

作者 Cuslaa 在《宰执天下》中建构了一个极度真实的历史幻象，描绘出一幅多姿多彩的北宋历史画卷。作者坚持“从历史中来，到历史中去”，从真实的史料中汲取素材，对当时的官制、习俗、各阶层人的生活方式等都做了详细的考察，力求在小说作品中带读者领略真实的北宋时代。正因如此，小说中大的历史事件和趋势往往和真实的历史趋同。据不完全统计，从小说开端一直到主角韩冈第二次临危受命出征河东之间，整本书的大致故事进程和真实的历史进程相符程度有 60% 以上。

《宰执天下》被有些读者称作是“北宋神宗朝的历史小百科全书”，其根本原因在于该作品尊重史实，极力主张回到历史现场，通过精彩且考据的小说内容为大多数读者进行“扫盲”，使读者能够在进行快感阅读的同时，学习到宋神宗时期的相关历史知识。

例如“河湟开边”，在叙写王韶率军开拓横山的时候，作者 Cuslaa 详细地分析了熙河路、秦凤路这些宋朝边疆地区中各个官僚的不同的立场以及他们遇到问题时的不同做法，把当地的政治、军事、民生，原原本本、事无巨细的剖析，让读者在阅读的过程中真切地感受到在推进“河湟开边”国策实施的过程中所面临的诸多困难与挑战。“河湟开边”是大部分读者并不了解的一个历史事件，但作者利用小说的故事内容对读者进行“扫盲”，用严谨的历史史实、不厌其烦的陈述铺垫来不断加深读者对于当时历史的认知。通过让读者在阅读的过程中逐渐对宋神宗时期的人物、财政以及兵制等产生全面且深刻的了解，从而让读者真正理解该决策对于当时的重大意义与影响。

除此之外，通过韩冈这一穿越者的现场介入，《宰执天下》对于王安石变法的介绍以及批判就显得更为真实可信。韩冈作为一个具有现代思想和知识而穿越到北宋的穿越者，其在北宋的经历，本质上是一种用现代理论思想指导过去实践的虚构活动。但《宰执天下》并未完全沉溺于想象，而是真切的立足于北宋社会现实，积极探寻当代先进理论与古代社会实际相结合的道路。在《宰执天下》的故事中，作者详细探讨了王安石新政所颁布的各项措施，诸如青苗法、市易法、方田均税法等。通过对这些措施实施的缘由、目的的叙述，对实施后利弊的探讨，以及改良方法的假设，作者成功地将枯燥无味的历史知识点，加工成为一个个鲜活有趣的故事，以此表达作者的情感认知、文化认同和历史想象。

我们知道，网络文学由于其自由性以及超现实性而风靡于读者群体，为广大人民群众提供了丰富的精神食粮。但我们也应当认识到，网络文学由于其无准入门槛的特性以及商业化的经营模式，相较于其他文学形式更容易走向极端，陷入一味的狂欢当中，从而失去文学本应具备的提供知识的能力。事实上，近年来对于网络文学作品的批判主要集中在网络小说的低质化以及内容的无意义上。想要促进网络文学向精品化发展，必须探寻出一条质量与娱乐性相平衡的道路。以《宰执天下》为代表的“知识考古型”历史穿越小说走的就是这一道路，它们立足于历史实际，但同时又充分发挥作者的想象力，寓教于乐，利用有趣的虚拟故事向广大读者普及历史知识。

三　变革社会的乌托邦式理念

《宰执天下》以北宋的社会变革为背景，以现代智慧深入历史现场，其严肃的历史真实与严谨的文学想象开创了网络穿越历史小说的新高度。

作为一部典型的“穿越救亡流”的小说，《宰执天下》的一大看点便是对救亡模式或者说历史道路的重新选择。该作品选择了高举“德先生”和“赛先生”的旗帜作为主要方式，没有跳出近现代民主化、工业化的道路，但如何去实现这一乌托邦式的理想成为《宰执天下》的最大看点。

毋庸置疑，作为一名穿越人士，主角韩冈改造北宋社会的最有力武器便是他所具备的现代思想和科学知识。《宰执天下》并未将“科学”作为一门单独的思想提出，而是立足于北宋“与士大夫共治天下”的特殊时代，将现代自然科学“打包”成儒学进行传播，使得这一方式具备历史的可能性。以近代科学为骨，以张载的气学为肉，以儒家诸子的经义为血，以实据为验，再以推理证之，韩冈通过这些手段提出了自己的新“气学”思想，并最终为“气学”赢得了宋朝学术的一席之地。

《宰执天下》中最具历史感和现代感的都是“气学”，它不仅仅是韩冈的学术主张，更是他的政治理想。在从政的 20 余年间，韩冈借“气学”的名义，发明了一系列事物，诸如产钳、牛痘、板甲、载人热气球、雪橇车、有轨马车以及火炮等。这些发明首先立足于历史现实，考虑技术的可行性。其次，这些发明是为政治服务的，不仅是为了主角自己的官位升迁，也是为了北宋的新法大业，更是为了宋代百姓的根本利益，为了大宋的国富民强。最后，对于韩冈而言，“气学”的学术地位才是根本，而权势则仅仅只是辅助。为了争得道统，韩冈知行合一，甚至为学术牺牲了自身的权势。例如为了推广“气学”，为了让自己的老师张载进京讲学，韩冈不惜与试图一统熙宁年间学术思想的王安石的“新学”相对立。在韩冈看来，权势的显赫与否都只是一时的事情，而只有做到“立德、立功、立言”才能真正不朽，才能完成自身的理想。

《宰执天下》中通过科学和实证的方法介入北宋时期的学术以及政治的案例比比皆是。例如“殷墟考古”事件。在新学、程学以及气学三家争夺儒学道统最激烈的时候，新党与皇帝赵顼试图通过政治手段将王安石所著的《三经新义》和《字说》立为唯一的官学，从而压制其他学派，完成宋代学术的一统。但此时韩冈适时抛出了殷墟甲骨文这一“大杀器”，让新学依赖的经典注疏不得不直面考古实证的直接挑战，也让《字说》所阐释的楷体字在三代的甲骨文面前丧失历史权威。通过这种方式，韩冈成功打破了新学的垄断，促进气学的进一步传播与发展。又例如韩冈气学中“格物实证”的思想对君权所发出的挑战。在张载的气学理论中，“气”同传统的三纲五常本为一体，但韩冈所提出的气学却主张以“自然公理”解释“天理”，一步步消解传统的君权天授以及天人感应的思想，逐渐瓦解封建帝制的学理基础，为后世的政治变革奠定思想和学术基础。正如作者Cuslaa在《宰执天下》中所指出的：“道统之争，争的是意识形态，争的是国家发展的纲领。”

此外，《宰执天下》中的政治与学术呈现出相互促进的关系。韩冈的最终目标并非成为宰相主导变革，他的“野心”在于通过政治与学术之间的互动逐渐改造北宋社会，实现张载著名的四句真言：“为天地立心，为生民立命，为往圣继绝学，为万世开太平。”《宰执天下》为这段著名的话语做出了创造性的解读，认为为天地立心，是要研究天地至理，也就是潜心探索自然科学；为生民立命，是要研习经世济民之法，也就是挖掘社会科学；为往圣继绝学，是要学习经史，继承传统文化、传统思想；至于为万世开太平，则是实现天下大同，延续中华文明。很明显，这是在用当代的思想和视角解读古人的观点，是用传统理论作为外衣，实现乌托邦式理想的传播。

当然，《宰执天下》除了上述的种种优点外，还存在着一些缺陷。例如，小说中大多数人物形象的刻画过于扁平化、脸谱化；对于主角感情线的叙写过于粗糙，且稍显累赘；小说后期剧情拖沓；等等，但总体来说瑕不掩瑜。《宰执天下》是一部极为优秀的历史穿越小说，值得后来者阅读和借鉴。

（赵明　执笔）

诗意深蕴的二次元书写

——评善水的《书灵记》

【作者简介】

善水，本名朱乾，著名网络作家，不可能的世界（8kana）签约作者，第三届橙瓜文学奖百强大神，民盟盟员，温州职业技术学院教师，温州市网络作家协会常务副主席，中国作协会员，全国青联委员，温州市政协委员，浙江省网络协会理事，浙江省青年联合会委员。曾获得茅盾文学奖新人奖提名，温州市宣传文化系统四个一批人才，入选浙江省新荷人才库，多部作品入选中国网络文学作品排行榜、胡润原创文学 IP 价值榜、中国动漫金龙奖等。善水于 2008 年开始从事网络文学创作，主攻二次元方向，在年轻群体中拥有较高的知名度和影响力，目前已创作十几部长篇小说，总字数近千万，有 12 部小说简繁体出版，数部作品被改编或即将改编成影视剧、动漫、游戏。代表作有《宅妖记》《不二掌门》《书灵记》《大唐星际管理局》《召唤大领主》《史上第一妖》《逼良为妖》《四无道长》等。其中，《书灵记》入选 2018 中国网络小说排行榜，同名改编动漫已上线。由《宅妖记》改编的同名漫画全平台人气超 20 亿，读者超百万，改编动漫已上线，同名网剧也在紧急筹备中。作品《不二掌门》入选 2017 年胡润原创文学 IP 价值榜。善水写作风格幽默风趣，被读者称为“少女之友”，拥有数十亿的阅读量。

【上榜评语】

以二次元的奇思，探究传统文化的玄奥。《书灵记》将修真、仙侠等元素与二次元小说的奇思妙梗熔于一炉，创造性地将《论语》《墨子》以及唐诗、宋词等传统文化资源转化为生动故事，角色设置独特，语言趣味横生，展现了传统文化的独特魅力。

【故事梗概】

瀛洲界内，天元仙城第一美人、玉石琵琶修炼成精的乐五音为了还债，决定深夜独自一人来到有上古废墟的白骨山搜寻法宝。无意间，她闯入了一片松林，发现了一块青石墓碑，得知墓主人名叫顾七绝。就在乐五音好奇墓主人身份之际，她突然发现了一块价值连城的古董松墨。可当她刚一拿到松墨，一个相貌气质绝佳的男子就从墓碑中飘浮出来，正是顾七绝。乐五音被这个“鬼”吓得落荒而逃，不料在逃跑途中遇到了几个修真旋风贼抢劫松墨，不小心绕了回来。双方经过了激战都开始灵力不支，正在僵持之际，顾七绝突然吃掉了松墨，在空中写下诗句，用诗句的力量解决掉了旋风贼。

原来顾七绝并不是鬼，而是上古书籍的书灵。书灵来自一个从天而降的法宝——南城市图书馆，人族对其中的书籍投入的精神和瀛洲界的灵气产生了有自我意识的书灵，顾七绝就诞生于《唐诗三百首》，也是最早诞生的十二主书灵之一。书灵们建立了灵书宫，承担着保护人族传承文明的责任。

刚刚苏醒过来的顾七绝十分虚弱，为了恢复身体，他决定跟随乐五音回到天元仙城。在回程途中，他封乐五音为灵书宫新任女官作为报答，但是乐五音却并不信他所言之事，只当他是神经病。途中他们遇到了旋风贼本部，为解决麻烦，顾七绝召唤出了一匹他当年从《山海经》上撕下的驳，驳脾气暴躁但是战斗力却非常强，轻松解决掉了麻烦。

两人回到天元仙城后，住进了乐五音的乐坊。顾七绝恢复灵力需要大量的松墨，但是他们没有足够的灵石去购买，于是顾、乐二人决定完成仙城修真联会的悬赏任务来快速赚钱。二人来到联会，刚好碰到旋风贼来报复，顾七绝再次吟诗，解决掉了旋风贼。但是，这件事的背后有着一个更大的阴谋：魔道老祖即将重新现世。

经过旋风贼一事，两人完成任务后虽然赚取了不少灵石，但是恢复顾七绝的身体还需要更多的松墨，于是他们打算再接一个任务：屠杀东海九首魔龙。为了尽快完成任务，顾七绝决定训练乐五音，而训练的方法就是学习唐诗。但是，乐五音实在没有什么学习上的天赋，受到多次打击之后，她决定和姐妹们离家出走。就在她们刚刚出门之时，她们碰到了前来报仇的魔道老祖手下三十六魔使之一的血蛇。和血蛇的战斗激发了她们的潜力，她们演奏了之前学习的唐诗，将血蛇打伤，但是仍然无法保命，千钧一发之际，顾七绝及时出现，救下了她们。为了早日解决问题，顾七绝等人决定先下手为强。他们找到了魔道老祖的栖身之所——血河，在打败了魔道老祖之后，在他的储物袋中发现了《三字经》的残卷，找到了它的书灵——初初等三个萌童，随即幕后主使幽狱血魔现身，但是被初初轻松解决。

之后的一段时间里，他们过着安逸的生活。故事的转折发生在乐五音学习完《寻隐者不遇》这首唐诗之后。这天，他们准备去山河岛寻找其他的残页，却在途中遇到了鲲鹏作乱，但鲲鹏很快就被初初降服了。众人从它们口中得知山河岛即将举办觅宝大会，于是一起出发寻宝。到了山河岛之后，顾七绝发现这个地方本身就是灵书宫的残存碎片。山河岛位于海域，而仙器需要等海底火山爆发才会出现，等到海面上出现旋涡，随即一幅墨光画卷出现，画卷展示了当年灵书宫毁灭前最后一战的情景，顾七绝作为灵书宫宫主宁死不降的英姿打动了在场的所有人。夺宝仍在继续，乐五音化作原形，带领众人潜入了海底。在海底，众人在机缘巧合下救出了与顾七绝亦友亦敌的《唐传奇》书灵李风尘，又意外找回了顾七绝当年的五灵松墨松松，众书灵齐心协力制服了前来捣乱的域外天魔。域外天魔与瀛洲界的纠葛在数万年前就已经开始，当年灵书宫与魔汗斗法，最终两败俱伤才换回瀛洲几万年的和平。现在，真正的挑战才刚刚开始，魔汗也在恢复，准备再度进攻瀛洲界。

一段和平的日子过后，鲲鹏带来了一个消息：徐州的玄古窟有上古异境开启，为了灵石以及寻找残页，顾七绝等人决定过去查看。在玄古窟，众修真者再次遭遇魔物袭击，乐五音在逃跑途中意外被《论语》书灵子曰搭救，并且得知子曰是顾七绝的老师。

这天，魔物侵袭，战乱之际，《孙子兵法》的书灵阿朵出现救下了众人。魔君贼心不死，将自己的魔血给了手下，魔物实力大增，但是在战斗中却阴差阳错彻底唤醒了原本能力已尘封的阿朵。魔界中，魔君正在准备破界，而破界焦点在天香城。魔君派来了实力更强的魔物，被顾七绝以灵力耗尽为代价击退，但更多的魔物随即到来，几人逃进了一个火山口，在里面寻到了《墨子》的书灵无忧，并在无忧的帮助下逃脱，魔物也在顾七绝的“孤诗”中毁灭。不久，顾、乐等人来到了玉罗仙城，在那里唤醒了沉睡的宋词姐妹：婉约与豪放。随即辗转来到了五荒魔城，在那里找到了《本草纲目》的书灵草草，草草的药拯救了五荒魔城。

经过此番折腾，各大仙城决定联合起来共同对抗魔界。这天，一名叫花想容的女子来到乐坊，她自称是仙城使者，但其实是魔君之妻，也是数万年前灵书宫的一员。她想将顾、乐几人带入一个小世界，在行进途中意外碰到了苏醒的《三国演义》书灵疯虎，但是没有法宝的他神志无法维持清醒。在赤壁之战小世界里，花想容联合众人重创魔君，获得了自由身。

为打击魔君，顾、乐二人冲进魔、瀛结界障壁，里面是又一个小世界。在里面，他们找回了顾七绝当年使用的宣纸以及乐五音的前身——

她是顾七绝当年雕刻出来的琵琶。随后，顾、乐、李、明、疯等人合力击退了魔君分身，但是，顾、乐二人却被魔物拖入了魔界。在那里，他们碰到了《聊斋志异》的书灵明月，并在她的帮助下成功躲过了危险，也得知了魔君想要铸造通往瀛洲的门这一消息，而想要破解这一危机，只有找到灵书宫。于是顾七绝扮成魔君，在魔界武库中找到了它。要想彻底击败魔君，只有十二位主书灵同时合力，找到最后一位《山海经》书灵阿九，他们穿越时空找到了数万年前的阿九。而这一边，魔君冲破了结界，十二位书灵发动灵书宫之力，以舍身的方式与魔君同归于尽，避免了生灵涂炭。

众书灵的英勇事迹在二十年后被传为佳话，这一年，乐五音习惯性去祭拜顾七绝，他再次苏醒，一如往昔。

【作品反响】

善水的网络小说《书灵记》，在仙侠世界展开了广阔画卷，用一方“诗书”之墨勾勒出众生百相。《书灵记》中，“诗书礼乐”等古典元素得到了焕新的诠释，传统典籍在其原有的厚重底蕴之上，被以网络文学的形式注入了自由独立的现代品格。

——于杨：《〈书灵记〉的诗意与现代品格》，《文艺报》2021年4月30日

我们看到，这次榜单中的二次元小说《书灵记》，融入修真、仙侠等幻想元素，架构出一个由《论语》《孙子兵法》《聊斋志异》《本草纲目》等文化典籍及唐诗宋词中幻化而出的书灵故事，其所展示的传统文化的魅力和二次元肖像创意，不正是我们赓续传统、传承文明的时代元素吗？

——欧阳友权：《网络文学如何书写我们的时代》，《文艺报》2020年10月26日

喜欢这种轻松幽默的风格，感觉不错，看到这本书被拍成动漫了，可以预想到啦，在看书的时候就知道了，感觉小说就是有意往漫画的画面上写的，有漫画的效果呢，在看书的时候就有画面了。

——知乎网友：行板如歌

这本书是一本非常好的轻松，搞笑类的小说，非常的值得一看，建议大家都来看一下，总的来说，这是善水老大的一本新书，质量上面有保障，本贤者已经是试过了，毒点比较少，笑点比较多，大家可以放心的入坑了。

——网友：末日的天空，来自网站不可能的世界

这本书是善水大大的新书，让一本本典籍有了人的形象，新鲜有趣，最喜欢男主人公啦，顾七绝每次遇到危险时都很淡定，读诗就能打怪这很不错。总之，这是本不错的小说，可以一读。

——知乎网友：软软软 R-an 小妍

【作品评析】

诗意深蕴的二次元书写

《书灵记》是二次元网文大神善水的最新力作，作品涵盖了仙侠、修真等网络文学的经典元素，又将中国传统的诗、书、礼、乐相关内容包裹其中，数十万字洋洋洒洒，笔墨酣畅地讲述了一个又一个精彩的故事，获得了粉丝与评论家们的一致肯定。随后，改编自小说的同名漫画与动漫也陆续上线，颇受好评。《书灵记》凭借其独特的价值与魅力荣登“中国作协网络小说排行榜 2019 年度十强”榜单，足见其巨大的影响力与艺术价值。

一　文化传承与诗意重构

《书灵记》的故事发生在一个名为瀛洲界的二次元时空里，那里灵怪众多，万物皆可修炼，男主角顾七绝是《唐诗三百首》的书灵，而女主角乐五音则是由玉石琵琶修炼成形。故事开始于乐五音无意间唤醒了沉睡了数万年的顾七绝，为了报答乐五音的“救命”之恩以及重建瀛洲界、传承文明，顾七绝决定跟随她，一段惊险又不失趣味的旅程由此开启。他们先后来到天元仙城、山河岛、玄古窟、天香城、玉罗仙城、五荒魔城等地，一路上与魔君的邪恶势力斗争，同时也找回了散落在各地的书灵：宋词书灵婉约与豪放、《论语》书灵子曰、《孙子兵法》书灵阿朵、《三字经》书灵初初、《三国演义》书灵疯虎、《聊斋志异》书灵明月、《山海经》书灵阿九与驳等。数万年前，书灵们舍身封印了魔君；数万年后，书灵们再次献身，彻底消灭了魔君，从此，瀛洲界再无祸事，文明终得以传承。

在传统的批评视野中，文学必须是严肃的，似乎只有严肃的作品才能传达出崇高的思想。古典主义者朗吉努斯就是此道的忠实信徒，他的《论崇高》对后世影响很大，文艺作品“崇高”的概念即源于此。朗吉努斯认为，严肃的题材、深刻的思想感情与崇高的风格三者的统一，应该成为古典主义的基本信条。随着时代洪流的推进，现实主义、现代主义、后现代主义等新兴美学观念进入人们的视野，“崇高”一定要严肃这一观点自然被一步步“解构”。二次元文化作为后现代语境的产物，往往被普罗大众视作与传统主流文化南辕北辙的青年亚文化，而实际上，二次元文化与主流文化并不是对立的、水火不容的。事实上，正如海德格尔在《人，诗意地安居》中提出的：“诗性弥漫于所有的艺术，弥漫于所有在美中趋于到场的揭示。”[①] 美中含有诗

① ［德］海德格尔：《人，诗意地安居》，郜元宝译，广西师范大学出版社 2002 年版，第 116 页。

性，而抵达美的手段同样含有诗性，只要秉持创造艺术的创作态度，二次元文化的表达未必不美，也未必没有诗性，《书灵记》就是明证。

将中华文明典籍的书格人格化，赋予“传统”以生命，是《书灵记》的特色，也是其价值所在。在讲述传统时，作者善于将枯燥的平面说教转化成立体生动的动态描摹。主人公顾七绝是来自《唐诗三百首》的书灵，“七绝”其名就出自唐诗的七言绝句。从小说中可看出，顾七绝是一个淡定从容、心胸开阔、雅俗共赏之人，这样的品质可以说暗合了唐诗之品格。不论是在多么危险的境地，他都能做到临危不惧，保持风度，这一特点在战斗时尤为鲜明：

> “撑住，撑住。”方不肥方真君怒吼一声，仰头望着那就撞在结界上的白森森獠牙，不由得神魂颤抖，却又立刻转头望着顾七绝，“君上……”
>
> “松墨，全都扔进来。”顾七绝泡在浴池里，有气无力的闭上眼睛。
>
> “松松？”顾七绝还闭着眼睛，慢悠悠的提醒道。
>
> ——《书灵记》第138章

魔物即将到来，顾七绝仍“慢悠悠”泡在水里，不躲不惧，在展示了他的气度风姿的同时，也与周围人的慌乱形成了极大的反差。

顾七绝作为唐诗的化身，他的大气从容、临危不乱，与大唐盛世的风姿气度不谋而合。唐朝作为一个文化盛世，各族文化汇聚一堂，作者将唐文化的和而不同化身为顾七绝的雅俗共赏，精巧有趣。除了顾七绝，其余几位书灵的角色塑造亦都可圈可点。例如《论语》书灵子曰平时总是温柔说教，但是一旦说教无果，也能以武力压制，王道无果，亦能霸道：

> “啰嗦！”子曰扔开弓箭，催动战车转向再度冲来，杏目圆睁

杀气腾腾，身后黑雾冲天而起，冷喝声回荡在虚空之中——“所谓王道，就是不乖，便要被本师碾压过去!”

暗红色天穹下，魔血呼啸四溅，在乐五音目瞪口呆的表情中，子曰青衫猎猎作响，横刀立于战车之上，身后黑雾凝结成咆哮猛虎——“所谓霸道，就是你乖，也要被本师碾压过去!”

——《书灵记》第84章

子曰的两种性格正是《论语》精神的浓缩。《三字经》书灵初初被设定为可爱善良的萝莉形象，这取材于“人之初，性本善”。《书灵记》对于“善”的理解是十分贴合《三字经》的，“善”并不代表“弱”，它也是有力量的，这表现在初初“柔弱”的外表与超强的战斗力的反差中：

这会儿，三只小萝莉正蹲在那里，小脑袋碰小脑袋围成一圈，又从怀里掏出个青色拨浪鼓，傻乎乎的往地上一插。再然后，她们三个眨眨眼睛，鼓着婴儿肥小脸颊，一起合起粉嫩小白手，对着中间的拨浪鼓，奶声奶气的拜了一拜——

“嗯嗯嗯，嗯嗯嗯，请宝贝转身——”好萌，无论是乐五音，还是正从高铁上冲下来的修真者，突然看到这一幕，全觉得心都要被萌化了，欸欸欸，这么萌的吗，好想抱回去养……

咚！但就在这一瞬间，插在地上的青色拨浪鼓，突然自动转向左边，小小弹丸敲打在鼓面上，发出咚的一声响。

啊！几乎在同时，就听到虚空中一声惨叫，正振翼远飞的金鹏大圣，突然就情不自禁的向左转头，修长的鸟脖子用力过猛，差点就骨折了。

——《书灵记》第34章

看似没有威胁的小萝莉，却用毫不起眼的拨浪鼓重创了强大的金鹏大圣，这是儒学文化以柔克刚、王道克霸道的“人格”化形。除却这些人物，书中的乐五音是中国古典文化“乐”的化身，她与顾七绝的情侣关系正是“诗歌”的形象化。宋词的两位书灵共用一个身体的设定，正是将词分婉约与豪放两派的形象表达。

善水将传统书籍的精神、特点内核化作人物的人格，通过一个个精妙的情节展示出来，将书格人格化，既秉持了传统的精神，又让传承的过程绕开了枯燥乏味，这样的处理新颖而不失说服力，正如《人，诗意的安居》一书中所言：“一切本质和伟大的东西，都源于这一事实：人有一个家并且扎根于一个传统。”[①] 文学不是割裂现实与传统，文化需要有根，而这个“根”大概率就是历史经验的积累与创作者奇思的巧妙运用。从善水的处理方式中可以看到，他对于中国传统文化的坚守，以及对这份坚守如何在当下的网络文学环境中更加生动地展示出来所做的努力。在新的历史环境下，传统需要适时“穿新衣”、换新颜，而这不仅仅是从古老传统在新时代如何更好被接受、传承的角度来考虑，更要考虑在面对新的文化挑战时，二者可以更融洽的相处、融合，从而打造新时代更有活力的新文学、新文化。

二　二次元视域下的“萌”点叙事

1.“萌”点叙事的活力与魅力

“萌”是二次元作品中极具代表性的要素之一。“二次元”最初是对“Two dimensional”一词的翻译，由于早期的动漫、漫画等都是以平面的二维图像展现的，作品中的人物、环境只能存在于想象中的二维空间里，因此大家逐渐将动漫、漫画中的幻想世界统称为“二次元”。葛颖在《面对审美的冲突和隔阂……》一文中这样总结道：“二次元审美的核心是由互联网的虚拟属性与青春的特质共谋的一种世界

① ［德］海德格尔：《人，诗意地安居》，郜元宝译，广西师范大学出版社 2002 年版，第 30 页。

观。它用萌化、少女化、拟人化的手段，软化了现实世界的运行法则，带有强烈的游戏感和青春乌托邦色彩。……由于审美主体对材料的选择多集中于 ACG 领域，故此我们将这种审美命名为二次元审美。”① 二次元视域下的审美不同于传统的现实审美，它相较于后者有着更多的“平面式幻想”。在《书灵记》中，“萌”这一要素几乎随处可见，主要的“萌点”表现为“反差萌”，文中“反差萌”很多，人物形象和人物语言形成巨大的反差萌最具代表性。女主人公乐五音是天元仙城第一美人，从外貌来看她是一个御姐，书中有关她形象的正面刻画是这样的：

> 一轮皎洁明月，恰好在这时浮出云雾，月光映衬着她那曼妙纤细的身姿，鹅黄色的宫裙随风摇曳，时不时露出若隐若现的精致锁骨，洁白如玉的肌肤，更是在月光下微微泛着柔光，似乎比玉石琵琶还要柔滑细腻……
>
> ——《书灵记》第 1 章

一个美艳动人的“冰山美人”几乎就要跃然纸上了，但是作者偏要剑走偏锋，紧接着，美人开口说话了：

> “呜呜呜，银家这样美貌如花，才不要死在这种地方。”越走越是心慌，乐五音都开始胡说八道给自己壮胆了，“不过话又说回来，银家就算死在这里，以后变成骷髅的话，应该也是很好看的骷……唔？”
>
> “快到了，快到了，嘤嘤嘤，再进去一点点，就要到了，加油，五音你是最棒的，拿到就有钱修自己了～”
>
> ——《书灵记》第 1 章

① 葛颖：《面对审美的冲突和隔阂……》，《文汇报》2014 年 11 月 11 日。

这样的语言风格一般在萝莉角色身上才会出现，但却在乐五音这个御姐身上出现了。在男主人公顾七绝的形象处理上同样可以看到这一点，顾七绝在充满着诗情画意的氛围中的首次亮相：

> 如此如此，无数诗句在虚空中急速盘旋，而就在这样令人震撼的恢宏景象中，一个完全由青光凝聚而成的身影，就这样缓缓从墓碑中漂浮出来——
>
> 昏黄月光如溪流映照，无数光辉诗句如飞鸟盘旋，缓缓凝聚成形的年轻男性，在这诗句飞鸟的簇拥中，一手支着微微仰起的下巴，一手捧着轻轻摇曳的青花瓷盏，山间清风吹过，那一袭绘着水墨山河图的青白锦袍，翩然随风作响……
>
> 漫长的寂静后，他终于轻咳几声，有些虚弱的端起青花瓷盏，喝了口不知道过了几千年的龙井茶，然后若有所思的低头望去，这一刻，仿佛感受到他的心意，无数磷火诗句在他四周盘旋飞舞，将虚空映照得明暗闪耀。
>
> ——《书灵记》第1章

读到此处，一个高冷的神官形象正在脑海中慢慢构成，但是，作者马上就来打破读者的“期待视野”了，于是，神官一开口便是：

> “当初本君给自己做墓碑的时候，做得坚固了点，所以说……嗯，卡住了！”
>
> “咳咳，刚才忘了自我介绍……本君顾七绝，七言绝句的七绝，灵书官之主，书灵，有病，无敌，不喜欢香菜，以及未婚……”
>
> ——《书灵记》第1章

> “作为报答，本君决定，让你成为新灵书官的正典女官，再将瀛洲界分给你千分之一作为封赏……嗯，惊不惊喜，开不开心？”
>
> ——《书灵记》第3章

一尘不染的神官却“脑子有坑”，情商极低，这每每让读者捧腹。在《书灵记》中，“反差萌”几乎可以说是随处可见，除了顾、乐二人，剽悍强壮的外表与细腻柔软的内心并存的《三国演义》书灵疯虎，平时害羞藏于铠甲之下，但一旦加入战斗就落落大方的《孙子兵法》书灵阿朵，一贯温和敦厚但面对强敌亦能“霸道”处之的《论语》书灵子曰，等等，从作者对这些书灵形象的处理都能看出他深谙“反差萌”之道，而他的成功之处就在于能够巧妙处理这一个个“萌”点，让一个二次元作品中屡见不鲜的叙事元素，在他的笔下获得新的生机与活力。

2. “燃”起来的激情与节奏

“燃”同样是二次元作品中最常见的要素之一。在传统的批评视野中，“燃”似乎没有什么升华故事内核的作用，但在艺术世界中，它给作品带来的效果是不容忽视的。“燃”不仅仅是作品的外在节奏，它除了能够让原本平淡的故事在瞬间焕发光彩，还能让读者在瞬间加快的节奏中点燃内心的激情。“燃”作为网络文学的功能元素，可能没有承担多少升华主题的使命，但它本身就是读者情感的“代言人”，其所带来的审美激情与震撼就足以动人。《书灵记》中的“燃”要素主要游走于书中的战斗场面，尤其表现在主人公顾七绝出场时的战斗场景。书中的顾七绝作为灵书宫的宫主，又是《唐诗三百首》的书灵，他的能力是“吟诗”，每次战斗力爆发都是通过吟诗而释放的。他的招数特点在于面对不同的战斗情境，所选用的诗句、动用能力的强弱会随机而变。在他的所有出场中，“一念孤诗”这一场景出现，一般都是最具“燃”点的场面之一。所谓“一念孤诗”，是指不需灵力也可以构成杀伤力的诗歌。顾七绝在面对强敌且没有了灵力的情况下，就曾将《登幽州台歌》化作“孤诗”大破敌军：

这一刻，烟尘弥漫的天香城外，顾七绝迎着狰狞咆哮的巨大魔蛇，一指轻轻点在对方残暴头颅上，带着几分沧桑古意，轻轻吟唱道——“前不见古人，后不见来者……”

仅仅是这前两句，并没有慷慨起伏的情绪，也没有任何的灵力波动，但就在这一瞬间，却突然就有一种无形的苍凉之意，以他的所在位置为核，朝着四周弥漫开来。在顾七绝发动了这首一念孤诗后，蛇邪的凶目中充满迷茫，庞大身躯都彻底僵硬了。白森森的獠牙，近在眼前，仿佛随时都会触及到面颊，但感觉着血腥魔气打在眼前，顾七绝的神情却没有任何变化，依然面无表情的徐徐道——“念天地之悠悠……”吟唱声回荡在虚空中，墨色的火焰，突然就从顾七绝的身体中涌现出来，仿佛记载着这首一念孤诗的诗页，正在他的体内燃烧消散。但以此为代价，汹涌澎湃的墨光，却也在此刻凭空出现，如同狂潮巨浪，在一瞬间就吞没了狰狞残暴的魔蛇！

无视之，顾七绝慢慢悠悠的转过身，驾着剑光缓缓上升，朝着天香殿飞了过来，剑光摇晃着好像随时都会跌落下来……就在剑光之后，寒风呼啸而过，蛇邪的庞大身躯，就像是刚刚出土的文物，突然暴露在空气中，然后在瞬间化为灰尘，随风飘散……

——《书灵记》第161章

原本无甚悬念的败局却通过意料之外的“一念孤诗”扭转了过来，这种既打破既定期待值，同时又以最热血的手段打破的设定，就是以《书灵记》为代表的二次元小说在设置“燃”点时屡试不爽的桥段。除此以外，故事的最高潮，也是最“燃”的部分，就是十二位书灵以献身方式除掉魔君的最后战役：

无视这凌厉斩落的血色魔刀，顾七绝从婉约手中接过一坛美酒，素白锦袍在风中猎猎作响，却又转首望向身旁诸人，朗声道：“诸君，今日唯舍身而已……谁人先来?”毫无惧色，仅仅一瞬之后，子曰就排众而出，持着淡青色《论语》竹简，轻轻抬起头，望向那虚空中的汹涌魔潮。

海潮之上，子曰迎着那汹涌魔潮中的血色魔刀，正了正衣冠，却又持着《论语》竹简，神情肃穆的诵读道——“子曰成仁，子曰取义，惟其义尽，所以仁至。道之所在，虽千万人……吾往矣！”平静的诵读声，回荡在虚空中，即使是雷霆轰鸣也无法压制，而就在这一瞬间，她的整个身躯，开始缓缓碎裂瓦解……

这一刻，就在所有人的视线中，这位温和儒雅的女性书灵，就这样缓缓消散，但直到身形消失在空气中的那一瞬间，她的模糊面容上，却仍然保持着温和的笑容……

没有任何多余的交谈，赤红色铠甲中的孙朵，在海潮上轰然向前踏出一步，第一次在那么多人的注视中，流畅完整的说出了那句话——“兵者，国之大事，死生之地，存亡之道，不可不察也！”这一刻，和子曰相似，她的身躯连同赤红铠甲，全都消散化为无数墨色光点，只是在那铠甲消散之时，隐约望向顾七绝的明眸中，却仍然隐藏着深深的眷恋……一首宋词，一首禅诗，悠悠回响于天地之间，两人在此刻，同时消散化为了无数墨色光点，融入到那广阔书海中。

——《书灵记》第 342 章

善水用书灵们的献身作为“燃”点，让原本的必败局面，瞬间迸发出了耀眼的火花。随着书灵们的一个个登场，读者粉丝们的心跳频率也在一步步上升，在魔王消失的瞬间达到顶点。细读文本不难发现，往往在局势由极衰逆转成极盛之时，“燃”点才会出现，“燃”本身或许没有主题，但是它的存在让读者的情绪随着书中人物逆袭的过程上下翻飞，此时“燃”要素也就完成了它的使命。

3. 以“萌”结“梗”的图像叙事

网络二次元小说受到二次元文化的影响，在写作中常常会有意识地用文字“构图”，即用文字进行图像式叙事。这种图像式叙事方式能被读者们接受与喜爱是有它的原因的，它源于年轻受众的二次元文化基因。对于二次元小说来说，不论是读者还是作者，这一类型的小说都要求他们具有一定的二次元文化积累，比如文中常常出现的“梗”，作者“忍不住”的“吐槽”，网络流行语的运用，等等，一旦粉丝具备相应的二次元文化积累，便能顺利地了解作者的叙事“密码”，进而会心一笑。这样的图像式叙事在《书灵记》中随处可见，比如乐五音常挂嘴边的吐槽：

> 别解释了，乐五音泪流满面，已经做好了随时跑路的准备，梅干菜你个小酥饼哦，大家都有椎间盘，为什么君上你们这么突出？
>
> ——《书灵记》第23章

将“椎间盘突出”的梗“玩”的自然有趣。再比如在顾七绝第一次接悬赏任务时，乐五音举牌子这一行为，也是一种典型的漫画式描写：

> “噗！”燕十五和天元提亲团，很配合的喷了一次，特喵的，这是要一挑一百的节奏啊。
>
> 我就知道，我就知道会是这样，乐五音幽幽望天，在轮椅后面默默掏出一块提醒木牌，上面写着三个字——
>
> “他……有……病……”
>
> ——《书灵记》第11章

除此以外，小说中常有来自作者的吐槽，比如“我们的乐五音小姐姐……”就常常出境。一些网络上流行的事物在文中常以另一种形式存在：

> 天元城专属的《天元周报》上，也开始连续半个月报道这件

事，各种标题党简直是丧心病狂——

“震惊！肆虐天元的血河老祖，如今闭门不出，竟然是因为这个男人！”

“不想当马的驳不是一辆好车，女人要对自己好一点，马中姑奶奶如是说。”

——《书灵记》第24章

“氪金穷三代，抽卡毁一生哦。”驳在旁边慢条斯理的补了一刀，“别问我这话是什么意思，我是在一本上古典籍残页里看到的，根据典籍记录，有一种上古生物，与生俱来就流淌着名为非洲提督的血脉……”

——《书灵记》第46章

“你们几个，要不要上车啊，先说好，这可不是去幼儿园的车。”

——《书灵记》第92章

将“氪金”“新闻标题党”“开车”等时下流行的网络语言如此轻松幽默地化入故事中，可见二次元小说在此间天然的优势，亦可见作者叙事技巧的成熟。这种图像式叙事有很强的画面感，这也是二次元小说改编成漫画、动漫的天然优势之所在。

二次元文化产品虽然一直受到市场的青睐，但是它也一直受到社会主流意识形态的约束和规范，主流文化始终在引导和规制着二次元文化群体的价值取向，规制其以适应时代的方式，让“二次元叙事”与主流“说故事”融合，也使二次元文化成为主流传统文化的后备军与智囊团，从而促使其在新环境下重焕生机。随着二次元商品在中国市场上占有的份额越来越大，社会主流意识形态在文化策略上也越加灵活。比如，《书灵记》将中国古典文化与外来二次元的“萌”叙事融合，新颖的处理方式吸引了大批喜爱二次元文化的读者，同时也传播了传统的文化精神。在商业资本的介入下，《书灵记》的周边产品也陆续上市，漫画、动漫等的出现让文化融合、出新的速度更进了一步。这种“寓教于乐”的处理方式，把二次元的图像式叙事的优势发挥得淋漓尽致，同时也击破了读者们固有观念的屏障，让他们掌握对于文化选择的主动权，在更为自由的氛围里主动地去接受不同的文化，从而在这样的节奏里受到潜移默化的影响，让二次元文化逐渐走上去“亚”之路，也让优秀的文化传统在这一过程中发展得更为鲜活。

我们生活在一个数字化的时代，以二次元文化为代表的图像表意正逐渐把文字表征挤到文学的角落，正如《网络文艺学探析》一书中所提及的：“‘视’正从一种主体的自然行为变成一种选择性的文化方式，并衍生为社会的文化艺术形态，其所昭示的是从‘文字表意’文化向‘图像表意’文化的深刻转型。”[①] 二次元审美这一存在是有其时代特性的。黄庭坚《书舅诗洪龟父跋其后》在谈及文学创作时曾言：“要须尽心于克己，不见人物臧否，全用其辉光以照本心。”创作者做到“力学有暇”，文事方才“可毕”。此言即是强调创作者们在下笔前要做到克己，目之所及，耳之所向尽量做到全面与客观。经过冷却沉淀在心中的，往往才是“本心”所指，最后临于纸上的文字才有姿有色。早在先秦时期，孔子就提出“《诗》可以兴，可以观，可以群，可以怨”的“兴观群怨”说，力图以文学之力强制或半强制地引导人民将社会伦理规范自觉作为自己的人生追求，从另一个侧面去考量，也可以看出这是孔子强调创作与现世的密切关系，所谓“自是宿缘应有累，可能时事更相关。”说的就是写作与现世外物亦步亦趋的紧密关系。但是，二者往往瑕瑜互见，其存有的弊端也不容忽视。放眼当下，不论是翻开实体书，还是打开互联网，不难看到各式作品琳琅满目，真可谓文坛之“极盛”今是也！但若以宏观视角加以审视，不难发现其中存在着不少沈从文先生口中所说的“差不多”写作，相似的

① 欧阳友权：《网络文艺学探析》，中国社会科学出版社 2018 年版，第 188 页。

人设，情节安排也大同小异，不需要作者们个个都是天才，情感共鸣有时也让位于架构技巧，只用按部就班地“填充”读者希望出现的“爽点”就能行文，这在现今所谓类型小说中尤为明显。二次元小说作为其中一个重要分支，创作者在创作时慢一点，冷却一下躁动的心，以正确的态度和方法去创作，才不至于落于窠臼。敢于转换思维，突破“填充”的“套路”，重构固有的定式，它的新路才有可能越来越宽，我们的文化自信也会因此而更有底气。《书灵记》的创作，正是一次成功的尝试。

（丁昊　执笔）

绝地求生的硬核科幻之旅

——评天瑞说符的《我在火星上》*

【作者简介】

天瑞说符，男，“95 后”，江西九江人，生物学专业研究生毕业，现为阅文集团大神作家，知名科幻小说作家，又称学霸作家。天瑞说符作品类型丰富，涵盖科幻、仙侠、都市、悬疑等类型，代表作品有《我在火星上》《泰坦无人声》《佛说不可曰》《我们生活在南京》。其中，《我在火星上》荣获第 28 届中国科幻银河奖“最佳网络文学奖”，并入围“2019 年度中国网络文学排行榜”之“中国网络小说排行榜前十”。天瑞说符个人荣获 2019 年阅文盛典风云潜力青年作家。

天瑞说符自述从小就有一个文学梦。他从小学三年级开始写小说，各类题材均有涉及，就读高中时真正接触网文，因为看得多，他也萌生了自己写、发表网文的想法。他在大学期间开始尝试写网文，从 2014 年开始，走上了网文创作之路。在他眼中，玄幻、仙侠、都市这些题材在写作上没有本质的区别，都是虚构性的东西，并不存在一个硬性的难度高低，不会有什么玄幻会比科幻难写，或者科幻比玄幻难

---

* 该小说网络连载的原名叫《死在火星上》，参评榜单评审时，评委们觉得不如把“死”字改为“我”字，不影响表意，读起来更舒服，发榜时的名称为《我在火星上》，这里使用的是榜单名称。

写。天瑞说符喜欢头脑风暴式作品，对技术比较崇尚，力求在作品中体现技术的美感，同时也兼顾行文的可读性，逻辑缜密、细节硬核、语言轻松是他创作的突出特点。在新锐作家中，天瑞说符仅用《我在火星上》、《泰坦无人声》等几部科幻小说作品就让他名声大噪，从此开启了自己作家生涯的进阶之路。

【上榜评语】

居安思危，思则有备。《我在火星上》融合科幻等类型元素和丰富的天文、农业、机械知识，描摹在火星生存的景观，故事惊险曲折，人物立体生动，语言轻松诙谐，富有哲学意蕴，体现了中国网络文学对宇宙与人类未来的严肃思考和超凡想象。

【故事梗概】

《我在火星上》是一部以火星为主要故事背景的科幻小说。作品讲述在21世纪中叶，一位火星科考站的机械电气工程师、一位火星空间站的植物学家以及一只机器“猫”在地球“消失”后，在火星上生存自救的故事。《我在火星上》从2018年11月8日开始在起点中文网连载，于2019年7月24日完本，全文59.31万字，截至2021年8月1日，总推荐21.36万。

2052年8月11日，地球“爆炸”消失了。火星科考站昆仑站的机械电气工程师唐跃和火星空间站麦冬成为仅存的两个人类，在机器人老猫的帮助下，历经分送补给上天、策划麦冬落地、彗星反击战、太空站陨落、最后的跋涉等艰难求生的考验，成功获救。小说整体分为五卷，分别是“地球消失之夜”、“孤独的红色荒原”、“在世界边缘遥望”、“天空中的遇难船”、“最后的拯救之路”。每一卷故事都形成了相对完整的故事结构，同时，每一卷故事又相互呼应，形成一个有机的整体。

第一卷“地球消失之夜”讲述火星科考站昆仑站的机械电气工程师唐跃发现地球消失后，意识到自己与火星空间站的植物学家麦冬成为仅存的人类，为拯救物资短缺的麦冬，唐跃与昆仑站助理机器人老猫历经艰难险阻，最终成功地为麦冬运送生活补给的故事。唐跃在昆仑站的生活物资可供他生活 5 年，但是麦冬在空间站的生活物资仅能供她生活 5 天，为拯救麦冬，唐跃决定将自己一半的生活补给通过鹰号飞船运送给麦冬。在仔细检修了鹰号飞船后，唐跃和老猫将生活补给陆续搬运至鹰号飞船，其间遇到了沙尘暴，唐跃险些送命，好在老猫及时援助并完成了物资搬运。唐跃和老猫协商后决定采用飞船与空间站两次对接的方式运送生活补给，虽然成功的概率只有 10%，但是飞船还是如期升空了。飞船发射后，不幸偏离了航道，老猫随即决定改变计划，实施一次对接的方案，就在飞船即将与空间站对接时，系统出现了故障，鹰号飞船与空间站相撞后急速坠落，空间站也偏离了轨道。老猫全力控制操作系统将空间站拉回轨道，但是满载物资的鹰号飞船正在急速向火星地面坠落。为挽救生活物资，也为挽救麦冬的生命，唐跃和老猫采用空间站上原本的搭载飞船作为推进器，使空间站脱离原有轨道快速降落，并用超级“大臂”将鹰号飞船“接住”，再用推进器将空间站推回原有轨道。麦冬按照老猫的指引走出舱门利用超级“大臂”接近鹰号飞船，就在即将与鹰号飞船失之交臂的时刻，麦冬成功地将锁扣锁定在鹰号飞船的舱门上，鹰号飞船成功入港。历经一波多折，补给运送任务成功完成。

第二卷“孤独的红色荒原”主要讲述唐跃因维生素补给不足，在麦冬的指导和老猫的全力帮助下成功种植西红柿，获得维生素补给的故事。地球消失三个月后，昆仑站与空间站的生活趋于稳定，但是唐跃由于缺钙和维生素，身体状况出现问题，只能在麦冬的指导下开始种植西红柿以摄取维生素。好在麦冬在昆仑站留下了一些西红柿的种子，唐跃通过燃烧飞船推进剂，采用冷凝法收集淡水，在火星河床上找到合适西红柿生长的土壤，并用自己的粪便作为肥料，西红柿种植实验成功。接着，唐跃的西红柿种植工作正式开始，浸泡，发芽，施肥，一切按计划进行。可好景不长，空间站氧气与温控系统突然失效，造成站内氧气不足，同时室内温度骤降，没有合适的温度和光照，西红柿种植计划搁浅，室内温度也降到零度以下，唐跃的生存面临巨大的危机。老猫提出解决方案，利用已经废弃的俄罗斯切诺梅号火星探测器上的温控处理芯片代替昆仑站的温控处理芯片，但是切诺梅号火星探测器与昆仑站相距近百公里，老猫只能独自驾驶火星车“火星流浪狗”前往切诺梅号火星探测器取回芯片。老猫出发 3 天后找到切诺梅号火星探测器并完成任务返回，但是在返回过程中，老猫与麦冬、唐跃失联。唐跃和麦冬两人通过空间站拍摄的高速照片努力寻找老猫，却一无所获。因为维生素补给不足，唐跃出现白血病症状，只能通过摄取冷压压缩饼干中的维生素勉强维持。同时，由于空间站内温度太低，之前种植的西红柿也冻死了，原本应该在 7 日内返回的老猫也未按期到达，且一直处于失联状态。唐跃在麦冬的鼓励下重新开始种植西红柿，但是受到温度和光照的影响，始终未能成功。唐跃心灰意冷，开始写作遗书道别，就在唐跃准备放弃之时，老猫携带着切诺梅号火星探测器温控处理芯片回到了昆仑站，挽救了唐跃的生命。老猫虽然拿回了芯片，却也付出了沉重的代价，它在返程途中坠入了深坑，胳膊在途中断裂，全身伤痕，最后依靠经验艰难地返回了昆仑站。两个月后，唐跃的西红柿种植成功，并结出了果实。

第三卷“在世界边缘遥望”主要讲述了唐跃和老猫计划将麦冬从空间站上接到火星表面的昆仑站，在计划准备过程中，火星有彗星撞击的危险，最终虚惊一场，昆仑站幸免于难。在地球消失 200 多天后，唐跃和老猫开始讨论营救麦冬方案，计划将她从火星空间站接到火星地表的昆仑站。同时，他们继续撰写人类生物进化史，时不时讨论科学史、哲学史、数学史等内容。唐跃和老猫决定使用鹰号飞船让麦冬降落火星，麦冬开始有计划的出舱检修鹰号飞船，在检修过程中，老猫发现一颗从未出现的大型彗星正朝火星移动，计算机测算彗星将会撞击火星，昆仑站将有毁灭危险。老猫开始一次一次的模拟鹰号飞船降落，但无一成功，将空间站猎户座 2 号发动机装在鹰号飞船作为反推动力的方案宣告失败。老猫和唐跃无奈只能启用非正常着陆方案，即让猎户座 2 号携带鹰号飞船降落，充分利用猎户座 2 号飞船推进剂，使其垂直坠落 120 公里，同时减少猎户座长度，降低猎户座重量，仅保留 9 台发动机，最后关头猎户座与鹰号飞船分离，猎户座解体，鹰号飞船使用猎户座 4 个充气舱作为气囊降落。计划确定后，麦冬在老猫指导下拆卸猎户座多余物件，老猫也一直在跟踪观测彗星的运动轨迹，按照计算机预测的彗星降落点，昆仑站将被摧毁。老猫建议麦冬放弃降落火星计划，并改变空间站运行轨迹，改为绕太阳运行，麦冬果断拒绝。联合空间站猎户座 2 号终于改装完毕，历经多次模拟降落失败后，第 20 次模拟终于成功。彗星在 37 天后将撞击火星，撞击点位于昆仑站的东面，撞击产生的地震等次生灾害确定将摧毁昆仑站，唐跃督促老猫驾驶“流浪狗”独自逃离昆仑站，保留唯一的生存希望。老猫无奈只能应允，就在老猫准备好一切，驾驶“流浪狗”离开昆仑站后不久，老猫从麦冬发给她的离别纪念照片中发现生存希望，老猫随即返回昆仑站。原来，老猫在麦冬的自拍照上发现另外一颗偏离轨道的卫星“火卫 2 德莫斯”，德莫斯运行轨道将与彗星重合，不久后，德莫斯果然与彗星相撞，彗星轨道随之改变，与火星擦肩而过，昆仑站幸免于难。

第四卷“天空中的遇难船”主要讲述了因天舟 37 号货运飞船的出现，麦冬改变了着陆火星计划，但是联合空间站突发意外，最终不幸坠毁的故事。此时距离地球消失已经超过 300 天，唐跃、麦冬和老猫都在为麦冬降落做最后的准备工作，就在降落的前一天，货运飞船天舟 37 号向昆仑站发出信息，20 天后天舟飞船将运送大量补给抵达昆仑站。两人一“猫”喜出望外，天舟 37 号飞船逃过了地球消亡向昆仑站驶来，更重要的是天舟 37 号飞船可以对接联合空间站，这意味着麦冬可以乘坐这艘飞船抵达昆仑站。因此，唐跃和老猫决定改变麦冬的降落计划，麦冬随即启动了猎户座飞船取消降落按钮，猎户座飞船9台发动机启动，推动空间站驶入正常运行轨道，运行过程中，猎户座飞船动力模块突然爆炸，飞船解体后猛烈撞击联合空间站，空间站严重受损，逐渐支离破碎，仅保留了麦冬所在的晶体号核心舱和枢纽号节点舱。唐跃帮助麦冬重启计算机，稳定了空间站。此时，天舟37号飞船已经飞向空间站营救麦冬，但是需要11天时间，麦冬只能在晶体仓活动，食物不够、生存困难。同时，空间站正在绷紧，随时有解体的危险。天舟37号飞船加速前往空间站，两人一“猫”通过斗地主等棋牌游戏消磨时间，在日复一日的陪伴下，唐跃和麦冬在互相关心、互相付出中逐渐爱慕，两人互相倾诉生长历程，麦冬说，等她到昆仑站就跟唐跃结婚。天舟飞船还有6天到达，枢纽号节点舱解体，空间站不断降落，空间站被撞后的第七天，意外还是发生了，联合空间站不幸坠毁，麦冬从此失联。3天后，天舟37号飞船如期抵达昆仑站，虽然飞船送来了大量生活的补给，但是唐跃此时的心情已低落到谷底。

第五卷“最后的拯救之路”讲述唐跃在收到宇宙文明的信件后，在老猫的帮助下抵达指定地点，最终获救的故事。空间站坠毁3天后，昆仑站气闸室舱门响起敲门声，舱内无人，地板上留下一个信封，信件是由“泛三维工业综合体”写给唐跃的，信中说到：由于轨道交通施工人员失误，地球在内的数亿颗星球蒸发，唐跃可以在60个火星日内达到指定地点，对施工人员提起诉讼，胜诉后将赔偿唐跃一切损失，包括复原地球和人口。指定地点距离昆仑站283.1公里，乘坐“流浪狗”需要9天，唐跃和老猫准备好补给，与昆仑站告别，一人一猫启航。驾驶“流浪狗”穿梭在火星沙漠。出发第二天傍晚，火星车第一次出现故障，唐跃修好故障继续赶路。离开昆仑站第5天，已经行驶了一半路程，老猫的身体开始出现状况，左臂断落，连带其他部位逐渐出现问题，弄得浑身伤痕。行驶到最后30公里，“流浪狗”舱外突然一片漆黑，一人一猫遭遇重度雾霾天气，尘暴遮天蔽日，他们只能摸黑前进。气温已经低至零下60摄氏度，“流浪狗”在尘暴中颠簸前行，在距离目的地3.5公里的沙丘上，“流浪狗”的蓄电池耗尽损毁，一人一猫被迫徒步前行。唐跃跟随老猫，风沙越来越大，唐跃摸爬前行，老猫左臂彻底报废，四肢僵硬，无法行走。气温降至零下80摄氏度以下，唐跃拒绝抛弃老猫，他背起老猫继续前行。最后1公里，大气温度降到零下90摄氏度以下，宇航服内温度降到0摄氏度以下，唐跃生命系统报警，火星这时下雪了。尽力越过一个山丘后，一人一猫从沙丘上翻滚而下，唐跃已无法行动，并且遭遇二氧化碳中毒，呼吸骤停，生命体征微弱，老猫启动紧急制氧，给唐跃进行心肺复苏。唐跃苏醒，老猫扶着唐跃继续往前走，边摔边走，一人一猫费经周折到达预定地点，却发现目的地还需往东50米。老猫只能拉着唐跃在地上拖行，在黑暗中，老猫摸到舷梯后全力把唐跃推上舷梯，并一级一级地把唐跃往上推，最后把唐跃推进了悬浮在半空的飞船。唐跃登上飞船后，飞船起飞，老猫跌落未能登上飞船。最终，唐跃获救，地球复原，麦冬、老猫获得重生。

【作品反响】

起点上有一本《我在火星上》，不长，六十万字，而且已完本。最初我是看朋友推荐，书里附了一段长长的参考索引，以显示其硬核。读完之后发现，确实非常硬核，里面涉及大量航天技术细节。但真正厉害的是，作者用这些令人信服的专业细节，讲了一个极精彩的异星求生故事。比如第一部里结尾的飞船对接戏，可谓一波N折，精彩绝伦，你以为准备万全的计划，总不会顺利进行，你陷入绝望时，又总能绝处逢生，且还言之成理，危机与希望跌宕起伏。看这一段的时候，手心全是汗，节奏感十足，完全是一部太空大片。当然，结尾突然超展开了，我更喜欢作者原来那个结局，但我也能理解……

这部作品如果把水分和废话挤掉，就是一个浑然天成、结构完整的成熟电影剧本，观赏性、专业性和思想性兼备。

——马伯庸微博

我曾小心翼翼地提醒自己，不要让插科打诨的幽默桥段和网络平台的载体而对这本小说产生先入为主的主观臆断性刻板印象，但是很快我发现根本无需这样。这本科幻小说的硬核程度令我叹为观止，讲述了地球神秘消失后，登陆火星的一男一女两位宇航员和一个机器人艰难求生的故事。从题材上来看很像《火星救援》但更加绝望悲壮，因为在电影里有全地球的科技人才作为他的后盾，而在这里他们只有自己，只有两人一机器人，一座基地，一座空间站，除此之外别无他物。它的优秀简直无以言表，也许比不上《三体》这样的宏片史诗巨著，但已经丝毫不逊于《球状闪电》或是《流浪地球》。要知道我是刘慈欣的死忠铁杆粉，能给出这样的评价是非常罕见难得的。这样讲吧，如果这本书申请了中国银河奖的奖项而未能获奖，我会感到十分遗憾甚至愤愤不平的！当今网文中打着科幻旗号的玄幻古武修仙修真文实在太多，令人无奈，所以更凸显这种硬核科幻小说的难能可贵。这本书几乎不需要怎样的改动就是极其优秀的电影剧本，在《流浪地球》大获成功之后，这样的科幻小说改编成电影似乎也不是什么遥不可及的幻想。轻松中透着悲壮，诙谐中透着孤独，我毫不吝惜我对它的赞美之词，我甚至很感谢微信读书，是微信读书的推荐算法把这本小说送到我眼前的。之后我在起点全订了这本书。作者曾在连载中插入自己参考的论文，还列出了他完成这本小说阅读过的所有专业书目，这样的一本小说不优秀是几乎不可能的。它篇幅不长，六十万字左右，和今天几百万乃至上千万的网文比起来像是香山站在珠穆朗玛峰前，但是说到优秀程度，我想，得倒过来看。我很幸运，能读到《我在火星上》，我也希望更多的人能读到。

——知乎网友疯魔大校：《如何评价〈我在火星上〉这本小说?》

马亲王推荐的硬核科幻，其实一开始我以为是个火星种田文，男主女主诸般历劫，终于两人一猫团聚从此男耕女织在火星构建一个文明什么的……结果残酷的啪啪打脸。虽然这故事情节真的很少，就分送补给上天、策划女主落地、彗星反击战、太空站陨落、最后的跋涉几部分，时间几个月跳帧也就一年跨度，而且白烂对话真的很多，老猫真的有够话痨，但我仍喜欢作者想要表达的东西，那就是，何为人？人是群居动物，但如果全世界的人都不在了，就只剩你一个了，那你还是人吗？包裹着白色皮毛喜欢小鱼干有颗同位素电池心脏和钢铁骨骼的老猫是人吗？怎么定义人类？DNA 序列吗？DNA 不也就是一小撮核糖？人和猩猩有什么区别？果然，人类还是要被这千万年来灿烂的历史和文化定义的啊，哪怕昙花一现呢，绽放过就是存在，只要呐喊过就会被听到。而人，果然还是被比星空更灿烂的人性所定义的吧，管你载体是羰基肉身是钢铁还是电波信号呢？作为被湮灭的地球人，感谢作者选择在时间的尽头留下了三个真善美的“人”，感谢他们为留下人类的痕迹和保持生命的尊严作出的努力。有人为之奋斗的世界真好啊。明天会更好吧。大家加油啊。

——知乎网友 TNT TNT：《如何评价〈我在火星上〉这本小说?》

这是一个人，一只猫在火星生存的故事。另外还有一个漂浮在火星近地轨道上太空站上的女孩子。通过主角们一系列的挣扎，配合严肃而荒诞的对白和科学描述，无时无刻地对浩瀚宇宙的无尽探视，本小说给我带来的是光速和时空组成的宇宙的荒寂的感觉。文中到处可见的插科打诨，如同唐·吉诃德般的无厘头更像是卑微生命对宇宙的绝望呼喊。这一切都加深了这种印象：热闹反映了孤独，拥有即是荒凉。笑过之后是无尽的悲伤。荒凉是这个小说的主题色，这大概是出场人物最少的网络小说了吧，如果改编的话，演员工资大概是最低的。而所有笔墨，都被用在了技术层面的描述，推演和幻想上。相比于火星救援或者电影流浪地球来说，这个科幻要硬得多，作者一边查文献，一边写小说，列出的文献目录更是非常惊人。令人佩服的同时也让我想到一点：如果哪一部国产科幻电影能在最后列出一堆文献，同时出版一部关于故事情节推演合理性的论文，那中国科幻电影才算是真正崛起了，最起码不会被无脑编剧拖后腿。

——知乎网友：《如何评价〈我在火星上〉这本小说?》

看到空间站陨毁大气时的时候整个人都呆滞了。那个坚韧可爱的姑娘死了，那么孤独绝望而悲伤，明明付出了那么多努力，明明是那么的想活下来，明明都已经约好了……

天意弄人。时间凌晨4：30，我坚持看到现在，见证他们那么长那么久努力最后的结局是为了什么，不就是希望他们幸福吗？但女主都化成灰飞了，还想什么？希望彻底破灭。万念俱灰，洗洗睡吧，到了弃书的边缘……

与唐的内心真正的共鸣了，看下去仅仅是一种惯性而已。好在我坚持到了最后，他也走完了最后的旅程，作者给了他们一个好的结局。尽管可能不那么完美，也不是最合适的，甚至有些损伤前面的剧情。可却是最温柔，最予人慰藉的结局了。他们能真正活下来，且不只是活下来，尽管平凡，但幸福，真好。

整本书不会遵循网文的套路，我从读到前半部分就有所领悟，二者之间的区别就像有防护网的高空走钢丝表演和没防护网之间的区别。

——豆瓣网友睡不醒：《我在火星上的5星书评》

政策倡导、创作端的成熟和不断增长的市场需求都已证明，科幻题材已成为影视行业新风口。而数量众多、具有粉丝基础且兼具专业性和人文关怀的硬科幻网文，则是科幻 IP 中不可忽视的一支力量。《我在火星上》就是其中的代表作。

相比人们所熟知的玄幻、奇幻题材，《我在火星上》拥有庞大缜密的科学逻辑体系，设定足够硬核。更重要的是，《我在火星上》在保持硬科幻内核的同时，也不乏曲折的故事和复杂的情感。当两人在极端环境下生存，是抱团取暖还是相互背叛？书中两人之间的关系是从竞争到扶持，机器人老猫也逐渐拥有人类的情感。

读者跟随主角唐跃的视角，也仿佛置身于荒凉的火星，无时无刻不在面临人性抉择。食物短缺，是留给麦冬还是独占？机器人同伴失踪，是冒着生命危险去寻他还是先走？在接连不断的人性考验中，唐跃逐渐从一个浑浑噩噩，缺乏明确目标的青年人转变为能独当一面的男子汉。

这种对人性的挖掘，是一个好故事能感染人的必备条件。就像《流浪地球》一样，打动人的永远是人类的情感而非冰冷的科学。《我在火星上》巧妙地把“地球消失”、“逆境求生”和“重建家园”三重元素交织串联，兼具专业性和人文关怀，极具影视开发价值。也难怪有网友在小说下留言，希望以后能有机会对这部作品进行改编。

从改编和制作的难度上来看，《我在火星上》只有三个主要人物，情节比较集中，相对好改编。当然，想丰富支线人物和人物关系，也有很大空间。在制作上，这类太空题材难度系数确实较高，但《流浪地球》的成功说明，中国电影的工业化水平是可以达到拍重视效科幻电影的程度的，国内科幻项目的技术工业水平正在迎头追起。

从改编形式上来看，《我在火星上》的 IP 延展性较强，拥有多元化改编的潜力。除了院线电影外，曲折的故事还很适合改编成剧集。而瑰丽的太空画面则适合改编成动画。

——环球网:《“中国科幻元年”已到〈我在火星上〉引爆科幻网文市场》节选

【作品评析】

绝地求生的硬核科幻之旅

《我在火星上》是一部硬核的科幻小说，深受读者的喜爱，小说荣获中国科幻最高奖“银河奖”，也代表了中国大陆网络科幻小说创作的最高水平，自然有其独到之处。

一　硬核科幻——逻辑缜密、细节丰富

《我在火星上》是一部硬核的科幻小说，有网友称之为“金刚石”级的科幻小说。作者天瑞说符在小说开篇分四个章节列出了文中引用的部分参考文献，这些参考文献来源于国内外顶尖的科研院所，涉及物理、化学、天文、航空航天、力学、计算机等学科，作者天瑞说符自述开篇罗列参考文献是为了“防杠”，但也侧面反映了这部小说的硬核程度。

首先，天文物理与航空航天的科学设定，构建了故事的基础。

开篇，对于地球为什么会消失的假设，作者天瑞说符用想象力假设了一个不同于现实世界的科幻世界，这个假设是超现实的但不是超自然的。作者天瑞说符计算了一下炸掉地球所需的能量是 2.24×10^{32} 焦耳，又以炸平广岛的原子弹为例，解释这相当于全世界 65 亿人，每个人拎着 6 亿枚核弹，并同时引爆，这样以方便读者理解。但小说中很快又否定了地球被炸的说法，继而提出外星人入侵等多种猜想，并留下悬念。在空间上，作者天瑞说符对宇宙的描写赋予了读者基本的空间定位，对火星相关的地质地貌以及温度气候描写十分详细，尽可

能的接近真实火星，如伊比利亚平原的广阔，沙尘暴的恶劣环境，以及零下60度以下的室外温度，让读者感觉身临其境。

小说中对航天科技的描述主要体现在对航空航天器的设定与功能性描述，这些航天科技的设定，让故事在这些设定下显得合情合理。作者天瑞说符在目前已有航天器为基础上，进行了大胆的科学想象，设备齐全的长龙式昆仑站、豪华金属色的长方形联合空间站、小巧灵活的鹰号飞船、卡车般大小的火星车“流浪狗”、可伸缩的超长机械臂让人惊呼航天技术的神奇。比如为麦冬运送补给的环节，用鹰号飞船运送补给出现状况，无法按原计划与空间站对接，导致鹰号飞船坠落，这时小说中引入了可伸缩的超长机械臂（又称加拿大臂），它解决了三个问题，将麦冬送入太空、将鹰号飞船接住、将飞船安全入港。另外还有对未来火星车的描述也十分贴切且生动，这辆火星车的名字叫“火星流浪狗”，它是科考队在火星表面上唯一的交通工具，大概和一辆卡车差不多大小，相对于现在只有人力三轮车大小的月球车，这辆火星车拥有可以搭载四人的成员舱，同时也是一座移动实验室，“火星流浪狗”支撑了老猫日常的火星工作，包括搬运补给、寻找合适土壤等，重要的是保证了老猫长途跋涉取回温控处理芯片以及最后带领一人一猫寻找救命飞船。

小说还畅想了当今科学可能发展出的技术。比如空间站、火星探测器、引力波、人工智能等。对于空间站与火星探测，作者天瑞说符预测性的描述为：“新一轮的航天技术发展大潮，其中一项即是标准化通用接口，……飞船与空间站之间的界限越来越模糊，……要扩大空间站的规模就像搭建积木那样便捷。”作者天瑞说符对引力波用于火星预测也进行了描述：“说下一次火星任务中会搭载引力波观测设备，那是一根两千米长的金属细杆——说实话麦冬也不知道他们要怎么把那玩意送上天，但人有多大胆，火箭就有多大内胆。”“老猫”的设定是未来人工智能发展的产物，它具有极强的数据储备与高速运转能力，同时行动能力已经远超人类，展现出未来机器人发展的无限可能。

其次，两人一猫专长设置相辅相成，推动了故事的发展。

唐跃、麦冬和老猫都不是宇航员（唐跃和麦冬为载荷专家，老猫为机器人），但是他们都体现了很高的科学素养，在各自擅长的领域做到了精益求精，老猫在小说中更是“金手指”般的存在。

唐跃是一名机械与电气工程师，任务是负责昆仑站与火星车的检修工作，日复一日地检修确保了昆仑站的正常运转。唐跃通过燃烧飞船推进剂，采用冷凝法收集淡水，设计了一整套生命维持系统。在空间站被撞即将坠毁的关头，唐跃利用其专业能力帮助麦冬重启了空间站的电脑，让空间站恢复了运转，也挽救了麦冬的生命。麦冬是一位植物学家，当唐跃面临维生素补给不足的状况时，麦冬用自己的专业知识帮助唐跃成功地种植了西红柿，她在生物种植方面的展现出极高的专业素养，尤其是对火星地表土壤的分析，让唐跃直呼学霸。老猫熟知火星的一切知识，天文、地理、物理、化学、航空、历史等，没有老猫不了解的领域，本质上，老猫是一台具有强大数据处理能力的计算机，在运送补给之前，老猫根据空气动力学原理，用一堆数学物理公式高速计算出鹰号飞船与联合空间站最多只能尝试交会两次。科学的美感体现在老猫一长串的方程式中，这也是科幻小说通向科学之美的一座桥梁，它把这种美从方程式中释放出来，展现在读者面前。

最后，叙事逻辑结合科学精神与读者观感，将故事引入了高潮。

这部小说的魅力就在于，在小说的前四卷，对于如何在火星上生存的苦苦探索，作者天瑞说符以严谨的科学精神加之大量的学术用语保证了其理性的逻辑，包括如何运送补给、种植番茄、策划麦冬落地等，每个小任务都在唐跃和老猫的能力范围内，让人觉得每一次山穷水尽后的绝处逢生，并不是因为金手指，而是真正的科学技术的胜利。故事中的科幻设定都没有违反现有的科学定律，没有夸大科学，故事情节安排得很客观，该有困难的有，该无外挂的无，现实很冷酷，如女主所在的联合空间站最终还是爆炸了，女主也不幸遇难。在女主遇难后，网友们纷纷评论“泪目”“虐心”“难受”“本章重写”“给作者天瑞说符寄刀片”，但就是在尊重科学精神的基础上，这一部分的剧情才更把悲剧写得刻骨铭心，耐人寻味。

在小说的最后一卷，面对先进的外星文明时，人类科学的严谨性在先进的文明面前受到了巨大的冲击，作者天瑞说符在此找到了科学的逻辑性和读者感官上的平衡点。作者天瑞说符引入了“泛三维工业综合体”写给唐跃的信，由于轨道交通施工人员失误，地球在内的数亿颗星球蒸发，唐跃可以对施工人员提起诉讼，胜诉后将赔偿唐跃一切损失，包括复原地球和人口。最终，唐跃在老猫的帮助下获救。在地球文明和宇宙外星文明的对抗中，外星文明因为一个失误操作就可以摧毁地球，也可以用一封信和一艘飞船拯救唐跃，甚至轻而易举地复原整个地球，充分展现了高级文明对低级文明的实力碾压，同时也体现出一丝奇幻的色彩。

二　人文关怀——绝地求生、命运不屈

生存还是毁灭，这是一个问题。唐跃和麦冬在火星上发出了哈姆雷特之问，这个问题贯穿了小说的全过程。可以说，《我在火星上》是一部在火星上的荒野求生，或者火星上的鲁宾逊漂流记。唐跃和麦冬都给种植的西红柿取了名字，唐跃叫西红柿“张无忌”就如同鲁滨逊给陪伴他的仆人取名为“星期五”。绝望中的希望，这大概是所有“求生”类小说对于人类生存能力和创造力的最大敬意。

这部小说人物极少，只有两人一猫三个“人物”，他们一同面对宇宙的无垠和人类的孤独——这也意味着作者天瑞说符对人物的塑造面临很大的考验。小说中塑造的男主与女主无疑是坚强的，面对地球消失，他们就像断了线的风筝被地球母体“抛弃”，迎来是死亡和无尽的黑暗。正如作者天瑞说符所比喻的：“如果说唐跃是一支飘荡在五千万公里以外的风筝，那么在得知地球消失的那一刻，连接在唐跃与地球之间的风筝线就断了，他被肆虐的太阳风暴裹挟着卷入了不可捉摸的命运当中。”他们在火星上艰难求生，展现出超人的理性和意

志力，是对人类原始精神的赞歌。

小说的核心是描述男女主角如何凭借意志、决心和科学方式在火星上历尽艰险求生，在保持硬科幻内核的同时，不乏曲折的故事和复杂的情感，也渗透着对于生存和死亡的人性冲突的思考。当两人在极端环境下生存，是抱团取暖还是相互背叛？食物短缺，是留给麦冬还是独占？当唐跃决定将自己一半的补给分给麦冬，老猫对他发出了灵魂之问："你自己的生存物资也是有限的，如果你把食物送上空间站，那么你吃什么？你怎么活下去？""你设想一下，如果现在是你在空间站上，那个女孩在昆仑站上，她会把自己的食物分给你么？"在搬运补给的过程中，面对突如其来的沙尘暴，唐跃原本可以放弃给麦冬运送补给，但是他还是冒险走出了舱门，选择了拯救麦冬。老猫失踪，是冒着生命危险去寻找他还是抛弃他？面对即将被摧毁的昆仑站，是选择让老猫留下，还是让它离开保全"性命"？在接连不断的人性考验中，唐跃逐渐从一个普普通通，缺乏明确目标的青年人转变为"超级英雄"。读者跟随主角唐跃的视角，也仿佛置身于荒凉的火星，无时无刻不在面临人性抉择，也无时无刻不在体现着人性的光辉。

小说中另外一个情节是两人一猫在得知彗星将要撞击火星，他们的生存进入倒计时，唐跃和麦冬依然决定为地球生物和地球文明作传，撰写《地球生物进化史》与《人类文明发展史》，努力留下地球的文明。

> 他们在整理记录科学史与哲学史，为历史上有名的大家们作传记，科学与哲学作为单独的历史列出来，与人类文明编年史并列，这样可以使记录更有条理，除此之外，农业与工业的发展也被他们单独整理成册，从刀耕火种到化肥的使用，从第一次工业革命到半导体的诞生，人类的历史在这座小小的科考站内缓缓流过。

在一切结束之前，他们还在尽量地给这个宇宙留下更多的人类遗产。

浩瀚宇宙中，火星如渺小微尘。被抛弃是绝望的，与世隔绝更是孤独。小说中对宇宙的面貌以及人类生存危机的描写可谓入木三分，个人的渺小与宇宙的宏大比较起来显得是如此的微不足道。作者天瑞说符在小说中无不在探讨渺小的个人与宏大的宇宙的关系，想象人和宇宙的直接和间接的关系，在这种关系中，宇宙的演化和变迁与人类的生存与命运息息相关。

三　语言特色——轻松诙谐、火星浪漫

《我在火星上》虽然是一部硬核的科幻小说，但是读起来却没有那么生涩难懂，作者天瑞说符用轻松诙谐的语言让故事变得通俗有趣，以浅显易懂的语言为我们解释了宇宙中令人瞠目结舌的奇景——彗星撞击、外星文明、星际探索等，帮助我们解开所有的剧情设计与太空漫游之谜。对一般的读者而言，小说中的科学技术有一丝晦涩难懂，但是当唐跃和老猫利用其专业素养想出化险为夷的方案后，作者总会进行进一步的解释说明，即使读者没有跟上，在小说轻松乐观的基调下，观众也不会感到失去阅读兴趣。比如彗星撞击带来动能超过 2.9×10^{26} 焦耳，它释放的能量将相当于 5.2×10^{12} 颗“小男孩”原子弹，或相当于五万两千亿颗核弹同时爆炸。就像作者天瑞说符自述：“像技术细节这些，你可以把它视作是故事结构的砖瓦，用它来增强这个故事的可信度，但是它不能成为读者的阅读障碍。也就是说，你可以看不懂那些技术细节，把技术细节全部删掉之后，它并不影响故事的发展，它并不阻碍读者的阅读。写作的时候力求让语言和台词轻松化、年轻化，迎合一些读者的阅读口味。”①

① 荀超：《封“神”纪（51）：硬核科幻就是要抠细节！天瑞说符“力求在作品中体现技术的美感”》，封面新闻，2021 年 5 月 4 日，https：//www. thecover. cn/news/7375621。

轻松诙谐的笔墨书写。作为一部灾难科幻小说，难免让读者随着主角一起感到紧张甚至压抑，两人一猫在火星上求生着实让人揪心。但这又是一部难得很轻松的科幻小说，作者天瑞说符极力用轻松的语言缓解紧张的氛围，小说中有意弱化那些对未来以及火星的恐惧，而是在一次次化险为夷中体现人定胜天和科学的力量。如种植西红柿失败之后，作者将其描述成“唐跃沉默地捧着张无忌阳顶天和武当七侠们的尸体。”种植西红柿的失败气氛瞬间瓦解，并在麦冬的鼓励和指导下，最终种植成功。另外，唐跃梦见自己成为国际巨星，就在饥饿难耐准备啃烤鸡翅时，被老猫一巴掌打醒，唐跃直呼“我的好事马上就要成了！被你一巴掌打醒了！我的新奥尔良烤鸡翅啊!”把唐跃在火星上的饥饿感描写的形象生动。

阳光乐观的男主人设。小说中主角唐跃有着技术宅独有的直男气质，拥有百折不挠的好心态，在关键时刻能够打动观众。作为一个典型的理性派，唐跃在性格上明显更倾向于一个积极的乐观主义者，他不是什么超人，也没啥超能力，只是一个行动力稍微强点、意志力更加坚定一点的逗比理科男，一个行走的火星段子手，但是载荷专家职业训练则为其求生的信念与行动赋予了坚实的现实基础。小说中有很大一部分是唐跃和老猫的对话，除去两人对生存计划、营救计划的科学性探讨，两人其余的对话着实让人忍俊不禁，一边逃生一边自嘲，对话还充斥着互相的吐槽，为枯燥的火星生活增添一份乐趣，这场在火星上的艰难求生被这个大男孩的阳光与乐观一点点驱散。如唐跃穿着厚重的宇航服出仓工作，皱着眉头捣粪，老猫严格控制他的饮水量，就自喻“我就是个悲惨的火星包身工”，吐槽老猫的音乐品位和麦冬唱歌的调子已经跑出了柯伊伯带，并且无数次中二病发作式的宣称“我唐跃就是火星上的一匹大漠孤狼!”

如果地球不消失，唐跃多半会在未来的某一天被家人拉去相亲，对象或许会是老妈同学的女儿，双方条件都差不多，你不是

> 柳永潘安我也不是西施貂蝉，互相看看也凑合，谈不上喜欢但也不讨厌，于是就这么过了，然后开始发愁房子贷款和孩子上学。

这一段描述更是把唐跃的气质从火星直接拉回了地球表面。故事中轻松的感觉以乐天派的唐跃为中心向外蔓延，最后连麦冬也尽显其幽默可爱的一面。

理性中的火星浪漫。男女主角的感情线令人印象深刻，没有轰轰烈烈，而是在日复一日的陪伴、互相关心、互相付出中逐渐生出爱慕，即使两人天地两隔，却也情深意浓。唐跃和麦冬体现出鲜明的性格特点与人格魅力，读者也得以窥探这些严肃的航天航空专家们在现实情境下有血有肉的一面。在唐跃和麦冬互生情愫之后，火星上上演了一出罗曼蒂克式的互相求婚的画面：

> 麦冬磨了磨牙，“我反悔了，我不想嫁给你，我一点都不想嫁给你。”“但是唐跃……你嫁给我吧！”麦冬话锋一转，“嫁给我吧嫁给我吧嫁给我吧嫁给我吧嫁给我吧！”

正是这理性中的火星浪漫，让这个以技术为第一表现力的硬科幻故事才能如此地兼具新鲜感和真实感，构建出跨越空间的张力。

当然，小说也还有一些可以进一步探讨的空间。小说故事线与电影《火星救援》有重合之处，对科技进步的预测还不够前沿，到了2050年代，氧气还是采用电解水的方式，这个技术目前已经很成熟，到了2050年代应该会有更加先进的技术，效率也会更高。航天食品与现在并无太大差异，还是以罐头和压缩食品为主。另外就是有些语言有些冗余，可以精练。但是这些丝毫不影响这部小说成为网络文学中一部优秀的科幻作品。

（谢日安　执笔）

仙侠故事，东方神韵

——评萧鼎的《诛仙》

【作者简介】

萧鼎，原名张戬，1976 年出生于福州仓山的一个普通工人家庭，从小就喜欢看武侠小说，1995 年考入中华职业大学（今福建工程学院）工商企业管理专业，在大学里负责班刊、系刊的编写工作，1998 年大学毕业，曾先后就职于福州某期货投资公司及泉州某布行。

2001 年，萧鼎无意中闯进玄幻武侠小说网站，并萌发了写作的念头，成为网络写手。2002 年 6 月，萧鼎第一部长篇作品《暗黑之路》在台湾出版，次年 3 月《诛仙》在台湾出版。《诛仙》最早连载于幻剑书盟网站，是萧鼎影响力较大的一部作品。2005 年 12 月 8 日萧鼎在云南丽江参加了“百度 2005 中国风云录”活动，《诛仙》被授予“风云小说奖”。2007 年 5 月由萧鼎、步非烟、小椴、林千羽主编的《幻想盟》杂志正式创刊，总共出版了两辑，同年 6 月 12 日《幻想盟》宣布停刊。2012 年 4 月 1 日起已正式在磨铁中文网更新《诛仙二》，2012 年 6 月《诛仙二》正式出版，共四册，2014 年 5 月 8 日宣布停止更新。此外还有小说《矮人之塔》《叛逆》《诛仙前传》《轮回》等。

2017 年 2 月，萧鼎在第二届“网文之王”评选中位列百强。同年参与创作东方玄幻架空世界观 IP“六迹”项目，主笔《蛮荒纪元》，起点中文网与六迹官方同步推送，发布作品《六迹之大荒祭》。2018年5月，在第三届“橙瓜网络文学奖”评选中再次位列百强。2019年，萧鼎获得第二届茅盾文学新人奖·网络文学新人奖。

【上榜评语】

将玄幻世界具化为视听盛宴，电影《诛仙》还原原著设定，情节发展紧凑，角色刻画圆熟，富有视觉张力，是幻想类网络文学改编的佳作。

【故事梗概】

自太古以来，神仙说与长生不老之说流传于世，修真炼道之士遍布天下，彼此之间亦有门派之分、正邪之别，正派以“青云门”“天音寺”和“焚香谷”三大支柱为领袖，魔教则以“鬼王宗”“万毒门”“合欢派”“长生堂”四家势力为主。

故事从青云门开始。一天，天音寺的普智圣僧来到青云山下草庙村，遭到黑衣人暗算，救下了少年张小凡和林惊羽，并将佛家法门传授给张小凡。草庙村村民惨遭屠戮，成为孤儿的两个少年被青云山收留。张小凡将普智送给他的珠子带在身上留作纪念，一次与田灵儿误闯幽谷，嗜血珠与一根不知名的烧火棍交融在一起，成为一件威力无比的法器。这件法宝在七脉会武中大显身手，帮助张小凡进入四强，因此有机会与齐昊、陆雪琪、曾书书三人到空桑山“万蝠古窟”历练。

四人与法相、李洵等人一同来到“万蝠古窟”，在与魔教中人打斗时张小凡和陆雪琪不慎坠入死灵渊，陆雪琪受伤中毒，张小凡守护在陆雪琪身旁，不离不弃，但在黑水玄蛇的攻击下两人失散。张小凡与碧瑶困在滴血洞中，碧瑶在一间石室里发现了合欢铃，张小凡则发现了石壁上刻着的天书第一卷。两人在洞中互相扶持，互相照顾，暗生情愫。碧瑶无意中触动密道开关，两人终于逃出生天。

在黑石洞中，张小凡得到焚香谷圣器玄火鉴，后前往东海流波山与师傅等人汇合。正魔两道在流波山大战，正道一时落了下风，张小凡、陆雪琪等人逃往海边，却看见鬼王、青龙等人要围捉夔牛。张小凡为救田灵儿在夔牛的巨大压力之下使出了大梵般若，还被青龙认出了嗜血珠，正道中人大骇。

回到青云山的张小凡接受众人的审判，但张小凡坚持不肯交代嗜血珠和大梵般若的来历，惹怒了道玄真人，陆雪琪等人纷纷为张小凡求情。不料苍松道人暗中勾结魔教，致使魔教众徒大举进攻青云山，正邪两道展开激烈厮杀，身受重伤的道玄真人祭出了诛仙古剑，鬼王带领魔教中人仓皇逃走。道玄真人再次逼问张小凡，一旁的普泓大师道出真相，原来张小凡的大梵般若是普智所授，草庙村惨案也是普智所为，得知真相的张小凡愤怒不已，出手打伤了法相。碧瑶赶来要将张小凡带走，鬼王也带领魔教再次袭来，道玄又祭起诛仙剑，见识过诛仙剑威力的鬼王等人不得不再次逃跑，道玄真人为了不留祸患，想要诛杀张小凡，碧瑶为救张小凡驱动了痴情咒，致魂飞魄散，幸有合欢铃强行摄下一魄，保留了碧瑶的肉身。

十年后，张小凡成为鬼王宗副宗主，改名鬼厉，深受鬼王器重。其时江湖传闻西方大泽中有异宝出世，魔教势力与正派力量纷纷汇聚于此。在内泽中，鬼厉与陆雪琪相遇，两人交手但是都留有余地。在神树上鬼厉为救陆雪琪被封闭在“天帝宝库”内，两人同时看到天书第三卷。后宝库被黑水玄蛇撞开，两人得救。鬼王用伏龙鼎收服黄鸟，一无所获的众人遂离开黑水大泽。

鬼厉前往南疆十万大山寻找杀害部下的鱼人的线索，途经焚香谷利用玄火鉴放走九尾天狐小白，得知大巫师有还魂之术，鬼厉与小白一起来到七里峒寻找大巫师。大巫师答应帮鬼厉救治碧瑶，眼看“招魂引”就要将碧瑶魂魄收齐，大巫师却咽气了，希望瞬间落空，鬼厉受到极大的打击，一蹶不振。

与此同时，南疆十万大山中的兽神复活，兽妖肆虐，天下生灵涂炭。鬼王利用兽妖灭掉万毒门和合欢派，退入西北蛮荒之地。焚香谷、天音寺众徒一同聚集青云山对抗兽神，眼看不敌，道玄真人启动诛仙剑阵与兽神斗法，无奈兽神太过强大，道玄强制开启天机印才得以重创兽神，但还是让兽神将诛仙剑震出一道裂缝后逃走。另一边鬼厉听从鬼先生之说来到幻月洞府探求诛仙古剑的秘密，失手杀了万剑一，又与林惊羽相遇，双方交战之际，诛仙剑从天而降，鬼厉企图毁掉诛仙剑，却被诛仙剑反噬，在和诛仙剑斗法中受到重创，诛仙剑竟然也断裂了。

天音寺暗中救下被青云门追杀的鬼厉，在普泓大师和法相的帮助下，鬼厉与普智的恩怨得以化解，鬼厉对人生的体悟更深一层。普泓为了帮助鬼厉克制体内的戾气，带鬼厉来到无字玉壁前施法净化，鬼厉在无字玉壁上发现天书第四卷，道行大增。

兽妖浩劫之后，天下逐渐恢复平静，鬼厉应鬼王要求寻找兽神和饕餮，焚香谷此时也带领陆雪琪等人来到南疆十万大山，意欲铲除兽神。鬼厉和金瓶儿来到镇魔洞，见到失踪多时的小白，小白施法困住了焚香谷等人。鬼厉来到洞穴深处，见到了身受重伤的兽神，尽管两人相谈甚欢，但鬼厉为了带走饕餮不得不与兽神决斗。赶来探查情况的陆雪琪终于见到朝思暮想的人儿，两人紧握彼此的双手，一同面对兽神发动的八凶玄火法阵，眼看两人就要被八荒火龙喷出的纯质之火烧成灰烬，鬼厉突然拿出玄火鉴抵挡，巫女娘娘玲珑的幻象显现，兽神与深爱之人紧紧相拥，两人被火龙喷出的火焰吞噬，火龙也再次被封闭在神秘空间里。玄火鉴保护着鬼厉和陆雪琪逃出变成岩浆的镇魔洞，劫后余生的两人在天地间紧紧相拥。

道玄真人被诛仙剑的戾气反噬，走火入魔，田不易发现端倪单独去劝阻，无奈道行不敌，被道玄真人用“诛心锁”困在棺材中。陆雪琪下山寻找入了魔的道玄真人，碰巧救出田不易。道玄真人去草庙村搜集鬼魂，鬼厉发现后追踪到道玄真人藏身的义庄，与师傅和陆雪琪相见。鬼厉与田不易共同对抗道玄真人，田不易中剑，又被道玄真人的鬼气控制重伤了鬼厉，陆雪琪不得已用天琊剑杀了田不易。

鬼厉带着师傅遗体回到青云山，苏茹见到死去的丈夫悲痛欲绝，殉情而死。鬼厉为师傅师娘之死耿耿于怀，经周一仙点化后豁然开朗，后又听从周一仙建议到天音寺借宝物“乾坤轮回盘”，企图能够救活碧瑶。然而“乾坤轮回盘”不但没能救活碧瑶，还被鬼先生利用，解除了乾坤锁对伏龙鼎的镇压，放出了修罗，使鬼王成为凶残暴虐的恶魔。碧瑶的身体在一片混乱中消失不见，鬼厉痛苦不已，回到草庙村独自消沉。

被小白告知一切的陆雪琪赶来安慰鬼厉，但此时鬼王已经率领魔教打上青云山，陆雪琪担负起拯救苍生的责任，不得已与爱人暂时分离。清醒过来的张小凡受到神秘召唤来到幻月洞府，穿破重重幻象后见到道玄真人，本要诛杀张小凡的道玄真人被万剑一的幻象点醒，溘然而逝。张小凡受万剑一指引领悟了诛仙剑上的天书第五卷，施展诛仙剑阵诛杀了鬼王，天下终于重归宁静。张小凡带着小灰和大黄在草庙村隐居。

【作品反响】

如果一部小说让人看着惬意就已经是很不得了的事了。那么有一部小说不仅仅是让人看了惬意，还让人喜欢甚至迷恋，那就是功德无量了。无疑，《诛仙》就是这样。萧鼎大哥用清新脱俗的笔调，完成了我们每一个性情中人最好的念想。那情、那爱，在我看来，是那么的动人心魄。尽管最后也许会以最悲惨的结局收场，没有人会有幸福，张小凡或许会死。可是那其中的过程，他们追寻爱的过程，他们有绝望，有企盼，就已经满足了我所有对爱情的期望。那才是最真实的。结果，不过是个形式罢了。

或许我是个天生悲情的人，所以才会被《诛仙》感动。但我相信看过《诛仙》并且真正喜欢它的人，一定会有和我一样的感动和情怀。那些东西，是怎么也不会被世人遗忘，那些曾经是我们活着的最好的证明。《诛仙》刚好证明了这一点，我这么认为。

——豆瓣读书·雪琪

20世纪90年代以来，随着世界的飞速发展，人们生活节奏的加快，生活方式发生巨大转变。读者对于文学作品的认同感逐渐转变。纯粹的文学作品进入象牙之塔，风光不再，非经影视剧推捧难热。而《诛仙》的尝试，却是在快餐文化与纯文学作品之间，找到了一个平衡点。其语言文字的表达，符合当代大众审美——浅显易懂，让人轻易在其文字的阅读中，于脑海中勾勒出映像性的情节。同时，其文字背后所蕴含的主题思想更是将作品带离粗浅、走向经典的关键。

除此之外，《诛仙》主人公张小凡的人生经历满足了人们对幻想的渴望，其“出身农家，长相普通，资质平庸”的设定，影响了后来大量的玄幻小说创作，主人公以不服输的坚韧与倔强、真诚质朴与善良宽容，最终得到了人生的顿悟——这无疑是当代物欲横流的社会中，人们梦想企及的生命历程。

——豆瓣读书·名字只是个代号

与以金庸为代表的传统武侠小说相比，《诛仙》的特点：第一，它不同于传统武侠小说“仗剑行侠、快意恩仇、笑傲江湖、浪迹天涯”的套路，而以一个平凡人的成长为主线，以正邪之争为辅线，构建了一个如梦如幻而又真切动人的幻想世界。第二，《诛仙》对人物的刻画避免了简单的平面化的善恶二元区分，试图展示人物性格的多个侧面，塑造有血有肉的复杂形象而非平面单纯的道德仁义化身。第三，《诛仙》部分地继承了传统武侠小说“见义勇为、除暴安良、以正克邪”的宗旨，而又有所突破，最集中地表现在对“正邪”的诠释上。

——胡文燕：《奇诡荒诞至情至性——评玄幻武侠小说〈诛仙〉》，《当代文坛》2006 年第 5 期

1. 爱情：相互的救赎。《诛仙》沿用的是原有熟悉的情感模式：男女的结合历经波折、情感的真挚热烈、大团圆结局等，却创新使用了双女主的模式，也融入了现代的男女彼此平等、尊重和相互独立的含义，更是将爱情提升到了相互救赎的高度。

2. 成长：与人生和解。张小凡从莽撞青年到沉稳的中年姿态，在与两位女性的情感纠葛中、在世事沉沦中找回自我，张小凡最后回归乡土，是选择原谅，选择和解，与师父和解，与现实和解，也与自我和解。

3. 结语。社会的剥夺性与个人的脆弱性之间的悖反导致现代人的精神环境恶劣，网络文学直指幻想而发挥抚慰作用。《诛仙》文本中的于爱情中寻找救赎、在成长中与命运达成和解，正是现代人精神病症的一剂良方，在情感的宣泄中建设一个更为健全的现代人精神生态。

——汪志清：《论〈诛仙〉中的救赎与和解意识》，《名作欣赏》2020 年第 29 期

我对诛仙的评价：

第一，《诛仙》这部小说开创了仙侠小说的先河。在《诛仙》出现之前，网络上的小说以武侠小说和玄幻小说为主，而《诛仙》这部小说第一次将仙界梦幻与武侠世界融合为一。在《诛仙》这部小说出现之后，网络上的仙侠小说也随之兴起。而《诛仙》也着实为仙侠小说斩获了一大批读者的芳心。我也就是在那

个时候喜欢上仙侠小说的。

第二，《诛仙》这部小说记述的人物很让人感动，尤其是对人物性格的细节描写相当到位。比如对主角张小凡感情与性格的变化的描写，让人真正感觉到张小凡的喜悦与悲伤。还有对大竹峰众人的描写，每个人都各具特色，而且都相当搞笑。我们读到张小凡在大竹峰的生活能够感受到其中的快乐与幸福，这也是《诛仙》这部小说高超的写作水平才让我们有这样强的代入感。

第三，《诛仙》的两条线索写得相当到位。在《诛仙》小说中有人物命运变化和人物感情变化两条线索。这其中有张小凡、碧瑶和陆雪琪等主要人物的命运和感情变化，他们的这些变化相互交织在一起，才让《诛仙》这部小说精彩之极，耐人寻味。而且尤其是其中的人物感情线索更加体现这部小说的写作水平。因为《诛仙》这部小说的感情线埋藏非常深，如果不细细揣度是不可能发现的。

——百度网友·趣读 net

诛仙完结多年，IP 依然是网文中数一数二的，并且因为两女主之争，热度一直居高不下，在我看来诛仙盗墓鬼吹灯这三个应该是网文中最成功的了，虽然男主被边缘化了。

——贴吧网友·诸天黑暗源头

结尾写的有点糙，前面的许多包袱都没有解开，如果还有后传的话，结尾就不算太失败。若是就此写完，那就是作者的失误。(个人意见不太喜欢，前 5 本写得很不错，越后来越糟，很令读者失望。)

——搜狗问问·Mua-Shmily

【作品评析】

仙侠故事，东方神韵

《诛仙》是萧鼎创作的一部长篇玄幻仙侠小说，最早连载于幻剑书盟，全书120万字，共八册，2003年3月在台湾出版，两年后由中国大陆的朝华出版社出版了前六册，后两册转由花山文艺出版社出版。该书以“天地不仁，以万物为刍狗”为主题，展现了青云山下普通少年张小凡的坎坷经历，以其巧妙的构思、奇特的想象、曲折的情节、优美的文笔和感人的形象，与《飘邈之旅》和《小兵传奇》并称为“网络三大奇书”，又被称为“后金庸时代的武侠圣经”。《诛仙》并不是一部纯粹讲述正邪之争的武侠小说，也与一般玄幻网文“升级打怪”的模式不同，它是一部个人心灵的成长史，一部情感纠葛的爱情悲剧。小说披着玄幻、武侠的外衣揭露了一个自卑少年的矛盾内心，他挣扎在善与恶的边缘，在爱与恨的交织中痛苦迷惘。他生来孤独，以一个人、一根烧火棍面对整个世界，然而，这世间有两个爱他至深的女子，一个为他而死，一个始终默默陪伴。终于，历尽磨难后，他看清自己的内心，感受到他人的爱意和善意，与自我、与世界达成和解，重新投入光明与善的怀抱。自发表以来，《诛仙》受到一大批读者的追捧，时至今天，依然有不同寻常的影响力，为何《诛仙》具有这么大的魅力？我们试从以下几个方面进行分析。

一　别具匠心的叙事模式

从故事架构上看，《诛仙》以一个奇诡神秘的东方仙侠架空世界作为故事背景，展现了草庙村少年张小凡的心灵成长史。故事设定在一片时间不明的神州浩土上，为了寻找长生之法，人世间渐渐衍生出道、佛、魔三种鼎足而立的势力，因修炼之法不同，分为正魔两道。在“修仙界”与“魔界”对立的宏大世界观设定中，小说的各类人物分属各门各派，彼此之间斗争不断。

整部小说是以张小凡由正入邪、再改邪归正的经历为主线，以正魔之争为辅线来展开叙述的。但由于这个故事讲述的是一个人的心灵成长，所以并没有一个明确的主线目标，不像一般网络小说设定的“寻宝”“复仇”等都有着明确的故事走向，而是以张小凡为中心人物，围绕他展开相关的事件，又在事件中穿插若干个扑朔迷离的小故事，形成网络式的故事叙述格局。不过，这种网络式的叙述也有一些大的事件作为节点，比如空桑山历练、正魔大战、抢夺灵药、兽妖肆虐、鬼王进攻青云山等，以这些大事件作为矛盾集中的爆发点，将众多头绪联系起来，从而构成一个看似松散实则严密的整体。

在情节构造上，作者将一个个小矛盾积累起来构成一个大矛盾，使得整部小说既有高山又有丘陵，跌宕有致，引人入胜。如故事开头讲述张小凡进入青云山学艺的经历前，先讲草庙村惨案，给读者心中埋下疑惑，随后是在青云山学艺的五个年头，在讲述张小凡的这段生活时，叙述节奏是缓慢平和的，直到“七脉会武”张小凡险进前四，故事才起了波澜，而张小凡与陆雪琪等人到万蝠古窟历练，遭遇魔教袭击、落入死灵深渊等情节，使故事更加惊险刺激。随后作者在讲述张小凡到黑石洞捉拿狐妖、在流波山大战魔教等情节时，叙事节奏明显加快，情节密度加大，直到玉清殿上苍松反叛、魔教攻上青云山、法相说出草庙村惨案的真凶时，故事到达一个小高潮，所有的矛盾在这里激发，读者的阅读到达一个“爽点”。这一矛盾得到爆发后，下一次更大的矛盾又在酝酿，一波未平一波又起，节奏有急有缓，既牢牢吸引读者又不至于情节太密而使读者产生审美疲劳。

作者还善于描写打斗场面，通过捕捉人物的动作神态，将对决的场面描写得绘声绘色。对于宏大场面的叙述，更显现出作者高超的文字功底。全书最精彩的打斗场面是青云山大战兽神，作者运用“蒙太奇”的手法，一边描写紧张刺激的人兽混战，一边刻画鬼厉在幻月洞府经历的心志考验，凶险激烈的打斗场面与鬼厉个人内心的挣扎形成鲜明的对比，“一动一静”，张弛有度，达到奇妙的阅读效果。

二　真实丰满的人物形象

《诛仙》的艺术魅力，很大程度上来自作者所刻画的一群栩栩如生的人物形象。其中最引人注目的是主角张小凡。“一个少年，手持一根烧火棍，孤独地面对整个世界”，这句话是对张小凡形象的生动注脚。“孤独”贯穿了张小凡十几年的生活。在青云山，他是孤独的，虽有师娘师姐疼爱，但生性愚钝又身怀异法的他在修行上总是不见进步，引来众人的嘲笑；他苦苦暗恋着师姐，但师姐爱慕的却是青云山最强的后辈齐昊；儿时的玩伴也比他聪明、比他厉害，他自卑、不甘却又无能为力。十几岁少年的心思是敏感的，这些苦楚他没有人能诉说，他时常抬头仰望天空，仿佛这样能消解自己的孤独，可是“天地不仁，以万物为刍狗”，老天是不是也在嘲笑他呢？成为鬼厉之后，张小凡更加孤独，这时身边没有人嘲笑他了，因为身边根本没有一个敢嘲笑他的人，他终于变得强大了，可是为什么依然感到孤独呢？如果说在青云山是因为自卑弱小而孤独，在鬼王宗他就是因为失去亲情、爱情、友情而孤独，他什么都没有了，只有一只猴子陪伴在身边，心爱的人儿永远不能开口说话，又有谁来温暖他的心呢？于是他封闭自己的内心，让自己变得冷漠，以此来逃避感情的伤痛。作者通过细腻的笔触将张小凡内心的情感生动地表现出来。

《诛仙》的读者群大多是青少年，张小凡的那种不能为外人道的孤独情绪，正好迎合了青少年敏感、孤傲的心理，因此在阅读张小凡的故事时，他们自然而然地就对这个人物产生了认同与同情，甚至想象自己就是那个孤独的张小凡。张小凡的孤独、自卑与敏感引起了读者的共鸣，这也是《诛仙》感动人心的魅力之一。

此外，《诛仙》对人物的刻画并非简单地善恶二元对立，而是好人不完全好，坏人也不是完全坏，从而塑造了一个个有血有肉的人物形象。张小凡是一个典型代表，他本是善良淳朴的农家少年、疾恶如仇的青云弟子，得知草庙村惨案真相又面对碧瑶之死，他坠入魔道，成为令人闻风丧胆的鬼厉，然而他并没有成为十足的恶人，他从不滥杀无辜，更没有对手无寸铁的百姓下过手，在面对昔日好友和同门师兄时，他屡屡手下留情，终究割不断曾经的情谊。张小凡的恶是环境所逼，多半也是受到烧火棍的戾气侵蚀，他从来没有想过作恶，但可笑的命运总是将他捉弄，将他逼向恶的深渊。苍松道人勾结魔教，反叛青云，却不是为了地位与利益，而是为万剑一师兄打抱不平，显示出他重情重义的一面。加入魔教后的苍松助纣为虐，却认为“对付青云门便罢，若是要连这些无辜百姓都牵扯进去了，却大可不必。”可以看出正道悲悯众生的观念依然深深刻在他的心里。野狗道人本是炼血堂无恶不作的魔教走狗，贪生怕死，欺软怕硬，但是遇到单纯善良的小环后，内心善的一面被激发，竟然也做起英雄救美的事情。而邪恶残忍如兽神，对爱人玲珑之情却至真至淳。狡诈狠毒如鬼王，对女儿碧瑶亦珍爱如宝，不惜一切。总之，小说中塑造了许多亦正亦邪的人物，使得人物形象摆脱平面化，显得真实丰满。

三　对“情”的独特描绘

《诛仙》的动人之处，主要在于其对“情”字的表达，其中不仅有缠绵沉醉、凄美动人、至真至性、生死不渝的爱情，还有感人至深的师生情，真诚淳朴的兄弟情。

真挚的爱情描写是《诛仙》的一大亮点。这里写的“情”不同于俗套的言情剧，也没有恶人作梗、误会猜疑的套路，主角的爱而不得有着更深层次的社会环境、个人性格等原因。小说中张小凡有三段“爱情”，第一段是对师姐的暗恋，那是源于青春期的懵懂无知，成为孤儿的张小凡得到师姐的关心和爱护，便误以为那是爱，殊不知两人之间的感情更像是亲情而不可能是爱情。第二段是与碧瑶的爱情，碧瑶身为鬼王之女，地位尊贵，却不带任何功利地爱上了老实木讷的张小凡，这份纯粹的爱让自卑落寞的张小凡得到莫大的温暖，然而正魔殊途，两人从小生活的环境天差地别，观念更是截然相反，虽然两人在相处中渐生情意，但张小凡对碧瑶的爱无疑是不坚定的，甚至是未成形的，在碧瑶为其挡剑的那一刻，这份爱情就成为张小凡负累一生的枷锁，对于这个为了自己连命都不顾的女子，张小凡不得不爱，也不能不爱。碧瑶为爱而死的痴情令人动容，然而，被爱的张小凡却为此坠入魔道，违背本心，受到日夜折磨，这样的爱情是不对等的，它太过沉重而丧失了爱的意义。鬼厉十年来浑浑噩噩，唯一的目的就是寻找能让碧瑶复活的方法，在没救活碧瑶之前，甚至连死都成为罪过，更别说还有其他的想法，因此，鬼厉对碧瑶的情更像是偿还恩情而不是爱情。第三段是与陆雪琪的爱恨纠缠，陆雪琪本是冷若冰霜的女子，仿佛隔绝人世间一切的感情，然而独独对张小凡，她变得痴情，为他辩护、为他顶撞师长、为他十年剑舞。每次张小凡以“魔”的面目出现时，陆雪琪的痛苦都是无以复加的，一边是最爱的人，一边是人间正义，而最爱的人偏又是被人间正义逼迫成魔的张小凡，她内心既怕他被别人杀死，又怕他杀死别人。陆雪琪的爱是博大的、深沉的，她理解张小凡，心疼张小凡，但青云弟子的身份、肩上的责任、心中的道义不允许她助纣为虐。张小凡对陆雪琪的爱也显得很无奈，这个女子几次三番护他，让他入魔道后依然念念不忘，在听到陆雪琪拒绝李洵的求婚时，他甚至想带这个女子浪迹天涯，然而陆雪琪一句“那碧瑶呢?”就瞬间将他击垮。如果说碧瑶的爱是炽烈的，那么雪琪的爱则是伟大的。碧瑶可以爱得义无反顾，而雪琪却只能左右徘徊。碧瑶虽死，却始终活在张小凡的心里，赢得了他的一生，雪琪虽生，却咫尺天涯，相思入骨却又无缘相守。

为情所困的张小凡，徘徊在两个女子的爱情中无法抉择，一边是对碧瑶舍命恩情的愧疚，一边又割舍不下雪琪默默守护的痴情，他执着于已经逝去的人和事，将对碧瑶的愧疚结成牢不可破的心茧，隔绝了一切善与爱，是陆雪琪一声声“你回来吧”的呼唤，是普泓法相的真诚化渡，是师父师娘无私的关爱，一步步将鬼厉内心的善激发出来。

如果说“鬼厉”代表着正邪之间的摇摆不定，“张小凡”则代表着正义与善，故事的最后，当陆雪琪感应到青云山的事变，毅然回去战斗后，鬼厉终于从一蹶不振的状态中醒来，这时作者不再使用“鬼厉”这个名字，而将称呼变回了“张小凡”。从“鬼厉”到“张小凡”，名字的改变象征着正义战胜邪恶，爱与善驱散了鬼厉内心的孤独与冷漠，他执剑刺向鬼王的那一刻，代表着他对碧瑶的执念终于化解，他以后要为自己而活，为自己真正爱的人而活。

兽神与玲珑的爱同样令人动容，兽神并非人间生物，而是巫族圣女玲珑在追求长生的过程中，以天地戾气所化，继而有了生命、思想、感情。兽神面对玲珑既有对母亲的依赖又有对情人的爱恋，然而这场不伦之恋是大逆不道的，是不能公之于世的，玲珑将兽神封印，自己则化为石像在洞口守护千年，兽神甘愿被玲珑封印，他责怪的是阻碍他们相爱的天下苍生，于是在复活后大肆屠戮人间。当兽神见到玲珑的幻影时，他义无反顾地扑了上去，与深爱之人紧紧相拥，即使为至纯之火所焚也无怨无悔。这场跨越种族、跨越时间的千年之恋，让人惊叹！而田不易与苏茹百年携手、同生共死的爱情也同样让人感动。世间最动人者，唯爱情也，无论传统文学还是网络小说，对爱情的描写都是最能触及读者心弦之存在，《诛仙》再次对“爱”字做了最为真诚也最为动人的诠释。

除了细腻的爱情描写，书中还对田不易与张小凡之间深沉内敛的师徒情进行了刻画。在《诛仙》前传《蛮荒行》中，作者对田不易的性格有了更多的交代——田不易年轻时跟张小凡一样，外表老实木讷实则内秀于中，性子坚韧不拔，重情重义。他本是大竹峰最不起眼的徒弟，却后来居上，做了大竹峰首座。所以，面对这个跟自己如此相像的徒弟，田不易表面上很不满意，实则处处关心呵护张小凡，最后还在操心张小凡的婚姻大事，并没有因为这个徒弟入了魔教就不认他。另外，张小凡与林惊羽之间真诚质朴的兄弟情也被刻画地细致入微，面对这个比自己聪明帅气的儿时伙伴，张小凡有过自卑，但更多地是敬佩和高兴，林惊羽也很珍惜与张小凡的友情，几次三番维护张小凡。不过，张小凡改名鬼厉后作者描写两人的笔墨很不均匀，林惊羽虽资质绝佳、武功高强，却只匆匆露面几次，作者没有给予他更深入的塑造，令人遗憾。

四　古朴典雅的语言

《诛仙》是一部极具中国特色的玄幻小说，字里行间透露出中国古典文学的浓厚气息，显示出作者对于中国传统文化与文学的借鉴与吸收。比如，在法术修行的口诀上，在《天书》总纲文字的内容上，作者参考了《道德经》《金刚经》《坛经》《晋书·纪瞻传》《周易复卦象传注》等书目。其中的“痴情咒”“神剑御雷真决”“斩相思”等法诀的内容与古代诗词有异曲同工之妙。书中还有一些直接仿古典诗词的词句，如“铃铛咽，百花凋，人影渐瘦鬓如霜。深情苦，一生苦，痴情只为无情苦。”再如“旧时意，沧桑过，还记否，伤心人。白发枯灯走天涯，一朝寂寞换宿醉”等，语言古典、句式整齐，增添了作品的文化韵味。《诛仙》序章中使用的半文半白的文体，也显示了萧鼎深厚的语言功底。

萧鼎的语言还有散文化、诗化的特点，特别是一些景物描写，十分细腻。如：

> 早晨，青云山上微凉的风轻轻吹着，将一山的薄雾都徐徐翻转，如轻纱飘荡在茂密林间。
>
> ——《诛仙 4》

> 落日夕阳，远远挂在天边，在高大险峻、连绵起伏的一道道山脉背后，将残余的温暖洒向南疆大地。昏黄的光线落在静默的大地上，荒野萧萧，一片肃杀。
>
> ——《诛仙 5》

这样的句子俯拾皆是，语言的优美典雅，大大提升了小说的美感。

《诛仙》中最独特的是词语或句子与叹号或问号组合成的语气强烈的句子，如：

> 深深！深深！是你吗，那个爱恋着别人的女子？你斩钉截铁一生不悔地念着他吗？
>
> ——《诛仙 1》

> 背影，模糊！可是谁在乎？
>
> ——《诛仙 4》

这样的文字结合起当时的情景能给读者带来视觉上的强力冲击，陌生化的语言也给小说带来很多趣味。不过小说的弊病也在这里，这样简单直白的描写在小说中占了太多篇幅，有时会让人感觉到审美疲劳，也削弱了作品的厚度。

除了古朴典雅的语言外，《诛仙》中的一些形象塑造也对传统文学与文化有所借鉴，如六尾天狐与三尾妖狐的生死之恋，鬼王与小痴的人妖相恋都是对《搜神记》《聊斋志异》等志怪小说中的狐妖故事的改造。此外，《诛仙》中的许多奇禽猛兽、怪花异草甚至地名，与《山海经》有着密不可分的联系。如“夔牛”“玄蛇”“黄鸟”“驺吾”“空桑山”“流波山”“狐岐山”等，其对于神话事物原形的想象和加工，无疑为玄幻的世界增添了神奇的魅力。

五 作品影响与不足

2005 年至 2007 年连载期间，萧鼎的《诛仙》火遍大江南北。2007 年，根据该作品改编开发的网络游戏《诛仙》正式上线，后续又开发了《诛仙 2》和《诛仙 3》以及手游版。《诛仙》改编的成功，开启了网络小说改编为网络游戏的时代。作为网络文学早期的“超级

IP”，《诛仙》拥有坚实的粉丝基础和强大的粉丝影响力。2016 年播出的改编电视剧《青云志》，网络播放量突破 240 亿，2019 年，小说改编的同名电影《诛仙罗Ⅰ》也成为仙侠电影中的年度现象之作。此外，萧鼎还写了一系列与《诛仙》内容有关的作品，如《蛮荒行》《轮回》《诛仙Ⅱ》《戮仙》等，受到许多原著粉的欢迎。不过，这些作品的成就都没能超过《诛仙》。

《诛仙》是一部有情怀的书，作者优美细腻的文风在当年一众小说中可谓超凡绝尘，然而它也存在一些不足之处。小说前两册作者的文笔细腻，对张小凡的心理刻画地细致入微，情节紧凑，引人入胜，但是从张小凡变成鬼厉开始，故事情节显得有些混乱，人物行动的动机不强，叙事多有重复，拖沓，对打斗场面描写多，对人物对话、心理刻画少，不利于人物形象的塑造。小说最大的缺陷是虎头蛇尾，开篇故事构架很宏大，对正邪的讨论让人感觉到作者的深意，然而限于作者的笔力，故事越到最后格局越小，基本以青云山为主，其他两派笔墨较少，门派间的斗争描写比较浅显。另外，小说埋下的伏笔并没有全部展开，如周一仙的身份、鬼先生的来历、焚香谷与巫妖的交易，到小说最后也没有说明，结局显得太过仓促，没有详细交代张小凡诛杀鬼王之后天下的大势和格局，连张小凡最后是否与陆雪琪生活在一起也语焉不详，让读者感到遗憾。纵观全书，《诛仙》的逻辑和结构的严谨性还有待提高。

（赵艳　执笔）

人必活着，爱才有所附丽

——评关心则乱的《知否?知否?应是绿肥红瘦》

【作者简介】

作者关心则乱，本名郑怡，女，也被其粉丝昵称为“关大”，出生于20世纪80年代，浙江舟山人，是晋江文学城的签约作者，同时也是舟山网络作协主席。曾经因为喜爱《哈利·波特》及其同人文创作，经历了一般读者粉丝“看文被坑—催文被扁—找文被骗”的“悲惨”经历之后，于2009年8月在晋江文学城开始创作《哈利·波特》的同人文《格林童话》。已完结的代表作品有《格林童话》《知否？知否？应是绿肥红瘦》《星汉灿烂，幸甚至哉》，其中2010年11月开始连载的种田宅斗古言《知否？知否？应是绿肥红瘦》可以称得上是关心则乱的成名作，奠定了其在网文圈的地位。关心则乱既是一名网文写手同时也是一个热爱网络小说的普通读者，她将自己的生活概括为“循规蹈矩读书就业，完全按照国家规划的人生履历，生活宁静踏实”。但是作为一名网络小说创作者，她对写作有着自己独到的看法：“迤逦的书中世界是宅女的生活必需品，因屡屡陷入巨型坑洞，遂提笔自力更生，丰衣足食。喜欢轻松浪漫的文风，也执著于严谨合理的结构，写文是快乐并纠结的事。”

【上榜评语】

细节决定成败。电视剧《知否知否应是绿肥红瘦》，融入北宋风情，以精致细节表现女性在时代局限中的奋斗传奇，长时间高居收视率榜首，堪称网络小说电视剧改编的经典。

【故事梗概】

小说讲述了一名庶女的成长故事，一共分为五卷。第一卷总体上交代了盛明兰的基本生存环境，讲述了现代民事法庭书记官姚依依，因一场泥石流魂穿到类似中国古代的架空世界里的盛府庶出的六小姐盛明兰身上，其亲娘卫姨娘刚因难产去世，失去了生母呵护的明兰顿时成了爹不疼又没有娘亲为她谋划的五岁女孩。魂穿到明兰身上的姚依依立刻明白了自己的生存处境。在盛府的阶级中，盛老太太处于最高层，之后是老爷盛竑，再往下是盛竑的正妻王氏和宠妾林姨娘。明兰的兄弟姐妹中有嫡母王氏所生的长姐盛华兰、二哥盛长柏、五姐盛如兰；林姨娘生的三哥盛长枫、四姐盛墨兰；还有一个也是庶出的弟弟盛长栋，年纪最小、地位最低。盛府中，由于盛竑偏爱妾室林姨娘，导致冲动鲁莽的正室王氏与丈夫离心，在府中也没有掌控权。貌美心狠的林姨娘为了巩固自己的地位，在明兰生母卫氏怀二胎时送大量补药和大补的食物，导致卫氏胎儿太大，难产而死。在床上昏睡了几日的姚依依总结了自己穿越后的生存状况：自己既不是嫡女也不是受宠的庶女，生母还死了，无依无靠。她一时间失去了求生的欲望。直到明兰被祖母相中，带到身边亲自抚养，具有成人灵魂的盛明兰模仿童言童语，反而凸显出明兰的成熟早慧，因而深得祖母喜欢。在得到祖母的悉心照料和对人情世故的点拨之下，明兰逐渐成长，学习古代规矩礼仪、跟随哥哥姐姐一起上课，遇到了同来上课的家世显赫的齐国公府的公子齐衡，齐衡很是中意明兰，但是面对刁钻任性的如兰、富有心计的墨兰，明兰选择隐藏自己心意，甚至刻意回避齐衡的心意，不争不抢，只求能安稳地活着。虽然跟兄姐们偶有不快，但在祖母荫庇下她逐渐融入这个世界，并深刻体认到古代的“庶女法则”。第二卷主要讲述盛家女儿们的婚恋嫁娶。逐渐长大的明兰和如兰、墨兰一样开始有了自己独立的院子，也待字闺中。女大当嫁，长辈们开始处心积虑为儿女谋划婚事。盛老太太不希望明兰成为家族利益的牺牲品，只希望她一生平安顺遂，所以早早为她安排了出生于医药世家的老友之孙贺弘文，明兰在与贺弘文的多次接触中，对其人也较为满意。工于算计的林姨娘对墨兰的婚事寄予了很大期望，并不满意盛竑指定的清贫举人文炎敬，一心指望女儿能嫁入名门望族，但是迫于墨兰庶女的身份，高嫁贵族也很难，只能出险招，她为女儿谋划着外出“偶遇”梁国公府的公子梁晗，最后墨兰在一片争议声中如愿嫁给纨绔子弟梁晗，但同时林姨娘也因此被发落庄子里。太太王氏在长女华兰嫁入不算名门显赫的忠勤伯府后，也为如兰的婚事筹谋，在新贵顾廷烨上门提亲想娶盛府嫡女之时，王氏虽心有忧惧，但因其门第显贵，还是期待将如兰嫁入侯府，但如兰私下已经与文炎敬暗生情愫，百般不愿。就在明兰以为自己将要与贺弘文度过平静的一生时，贺弘文的表妹突然出现，而如兰和文炎敬私下约会被顾家人发现，最后致使明兰代替如兰嫁给了顾廷烨，但这一切却是顾廷烨的步步计策，只为娶早已心动的明兰为妻。从第三卷开始基本就是讲述明兰婚后生活，也正是明兰个人宅斗种田之路的开始，婚后明兰和顾廷烨搬离顾氏家族的大宅院，另立庭院，在顾廷烨的支持下，明兰整顿宅院，清理了一些小秦氏派过来的耳目。明兰善待蓉姐儿，也渐渐取得了在其心目中母亲的地位，同时小秦氏一直以来都想除掉顾廷烨让自己的儿子独享爵位，因此小秦氏前期联合顾氏另几房族人明面上压制顾廷烨，但是在明兰的智慧之下，都一一化解了，这些人要么放弃使绊子，要么纷纷倒戈。后期小秦氏联合康姨妈在明兰怀孕期间要给顾廷烨纳妾，被明兰拒绝，接着联合曼娘要将昌哥儿过继给顾廷烨死去的前妻余嫣红，试图取代明兰孩子的嫡长子之位，在这些计谋都失败之后，小秦氏趁明兰生孩子之际，企图放火烧死明兰母子，顾廷烨为了反击，派人烧了小秦氏的儿子顾廷炜的房子，同时安排曼娘和昌哥儿去远方乡下，永远不准私来京城，至此小说才揭露曼娘的真实面目，她与顾廷烨的相遇相识都是其一手策划的阴谋。明兰顺利生下孩子团哥儿，婚后的如兰、华兰各自生活得很幸福，长枫与柳氏也相处融洽。作为朝廷新贵的夫人，明兰需要应对各种社交场合，明兰主动请教郑大夫人，同时英国公夫人也热情提携，是希望明兰能够去沈国舅的府上开导其女张氏，张氏与沈国舅、小邹氏之间情感纠葛颇为复杂，小邹氏的姐姐大邹氏因保护皇后而死，皇上为了弥补邹家将小邹氏嫁给了沈国舅为妾，又封为诰命夫人，风头压过了正室张氏，甚至险些害得张氏难产而死，张氏为了保护孩子，在明兰的指点下奋起反击，最终获得一个圆满的结局。但此时盛家内宅的斗争又在悄悄进行着，王氏因不满于盛老太太一直以来对自己的压制，在康姨妈的教唆下，在盛老太太的食物里下毒，盛老太太险些丧命。面对祖母被毒害，明兰一直以来的忍让终于爆发，不惜与父亲撕破脸也要康姨妈偿命，最后在明兰的强硬与长柏的坚持下，康姨妈被发落到慎刑司，王氏回宥阳老家忏悔十年。经过祖母这件事后，明兰和顾廷烨吐露心声，真心爱一个人就会关心则乱。其间如兰跟着文炎敬回到泉州，梁府分家，墨兰看到姐妹们都过得幸福，内心酸楚。就在内宅安定之际，朝廷上皇帝和太后的争斗进入白热化，顾廷烨被外派西北平扫动乱，不久却传回失踪的音讯，就在此时曼娘又带着儿子昌哥儿进京挑衅明兰。此时京城里动乱纷纷，一伙来历不明的人围攻了顾宅，危险之际，蓉姐儿拼命保护了团哥儿，明兰深受感动，好在这场动乱在皇帝的掌控之内，最后叛军全军覆没，顾廷烨回家，明兰又生了一个男婴取名阿圆，因为出生时恰逢一家团圆，明兰可以暂时放下一切，悠闲度日。顾廷炜因参与叛变被杀，并被革除族谱，小秦氏在孤独凄惨中病逝。最后顾廷烨带着明兰和孩子去了巴蜀，走出深宅大院，游历名山大川，白头偕老。

【作品反响】

最初喜欢这本是因为读来太像在读另一本红楼梦了，大家族的兴衰荣辱，人情往来，真的是很有意思的，并且从中能学到很多为人处世的知识。后来又发现，虽然时代不同，但对于绵延数千年的中华文明来说，很多观念是不变的，诸如养儿防老，婆媳妯娌之间的相处之道等等，作者文笔不错，知识面广，这书读起来就常常让人惊喜。

——豆瓣网友：百合野子

我不喜欢，虽然说识时务者为俊杰，女主角作为穿越女，收敛锋芒没有错，可是接受了21世纪平等思想洗礼的我，不能接受女主角的种种选择。生命诚可贵，爱情价更高，若为自由故，两者皆可抛，女主角安安稳稳过了一生，午夜梦回时，有没有一丝后悔遗憾呢看这本书心累。

——豆瓣网友：白日放歌须纵酒

尊重作者对古代家庭做的考据功课，文笔可以，部分吵架段落写得蛮有水平（教礼仪的嬷嬷批评盛家妻妾乱套那里），但很多地方让人觉得不舒服：写主角白嫩胖乎连懒床都是对的，卖个萌就能惹得人人怜爱，装傻、为自己打算是聪明、理所当然；而反派的聪明都是自作聪明，为自己打算就是不懂规矩没事找事。主角永远占理，凭借美貌乖巧不争不抢就能顺风顺水，配角只有全心全意维护主角才有好结果。反复强调主角穿成庶女不容易，但其实除了这一点点所谓难处，其余都是大写的EASY模式。

——豆瓣网友：阳朱

因为我们生活在现在这样一个与古代相比女性地位简直是难以想象的高的社会，所以很多时候，我真的难以理解古代后宅的争风吃醋乃至阴谋诡计。我犹记得大学里看《红楼梦》的时候，几乎就是表面吸收那些文字，觉得贾宝玉和林黛玉打打闹闹很有趣，觉得薛宝钗一本正经挺无聊的。《红楼梦》鲜有人物心理描写，曹雪芹太厉害，寥寥几笔，人物说了什么，做了什么，就把形象勾勒得栩栩如生。我大学的时候，毕竟经历少，只能囫囵吞枣表面现象，虽也看得津津有味，其实错过了很多话锋。

《知否》的作者在这里，从古代的角度，慢慢地解析人物那些言行的理由，你会渐渐了解，在那个时代，以那个性格的人物，确实会做出这么些事来。我不是说这部小说十全十美，这肯定是不可能的，小说里自然有脸谱化的人物，自然也有比较生硬的桥段，但是整体来讲，已经让我留下了相当深刻的印象，让我觉得花了那么多时间看这部小说，值！

——晋江文学城网友：脩脩

《知否》对高门内宅的女性形象进行了精心刻画和描述，并重点描述了一个现代女性在内宅所受到的束缚和一个庶女的快速成长，女性牺牲了现代女性所具有的婚姻自由、男女平等、独立自主等最基本的平权品格，认同身体所处父权制时代的游戏规则，经过博弈，最终获得了爱情和婚姻。《知否》以女性成长主题为中心，写出了现代女性读者喜闻乐见的爱情童话，但其中夹杂的女性意识则是后退和媚俗的，与“五四”以来的女性觉醒和独立主题形成了鲜明对比，这反映了在“她经济”和娱乐环境下网络文学女频小说在创作上的短板。

——李鋆：《论〈知否〉的女性成长和女性意识》，《网络文学评论》2019 年第 5 期与其他追求快速爽感类型的网络文学相比，《知否？知否？应是绿肥红瘦》作为种田文的典型代表，通过一种古代封建家庭缓慢的、日常生活式的节奏，用琐碎小事引领读者深度体验一种渴望中的深闺中女子“懒起画蛾眉，弄妆梳洗迟”的慵懒生活。同时，作者用一个“懵懂的盛家六姑娘”化逆境为顺境的历程，传递着一种淡然理性的佛系生活。

——周逸欣：《〈知否知否应是绿肥红瘦〉：种田文模式下的佛系人生》，《名作欣赏》2019 年第 23 期

《知否？知否？应是绿肥红瘦》是宅斗种田文的典型作品，尤其是女主角明兰的成长，十分契合种田文主角“高筑墙、广积粮、缓称霸”的策略。

——翟晶：《论宅斗种田文的创作特点——以〈知否？知否？应是绿肥红瘦〉的人物成长为例》，《网络文学评论》2019 年第 5 期

【作品评析】

知否知否：人必活着，爱才有所附丽

《知否》从本质上来看就是一部古代庶女生存手册，它既有一般网文的爽感模式，同时也反映出古代社会女性生存境况之艰难。小说的故事架构以明兰的成长为经线，以内宅斗争、朝局动荡为纬线，描绘了一个有流血、有未来的盛世，一个欣欣向荣的家族。整部小说的矛盾冲突随着故事架构着眼于内宅与朝堂，由此刻画了一系列的宅院内外众生相。小说传达了一种朴素且现实的价值内涵，人必活着，爱才有所附丽。小说文本运用古风典雅的话本式语言，娓娓道出宅院内外的人情世故，呈现出一种日常生活写实化的风格面貌。在影视改编上既有成功之处，也有不足。

第一是故事架构。小说《知否》主要是以明兰的成长、成家为主

线纵向铺开，在此基础上以盛家女儿们的嫁娶风波、家族内宅矛盾、王公贵族之间权谋斗争为横向深入剖析，展示了盛明兰由一个不受待见的深闺庶女在艰难的生存境况中，成长为一个能够独当一面的当家主母的过程。

明兰的纵向成长线可以概括为童年——少女——婚后三个时期。明兰的童年和少女时期，故事情节的展开主要设置在盛府及其老家宥阳，在盛府内小说如涓涓细流般展示了古代官宦人家的衣食住行、吃穿用度，体现出古代官宦人家锦衣玉食、闲散精致的生活。但是内宅生活在看似风平浪静的表面之下暗流涌动，有王氏与林姨娘之间的妻妾之争，华兰、如兰与墨兰、明兰之间的嫡庶之争。同时小说中还特意安排了一段明兰回老家宥阳的详细描述，为明兰与贺弘文的感情线埋下伏笔，重点描写了淑兰和离的场景，算得上小说前半部分的出彩之处。少女时期，盛家三个女儿待字闺中，所以婚恋选择是作为小说前半部分的叙述重点，在婚恋选择上，盛明兰遇到了齐国府小公爷齐衡，医学世家出身的踏实上进的贺弘文，以及恶名远扬却浪子回头的顾廷烨。面对身家显赫的齐衡，明兰深知两人之间地位身份悬殊，选择明哲保身的回避态度，拒绝齐衡的示好。对于医学生贺弘文，明兰对其定位为“经济适用男”，其人家世清白，明兰自认为贺弘文是最佳人选。就在明兰即将嫁与贺弘文之际，曹家表妹的出现，让明兰与贺弘文一直以来和谐稳定的关系出现间隙，贺弘文的犹豫拖沓，促使顾廷烨捷足先登，娶了明兰。

随着明兰的出嫁，故事场景也随之转换至顾府，开始了对明兰婚后生活的叙述。这部分的叙述，作者采用横截面的手法，展示了不同于盛府的新一轮宅斗种田式生活。作者描写宁远侯府众生相、明兰打理宅院、宴请贵宾、处理黑山庄逸事等，通过这几个叙事情节可以看到明兰从一个闺中女子走向当家主母的蜕变。同时，明兰与顾廷烨之间的夫妻关系也是小说后半部分描写的重点，如果说小说前半部分对于明兰与顾廷烨之间的感情线描写得有点突兀，那么后半部分则是一般言情网文“先婚后爱”的套路。同时小说“金手指”的意味也尤为明显，刚成婚就被奉为诰命夫人，在治理宅院中顺当地笼络人心，婆媳之争中明兰将小秦氏的计谋各个击破，社交场合从容应对，明兰几乎是顺风顺水，顾廷烨对其更是宠爱有加，明兰在不经意间就将日子过得风生水起。唯一的波折是祖母中毒，将小说情节推向高潮。除了内宅斗争之外，小说还设置了朝堂上的政治斗争，新上任的皇帝与旧势力圣德太后之间的权谋斗争，最后故事归落到作者的创作初衷，一个家族、一个国家都迎来了苦尽甘来的团圆。

第二是矛盾冲突。作为一部宅斗种田文，内宅斗争是小说矛盾冲突的最主要的表现形式。这在小说中主要体现于盛府和顾宅之中，并且随着故事逐渐推进，矛盾冲突也逐渐升级。在小说前半部分，明兰从一个孩童慢慢成长为及笄少女，在这个阶段，盛府内宅斗争的矛盾冲突主要围绕在林姨娘和王氏之间，妻妾之争在古代官宦家族内宅中常见常新，小说从一开始卫姨娘难产之死、盛老太太选择明兰、以及孔嬷嬷教习，这些从本质上说都是林姨娘与王氏之间的斗争。妻妾之分、嫡庶之别在古代内宅之中有着森严的等级区分，但贪得无厌的人性与不甘屈从的人心使得林姨娘与王氏之间的矛盾斗争愈演愈烈，最后在墨兰的婚事上达到冲突高潮，最终以林姨娘教女无方、辱没家门的罪名被发落乡下田庄而落幕，盛府内宅斗争以王氏的胜利暂时告一段落。除妻妾之争之外，前期盛府内宅矛盾冲突最集中部分体现在三个女儿婚事上，这三个女儿的背后更是代表着另外三个人之间的斗争，盛老太太与王氏之间的婆媳之争、王氏与林姨娘之间的妻妾之争，而她们三者同时又是等级秩序上的顶端、中端与末端，只是在人事掌权上并非是这样自上而下的等级秩序，最低端的林姨娘因为有老爷盛竑的宠爱，在盛府的势头早已盖过王氏，所以她并不甘心女儿屈于庶女的待遇。王氏虽无盛竑的宠爱，但正妻的身份是她最大的资本，而最具权威的盛老太太早已退居幕后，对几个孙女不能有明显的偏爱。所以在身份等级与人情人理之间的矛盾冲突，就集中外化于三个兰的婚事之上。明兰早已在盛老太太的规划中选择了贺弘文，但梁府看上了聪慧的明兰，而一心想高嫁名门显族的墨兰也对梁晗动了心思，并在林姨娘的教使之下主动私下外出“偶遇”，最后虽然如愿嫁入梁府，林姨娘却也因此被逐出家门，如兰与文举人暗生情愫，明兰代替如兰嫁给了顾廷烨。内宅斗争过于集中女子的婚嫁选择，在一定程度上降低了小说格局。随着明兰出嫁，故事的矛盾冲突逐渐集中于顾宅，顾廷烨从浪荡子重新晋为朝廷新贵，背后牵扯的利益冲突在顾氏家族中一触即发，小秦氏联合康姨妈和族人暗地里对明兰夫妇步步紧逼，处处打压，分别通过给顾廷烨纳妾、过继昌哥儿给死去的余嫣红、放火烧死明兰等方式，使矛盾冲突逐渐白热化。同时盛府中王氏在康姨妈的教唆下给盛老太太下毒是整部小说的高潮，明兰一改一直以来忍让姿态，先前的谨小慎微只为保全自己，但祖母是她的底线，为了祖母她可以放弃一切，在这一矛盾冲突中明兰的性格特征表露得更为立体深刻。

第三是人物塑造。宅院内外众生相。《知否》刻画了一系列的群像式人物，其中人物塑造最具有鲜明成长性的是主角盛明兰。明兰的性格与其成长经历一般呈现出鲜明的层次性。盛明兰前期以低调内敛为自己主要的处事风格，因为此时的她有祖母的疼爱，可谓是衣食无忧，顺心顺意，唯一的诉求就是能够在这深院内宅中安稳地生存下去，所以她收敛自己的锋芒，隐藏才华，但也有敢于辩驳的精神，比如她与如兰、墨兰的相处，既不抢她们的风头，也不会平白受她们的欺负。这使盛明兰的性格出现了鲜明的层次性，表面层次上，盛明兰平和温顺，深层次上则表现为坚毅果决。随着人物之间的矛盾冲突愈演愈烈，明兰深层次的性格逐渐显露，最初表现在帮好姐妹余嫣然应对曼娘上门闹事上，表现了明兰的沉着冷静、卓有见识，后来嫁入顾府，在与小秦夫人的斗智斗勇中体现出明兰的机智聪慧，尤其在祖母被下毒，明兰内在一直隐藏的叛逆、心机完全爆发出来，尽管明兰内心早已知晓父亲盛竑是个自私虚伪的人，但一直只是看破不说破，给予应有的尊敬，但是祖母是明兰最后的底线，为了祖母的安危与恩情，明兰可以豁出去一切，哪怕是忤逆父亲，明兰深层次无畏的性格表露无遗。如果说因为明兰有着现代人姚依依的思想意识，对于一切都看得透彻淡然，内心也一直将顾全自己作为生存的第一法则，在婚后潜意识里也是把丈夫当作老板，与顾廷烨上下级员工与老板的关系更胜于夫妻关系，那么在最后男女主角情感大爆发的时刻，作者用其笔名“关心则乱”作为一切的解释，两人终于推心置腹敞开心扉，明兰内心的柔软与恐惧得到最终的释放，也是明兰第一次面对自己真实的内心，其丰满立体的人物形象得以成形。

不能否认的是，作者对于一些反派人物描写也存在过于脸谱化的问题。比如康姨妈和小秦氏的恶，很纯粹且没有头脑；比如墨兰，这是最能体现“没人能比主角过得好”爽文特色的配角。其实墨兰是一个可恨且可怜的角色，本身自有才华的她不屈于命运的心理并没有错，实现阶层跨越也并不是不可能，因为主角明兰同为庶出就可以逆袭，而且对墨兰的惩罚就是生一堆女儿，与生儿子的明兰形成鲜明对比，看似是惩罚了墨兰，其实是落入俗套。

第四是思想内涵。评判《知否》这部小说的思想内涵，不能以现代人的价值观去衡定，因为其中一些设定有悖现代人的价值观。这部小说聚焦于古代内宅生活，尤其是女性的生存境况。我们看到，《知否》中设定的生活形态取材于封建宗法等级制、嫡长子继承制以及诸多儒家伦理，但作为一本面向现代社会女性读者的快消网文，又不可避免地需要有迎合读者婚姻观念的诸多设定。在《知否》的世界里，婚姻是女性整个人生唯一的追逐目标和成败标准，女性的一切行为动机和思想都被婚姻这个目标操控，如夫贵妻荣、对内宅的绝对掌控和生儿子是婚姻成功的唯一标准。若以现代人的视角来看，这是女性意识的倒退。但是置身于古代社会的环境中，“在家从父，出嫁从夫”是他们生存下去的基础，正如余华在《活着》中所要传达的，对于福贵而言活着就是天堂。而《知否》所要传达的是人生在世“好好过日子”也是一门学问，正如明兰所说：“我来这世上一遭，本就是要好好过日子的。”女性在当时那样等级森严的宗法社会中举步维艰，现代人姚依依穿越过去后立马意识到自己艰难的生存处境，即使是拥有现代人思维的明兰也不得不抛下其所拥有的婚姻自由、男女平等的价值观和独立自主的基本品格，认同自己身体所处的父权时代的种种规则。所以明兰对于怎样平安地活下去有着清醒地认知：找个稳当的靠山，学会低调、殷勤示人，对局势有明确的认识，广交好友，对于心思单纯真诚的人要亲近，不掺杂利益成分。在那个男权当道的时代，明兰没有强大到可以随心所欲的能力，所以她必须收起锋芒，小心地融入当中，在压抑自己中活着；她讨厌那个时代，却无力改变，只能在祖母的庇佑下，以庶女的身份安心本分地活着，恪守自己的良知。对于婚恋夫婿的选择，其实不论是明兰本人还是盛家长辈，她们在百般选择中，归根结底的诉求是能否让自己后半辈子衣食无忧地生存下去，从表面来看似乎是在选择一个更好的夫婿，但更深层则是为了能够安然地生存下去。明兰不论是在盛家还是嫁到顾府，面对种种难题，生存是她最基本的信念，正如鲁迅所说“人必活着，爱才有所附丽。”生活，不过是先生存而后活着，看似简单其实很难掌控，如林姨娘处心积虑最后落得悲惨结局，王氏有着精明老道的管家在身边时刻提点也将日子过得一团糟，盛老太太秉性高洁，端正不阿，却失去至亲。人情世故皆学问，世事练达皆文章，不论是在古代社会还是当今时代，生存都是一门学问，《知否》则是将这种“过日子”的学问深剖细究展现给了读者。

第五是语言表达。相较于一般的穿越古言文，《知否》文笔流畅优美，没有拖沓冗繁。小说语言颇有讲究，例如，官宦人家尤其是女性之间针锋相对的细腻曲回，其中的言辞和机锋值得品味。其次是强大的语言逻辑，环环相扣，很多小场景，作者都描写得有理有据。比如孔嬷嬷在教训四姐妹时的一番说辞，在不动声色中占住大义，同时抽丝剥茧，各个击破，既不得罪人还能有礼有节，如果没有严谨的逻辑思维和驾驭文字的能力，是难以表述得如此清晰的。由于是架空穿越文，体裁上来说又可以比真正的历史小说多一分现代人的轻快诙谐，在表达上也很符合网文阅读的“短、平、快”。

在遣词造句上最明显的是对于明清话本小说的借鉴，尤其是对《红楼梦》的借鉴。不能否认，其对于《红楼梦》的模仿痕迹过于严重，这在某种程度上给这部小说的创作带来很大的争议，虽然作者的文本立意与《红楼梦》截然相反，但是由于小说中大量与《红楼梦》相似甚至重复的语言表达，让读者不自觉地将其与《红楼梦》作对比，例如明兰读书认字，其表述与林黛玉的回答如出一辙：

> 《红楼梦》：黛玉道：“不曾读，只上了一年学，些须认得几个字。”
>
> 《知否》：明兰心里苦笑，她原本是会写的，可这里就不一定了，于是小小声地说：“只会几个字。”

不论思想内涵还是语言表达，《红楼梦》都是古典小说的巅峰代表，古言小说中的语言对其借鉴无可厚非，但是《知否》中语言模仿得过于相似，反而有些弄巧成拙。

第六谈作品风格。《知否》的定位是一部穿越宅斗种田文，聚焦于家长里短，不论古今都是一种对现实生活的观照，整体上呈现出一种日常生活写实化的风格面貌。首先，作者花大量笔墨描写了古代官宦之家的衣食住行，无不体现着钟鸣鼎食之家的讲究生活；其次，严苛的等级伦理秩序使得明兰的庶女生活如履薄冰，上要应对嫡母姨娘的刁难，同辈中还要周旋于姐妹之间的相争，出嫁后婆媳矛盾、妯娌之争，同时还要时刻杜绝婚姻中的第三者，女性生存境况中的典型矛盾在《知否》中都有鲜明体现，这也是众多女性读者深有共鸣的原因。女性的生存境况，一直以来都是文学创作中关注的重点，《知否》则是将这其中的弯弯绕绕抽茧剥丝般展现给读者，现实主义的笔触尤为鲜明。但同时我们不能否认，《知否》作为一部网络小说所具有的爽感特征。比如，融入“穿越”梗，即时插入现代人姚依依的心理独白，既是主人公与当时环境的隔离，也是读者与小说叙述的隔离。再如，主要体现在明兰人生进阶的两个时期，第一个时期是她被祖母带到身边抚养，这一点作者处理得比较妥帖自然，“金手指”意味不是很浓；第二个时期则是嫁给顾廷烨，婚后生活的描写基本就是“金手指+玛丽苏”爽文模式，人生开挂、势不可当。因此整部小说的基调是乐观淡然、积极向上的，符合种田文“高筑墙、广积粮、缓称霸”所暗含的勤勉上进的奋斗精神。

最后看影视改编。经过影视化后的《知否》相较原著有所长也有所短。首先是精致的服装、化装和道具，影视剧将原著中架空的时代背景具体化为北宋时期，隐去了原著的穿越梗，借助繁华风雅的时代背景把生活之常娓娓道来。宋朝的服装以质朴清雅为主，并且与每个人物性格相符合，创作者对盛家三个女儿的少女时期搭配了不同颜色的服饰，明兰以浅蓝色为主、如兰多是亮黄色、墨兰则是深紫色居多，很是用心。在家居装饰上，也是古色古香，细致讲究，画面构图精致典雅。其次是剧版的故事情节作了很大的改动，放大了剧中主角之间的感情冲突，花了较大篇幅刻画“三男追一女”的爱情戏码。再次是剧情节奏的问题，看得出来剧版《知否》想表现出小说中日常生活中家长里短的兴味，但却是过犹不及，最后导致整个剧情有些拖沓冗长，乏味疲劳。不过，瑕不掩瑜，《知否》的改编是成功的，其所引起良好反响和收视标高就是明证。

（许青青　执笔）

网络文学大 IP 是怎么炼成的

——评猫腻的《庆余年》

【作者简介】

猫腻，本名晓峰，1977 年出生于湖北省宜昌市夷陵区，网络作家。曾就读于四川大学（未毕业），后从事网络文学创作，现为阅文集团白金作家。2003 年 11 月，猫腻以笔名“北洋鼠”在起点中文网首发其处女作《映秀十年事》（未完停更），随后以笔名“猫腻”在起点中文网继续创作，代表作有《朱雀记》《庆余年》《间客》《将夜》《择天记》《大道朝天》等。获奖情况如：《朱雀记》于 2007 年获得新浪第四届原创大赛·奇幻武侠奖一等奖；2013 年，《间客》获首届“西湖·类型文学双年奖”银奖，2018 年入选“中国网络文学 20 年 20 部作品”，位列榜首；2015 年，《将夜》获首届网络文学双年奖金奖；《庆余年》于 2019 年入选“2019 年度中国作协网络文学 IP 影响排行榜”。猫腻的多部作品也在近些年被改编成了影视剧，2017 年 4 月 17 日，根据小说《择天记》改编的同名电视连续剧在湖南卫视上映，并同时在芒果 TV、腾讯视频、爱奇艺、优酷、乐视、搜狐视频六大网络平台在线播放。2018 年 10 月 31 日，根据小说《将夜》改编的同名电视剧在腾讯视频播出。2019 年 11 月 26 日，根据小说《庆余年》改编的同名电视连续剧在腾讯视频和爱奇艺首播。

【上榜评语】

改编巧妙，表演扎实，制作精良，网剧《庆余年》很好地呈现了原著精彩的故事和鲜明的角色性格，将网剧拍出了电影的质感，提升了原著的 IP 价值，代表了当前网剧创作的水准和成就。

【故事梗概】

《庆余年》故事发生在架空世界的庆国境内，主人公范闲是一位穿越者，穿越前的他是一名躺在病床上，命不久矣的病人范慎。范闲出生不久母亲叶轻眉就在太平别院被人谋杀，而他自己被母亲的手下五竹救走了，随后五竹带范闲回到了澹州和他的祖母一起生活。

范闲 4 岁那年京都来了一位老师——费介，他是一位用毒大师，教给范闲很多用毒知识，也把监察院提司的腰牌给了他。范闲 16 岁时，范建派滕子京去澹州接他进京，因为陛下将其指婚给了宰相林若甫和长公主李云睿的私生女林婉儿。朝廷内库本是叶轻眉当年一手创立，当年叶轻眉死后内库就一直被长公主掌管，与林婉儿成婚便可以接手长公主手下的内库，但长公主那一方并不乐意交出内库。不久之后范闲在酒楼上与礼部尚书郭攸之之子郭保坤发生冲突，后为报复将其暴打一顿。在这个事件中范闲假借与司理理在船上共度良宵，以及有靖王世子李弘成做人证掩盖了打人的事实，从此司理理这个女人正式进入了范闲的生命。后来范闲在赴二皇子邀约时又碰到了牛栏街暗杀，范闲击杀多人，开始闻名于京都。这次暗杀竟集合了长公主和东夷城的力量，而司理理竟是北齐国安排在庆国的一个间谍。

因庆国、北齐和东夷城的战事，三国官员在京都进行谈判，然而在谈判期间，监察院安插在北齐上京城的暗谍言冰云被北齐抓住。于是庆国和北齐不得不谈换俘事宜，最终达成以关押在监察院的肖恩和司理理换言冰云回京都。范闲手里有一个母亲留给自己的黑箱子，必须用钥匙才能打开，经过他和五竹叔的调查确认钥匙就在太后的宫殿里。在庆国招待两国使团的晚宴上，北齐文学大家庄墨韩诬陷范闲那首成名作《登高》乃是抄袭的，于是范闲抓住这个由头饮酒无数，作诗三百首，最后佯装醉倒在天子脚下，被人抬送回家。其实范闲并没有醉，也没有回家，他在五竹叔的配合下进入了太后寝殿偷了钥匙。范闲回到家打开箱子，发现母亲留了一封信和一把巴雷特狙击枪，这让范闲更加怀疑母亲的真实身份。不久，范闲和林婉儿终于大婚。后范闲奉命担任会试居中郎，在监察院帮助下完成了春闱舞弊案，打击了诸多不法官员，名誉大涨。于是范闲被派往北齐押送肖恩和司理理。范闲在北齐认识了苦荷大师的徒弟海棠朵朵，后来成了亲密的朋友。北齐锦衣卫指挥使沈重受太后所托派人暗杀肖恩，关键时刻范闲出手救了肖恩一命，弥留之际他告诉了范闲神庙的秘密。范闲在北齐也查清了长公主在北齐走私内库商品的事情，崔家就是长公主的代言人，负责向北方贩卖货物同时和北齐皇室合作。于是范闲开始与北齐皇帝谈合作，安排好一切后，范闲回到庆国。

范闲回来以后便开始查与二皇子相关的大臣是否与崔家有关，后经确认二皇子的背后就是长公主。从此范闲不断针对二皇子，他身边的大臣不断落马。后来范闲查抱月楼事件时，发现其背后的东家竟是三皇子和弟弟范思辙。范闲为了保范思辙，将抱月楼收到自己手下，送范思辙去了北齐。悬空庙上皇帝遭人刺杀，范闲挺身而出身受重伤，赢得了皇帝的信任。此时崔家在北方的线路已经被完全摧毁，范闲开始与北齐皇帝分赃。然而范闲叶家后人的身世很快被北齐苦荷猜到并且捅了出来，后来皇帝与范闲面谈，正式讲出了范闲的身世，证明范闲确实是皇帝和叶轻眉的孩子。

范闲被皇帝派往江南去清理内库，在江南，范闲结交了山贼头领即江南水寨首领、同时身为明家私生子的夏栖飞。范闲在江南数月，完成了内库招标，扳倒了明家，也清理了长公主在内库的势力，同时让夏栖飞回归明家成为自己的力量。范闲让夏栖飞往北边输货，通过当年的崔家线路，与北齐境内的范思辙接头，在南范闲北皇帝的庇护下，重新打通了那条走私线路。

回京路上，作为四顾剑关门弟子的王曦找到范闲，想与其合作。在离京都不远的山谷，范闲又一次遭到了伏击，险些丧命。这场暗杀是秦老爷子指使的，因怕范闲查出太平别院惨案里他们做的事。后来范闲发现了太子与长公主的乱伦，便把这件事捅到了皇上面前，长公主的势力被皇帝清扫。太子被派遣出使南诏，皇帝去大东山祭天，遭到长公主等势力组织的暗杀。大东山上苦荷、叶流云、四顾剑和五竹对决，长公主散播皇帝驾崩的消息，庆国内乱，范闲只身回到京都以求掌握局面。世事难料，皇帝居然是四大宗师之一，重伤了苦荷和四顾剑。京都一役，在范闲和大皇子的配合下，本与秦家一同叛国的叶家突然反水，很多势力覆灭，包括长公主、太子、二皇子、秦氏等。几乎范闲所有的敌人都死了，然而还有一个敌人在俯视着他——庆帝。因四顾剑在大东山受重伤命不久矣，所以东夷城一定要在四顾剑死前找到一个依托，于是南庆和北齐都派使者出使东夷城说服四顾剑让东夷城归附自己。范闲受任出使东夷城，只用了三天的时间，就说服了性情孤傲的剑圣宗师，压慑住了东夷城内的反对势力，从此东夷城依附于庆国。

陈萍萍在告老回乡的路上遇到前来捉拿他的史飞，于是陈萍萍返回京都与皇上对峙，当年叶轻眉的死因逐渐浮上水面。陈萍萍刺杀皇帝无果，被下令凌迟处死，而范闲不幸错过了救陈萍萍一命的时机。至此范闲终于确认母亲的死亡也与皇帝有关，他的下一个敌人就是皇帝。皇帝重重打击范派势力，父子矛盾激化。随后父子决斗，范闲失败后仓皇逃走。数日以后范闲和海棠、王曦汇合，一同北上去寻找神庙。因为五竹在大东山事件以后再次不知所踪，范闲猜测他应该回到了神庙，于是想去寻找他。三人历尽千辛万苦终于到达神庙，范闲发现原来神庙是自己那个世界最后的遗存，那个世界由于人类的发展和科技的进步最终走向了毁灭。所以如果有外来的力量试图强行加快社会进程，神庙一定会阻止。叶轻眉的崛起，违背了神庙的程序，神庙就得派使者去毁灭她的存在，这个任务便落在了庆帝的身上。五竹虽然在神庙中，但已经忘记了自己的记忆，于是范闲冒着生命危险把五竹从神庙中带了出来，试图唤醒他。他们回到京都，五竹一点一点地记起了过去的事，于是杀进皇宫和范闲一起终结了皇帝的生命。

后来三皇子顺利登上皇位，范闲则住在江南，过着无官无职的富贵日子。

【作品反响】

小说中有三个人分别强调了眼界的重要性，陈萍萍、长公主和庆帝。陈萍萍表面上是忠于庆帝，实际上则是布了很多局去杀死庆帝的所有后代，然后杀死庆帝，唯一的目的便是为叶轻眉报仇。长公主尝试很多次刺杀范闲，最终也都是为了庆国，或许也是为了她的皇帝哥哥。庆帝数十年深藏不露，一出手便是放眼天下的大宗师，为了便是庆国能一统天下。然而，辽阔而宏大的眼界，岂是常人所能拥有的？

——选自微信读书网友：余习评论

整个故事里面：有红楼和金庸古龙名篇的摘抄和暗语，让人敬佩老猫的博闻广识也无奈于他的无耻凑字；有看似一本正经冷冻空气的冷笑话，让人在马路地铁被窝里神经质的发笑；有明知不符合多数人道德评判的无理做派，却就是让人觉得爽到想拍大腿的桥段；有各种取巧叠字不走心随性的主配角名称，让人分分钟想换掉作者；有穿插于故事中间关于人生观的表述，让人觉得不划线就是错过……

——选自微信读书网友：茶然 . dec

猫腻写书有个特点，就是反派的魅力很大，在这部小说里，甚至没有严格意义的反派，只有人性的复杂。庆帝读懂了叶轻眉的想法，却认为那不现实，若叶轻眉如范闲那般，只是想想，庆帝当然会跟她开开心心过着小日子。但叶轻眉又是如此的善于实干，创监察院，设叶家商号，推动工业发展，一步步把两人推到了无法挽回的地步。站在庆帝的位置，他的做法没有错，说他为了宏图大业的野心也好，说他为了庆国稳定也罢，他注定要诛杀了叶轻眉。他作为一个皇帝，即使要在余生里怀着对她的愧疚，也必须这么做。在小说结尾，在范闲从死去的庆帝怀里掏出的那封叶轻眉写给他的信上，庆帝在信尾稳稳的写着四个字，朕没有错，这就是他对她要说的话，他杀她，问心有愧，但没有错。

——选自知乎网友：北风

首先，故事的起承转合很好，除了前面“修仙”部分和“苍山蜜月”部分，读来并不拖沓，主人公随着不断升级打怪，也逐渐成熟，最终战胜了“大怪”，同时也战胜了自我。其次，《下江南》《殿前欢》和《朝天子》章节中间偏后部分情节之精彩真的很让人不能自拔。特别是《殿前欢》中京都之变，读起来真有废寝忘食之感，两个战场都可谓惊心动魄，是目前我认为最好的章节。最后，任何落到了对终极关怀思考上的故事都是有深度的，虽然早已知道了结果，但却对其中作者借范闲之口多次提到的“好战争和坏和平”进行了深入思考，联想到秦统一六国的意义，从而又想到了书中多次提到的“多数人的利益和少数人的利益”，更确切来说是集体利益和个体利益，也许这些都确实是统治阶级的意志，什么样的社会环境便造就了什么样的价值观，彼此争锋，没有谁对谁错，因为讨论的毕竟是“他人之事”。

——选自知乎网友：弘文聆听

《庆余年》本身是一部穿越的作品，也就决定了它缺省就是“爽文”，而怎么爽，就取决于作者了。我至今看过的爽文，分成两种，一种是明爽，怎么爽怎么来，即使有人使绊子，主角也跟上帝一样，不会受到很大的打击了；这类文章看过了就看过了，爽也爽了，而且非常爽，但印象却不深。另一类，自然就是暗爽，《庆余年》就属此列；不一定有多么明显的爽，但都恰到好处；主角有异于常人优于常人之处，能得到别人的敬仰，却也依然会受伤，会失望，计策会落空，会受人所制；这类文章更加真实，也更加让人欲罢不能。当主角受伤失望的时候，读者会感同身受，会恨不得将反派千刀万剐，当主角的朋友发生悲剧，读者也会跟着悲伤、流泪。从给人印象的角度，暗爽比明爽更加深刻。

——选自知乎网友：拖延果

关于他的性格，我不断地在自私、贪婪、善良、狭隘、兼爱、偏执、护短、阴险等等字眼中来回切换着，之所以能成事更多的还是取决于叶轻眉为他打下的牢固基础助力良多，庆帝的容忍，范建的谋划，陈萍萍的宠溺，老五的保护……对于这类主角我个人向来没有太多欣赏，因为这种鸡肋人物只是作者需要通过他的视角去延伸剧情需要，所以必不可少地会加入太多性格元素，而性格太多也就没有了个性，没有个性就不会让人印象深刻。如果不是那一场长途奔袭营救陈萍萍的事件，让我看到了范闲的愤怒和决心，展现出一个有血有肉的普通人的灵魂，几乎不会花太多时间来勾勒他的形象，哪怕他是本书的主角，可在我的书评里他不是。他很像一个普通人，却又不太普通，仅此而已。

——选自微信读书网友：闹市隐者

【作品评析】

网络文学大 IP 是怎么炼成的

《庆余年》是猫腻所著的一本历史架空小说，主角是一位前世身患肌无力的青年范慎穿越到庆国这片土地，重生为一个留有前世记忆的婴儿——范闲，随着他的成长，庆国几十年起伏的画卷缓缓地展开，最终呈现在读者面前的就是轰轰烈烈之后的迟暮余年。《庆余年》这部小说一经问世便获得了众多读者的喜爱，多次位列起点中文网月票榜前列。2019 年根据小说改编的同名电视剧由张若昀、李沁、陈道明、吴刚等主演，于该年 11 月 26 日起在腾讯视频、爱奇艺开播。豆瓣评分达到 8.0，并多次登上微博热搜榜，成为公认的热播剧，也是在这一年，《庆余年》小说登上 2019 年度中国作协网络文学 IP 影响排行榜。小说火了，小说改编的电视剧也火了，那么这个网络文学大 IP 是怎样炼成的呢？本文试从文本架构、小说语言、叙事风格等方面浅析《庆余年》小说成功的原因。

一　卓越的文本架构

《庆余年》小说共七卷 774 章，总计 378.3 万字，即使在网络小说中也属于篇幅较长的一类，可谓是鸿篇巨制。故事从范闲还是一个襁褓中的婴儿讲述到他为人夫，为人父，如此繁多却又不失逻辑的内容，完美地展示出了作者猫腻卓越的文本架构能力。

1. “穿越 + 科幻”的稀缺题材

穿越小说即穿越时空小说的简称，是网络小说热门题材之一。一般来说，穿越小说的主人公会由于某种原因从其原本生活的时空离开，穿越到了另一个时空，并在这个时代经历一系列故事。比如《步步惊心》以穿越的题材和曲折的情节吸引了众多读者，《赘婿》以一个现代银行家穿越到武朝“修身、齐家、治国、平天下”的故事成为穿越架空小说的翘首之作。自从穿越题材在消费市场尝到甜头以后，许多网络作家都选择了创作这一题材的小说，一时间穿越小说大量涌现，作品参差不齐，市场近乎饱和，因此失去了原有的吸引力。猫腻的这部小说突破了单一的穿越题材，转而选择了“穿越＋科幻”的题材，一定程度上可以吸引部分被单纯的穿越小说劝退的读者。

首先是穿越，主人公范闲由另一个世界穿越而来，前世的他病入膏肓，今世有幸获得了重生，在京都展开了一系列惊天动地的活动。他的母亲叶轻眉也是一名穿越者，并且从神庙偷来了一把巴雷特狙击枪。这把狙击枪的突然出现，以及它与封建社会的绝对不匹配，令读者感受到时空穿越带来的幽默与刺激。其次是科幻，范闲所在的封建世界其实是由前世世界浴火重生而来的，那个世界的人们由于自身的贪婪与欲望，加之科技的过度发展，最终人们自相残害，使世界走向了灭亡。这种结局通常出现在科幻类小说中，以求起到警示人类的作用。作品中写到的“用毒”“解毒”也具有科幻色彩。对于一般的网络小说来讲，穿越便是穿越，科幻便是科幻，极少有作者将二者混为一体。所以猫腻在这部小说中运用的穿越加科幻，属于网络小说中较为稀缺的题材，而正由于稀缺，它才更有可能大放异彩。事实也证明，作者处理这一题材是非常成功的，既穿越又科幻，既是古代，小说主角又可手持狙击枪掌控全场，封建的社会和强悍的热武器形成的对比可谓是小说的一大亮点。

2. 丰富的思想内涵

作者用自己的笔触写下了丰富繁杂的内容，由前世写到今生，由范闲的童年时代写到轰轰烈烈后的安度余年。然而作者不仅仅是讲故事，故事承载的内涵也是十分丰富且值得关注的。

第一，“既来之，则安之”的价值内核。作者在小说后记中说：“男主角姓范名闲，字安之。既来之，则安之。庆余年他最后说的那句话，其实便是这本书的宗旨。这是范闲的人生，与他母亲的一生完全不同。”小说中的“既来之，则安之”说的是既然来到这里，便在这里安下心，这体现了范闲的生活态度，他所求的是安逸的生活。虽然他在京都翻云覆雨，搅得朝廷几番动荡，但那皆是求生欲驱使他做出的反应。如果可以，他还是愿意在自己的一亩三分地上做一个富贵闲人。这就是为什么作者说范闲的人生与叶轻眉的一生完全不同，因为叶轻眉是一个绝对的理想主义者，她穿越而来，目睹着回到封建社会的人类，想凭着自己的努力提高人们的生活水平，推动社会的快速进步。于是她创立监察院，成立内库，设江南三大坊；办报纸、开民智，生产香水、肥皂和玻璃。然而她的一己之力在历史年轮和君王权力面前显得脆弱不堪，所以理想主义失败了。范闲并不是一个如他母亲那般的理想主义者，他只想好好活着罢了，如果可以，也让身边的人幸福地活着。范闲其实是一个小人物，一个前世瘫痪一生，重生后格外珍惜“活着”的普通人。所以“庆余年”不过是庆幸一番轰烈过后仍有余年，这就有了人生哲学的意味。

第二，展露无遗的人之本性。作者曾说：“如果我们把范闲身上的那些衣服撕了，把母子穿越所带来的金光剥了，赤裸裸的他，只不过是一个赤裸裸的你，以及赤裸裸的我。”范闲是一个妥妥的现实主义者，是一个有点儿小慈悲、小宽仁、小手段的小市民、乡愿、犬儒。他身上的爱财、好吃懒做、贪生怕死等特征都是人之天性。他虽从文明社会穿越而来，反对封建社会的诸多陋习，却仍然愿有三妻四妾，处处留情，这正是我们人性中贪婪的一面。其实人性的弱点也不止在范闲身上展现出来，小说中其他角色也不可避免地成为人性的画像。比如庆帝，他足够智慧，所以能够统一庆国，大权在握，但也足够冷血和自私。庆帝自然是爱叶轻眉的，可却不能不置她于死地。只是因为她动摇了自己的地位，叶轻眉便不得不死，所以他亲手将身边的人推下了深渊。另外，上个世界的毁灭其实也是源于人们人性中卑劣的一部分，许是自私，许是贪婪。总之，人类无法回避的本性都在这个小说中展露无遗。

二　雅俗共赏的文本语言

语言最能彰显网络小说的特色，也最能体现作者的文学功底。不同作家拥有不同的语言风格，对于猫腻来说，他的语言浅近明白，但又不时萦绕着古典淡雅之味，不乏“诗言诗语”，却又通俗可博读者一乐。

1. 无处不在的“红楼味”

整部小说始终散发出一股强烈的《红楼梦》的味道，小说题目“庆余年”也是出自红楼梦第五回中的曲子《留余庆》。小说主角范闲前世是一个文科生，熟读四书五经、各大名著，尤爱《红楼梦》。所以今生在与若若妹妹通信时，时常抄写《石头记》供其阅读，一时间《石头记》这本书名扬京都。虽然在小说的题目和情节中都可看出《红楼梦》的影子，但“红楼味”最浓的还属小说的文本语言。书中多次描写雪景时所用的话语都是白茫茫一片大地真干净，毫不避讳地化用《红楼梦》第五回中“好一似食尽鸟投林，落了片白茫茫大地真干净”，烘托出一种清冷素净的氛围。除此之外，作者还经常使用红楼梦中出现的词语，如范闲曾说过：“仔细太后老祖宗打杀了你我这两个不懂事的小混蛋。”读到这句话时，便仿佛置身于大观园之中。纵观《红楼梦》，“仔细”一词可谓频频出现，如第二回中贾雨村就曾说过：“天也晚了，仔细关了城门。”凤姐也曾对贾蓉说过：“碰坏一点，你可仔细你的皮！”这类例子不胜枚举。正因为猫腻的小说中常出现这些红楼词语和语句，所以阅读这部小说时，熟悉的红楼味会久久萦绕在读者心头。

2. “平庸化”的姿态和语言

欧阳友权老师在《数字化语境中的文艺学》中曾说：“网络写作常常以平民姿态、平常心态写平庸事态。”[①] 猫腻在写《庆余年》时便

① 欧阳友权：《数字化语境中的文艺学》，中国社会科学出版社2005年版，第242—243页。

是以一种“平庸化”的姿态和语言在进行创作。小说中几乎每个角色的语言都有幽默调侃的一面，当然这类俏皮的“俗”话也成为小说中彰显特色的语言。比如，作者写到：

> 这一世范闲始终在扮演一个稳重，识体的少年，只是这样的日子长了，总觉得有些憋的慌。而且明明知道自己的水准可以杀死一名刺客后，他更是期盼着能有行个侠，仗个义，救个美女之类的事情发生。但澹州港太平，太太平。

通过作者的“俗”语，一个不羁的，甚至有些“油气”的少年形象跃然纸上。作者在后记中也大方地承认：“我们写的东西叫作通俗小说，或者说是商业小说，这就是我一直坚持的观点。我们可能不高深，不可能高深，然而写的再差，能让读者打发时间，消除压力，这便是功德，这就是通俗小说的意义所在，大仲马，金庸，只不过比咱写的好些，根骨里，咱们都是混一个江湖的，不是吗?”由此可见，作者崇拜平庸，拒绝英雄主义情怀。正因为这种写作姿态，他才能用键盘敲下庸俗又有趣的文字。

三　独具特色的叙事风格

网络作家都擅长讲故事，只有把故事讲好了，读者们才爱看。如果剧情太快，读者就会追不上作者的脑洞，而剧情太慢又显拖沓，因此把握好叙事节奏是作家很重要的一个技能。对于猫腻来说，他能在把握好整体叙事节奏的基础上又设置恰当的悬念，故能获得读者青睐。

第一，张弛有度的叙事节奏。

猫腻是一个很会讲故事的人，《庆余年》有自己的叙事节奏，它时快时慢，时而如唱小曲娓娓道来，时而如疾风骤雨一泄而出。写到范闲在澹州生活的清闲日子时，作者便选择悠哉悠哉地缓缓叙述出来，使读者逐步地走进这个故事，走进范闲的一生。小范闲身上的特点片段式地呈现在我们的面前，比如他很勤奋，每天都坚持练习霸道真气；比如他像个小老头，爱吃萝卜丝爱喝酒；比如他很护短，为了自己的丫鬟暴打周管家；等等。这样，一个主角形象便递进地呈现在读者面前，使其被接受度更高。但小说也并不一直这样缓慢推进，当小说埋伏许久的矛盾，即陈萍萍对庆帝的怨恨逐渐清晰以后，君臣冲突很快爆发，叙事节奏开始加速，仅仅一夜，便将过去20多年的恩怨情仇全部道尽。然后皇帝恼怒，立刻下令凌迟处死陈萍萍，后范闲归来已迟，斯人已逝，父子二人反目成仇，这一过程的叙述节奏很快，如江河决堤般一泻千里。可以说，小说的整体叙事节奏是张弛有度的，该快则快，该慢则慢，使读者能沉浸其中，心情也随着小说节奏，时而舒缓，时而又激情澎湃。

第二，“挖坑—填坑”的叙事手法。

所谓“挖坑”就是埋伏笔，暂时不把事情说清楚，留下一个暂时的悬念；“填坑”则是在恰当的时候将这个“坑”填好，让悬念解扣，让读者豁然开朗，以完善情节和安抚读者。《庆余年》中有许多作者有意挖下的“坑”，让读者产生疑惑感，然后带着疑问继续往下阅读，随之，作者又会不动声色地将之前所挖的“坑”填起来。作者这种“挖坑—填坑”的叙事手法能激发起读者的阅读兴趣，也能在行文逻辑上自洽。例如，悬空庙上的刺客在刺伤范闲时傻傻地看着范闲胸前的匕首不知所措，然而为何刺客在伤到范闲时会怔住，为何这名白衣刺客总让范闲感觉很熟悉——就像是他已经非常熟悉的那片黑暗一般。当读者发出这些疑问时，就代表作者已经成功的挖下了一个“坑”，激发起读者的阅读兴趣。当故事讲述到第七卷时，陈萍萍对庆帝的谋害之心逐渐明晰，那白衣刺客就是影子，而影子重伤范闲是计划之外的事，所以刺客才会对范闲说出“意外”两字。至此作者又完美地将留下的“坑”用陈萍萍对庆帝的怨恨“填平”了。总之，猫腻这种“挖坑—填坑”的叙事手法使得故事有起有伏，大大丰富了读者的阅读趣味，提高了小说的可读性，同时在内容上也显得圆满而通透。

作为网文大IP，《庆余年》改编的电视剧也做到了制作精良、选角贴切、颇受好评。事实上，改编后主要人物并未发生变化，但有些故事情节的顺序发生了调换，如故事节奏加速，弥补了原著小说有些冗长的缺憾。此外，剧中的整体基调也比原著更加明亮一些，少了些阴暗悲戚。整体上改编得比较成功，可以说《庆余年》经过此次改编已经拥有了成为一个超级IP的可能。总之，小说展现了庆国风云人物的起起落落、轮转更替，同时也传递出轰轰烈烈不如安度迟暮余年的思想。小说的改编也具有其独特的意义，丰富了原著的衍生价值。但不可否认，正因为有精彩的原著基底，影视剧才能改编得夺人眼球，成为一部难得的现象级电视剧。

（关欣　执笔）

内容为王，多版权运营的网文典范

——评唐家三少小说改编游戏《斗罗大陆》

【作者简介】

唐家三少，本名张威，1981年生于北京，中国网络文学代表人物之一，自2004年开始网络文学创作，拥有数量庞大的粉丝，累计出版作品近300种5000多万字，有作品被翻译成英文进行网络连载，并有韩、泰、越南语等译本出版，纸质书总销量近1亿册。2014年成为炫世唐门文化传媒有限公司董事长。唐家三少毕业于河北大学政法学院，曾入上海社会科学院高级作家班研修学习。他也是现任中国作家协会主席团委员，北京青联委员，北京市作家协会副主席，浙江省网络作家协会名誉主席。唐家三少蝉联第7—11届网络作家富豪榜榜首，两次入选福布斯名人榜、曾获第二届茅盾文学新人奖网络文学新人奖，获中宣部2017年文化名家暨“四个一批”人才，获中国原创文学风云榜“2017年度成就作家奖”，担任全国政协委员。他曾获“全国非公有制经济人士优秀中国特色社会主义事业建设者”称号，拥有“连续86个月不断更”的吉尼斯世界纪录。

2004年，唐家三少开始在读写网创作处女作《光之子》，后转战幻剑书盟，2005年成为起点中文网签约作家之一。创作的玄幻修仙系列小说有《狂神》《善良的死神》《惟我独仙》《空速星痕》《冰火魔厨》《生肖守护神》《琴帝》《斗罗大陆》《酒神》《天珠变》《神印王座》《斗罗大陆 II 绝世唐门》《天火大道》《斗罗大陆外传神界传说》《斗罗大陆Ⅲ龙王传说》《大龟甲师》《神澜奇域无双珠》《斗罗大陆外传唐门英雄传》《斗罗大陆Ⅳ终极斗罗》等；还有都市爱情小说《为了你，我愿意热爱整个世界》《拥抱谎言拥抱你》《守护时光守护你》《隔河千里，秦川知夏》等作品。有多部小说获得百度年度搜索风云榜子榜单“十大网络小说”排行榜。

【上榜评语】

IP 运营，内容为王。改编自著名网络小说《斗罗大陆》的同名 H5 游戏，延续宏大设定，情节多变，角色丰富，充满正能量，为以内容为核心的多版权运营树立了典范。

【故事梗概】

小说讲述了主人公唐三，因偷学内门绝学为唐门所不容，跳崖明志时却发现没有死，反而带着记忆以另一种身份来到了名叫斗罗大陆的世界。这是一个没有魔法、斗气、武术，但却有独特“武魂”存在的世界。这里的每个人，在自己六岁的时候，都会在武魂殿中觉醒自己的武魂。武魂可以有动物系、植物系、器物系、食物系等多种类别，大部分人的武魂是为了辅助自己的日常生活。而其中特别出色的武魂，不仅可以用来修炼、进行战斗，而且可以成为斗罗大陆上最为强大和荣耀的“魂师”。主人公唐三在武魂觉醒后，通过不断升级修炼，由人为神，同时发扬了唐门武学及暗器，铲除了斗罗大陆上的邪恶力量，最终成为斗罗大陆最强者。

唐三六岁时，被检测出拥有植物系“蓝银草”这样的无攻击力的“废武魂”。但其他人未发现唐三左手还有一个武魂是昊天锤。拥有着双武魂的唐三在诺丁学院结识了大师玉小刚和小舞。入校前唐三取了百年魂兽曼陀罗蛇作为蓝银草的第一魂环。从诺丁学院毕业时，唐三魂力已经二十九级，同时取得百年鬼藤植物为蓝银草的第二魂环。为了提升能力，唐三、小舞来到“非怪物不收”的史莱克学院。经过测试，唐三、小舞、朱竹青和宁荣荣四人成功入学，此时加上已经在学院的戴沐白、马红俊以及奥斯卡，“史莱克七怪”便成功出道了。随后在大师玉小刚和校长弗莱德的教授下，七人技能、魂环、修炼、实战积累都达到一定水平。此时，十四岁的唐三魂力已达到三十多级，魂环为两黄一紫。为了史莱克遭遇的生存危机，也为了七人的魂师比赛，史莱克集体投奔天斗帝国皇家学院，却遭人驱赶。机缘巧合之下，大家落脚在大师曾经的爱人柳二龙的学院中，即后称为“史莱克学院”。而独孤博也因忌惮唐三的才能，想要提前杀害他。在与唐三的博弈中，独孤博身上的毒被唐三意外治好，两人也成了忘年交。半年后，带着无数神品药草回来的唐三，魂力已达四十级。其中带回来的相思断肠红，却被小舞意外点亮，恰好可帮助小舞隐藏魂兽气息。七怪吃下药草后，魂力大增，均突破四十级。

为了毕业，“七怪”们参加了武魂殿举办的高级魂师大赛。武魂殿举办比赛只是为武魂殿的弟子造势，他们自信冠军绝不会旁落。但冠军却为唐三所得。武魂殿忌惮唐三，从而派出鬼斗罗鬼魅和菊斗罗月关截杀唐三，二人被毒斗罗独孤博和剑斗罗尘心击退。大师玉小刚得知武魂殿追杀唐三，便只身踏入武魂殿寻找教皇比比东，以当初唐昊交给他的教皇令勒令教皇停止追杀，比比东因旧情答应大师。但决赛当天意外突生，因隐藏小舞魂兽气息的相思断肠红之前意外掉落，小舞魂兽的身份被教皇比比东当众戳破，为保护小舞，唐三拼死搏斗而重伤昏迷，垂死之际，其父唐昊赶来救下小舞和唐三，带着他们离开。众人相约五年后于史莱克学院碰头。

五年期间，小舞回到星斗大森林里躲藏、修炼。唐昊用两年时间教唐三去锤炼左手武魂昊天锤，同时，唐三觉醒蓝银领域，样貌气质大改。之后，化名唐银的唐三来到死亡之地“杀戮之都”，练习杀气。两年间，便成为杀神，毁了杀戮之都，也获取了杀戮领域。随后，他来到天斗帝国学习贵族礼仪。五年之期到，众人相聚后，唐三立即赶往星斗大森林找寻小舞，并为自己寻找魂环来突破六十级，却偶遇武魂殿众多高手和胡列娜，打探到他们是来猎杀小舞的，唐三自知无法力敌，便假意投诚同行。危急之时，唐三拼尽全力带小舞逃脱，但最终还是被围住。唐三爆发死志，让小舞逃跑，但小舞崩溃自爆，将自己献祭以救唐三。唐三复活后和大明、二明联手退敌，唐三得知，小舞仍可复活，但需要唐三达到封号斗罗，并有古兽内丹和两样上好的药草，同时将一身修为九个魂环加给小舞，方可使她重新复活。唐三应下，带着呆小舞离开，决定潜心修炼。

回到史莱克，听闻武魂殿的猎魂计划后，唐三决定成立唐门壮大己方。此时由千仞雪假扮的天斗帝国大皇子雪清和，因为猎魂行动不得不提前发动政变，但被唐三和七宝琉璃宗宗主宁风致阻止，政变失败。雪夜大帝感激唐三众人而全力支持唐门发展，并传位给四皇子雪崩，任命唐三为蓝昊王和帝师。星罗帝国与天斗帝国联手同盟，共同对抗武魂殿。此时唐三听闻海神岛可以历练自己修为，便率领其余五怪、呆小舞、白沉香等人奔赴海神岛。

四年后，众人都完成了海神的考核，但只剩下唐三和无魂力的小舞。因为他们必须在完成海神的第八考才能继续第九考。出岛后唐三、小舞去完成复活仪式。此时在天斗帝国和星罗帝国中间的要道上，武魂殿建立了一个武魂帝国。复活小舞途中，唐三大战杀戮之王。杀戮之王败后，真实面目露出，乃是唐三曾祖——唐晨。祖孙二人相认，唐晨留给唐三一柄金色的锤子。当唐三和小舞赶到星斗大森林，大明、二明已中了剧毒，但依旧顽强防守。唐三暗地观察，秘密偷袭杀死鬼斗罗，菊斗罗方寸大乱，比比东知道变数横生，妄图强行吸收两明，唐三凭借黄金三叉戟暂时抵抗住众人，带着大明二明逃走。但大明二明中毒已深无力回天，于是嘱咐唐三好好对待小舞后，两个十万年魂兽双双献祭。随后唐三带呆小舞来到冰火两仪眼处，小舞复活。唐三又借用蓝银皇的修补力量重塑了其母的身体，恢复了唐昊的身躯，全家团聚。

唐三、小舞回到天斗城，成立唐家军，依靠暗器以及唐三的计谋，唐家军崛起对抗武魂帝国。战斗中，唐家军依靠诸葛神弩大显神威。唐三等人重伤比比东，却被长老殿的六个封号斗罗长老和几千魂圣赶来救下。战局瞬间逆转，加上唐三重伤在身，正要不敌时，唐昊及昊天宗百位高手赶来援助。见此，长老殿众人撤回武魂殿并软禁了比比东。两国暂时平安。于是唐三相约史莱克六怪于数日后在海边相见，共赴海神岛。而此时长老殿的千仞雪在千道流献祭自己后，也顺利完成天使之神的继承，成为天使神。但她成神时受到心魔侵扰，神力有损弱。千仞雪决定立即找唐三，征服他或杀死他。招揽唐三未果，斗争一触即发，唐三自知不敌，危急时分，唐三运用计谋逃入海里。

到海中顺利完成第九考，同时，海神斗罗波塞西甘心献祭后，海神唐三诞生。原地休整时唐三就带着小舞瞬移到了海边击退千仞雪。千仞雪败后，携众兵准备一举击溃天斗联军，唐三及时赶来，武魂殿大败、千仞雪重伤遁走。随后武魂殿又重返嘉陵关，比比东和千仞雪合攻唐三，唐三全力以赴重创千仞雪，比比东大怒，用神器罗刹魔镰强行贯穿唐三身体，海神唐三就此陨落。变故眨眼之间发生，众人还没反应过来，小舞奔出接下唐三尸体，无言哭泣。奥斯卡和宁荣荣二人想到他俩的终极技能即第九魂环武魂融合技——复活之光。众人燃起希望，终于唐三的身体和神魂都复活成功。

复活后的唐三又再次与比比东等人战斗，在唐三即将被千仞雪的神器圣剑杀死时，小舞飞奔而至，且身体渐渐融入唐三体内，散发出的红色光芒瞬间将千仞雪逼退。当初唐晨的修罗魔剑选择小舞，并不是要她成为修罗神的继承人，而是要她成为修罗魔剑的剑鞘，承载修罗领域的神力，随时等候唐三的召唤和融合。此时，唐三、小舞实现神魂魂技完美融合，身为海神的唐三变身成手持修罗魔剑的血色修罗神，双神一体的形象展露在众人眼前。比比东和千仞雪自知无法打赢，只好拼死求生机。比比东死后，帝国战后修整，唐三放下所有权利称谓，勒令将领军士在回到武魂帝国时不能滥杀无辜，十年内不得攻打星斗帝国，解散唐家军、回收所有诸葛连弩，唐门回归宗派，并从此不得干涉帝国政治。

【作品反响】

《斗罗大陆》及由《斗罗大陆》改编而成的动漫吸引青少年读者阅读或观看，很大程度上可能是因为它呼应了各种流行的大众所熟悉的图式，例如玄幻世界、校园生活、江湖武林、游戏设定、竞技比赛等，从而编织了一张受众所共享的认知地图。在这类小说中，图式“玄幻世界”往往意味着超自然和神秘（如穿越、修仙）以及草根逆袭等构成元素；图式“校园生活”一般由同学（友情、爱情）、老师、学校、考试等部分组成；图式“江湖武林”常包括武功、高手、兵器等；图式“游戏设定”涉及打怪、经验和武力增强、升级、角色养成等因素；图式“竞技比赛”则包含战斗模式、胜负生死等内容。

——江璧炜：《〈斗罗大陆〉小说及改编动漫中“成长”的文化叙事考察》，《特立研究》2020 年第 2 期

七怪之间共同经历了生命的考验，从初遇、到相识、相知，最后成为生死之交的朋友，一路走过来，作为读者的我们，好似跟着他们一起成长了。而七怪之间纯洁的爱情、真挚的友情很能引起读者的共鸣。这，或许就是《斗罗大陆》对于众多青少年读者的吸引力。

——王媛：《〈斗罗大陆〉：异界少年的成神之路》，中国作家网，2020 年 1 月 13 日

《斗罗大陆》中模式化的故事情节同时具有极大的张力和发

展的无限可能性，穿越带给唐三的再生、身世之谜揭开后的震惊、丧母带来的仇恨、唐三起死回生带来的大悲和大喜，以及小舞献祭带来的震撼等情节极大地满足了读者的阅读快感。模式化的故事情节虽广受诟病，但这些模式是此类型小说的特色，不仅能够最大程度激化故事矛盾，凸现人物性格，同时激发读者的阅读兴趣，让读者沉浸在小说世界中获得阅读快感。

——张鑫佩:《〈斗罗大陆〉“小白文”式书写的自觉》,《名作欣赏》2018 年第 23 期

作为 IP 源头的网络文学，从新世纪以来，逐渐发展成为多版权持续开发运营的文化产业的重大支撑。实体图书出版占据一席之地，影视、游戏、动漫、漫画等版权开发不断增多，当之无愧地引领了大众文化娱乐潮流，成为当下多达 80% 的影视、游戏、动漫、漫画等文化产业的内容源头，带动了文化产业规模化发展。如《斗罗大陆》（作者：唐家三少）的全版权持续开发等不胜枚举、风靡海内外，都以主人公的梦想和奋斗充分展现了网络文学的文化价值，带动了大众文化进步。

——肖惊鸿:《网络文学的国家价值》,《光明日报》2020 年 9 月 1 日

新兴产业市场中的网络文学产业链更是一项引领全球的中国式创举，印证着故事经由文化工业这班车，积极全面地向着互联网时代的数字经济挺进。我们看到前一个阶段顶级的网络文学大神的读者与社会影响力、创富价值、海外传播价值等，就能明白这种以故事（IP）为核心的生产链条所具备的当下性和现实性。这其中的典型案例既有像唐家三少《斗罗大陆》所代表的热闹型的全产业链、多时段开发模式。

——夏烈:《故事的世纪红利与网络文学“走出去》,《文汇

报》2019 年 12 月 23 日

唐三不像其他偶像化的主角一样大公无私，为了魂师界的发展放下个人恩怨，为了人类得到十万年魂环把自己爱人拱手让出。唐三很自私，自私到谁敢破坏他的家庭，谁敢逼死他的妈妈，谁敢伤害他的爱人，一定血债血偿至死方休。唐三是主角，但是并没有强调自己是正义的，他是自私的，他只会守护自己的同伴、父母和爱人。你们觉得他不正义，武魂殿正义，我一点也不反对，所以呢，主角必须伟光正？主角必须为人类未来献身？牺牲自己的父母爱人，放下师傅宗门全灭的仇恨，放下好友宗门损失大半的仇恨？我不认为自私是错的。

——网友：雨闲半居士

【作品评析】

内容为王，多版权运营的网文典范

《斗罗大陆》是作家唐家三少创作的穿越玄幻小说，该作品 2008 年 12 月 14 日首发于起点中文网，2009 年 12 月 13 日完结，一俟发出便引发强烈反响，至今热度不减，甚至成为部分“95 后”甚至“00 后”少年们的玄幻启蒙作品。随着小说的火爆，由此衍生的 IP 改编产业也是备受推崇，该作也被誉为“网文第一 IP”。全书十四卷，三百三十六章节，共 297 多万字。小说将我们带入一个神奇的幻想世界——斗罗大陆，讲述了一位为了完成自己梦想不断在修炼升级的少年——唐三和他的伙伴们一起在这个片大陆中战斗、成长的青春励志故事，彰显出“阳光、热血、积极向上”的少年气质。小说全篇以主人公唐三的魂力升级为主线，同时介绍了“史莱克七怪”每个人的成长线索，故事逻辑清晰，“爽点”频频，读起来让人移不开眼睛。此外，小说脉络清晰，每个人物角色都有着自己独有的技能和魂环。在深入故事内容的基础上，我们不妨多角度去了解《斗罗大陆》带给我们那不一般的热血青春。

一 题材新颖，内容有趣

《斗罗大陆》兼具“穿越 + 玄幻”双类型小说和“古 + 今”结合模式进行创作。唐家三少在讲述故事的过程中，非常了解读者，能够制造出一系列“爽点”让读者欲罢不能。全书讲述了一位“为实现梦想、铲除邪恶势力而努力修炼”的少年成长故事。主人公唐三本是唐门外门弟子，因偷学内门绝学而为唐门所不容，跳崖明志时却意外穿越到斗罗大陆上。在这里，为了实现复兴唐门的愿望，他在武魂觉醒之后，不断修炼升级来提升自己的实力。在初级魂师学院学习中遇到自己的爱人小舞，在不断成长中，为了替母报仇、保护爱人而踏上了由人到神的成长之路。作品中有猎杀魂兽的翔实描写，有千变万化的战术布局，有险象环生的危急关头，有令人惊讶的暗器搏斗，这是一部由一长串少年英雄成长故事组成的穿越玄幻系列小说。热血、坚强、不放弃，外加胆识和成长，组成了这个故事的精神气。

在主人公不断成长过程中，大大小小的战斗难以计算，其中较为心惊的战斗有：吸收人面魔蛛魂环、吞噬八蛛矛、高级魂师大赛取得第一、大战比比东、获得蓝银领域和杀戮领域、小舞献祭、大战千仞雪、海神岛大考、继承海神、唐三复活、再战比比东、双神共体、大胜武魂帝国等。这每一场战斗都是生死考验，都是看似无法完成的任务，却总能在机缘巧合之下，化险为夷，获得希望，圆满凯旋。让读者不断绷紧心弦，不断心有悬念，有种“拿起放不下”的代入感，不知疲倦地想要读完全部。小说的故事结构并不复杂，紧紧围绕一条主线展开——为了实现壮大唐门的梦想而不断升级修炼，为母报仇而铲除“武魂殿”这个邪恶势力。线索简单直白，但让读者看的却是热血沸腾，有一种身临其境的紧张和冲动感。

同时，小说叙述性强，节奏平稳发展，故事线索层层递进，很适合“快餐式“的网络阅读。故事的发展过程往往是开门见山，直截了当地表明自己的想法和目的，无拖沓，不绕弯子，直接写人、写事、写战斗。同时，对于人物之间的关系交代得十分清楚，让我们很直接的看明白小说人物的矛盾之处。对于故事的推进，使用了大量的镜头画面去表现，让读者像看电影一般感受战斗场面，让一个个细节历历在目。

二 人物描写，生动传神

《华尔街日报》曾对唐家三少有过这样的报道：“他笔下的每一位英雄都有实力、有人气、有成绩——拥有读者梦想得到的所有东西，同时也是他们怀疑自己能否得到的东西，对于那些因为找不到老婆或者买不起房而灰心丧气的年轻人来说，这些超级英雄的故事就是一剂励志良药，他能够让底层消费者从虚拟世界里收获好心情。”在《斗罗大陆》中的人物，无论是主角还是配角，都是有实力、有人气、有个性的活生生的人。

唐三作为小说中心人物，一条主线围绕他贯穿到底，经历过多次生与死，历经多重考验，最终完成梦想成为神。唐三有毅力、坚韧，具有永不放弃的精神和勇敢无畏的品质，走的是一条从“普通的魂师”成长为神的成长之路。这个人物有血有肉，英勇无畏，实力高强，品格高尚，是一个“偶像化”的人物。

女主角小舞本体“柔骨兔”，是十万年的魂兽，后来成为柳二龙的干女儿和徒弟。与唐三相遇诺丁初级魂师学院，在不断的相处过程中产生情愫，成为爱人。因为在参与高级魂师大赛时被教皇比比东发现魂兽身份，被迫与唐三分离。五年后，在武魂殿的追杀中为救唐三而献祭失去肉体，随后在神药“相思断肠红”的帮助下保住性命，变回柔骨兔。服用“水晶血龙参”后恢复身体但无意识，在唐三坚持不懈的修炼下，后在冰火两仪眼附近被唐三复活，最后与唐三结为夫妻。两人彼此相爱，出生入死，可以为了对方燃烧自己的生命，他们的爱情是伟大的，无人能比的。但在以战斗为主的小说文本中，她依旧是依附于他人的。

小说中一群同患难共生死的朋友和老师皆塑造得栩栩如生，如史莱克七怪中的戴沐白、马红俊、奥斯卡、宁荣荣、朱竹青等，白沉香以及大师玉小刚、柳二龙、弗莱德等，他们各怀绝技，各有自己的优点和技能。“史莱克七怪”更是如此，他们具有很强的团队精神，智勇双全，是斗罗大陆最为默契、最为强大的团队。

小说还塑造了以“武魂殿”为主的对立面人物，如教皇比比东、千仞雪、千道流、菊斗罗以及武魂殿的各长老们。最初的争端来源于高级魂师大赛，决赛时，教皇拆穿小舞魂兽身份，唐三为保护小舞身负重伤，养伤修炼期间，得知“武魂殿”是自己的杀母仇人，于是踏上了报仇之路。此后，“武魂殿”为了吞并斗罗大陆的两大帝国，建立武魂帝国，加剧了正反两派间的激烈对峙。

三　语言直白而富有哲理

《斗罗大陆》的语言用词通俗易懂，句式较短，用简单直白的表达，将大大小小的战斗场面描写得十分精细，有利于读者对于画面的想象，能让读者直接感受到战斗的紧张。如第一百六十章森林死战写道：

> “哥”，小舞轻声唤道。唐三低下头，他以精神力探路前行，眼睛的作用反倒不是那么明显了。用手轻轻挽起小舞的长发，唐三搂紧她，“只要我还活着。就绝不会让他们伤害到你。”

> 蓝银皇第二魂技寄生令对手愕然，挣脱时的慌乱，这些都是唐三把握的时机。就是那一瞬间，战斗已经结束。唐三的昊天锤挡住了对手的攻击，但巨大的冲力也令对手击到他的昊天锤反撞自身。唐三的另一只手及时将小舞拉开，自己的昊天锤直接撞在

了胸口上，对手的掌刀也在他胸前留下了一道血痕。八蛛矛入体，剧毒瞬间侵蚀。唐三清晰地感觉到对方的生命力通过八蛛矛狂泻。唐三嗓子一甜，哇的一声喷出一口鲜血。但当他的八蛛矛离开对手的身体时，对手已经彻底变成了一具干尸。从发动到结束，整个过程只用去了不足三秒的时间。几乎就是一次呼吸。战斗就已经结束。

人物的对话也写得很有深意，能引起我们的思考，如：第一百九十三章自创魂技，乱披风之舞写道：

雪清河抹了抹嘴角处的血迹，脸上的愤怒渐渐转化成了微笑，"每个人心中都有属于自己的正义与邪恶。而在现实世界中，胜利者永远都是正义的，光明的，不是么？今天我杀了你，我完全可以在天斗帝国境内发檄文谴责你们三个毒杀雪夜大帝。真要说光明，什么能比得上我的六翼天使？我知道，在你心中，我是卑鄙、邪恶的存在。但你不想想，如果我真的一无是处，能够走到今天么？"

小说对人物、场景、战斗力量等等，三言两语之间交代的十分清楚明白，同时，十分精细的将主角人物的魂力、魂环颜色写得明明白白，毫无做作之态。简单直白的对话间，又有着一定的哲理性，在阅读的同时仿佛和主人公一样，在接受长辈们的教导。同时，跟随主人公成长，我们也可以看到人与人之间"情"的强大。

四　独有的"武魂"世界

小说《斗罗大陆》作为玄幻系列小说，最为独特也最吸引读者的是作者创造了独有的"魂师"这个职业体系和"武魂"这一神奇道具体系，再造了一个独属于"唐门人"的神话新世界，其对于异世界模式的思考也为网络文学的新发展做出了成功的探索，深受青少年读者喜爱，社会影响巨大。

小说写到，“武魂”存于人体内，六岁时才会觉醒，可分为动物系、植物系、器物系、食物系等多种类型，只有觉醒出出色的武魂，才可能成为斗罗大陆上最为强大和荣耀的“魂师”。在斗罗大陆上有两种人，一种是普通人，一种是具有魂力和魂器的可修炼之人即“魂师”。魂师的最高等级是一百级，每修炼十级就会进阶，进阶的过程分别是从魂士—魂师—大魂师—魂尊—魂宗—魂王—魂帝—魂圣—魂斗罗—封号斗罗—神。在每一次进阶时，“魂师”们必须去吸取一只魂兽的修为作为自己武魂的魂环，每个魂师最多拥有十个魂环。同样，魂环也有着等级，颜色不同，等级也不同。由低到高，白色魂环为几十年—黄色魂环为百年—紫色魂环为千年—黑色魂环为万年—红色魂环为十万年—金色最高级是神级。

此外，为“魂师”提升“魂力”的还有一些植物，其中十万年为最高级别。除了植物，魂兽的魂骨也可作为魂师升级的辅助，魂骨可以帮助吸收它的人带来各种技能，但一个魂师最多拥有六块魂骨，分别是四肢骨、头骨和躯干骨，其躯干骨最为重要，头骨次之。每个十万年魂兽死后必然会掉落一块魂骨，万、千年魂兽可能有魂骨但较为稀少。

“武魂”世界的建立，让文本人物的成长路线更加清晰明确。作者根据这个完整的“武魂”世界，构建了小说人物的成长经历和作品故事的整体框架。当作品战斗力等级体系建立后，作者便可以很容易地将各种历险故事和传奇经历按照一定顺序填充在这个等级框架中，从而将作品主人公的成长历程展现得更为清晰和富有条理，主人公的成长故事也就变得更为明确而富有逻辑性。

五　感情真挚，思想丰富

关于友情。小说中的“史莱克七怪”曾让这片大陆上的“魂师团队”望而却步，他们之间经历过生死，在不断实战中积累的感情坚不可摧，彼此的友情令人羡慕。大师说过：“没有完美的个人，但有完美的团队”，“史莱克”便是一个完美的团队。七怪的成长之路并不是一帆风顺，而是在不断磨合的过程中融为一体。唐三和小舞相识于诺丁学院，二人感情深厚，默契十足。而其他五人，一开始不管是心态、性格还是其他方面或多或少都有些瑕疵。如七宝琉璃宗的大小姐宁荣荣，虽天赋十足，却是一位被溺爱的小公主，她貌美如花，但眼高手低、瞧不起人，认为权力、金钱就可以驱使他人。后期通过和七怪一起特训、一起经历过生死考验，逐渐融入团队，同时也懂得体贴他人。再如另一角色奥斯卡认为，食物系魂师即使修炼也没有多大用处，对于修炼之事从不上心，但为了保护自己喜欢的人——宁荣荣而拥有更强大的实力，高级魂师大赛后毅然独自一人游历大陆，提升自己实力。“史莱克七怪”们之间感情十分真挚。他们是互相调侃的兄弟姐妹，也是能并肩作战，相互信任的战友。

关于爱情。小说中每个人的爱情故事都令人感动。唐昊和阿银，唐三和小舞，都是跨物种的恋爱。阿银和小舞作为十万年魂兽，势必会成为魂师们觊觎的对象，所以这两对恋人的爱情是伟大的，令人向往的。他们彼此之间都可以为了对方付出自己的一切甚至是生命，不会出现“大难临头各自飞”的情况。还有宁荣荣和奥斯卡，一个是孤儿，一个是宗派大小姐，身份悬殊，两人同为辅助系魂师，各自面对强敌时，都没有自保之力，在经过高级魂师大赛之后，奥斯卡为了提升自己的实力和保护爱人，决定独自游历大陆。另一对恋人戴沐白和朱竹清，由于受到星罗帝国的奇葩规定，他们和自己的兄弟姐妹从出生起，就只能成为死敌，若要生存，只有强大起来。最后他们在不断的相处过程中相互理解，直至相爱。

“史莱克七怪”共同经历了生命的考验，从初遇到相识、相知，最后成为生死之交的朋友，一路走来，作为读者的我们，好似跟着他们一起成长。七怪之间纯洁的爱情、真挚的友情能引起我们深深的共鸣，这正是《斗罗大陆》对于众多青少年读者产生吸引力的一个重要原因。

六　完善的IP产业发展链

广受读者喜爱的《斗罗大陆》已经是网文大 IP，或可称超级 IP，自 2008 年连载以来多次获得起点中文网月票榜第一。2017 年 7 月 12 日，《斗罗大陆》小说获“2017 猫片胡润原创文学 IP 价值榜”第 22 名，翌年入选中国网络文学 20 年 20 部优秀作品榜单，2020 年 9 月，被选入“2019 中国网络文学排行榜”，并且成功入选 IP 影响排行榜。由此可见，《斗罗大陆》堪称网络文学 IP 运营的标杆性作品。由《斗罗大陆》衍生出的同名漫画、手游、网游等 IP 产业全面开花。如今，同名改编的网络影视剧在微博先火，频频占据网络热搜，更有许多粉丝在网络平台以及影视剧官方微博下频频催促首发。其手游曝光度高达 223 万，漫画总人气达 532 亿，周人气达 2288 万。此外，改编的同名网页游戏也深受市场欢迎。2012 年，起点游戏平台与 E 侠网根据原著小说改编的页游《斗罗大陆》正式发行。2014 年 8 月，《斗罗大陆》以 500 万元的价格成交网游改编权转让给广州简悦信息科技有限公司，后改编为 3D 网游《斗罗大陆 online》。同年 9 月，中弘股份根据原著小说改编的网游《神印王座》正式发行。10 月 10 日，毅强网络与游族网络根据原著小说改编的网游《绝世唐门》正式发行。可见，由《斗罗大陆》IP 改编的不同作品均受到广大粉丝的喜爱，其 IP 多点开花，在网文界名列前茅。在众多改编中，动漫改编最受粉丝推崇，由《斗罗大陆》原著改编的同名动漫自 2018 年 1 月开播到今，一直受到无数“唐门人”的喜爱，动漫首集点击量突破 3 亿，开播三个月达到了 20 亿的播放量，到今天，其播放量已高达 244. 5 亿，豆瓣评分直升 9. 5，粉丝们一次次掀起“斗罗”热。2020 年，动漫“小舞献祭”这一集的播出更是让“斗罗”热度暴涨，豆瓣、知乎、微信朋友圈等网络平台都在积极讨论，火热程度难得一见。在动漫火爆的背后，离不开原创作品内容的支撑，但动漫呈现的画面制作精良、场面宏大、特效到位也功不可没。我们看到，动漫中人物角色动作灵活多样，道具类建模十分精细，贴合原著内容改编，甚至打斗热血画面比原著更加精彩。动漫的改编不仅让老粉丝们无比惊叹，更让《斗罗大陆》成功打进“二次元”文化圈子当中，收获一波又一波的动漫迷，使作品热度不减。

七　作品存在的不足

作为一部网络小说，《斗罗大陆》具备网络写作的诸多优点，如情节脉络发展清晰，阅读代入感好，趣味性、可读性都是一流的。与一般网络小说相比，它不重复、不拖沓，言简意赅，在浩瀚的玄幻类小说中属于上乘之作。

与此同时，该小说也存在着网络小说共有的缺陷与不足。例如，小说故事性强，好看却不耐看。《斗罗大陆》的创作基本停留于写故事层面，人物的写法也比较单调，内心世界的挖掘不够，并且升级修炼的生活与当下追求的时代精神生活联系较少。唐三来到异世，学前世内功，练今世武魂，造就神之斗罗。由于主人公“金手指”开得过大，使得作品缺乏一种真实感。并且唐三无端被其他女配（胡列娜、千仞雪等）爱，毫无逻辑性可言，仿佛作者强制要求这三人与主人公产生“爱而不得”的怨恨。并且，同小舞的感情开始也是莫名其妙，过于单调和简单，这二人，一位来自异世，另一位是十万年魂兽，两人生“情”缺乏必然性。同时，小舞也并未有着十万年魂兽该有的能力，在“史莱克七怪”中是最低等级，这一点也不符合逻辑。小说只能看一遍，追求一个“爽”字便罢了。此外，故事情节前慢后紧，少了些张弛感。自从进入“海神岛”，不知是否为了完结，故事节奏突然加快，主角团队只是为了升级而升级，所有魂兽以及敌人都毫无抵抗力，他们的存在仿佛只是主角团队的垫脚石，完全摈弃了前文所铺垫的紧张感，让人看得索然无味。而且后期的升级打斗也较为简单，只是为了突出主角光环的强大，缺乏战斗的悬念与紧张。同时，小说中掺杂着“古今交替”话语，给人一种飘忽不定、语风混乱的感觉。

总之，无论是小说，还是改编的动漫作品，《斗罗大陆》始终坚持以读者的阅读兴趣为中心，实现了趣味性、娱乐性和商业性融合。此外，作家“日日更”的写作态度也体现了作家对读者的尊重和对文学的献身精神。作家天马行空的想象力成功创造了属于“唐门人”的“武魂”世界体系，体现了创作者的个性追求。如今，《斗罗大陆》热度未减，粉丝未变，已经构成网络文学领域的一道风景。在网络小说发展以及 IP 产业发展都已走向成熟的背景下，《斗罗》IP 为业界树立了一个标杆，它提醒我们，网络文学的创作与改编，离不开艺术的创新，也离不开刚健有为的精神力量，只有这样，新媒体文艺创作才能打造精品力作，并走在时代的前沿。

（曾歌　执笔）

在热血竞技中放飞青春梦想

——评蝴蝶蓝《全职高手番外之巅峰荣耀》

【作者简介】

蝴蝶蓝，真名王冬，1983 年出生，祖籍湖南湘潭，在青海省西宁市长大，本科就读于安徽省合肥市某高校农学专业。蝴蝶蓝早年常混迹于网吧，他因此接触到网络游戏和网络文学。大学四年级时，王冬开始在起点中文网以笔名“蝴蝶蓝”连载小说《独闯天涯》（2005—2006），此后又陆续完成《星照不宣》（2006—2008）《网游之近战法师》（2008—2011）《全职高手》（2011—2014）《天醒之路》（2014—2018），其最新作品《王者时刻》与腾讯游戏和腾讯互娱展开深度合作，是腾讯旗下王牌手游《王者荣耀》的正版授权小说。现为起点中文网“白金大神”作家，中国作家协会会员，网络原创游戏类小说代表写手。蝴蝶蓝 2012 年 2 月签约公主志，并连载作品《网游之江湖任务行》，成为公主志首位入驻的男作者连载党。蝴蝶蓝江湖人称“虫爹”“女神”，作品以网游题材为主，被誉为“网游文神级大师”。蝴蝶蓝的作品语言文字诙谐幽默，被读者戏称为“没节操没下限”。他每部作品都有明确的主题，多数以生活中的网游为载体。蝴蝶蓝说过“我一个编故事的，我说的话你怎么能全信”。

主要成就：2017 年 2 月，第二届“网文之王”评选中位列百强大神。2017 年 11 月，荣登橙瓜《网文圈》杂志第 12 期封面。2018 年 5 月，第三届橙瓜网络文学奖评选中位列五大至尊。2018 年 5 月，第三届“橙瓜网络文学奖”评选中荣获“年度游戏作家”称号。

【上榜评语】

电竞的世界不只有玩乐和沉迷，更有拼搏和热血。动画电影《全职高手之巅峰荣耀》激情叙述电竞战队勇夺冠军的经历，表现了热血少年为爱拼搏的竞技精神，展现了游戏文化的独特魅力，为国产动画拓展了表现空间。

【故事梗概】

少年苏沐秋和妹妹苏沐橙是孤儿，两兄妹相互陪伴，相互扶持。作为游戏天才，苏沐秋在网吧里靠打游戏赚钱养活自己和妹妹。在苏沐秋 15 岁那年的夏天，一场网吧里展开的游戏 PK，让两个对游戏有热情又有天赋的少年相遇——少年叶修因家人反对其打网络游戏便毅然离家出走，追求自己的梦想，结识苏家兄妹后，和苏沐秋成了好兄弟，三人共同生活。

是年 12 月 3 日凌晨，全新网络游戏《荣耀》正式上线，吸引了一大批游戏玩家的眼球。新游戏不再采用账号密码登录，而是需要专用的读卡登录器。叶修和苏沐秋一大早就来到了 H 市的嘉世网吧准备体验新游戏，结识了同为网游爱好者的网吧老板，也就是后来嘉世战队的老板陶轩。后来他们一起在网游世界中建立嘉王朝公会，横扫各大比赛，在荣耀游戏方组织发起荣耀职业联盟这一商业品牌赛事后，陶轩立马组建嘉世战队，两个酷爱荣耀的少年和陶轩签订了职业选手合约，但是在那天不久后，苏沐秋却不幸遭遇了车祸，年轻的生命就这样终结了。

荣耀上线第一天，游戏世界里人山人海，苏沐橙为叶修取游戏角色名为一叶之秋，给苏沐秋取为秋木苏。在荣耀游戏中，一共有 24 种职业可选，最初的角色可以随意学习全职业系的初级技能，算是给玩家一个全面的体验，然后在 20 级时进行转职，确定最终职业。苏沐秋直接选定枪系的神枪手，而叶修则打算全面体验之后决定。这也为叶修在《全职高手》中最终以散人（全职业玩家）职业重返赛场作了铺垫。荣耀里还拥有一个高端神秘的装备编辑器，可由玩家来自行设计装备。正因这个系统，苏沐秋设计出战矛却邪，还有未完成的千机伞。武器助力叶修一次次问鼎荣耀之巅。

在荣耀竞技场中，叶修保持着竞技场 3685 场 3685 胜的全胜单挑成绩。在竞技排行榜上，叶修之上，还有一个同等级，但 4012 场全胜的大漠孤烟。大漠孤烟向叶修发起挑战，叶修胜。二人由此次 PK 开始了长达数年的争斗，同时叶修也遇到了在职业联盟最初三年和他一起屹立在荣耀之巅的最强帮手气功师气冲云水——吴雪峰。

荣耀联盟第一赛季的总冠军是嘉世战队，叶修为了不让家人发现自己，在联盟用了自己弟弟的身份证注册，以弟弟的名字叶秋示人，从不参加任何采访，从不抛头露脸，哪怕赢得最终胜利，也是像常规赛一样，悄然出现，悄然退场。

网游中的大孙，孙哲平，职业狂剑士，游戏 ID 落花狼藉，特别看重因叶秋的大神光环而被忽略的气功师吴雪峰的作用，机缘巧合中邀请到角色弹药专家张佳乐——百花缭乱加入自己，成立百花战队，二人的双核心打法让人耳目一新，成为荣耀联盟第二赛季的一匹黑马，并使出杀手锏“繁花血景”赢了蓝雨战队的队长魏琛——术士索克萨尔。但是面对强有力的竞争对手嘉世，百花还是不幸落败。

蓝雨战队队长魏琛不得不面对残酷的现实，23 岁，现实生活中风华正茂的年纪，在荣耀职业竞技场中，却已经是个迟暮的年纪。他想打造蓝雨的双核，也就是剑客夜雨声烦和术士索克萨尔。黄少天是魏琛在网游中遇到的一位很有游戏天赋的少年，魏琛将其纳入蓝雨，全力打造夜雨声烦。而喻文州，一个在进入训练营时就因手速而不被人看好，居于末流的少年，却不卑不亢，靠自己的坚持和毅力，通过层层筛选淘汰，最终留下成为预备队员，并在三次 PK 中靠自己的计策赢了魏琛，魏琛最终将术士索克萨尔账号和蓝雨队长一职交于他，自己退役。

霸图战队队长名叫韩文清，上赛季的季后赛他们败给嘉世而出局，而韩文清和叶秋的过节，可以追溯到荣耀开服不久。大漠孤烟昔日在荣耀初期的百分百胜率，就是被叶秋打破的，而霸图上赛季的季后赛之旅，也是被叶秋率领的嘉世给终结的。这次季后赛，霸图排名第七，嘉世排名第一，韩文清直接向叶秋约战决赛见。荣耀第二赛季的季后赛正式开始，八支队伍展开角逐，最终嘉世胜出，获得荣耀联盟第二赛季总冠军。

荣耀联盟第三赛季终于打响，这个夏天，越发职业化的各大战队都在积极地调整强化着自己。微草战队队长林杰打算将微草核心角色职业魔道学者——王不留行，银武扫把灭绝星尘，还有队长一职一并交给新人王杰希。而蓝雨的黄少天、喻文州在认识到自己实力不足后，更加努力训练。第三赛季首轮比赛，微草对战皇风。皇风战队，第一赛季进决赛，第二赛季折戟季后赛首轮。皇风队长吕良，驱魔师扫地焚香，微草队长王杰希一同参战，这是王不留行的处子战，王杰希赢了吕良，并因为自己魔术般的操作被封为“魔术师”。微草以常规赛第三名的成绩挺进了季后赛。成为第三赛季的一匹黑马。

荣耀网游三年，职业联盟三年，吴雪峰——气功师气冲云水一直是叶秋身边最可靠的朋友，虽然在斗神一叶之秋的光芒下，气冲云水的名声并不是特别响亮，但是叶秋自己很清楚，这个朋友对他和嘉世有多重要。这次季后赛后，吴雪峰决定退役了，二人约定让吴雪峰有个完美的谢幕，能完成三连冠。同时嘉世这边也面临着新的挑战和生机，由于叶秋从不抛头露面，不愿意参加任何商演，所以赞助商对嘉世的积极性下降了很多，再加上去年的百花和今年的微草都已成为赞助商们的新宠，嘉世也就没有那么多吸引力了。副队长吴雪峰将在季后赛退役，也会对嘉世产生打击。陶轩正苦恼中，但当他看到苏沐橙的时候，新的希望燃起，苏沐秋为妹妹留下的角色，枪炮师沐雨橙风，青春靓丽的美女选手，和叶秋的完美组合，陶轩相信嘉世的神话才刚刚开始。

荣耀联盟第三赛季，嘉世不负众望，再次夺得冠军。嘉世以三连冠之姿建立了嘉世王朝。而在场外，目睹了一整个赛季的新一代少年，张新杰，喻文州，黄少天，肖时钦，还有许多的年轻选手们，也将迎来属于他们的赛季，那是荣耀史上最为璀璨的新人赛季，而这批新人也被称为“黄金一代”。荣耀还在，荣耀之路还在继续。

【作品反响】

动画电影《全职高手之巅峰荣耀》（以下简称《巅峰荣耀》）坐落于著名“电竞小说”《全职高手》的延长线上。这部由蝴蝶蓝创作的现象级网文，此前已经经历过多种媒介转换，既包括ACG范畴中的漫画、手游、动画剧集，也有“突破次元”的舞台剧和真人电视剧。这些不同形式的改编，一方面吸纳召唤着更多的受众，强化了《全职高手》作为文化产业、娱乐工业标志性IP的地位，另一方面却也累积了难以调和的多种期待——创造者既要为从不同平台“接入”《全职高手》庞大链条的读者/观众创造一个统一的故事，又要按照不同媒介特性进行新鲜独特的再现。

《全职高手》的故事基础是一款名叫《荣耀》的虚构电子游戏和有关它的职业联赛。《全职高手》作为“爽文”最重要的设置在于叶修游戏内外的身份反差，在游戏中他是击败职业战队的“君莫笑”，在游戏之外他则是一家小网吧的网管。现实世界中毫不起眼的普通人是虚拟世界中的“大神”“荣耀第一人”，两个世界的反差，让同样体认屏幕内外有别的宅男宅女、游戏玩家们能够得到最大的代入感和快感。事实上，这种贯穿小说中回忆与当下的反差结构——多重移置替换的身份/世界不仅是《全职高手》主人公的核心设定，也是整个故事最重要的形式设计。换言之，想要成功改编《全职高手》，最重要的就是按照改编媒介的特性区分（同时跨越）现实世界和游戏世界。

——王昕：《〈全职高手之巅峰荣耀〉：动画电影中的游戏与现实再现》，《当代电影》2019 年第 4 期

密切网络虚拟世界和“现实”的关系，是蝴蝶蓝自觉的追求。蝴蝶蓝曾比较自己的创作与其他网游文学的差别，他提及其他网游为了增加阅读“快感”，会拟定以大财团入驻游戏的情节，增加游戏的价值感。蝴蝶蓝认为他在创作中不会增加这些因素，因为他希望作品更“现实些”，所以他宁愿设定一些更“现实化”的“竞技”来增加情节性，也不愿意选择大财团等设置为阅读的“快感”加分，他想避免“空洞”。起点中文网的编辑也曾评价蝴蝶蓝的作品“太接近于‘真实’”，他在做客酷 6 网访谈时曾反复强调蝴蝶蓝的风格是“不脱离现实”。一个典型的例证便是，当其他网游直接进入虚拟世界时，蝴蝶蓝执着于写“键盘流”，即不仅写游戏中虚拟的世界，也在写操控游戏的人，写怎样操作技能，玩游戏的人本身的喜怒哀乐和爱恨情仇。

——李玮《从〈全职高手〉看网游文学的创作特质》，《文学教育》2019 年第 7 期

由阅文集团白金作家蝴蝶蓝创作，以小说《全职高手》番外剧情改编的电影《全职高手之巅峰荣耀》8 月 16 日正式开启全国公映。作为《全职高手》系列首部大银幕作品，影片从宣布上映以来一直备受关注，“青春”“热血”的主题吸引了一批原著粉丝，今夏全职高手大电影以高燃的姿态与大家见面。我们一起站上荣耀初战场，见证巅峰时刻！当年高手相聚盛世初战场十年荣

耀不悔青春热爱原著小说《全职高手》全网点击量近百亿，讲述了电竞大神叶修离开嘉世战队之后，重返巅峰的故事。经典安利语句“朋友，你听说过全职高手吗”被广为流传。电影《全职高手之巅峰荣耀》在相关票务平台上，总想看人数已突破63万，预售票房近1800万，上映首日上座率、场均人次均排第一，成为同档期最受期待的电影。

——百度贴吧：李晓灵

全职前传，讲述少年叶修如何走上职业电竞道路的故事。改得很失望，除了三分之一处苏沐秋戛然而死，几乎没有起伏点；所有人物都没有弧光，形象单薄，人物羁绊也很弱；游戏部分很闷，虽然融入了香港动作片和街头格斗，但关卡设计不够精彩，动用了三次元的顶尖解说，却并未与画面有效互动起到1+1>2的作用。唯一觉得稍微有点燃的是高潮时主题曲插入的时刻，再就是部分调侃叶修家世和伞修是真爱的台词让人会心一笑。总体来说，缺乏亮点。希望下一部正片有所改善。

——豆瓣影评：沐梵

全职之所以精彩，是因为有着一大群性格鲜明的人物。按照斯坦尼斯拉夫斯基的理论，典型人物要有典型性格。全职里的每个人都有着鲜明的特点，仿佛被贴上了一个个明显的标签。叶修的烟和嘲讽，包子的脱线，黄少天的话唠，周泽楷的沉默，韩文清的黑脸，张新杰的强迫症，还有……王杰希的大小眼。这些特点也往往在二次创作的时候被用高倍数放大镜成倍地放大了。正是这些特点让我们能够在人群中辨认出他们，记住他们。但在我看来，这些却不足以让我们喜欢上他们。如果只有这些标签，他们大概就是一个个薄如纸片的平面人物了。可是他们都是立体的，丰满的。

——豆瓣书评：瓜特

我敢说，在我读过的网络小说中，《全职高手》是最特别的一本。特别之处在于它的题材，在于它的写法，更在于它对所谓“主流网络小说”的叛逆。

——豆瓣书评：《全职高手为什么这么红》，安迪斯晨风

【作品评析】

在热血竞技中放飞青春梦想

由阅文集团白金大神蝴蝶蓝创作，以小说《全职高手》番外剧情改编的电影《全职高手之巅峰荣耀》于2019年8月16日开始全国公映，作为《全职高手》系列首部荧幕大电影，该片以其“青春”“热血”“梦想”等主题吸引了广大读者粉丝的眼球，收获了不错的票房成绩。作为一部尚未完结的网游小说，取得如此佳绩，不仅仅是由于网站商业化的运营，更在于作品原著的魅力，使粉丝买单成为“周瑜打黄盖，一个愿打一个愿挨”。原著小说《全职高手》全网点击量近百亿，讲述了电竞大神，有着“荣耀教科书”之称的叶修离开嘉世战队之后，重新组建兴欣战队，重返荣耀巅峰的故事。本番外是小说《全职高手》的前传，作者把时间线拨回8年前的荣耀赛场，见证18岁的叶修怀揣梦想，结识好友苏沐秋，组建嘉世战队，在荣耀总决赛上创下三连冠的传奇。番外中还有许多原著粉丝熟悉的或不熟悉的面孔，作者一一刻画，讲述他们与荣耀的“前世今生”，不仅满足了粉丝的阅读需求，也填了《全职高手》这本书中让人有些遗憾的“坑”。

网游小说是伴随着网络游戏的发展而诞生的，由游戏者创造阅读，讲述他们游戏经历和生活体验的网络类型化小说。正如蝴蝶蓝所述自己的创作经历一样，早期的蝴蝶蓝就是在网上打游戏进而接触到网络文学，后来走上了网络创作这条道路。和传统作家一样，网络作家笔下的世界，哪怕是二次元的，是幻想的，也都离不开现实二字。网络游戏小说最能反映出人们在二次元空间与三次元空间不断游走的生活

状态，最能体现出面对新的大众传媒、新的科学技术，人们的心态、心理的变化，正如麦克卢汉所说：“媒介是人的感觉能力的延伸或扩展。”网络游戏业已成为人们情感交流的媒介，网络世界也不再只是作为逃避现实世界而造的乌托邦，而是真实存在的、是现实世界的延伸。粉丝买账是因为作品好看，那么《全职高手番外之巅峰荣耀》究竟好看在哪儿？小说激情叙述了电竞战队奋勇拼搏的过程，表现了热血少年为爱拼搏的精神，展现了游戏文化的独特魅力，这使它成为一部拓展了网游小说的叙事维度和艺术可能的特色之作。

一　建构游戏竞技者的三重世界

《全职高手番外之巅峰荣耀》向我们展示了三重世界——瑰丽奇幻的网游世界、市井气浓郁的现实世界、崇尚体育精神的竞技世界。约斯·德·穆尔在《赛博空间的奥德赛》一书中讲到，在信息技术普及的当下，现实与虚构之间的界限日益模糊，“我们在不久的将来会栖居在一个混杂的空间内，日益按照虚拟现实的标准生活，而且事实与虚构之间的分别将不再清晰可辨……现代信息技术让我们栖居在我们自己虚构之中，我们不再利用虚构以逃避现实，而是创造一个异质的现实。”[①] 网游世界就是这样的一个异质世界，现实中的人操控着游戏中的角色，用游戏中的规则生活、战斗、升级。在阅读小说时，读者如若从未接触过网络游戏的话，一定会看得云里雾里。小说以荣耀这个游戏作为小说网游部分的背景，有 24 种职业可以选择，如法师、枪炮师、气功师、拳法家等。玩家可以自由选择职业，自由塑造自己的角色的外观，为自己的角色命名。每个职业都有独属于自己的技能，也有属于自己的武器。叶修操控角色——战斗法师一叶之秋，手持武器却邪，依靠高超的技术，出神入化的手速驰骋战场，被封为“斗

① ［荷兰］约斯·德·穆尔：《赛博空间的奥德赛》，麦永雄译，广西师范大学出版社 2007 年版，第 29 页。

神”。在这个游戏世界里，玩家们要一路升级打怪，解锁一个又一个新地图，“击杀”boss获得奖励，其中有武器奖励，也有装备奖励，而玩家们也在这一过程中不断成长。在游戏世界中，志同道合的一群人结识，结成公会，相互组队杀怪。也会有“明争暗斗”，不过都是为了荣誉奖励。在荣耀逐渐职业化、竞技化的过程中，各大公会也开始正规运营，壮大队伍，培养新人，为荣耀联赛源源不断输入新鲜血液，让荣耀常葆热血青春。在这样一个奇幻的游戏世界里，大家没有“地缘”“血缘”关系，都是素未谋面的陌生人，却因为“趣缘”相识，现代人际交往范围也因此扩大。在虚拟化的游戏人物的背后是一个个现实的人在操纵着，可以交流，可以对话，也可以行动，体验着并不比在现实世界中少的爱恨情仇。就如一位高三的男生在一份灾难题材的作文上，写下了他一位网游中的朋友的故事——这位朋友不幸在汶川大地震中遇难，他写道，他在游戏中复活我多次，我却不能在现实生活中复活他一次。这个故事看哭了多少人，也触动了多少人。结识于虚拟世界的友谊依然熠熠生辉，感情依旧真实而动人。

作者文中，游戏外的世界充满着市井气息，不是追求“极致爽文”的极爽，而是写出了平凡生活中的点点滴滴。叶修年少轻狂，因为家人不支持玩游戏而离家出走，结识孤儿苏家兄妹，三人结伴生活。叶修与游戏天才苏沐秋的友谊就像许多大男孩间的友情一样，虽然不够成熟稳重，却足够真诚真心。而苏沐秋遭遇车祸不幸离世，对叶修来说，这不仅仅是失去挚友的沉重打击，也是激励他一直不放弃荣耀，一次次登上荣耀之巅的潜在力量，这种力量无言却分量十足。作者写出了嘉世战队在逐渐功利化商业化的过程中，老板陶轩逐渐被金钱利益诱惑，忘记集结战队的初心。作者还写出了残酷的现实，那一批最早接触荣耀游戏的职业玩家，很多人在生活中发现自己处于除了游戏什么也不会的困境中。我们还能看到战队的职业化竞争，公会的族群性文化，普通游戏玩家的偶像崇拜，身为职业玩家的偶像明星性格群像。在番外中，我们不仅看到了游戏中的快意恩仇，也见识到了现实生活中每个角色的爱恨情仇。

小说还表现了电子竞技世界。荣耀职业联盟比赛正式举办，网络游戏上升为电子竞技运动，和所有的比赛一样，本着公平公正公开的原则，体现了职业选手顽强拼搏的竞技体育精神，这也是小说的独到之处。“为荣耀而战，为胜利而战”。电子竞技运动近些年来逐渐进入大众视野，并逐渐为大众所接受。电子竞技运动就是利用电子设备作为运动器械进行的人与人之间的智力对抗运动，通过运动可以锻炼参赛者的思维能力、反应能力、协调能力和团队合作能力。正如叶修的名言“荣耀不是一个人的游戏”所说的那样，团队战需要领头人，但更需要彼此信任、彼此合作。像《全职高手之巅峰荣耀》大电影中叶修鼓励队员的话一样，“秘密武器就是你们每一个人。”在这个为荣誉而战的竞技世界里，我们致敬每一个为梦想奋斗的灵魂。我们计较着“失之毫厘差之千里”的失误，惋惜于每一场的失败，欣喜于每一场胜利。在这个充满热血的竞技世界里，“冠军只有一个”，正因为冠军只有一个，所以才格外珍贵，让人格外珍惜。在这个三重世界里，所有人的爱恨情仇都被我们捕捉，所有人的喜怒哀乐都被我们见证。

二 塑造性格鲜明的人物形象

小说的精彩之处还在于群像描写异彩纷呈，不仅写出了主角叶修的个性特点，也不忽视任何一个小人物，一一对他们进行了精准而充实的描绘，成功塑造出网文史上罕见的、数量庞大的、且个性鲜明的人物群像。

《全职高手》并不是传统意义上的起点文，叶修出场就是大神，却用一种奇特的方式逆袭。他被誉为“荣耀教科书”，是荣耀时代的巅峰，是无数荣耀迷心中的大神，而当人生全部清零后，他的选择是“只不过是从头再来罢了”。荣耀第十区，叶修作为一个新人重新开始。散人不能转职，没有强大的后期技能，这是荣耀官方给散人这一个职业下的死亡通告，但是叶修却偏偏选择了这一职业复出，颇有一种“我命由我不由天”的意味。他在新手区步步升级，在各大公会之间游刃有余的周旋，建立兴欣公会，以草根队伍杀进荣耀联盟赛，最终夺冠。在这部番外中，叶修是被玩家们追捧的大神，在荣耀竞技场中横扫天下，带领嘉世战队登上荣耀之巅。叶修一直没变，不过是从一叶之秋到君莫笑，换了个马甲而已，对荣耀的追求、热爱、初心始终未变。网络文学发展到现在已经有着比较成型的“爽文”模式，“成神”的作家大都在此基础上形成了自己的特色。“爽文”是基础，要满足读者的阅读快感，叶修的成功正好迎合了读者的心理期待。

但是如果只是为了“爽”而写，会使人物黯然失色。叶修是有血有肉的，18 岁的叶修可能就和你在网吧中看到的普通网游少年一样，热爱游戏，放荡不羁，热血青春。而走过十年荣耀之路的叶修，已经是名优秀的职业选手，他的身上依然有很多的闪光点。他对于荣耀的理解源于他对游戏的真心热爱。这不是一款仅仅靠手速取胜的游戏，也不是一款个人可以决定一切的游戏，它需要的是战术和智慧，需要的是团队队员之间的彼此信任和相互协作。叶修之所以能成功就在于他早已看清荣耀的本质，为荣耀而战，为胜利而战，更为梦想而战。这些在游戏中决胜的道理，在现实生活中也同样适用，热爱荣耀的叶修也是一个热爱生活的人。他知世故而不世故，所以和追逐利益的陶轩分道扬镳；老东家对这位带给他们荣耀的功勋战将，可谓翻脸无情，强迫他退役在先，诋毁他名誉在后。对于驱逐他的陶轩，对于排挤他的刘皓，他也没有任何报复。他热爱荣耀，所以他才能说出“你喜欢荣耀吗？如果喜欢就把这一切当作是荣耀，而不是炫耀。”他从不吝惜自己对于荣耀的天赋，指导新人，教导新手。在游戏中遇到对自己不利的局面时，叶修也有打不过就跑的“流氓气”。他是个游戏里的全职高手，玩转各个职业，却不是现实生活中的“全能人才”，是个除了打游戏之外什么也不会的人。《全职高手》电视剧中就很好地向我们展示了这种反差，游戏世界中人人追逐的游戏大神，现实生活中的小网管，一开始连修电脑、换灯泡都不会，可是这丝毫不妨碍我们喜欢叶修。他有时心思单纯如同孩子，有时又腹黑狡诈难以琢磨。他有着独特的个人魅力，他对于游戏的热爱，对胜利的渴求，拥有真实而值得我们崇敬的信仰。世界上有一种英雄主义，那就是在看清生活真相后依然热爱生活。一个人的最终裁决者和唯一竞争者都只是他自己，唯有如此，他才值得队友们无条件的信赖和追随，他才能获得失败后从头再来的决心和勇气，他才值得拥有所获得的胜利。

作者也没有吝惜对配角描写的笔墨。如果说主角叶修是一轮皎洁的明月，那么其他人物就是一颗颗璀璨的星星，紧紧围绕在明月周围。游戏天才苏沐秋，话痨少年黄少天，美女选手苏沐橙，高冷美女唐柔，有着流氓气的魏老大，语不惊人死不休的包子，有着绚烂打法被称为魔术师的王杰希，靠脑子打比赛的最佳助手吴雪峰，等等。作者蝴蝶蓝写每一个角色时，不管他在小说里戏份多少，都按照对主角一样，倾注感情来写，写他们的一举一动，写他们的内心世界，把他们的性格特点通过一个又一个细节展现出来，这让我们觉得，他们每个人都是真实的，他们每个人都是自己的主角。这里有小人物的逆袭，有“千年老二”的不甘和心酸，有新人的意气风发，也有老人的“自强不息”，有欢笑也有泪水，游戏内外，皆是快意人生。

三　昂扬向上的价值观传达

作为一部现象级的网游小说，《全职高手番外之巅峰荣耀》人物充满青春气息，性格刻画到位；语言轻松调侃，幽默十足，句式简短，行文流畅，对话表达常采用分行排列，读起来轻松愉悦；故事呈线性展开，按照时间顺序推进，节奏明快，推进顺畅。整部作品传达出了一种昂扬向上，为梦想奋力拼搏的精神。正如研究者所说：通俗文学是为大多数人服务的，是抚慰人心的。流行度越高的作品，越接近“普世价值”，越具有“正能量”。[①] 我们要相信，网络文学作家也是有

① 邵燕君：《“正能量”是网络文学的“正常态”》，《文艺报》2014 年 12 月 29 日。

情怀的，“正能量”正是网络文学的“正常态”。作者借叶修之口说出：“以为努力就可以得到想要的一切？不要太得意忘形啊，在这个赛场上，努力是最不值得拿来夸口的东西，因为这只是基本，是人人都会做到的，这是最低层最渺小的东西，搞清楚这一点，再向高处攀登吧。”想要成功，努力只是前提，还需要天分、机遇。整部小说都表现了一种不放弃、不抛弃的信念，对梦想的坚守和奋发向上的昂扬斗志。作品在表达这些观念时，并不让人感到矫揉造作，就像是将现实生活中某一个人的奋斗经历说给你听。这是文学承载的使命，也是作家责任感和使命感的表现，是借作品传达正确的价值观。网络小说是一种新的文学样式，但无论它如何改变，其文学的本质永不改变——还是要坚持思想性、艺术性、可读性与影响力相统一。网络小说有其特有的“爽文”特质，传统的“文以载道”，在这里是以一种更加有趣，更加轻松的方式来实现的。这部小说就是用大众喜闻乐见的方式表达自己的文学立场，传达出昂扬向上、拼搏奋斗的价值观，也表达了属于我们这个时代的爱与恨。

无论是小说中所描写的网络世界、现实世界还是竞技世界，这其中的青春、热血、奋斗、拼搏，最终还是要落入真实世界读者的眼中，传达出一种乐观、豁达、向上的心态。这才是这部小说具有如此大魅力的根本原因。

当然，小说也存在一些不足。《全职高手番外之巅峰荣耀》中有对大量配角龙套的描写，有“灌水”嫌疑，虽然作者笔法精巧，所灌之水有时堪称绝妙，但还是使主线剧情的推进拖沓，使本就长篇巨制的作品变得更加冗长。《全职高手番外之巅峰荣耀》的出现，本质也是为了扩大商业化，是为了延长《全职》生产线，延长生命力的商业心理占主导，目的是利用粉丝效应收获经济利益。由此境遇下产生的《全职高手之巅峰荣耀》大电影制作，反响平平，粉丝纷纷“骂街”，电影“扑街”也是意料之中。网络文学IP热近些年来只涨不消，正如欧阳友权所言：“追求商业利益，把握市场配置对文学壮大的意义，可能是网络文学区别于传统文学的一大特点，但追求商业利益并非要以牺牲艺术审美价值为代价，商业利剑对为网络文学开疆扩界与对艺术创新、审美世界的伤害无疑是并存的，我们要如何在二者的张力之间寻求平衡？这不仅是网络作家和网络文学管理者、经营者要解决的问题，也是社会文化建设应关注的问题。”①

作为热门的网络类型小说——网游小说，《全职高手》及其番外系列无疑是非常优秀的作品，它轻松愉悦、热血青春，让我们随着作者沉浸于故事中的世界，领略书中角色在游戏内外的精彩人生。

（潘亚婷　执笔）

① 欧阳友权：《走进网络文学批评》，凤凰出版社2019年版，第288页。

根植于传统与现代的诗意与爽感

——评南派三叔《藏海花》

【作者简介】

南派三叔，本名徐磊，作家，编剧，南派投资董事长，1982 年 2 月 20 日出生于浙江省嘉兴市嘉善县。因少时体弱多病，所以尝试用写作来描绘自己想象中的世界，常以身边人如家人与同学作为原型进行创作。2006 年开始创作网络文学，第一篇小说《七星鲁王宫》即受到网友追捧。接着，他从贴吧转移到起点中文网，半年后将此小说正式整理成书。2007 年 1 月，《盗墓笔记》系列第一本出版；2011 年，《盗墓笔记》系列全九本完结，总销量超过 1200 万册。2010 年 4 月《大漠苍狼—绝地勘探》出版，同年 11 月《怒江之战》出版。2011 年初，南派三叔创办杂志《超好看》并担任主编，同年 11 月，成立南派三叔"漫工厂"工作室。2012 年 8 月，《藏海花》出版，故事从《盗墓笔记》故事结束后开始，讲述张起灵的过往。同年 11 月，《盗墓笔记》系列获最佳冒险小说奖，南派三叔也荣登"2012 第七届中国作家富豪榜"第 9 位。2013 年 2 月，《沙海 1：荒沙诡影》出版，8 月，《沙海 2：沙蟒蛇巢》出版，同年，南派三叔宣布封笔。2014 年因《盗墓笔记》版权问题，再次出现在公众视线，于 5 月宣布复出，并成立杭州南派投资管理有限公司，从事 IP 生态运营开发业务。此后，

《盗墓笔记》《老九门》等 IP 大计划陆续完成。2015 年，微博开更《老九门》和《勇者大冒险》，由三叔担任编剧的电影《盗墓笔记》杀青。2019 年，《盗墓笔记·重启》在公众号连载，并拍摄成网络剧。

【上榜评语】

改编优秀，画风清奇。漫画《藏海花》以迥异于寻常国漫的藏地风格完成对原著的再创造，想象力丰富，富有创意，具有强大视觉冲击力，是国产漫画不可多得的佳作。

【故事梗概】

《藏海花》的故事发生在吴邪长白山送别张起灵后。经过漫长的冒险与调查，吴邪终于慢慢了解了家族的秘密，但是，他发现有关于张起灵的部分仍然全都是谜。“铁三角”的情谊和对张起灵秘密的好奇心驱使吴邪踏上寻找张起灵秘密的旅程，《藏海花》的故事由此开启。

小说由两件怪事开端。第一件怪事由大金牙金万堂带来：少年张起灵和同族孩子在完成家族“放野”任务过程中，盗掘了位于马坝镇的一座呈“蝎子”状的古墓，但是由于同伴的失误，影响了建在古墓上方的当地土豪马平川的祖坟，马氏祖坟里的棺材全部被“吸”到了古墓墓室的墙外。为救困在古墓中的同伴，少年张起灵找到马平川并告诉了他实情，希望借他之力救出同伴并解决古墓问题。在张起灵下墓后，马平川掘开古墓并挖出了一只黑色铁蝎子，从此家道中落。第二件怪事：当兵转业后的陈雪寒来到西藏墨脱生活，在一个雪后的早晨，一位吉拉寺的喇嘛出现在他面前，带来了一个信息：吉拉寺的上师需要向马普寺传递一个信息，告诉他们：“那个客人，回来了”。

在接手了三叔的铺子后，吴邪的生活暂归平静。在一次拜访小花和秀秀时，无意间提到了从前在张家古楼里带出来的藏族陪葬品，秀秀发现饰品珠子的穿孔里雕刻了一只蝎子，为调查真相，吴邪请求小花援助。

一天，金万堂带着小花的手机来找吴邪，声称有关于蝎子的线索，告诉了吴邪第一件怪事和马家后人移民尼泊尔的消息。为避免夜长梦多，吴邪决定提前去尼泊尔打探消息，但是马家却人去楼空，不过吴邪却“无意”间得知“马家人总有意无意提起一个叫墨脱的地方”这个线索。

循着线索，吴邪来到了西藏。在邮寄从尼泊尔带来的饰品期间，吴邪“无意”间在邮局发现了一幅幅起灵的肖像画，这幅画是陈雪寒受雪山上喇嘛庙里的喇嘛要求临摹的。为了继续追查线索，吴邪聘陈雪寒带路前往喇嘛庙。在喇嘛庙里，吴邪从大喇嘛那里得知了五十年前张起灵来到喇嘛庙的信息。五十年前张起灵在庙里发现了自己从前的朋友德仁喇嘛的尸体，而这件事引起了当时还是小喇嘛的大喇嘛的注意，经过他的调查，发现这座庙里有很多代德仁。张起灵在喇嘛的询问下告诉了他实情，原来张起灵有一种每隔一段时间就会失忆的病，而“德仁喇嘛”的作用就是记下每隔十年就会出现的，从雪山出来的身怀秘密的人所带出来的秘密，作为张家的世袭联络人。此次张起灵的目的是找一个人：董灿。董灿其实是张家人，在二十世纪初跟随一个马队进入喜马拉雅山并与外界失去了联系。一行人在山的深处遭遇了一次塌方，因此误进了一个奇怪的山谷，为了利益，人们自相残杀。董灿虽然活了下来但却没有再出现，而是留下了一张星象图，记载着山谷的位置，张起灵正是为此而来。在董灿的房间，他找到了一幅画着绝美湖泊的油画，正是这幅画让张起灵前往雪山深处。在行进途中，张起灵一行人看见了一行奇怪的人，并跟随他们找到了一座喇嘛庙。张起灵庙中发现了一个四肢废了的女人——献给“阎王”的祭品，随后遭遇了当地人——康巴落人的袭击。但是这却是一场误会，董灿是他们的土司，这一切都是他的安排，为的是等待张起灵去解决他们守护的青铜门后的“阎王”问题。

就在吴邪专心研究往事时，庙里出现了两方势力的人马，一方是香港人——海外张家，一方是德国人——裘德考项目的继承者。吴邪无意间在庙里发现了一座小哥的石像，并在石像披着的衣服上发现了一张德文记载的纸条，为破解谜团，吴邪决定向胖子求助。就在吴邪布置机关试验两队人马时，胖子已先一步到达了墨脱，后与吴邪取得了联系。但是事情又有了意外的发展，庙里来了一个与吴邪长相一样的人：张海客。吴邪被张家人设计测试是否为真正的吴邪，确定身份后，吴邪与胖子中了六角铃铛的幻觉，而这是为了测试二人是否有能力与他们合作，从汪藏海手中拯救张家。二人破了幻觉，与他们达成了合作：吴邪二人、张海杏与德国人冯出发去雪山，找寻张起灵留在那里的东西。张海客对二人透露了张起灵少年时的一些事以表合作的诚意，也就是故事开始时的第一件怪事的起因与细节。在小哥十三岁时，他与张海客一行小孩外出放野，到了位于马坝镇的泗州古城。进入古城前，他们看到了一个奇怪的临卡——设计为倒着的墓室，进入后，他们发现里面是张家人内斗的现场。张起灵对他们吐露了实情，独自一人离开了。但是，除了有麒麟血的张起灵，其余小孩都被古墓淤泥中的蚂蟥钻进了身体，为了保命，他们在墓里爆破以期望小哥回来搭救。

吴邪一行人有惊无险地进入了康巴落人所在的山谷，在里面发现了与长白山云顶天宫相似的构造，见到了一个几乎一模一样的青铜门。门被炸开，里面涌出了油泥浆，而门后有一个被陨石砸出的深坑，里面雕刻着壁画。就在吴邪二人研究壁画时，张海杏发现了一具人蜕。紧接着，围绕着人蜕升起了雕刻着精致花纹的石柱，吴邪用自己的血启动了花纹机关，昏迷了过去。趁吴邪体弱，张海杏企图杀死他们，却意外惊醒了万奴王——一具斗尸。激战后，几人暂时惊险逃脱，退出门外。在门外，胖子与冯设计将张海杏抓获，几人打算将她作为诱饵把万奴王引出来。计策虽然成功了，但是张海杏却可以与万奴王交流！导致它只攻击吴、胖、冯三人。三人且战且逃，无意间进入了一间石室——炼制青铜的窑口。在石室里，胖子将他当年经历的有关斗尸的经历告诉了吴邪，而这件事牵连到了远在沙漠中的一段不为人知的文明。三人继续前进，进入一个石门后，发现了里面有一排排木塔——康巴落人的坟墓。

【作品反响】

关于《盗墓笔记》其实更多是享受阅读之中的过程，算上"藏海花"，暂时十本，这样的系列中，虽然我们可以看到三胖的商业化痕迹（越到后面扯皮越多，赚字数的啦吧！网络版更是拖拖沓沓，或许是因为那时没构思好??）但我们仍能看到那个真诚的三胖，依然东拉西扯，不顾坑越挖越大，扯出越来越多的似是而非的线索和解释不了的事情。这不仅让我们的眼界视野越来越宽，而且有很多的幻想空间和精神旅游。（以上，虽然我觉得三胖未必去过十万大山、戈壁、西沙、长白山甚至山东瓜子庙等等，也许他就一直宅在杭州，但这一点也不妨碍他的写作。有人说三胖不断在挖坑，其实，我私心里认为，这也得有挖坑的能力啊，没个博览群书的积累、天马行空的想象力，你挖得了那样的坑么?）

——豆瓣读书：网友霊小銑

除了《盗墓笔记》之外，南派泛娱旗下还有《沙海》《藏海花》和《老九门》，三个都是《盗墓笔记》的衍生 IP。从这个角度来说，兴许以《沙海》《藏海花》《老九门》改编而来的影视作品、游戏、衍生品难以达到《盗墓笔记》的高度，但其市场价值不容小觑。

——孙笑非：《超级 IP 的想象空间与视觉感受的正面交锋》，《电影新作》2016 年第 5 期挖坑的问题就不说了，好歹盗墓笔记还算是个完整的故事，结尾也很有感染力．但是藏海花作为后续的作品，非但没有丝毫进步，本来也并不算有趣的故事，心里想着忍忍就结束了，直到最后才意识到作者干脆是断更了。有时间去写其他的东西，为何不把原来的故事好好的完结呢，估计是脑洞开的自己也不想去圆了吧。内容方面，千篇一律的老套路，久而久之早就腻味了，有时候觉得会持续关注盗墓笔记的相关作品，无非是想看他们三人互相插科打诨，比去盗墓打粽子有意思多了。

——豆瓣读书：网友 cman

前面看过《盗墓笔记》一直意犹未尽，感觉好多埋伏解释不好，终于等到了《藏海花》，基本好多地方解释了，藏诡异恐怖程度没有盗墓笔记厉害，但是语言感觉好了很多。

——豆瓣读书：网友天涯书生

对于盗笔衍生，最想要的莫过于“用心”二字：藏海花的故事相当完整、紧凑。两个半小时的时间，用两条故事线交错的形式讲清楚了小哥的身世，这已经是很难得的节奏了。我到现在还没复习完原著（反正也是坑），不确定到底拍出了原著的多少内容，但根据前三部的经验来看，剧本本来就要改编不少，否则真的没法演。但改编的幅度一般也不会过大（不太会出现大走向不同的差异），导演很会把握分寸。看完我觉得我想要看到的东西全部都看到了，也有一些熟悉的小梗，非常可爱，会心一击。除了胖子在这部里缺席有些小遗憾以外（当然这是小哥的故事所以胖子也不算主要角色），故事完美。

——豆瓣同城：网友柳夏

在西藏墨脱，在雪山之巅，一切，从一座喇嘛庙开始。那个年轻人，身怀秘密，自雪山而来。这个年轻人就是小哥，故事一开头就来了两个小哥张起灵（闷油瓶）的故事，明眼人一看就是他，尤其后面介绍到小哥那时候才13岁就这么淡定，实在令我赞叹不已，我13岁那时候还在读初一，人家就在刀尖上搏命、踏遍大半个中国，正是这份阅历让小哥在盗墓笔记系列里面显得如此沉重淡定，所以，很多读者感慨道，当三叔写道小哥出现时，心中充满安全感，可见这样的人物有多么振奋人心。《藏海花》中，小哥情节主要从数十年前前往雪山深处寻找秘密开始，里面涉及了一些情节让我有点回到那时候鬼吹灯里面的一部，昆仑神官的感觉，尤其阎王骑尸这段相当诡异，只不过，三叔这里感觉没有展开情节，草草了事，让我看得不过瘾，数十年后，吴邪一般人沿着路线前进，同样去寻找秘密，最后终于找到了青铜门，跟长白山，也就是云顶天宫上的青铜门一样巨大，这门后究竟是什么，无人知晓，确实令人好奇不已啊，这是世界终极秘密存在，当然一直让我好奇的还有盗墓笔记里面的，秦岭神树里面巨大的青铜树，到底究竟会是怎么样啊？不管怎么样，小哥再过5年就要出来了，值得期待。

——豆瓣读书：网友大桥哥的世界

【作品评析】

根植于传统与现代的诗意与爽感

《藏海花》是网络作家南派三叔继《盗墓笔记》之后的又一力作，可以看作是《盗墓笔记》的前传。小说刚开始主要是在磨铁网上连载，基本上一天一章，后期开始分月进行。已完本的第一部已刊印成实体书出版，但《藏海花》的故事并没有结束，第二部仍未完待续。但这样一个没有后续的故事却凭借着其独特的艺术魅力与《盗墓笔记》的“符号”影响力一路拨开丛丛“荆棘”，一跃登上“2019年度中国网络文学排行榜”之“中国网络文学 IP 影响排行榜”。此盛况背后，潜藏着作品不可忽视的文化价值。

一　根植传统的灵魂唱诗

《藏海花》的故事发生在吴邪长白山送别张起灵后的第五年里。经过漫长的冒险与调查，吴邪终于慢慢了解了家族以及老九门的秘密，但是，有关于张起灵，他仍然知之甚少。“铁三角”的情谊与对张起灵秘密的探求欲驱使着吴邪，让他踏上了寻找张起灵秘密的旅程。循着小哥张起灵过往活动的痕迹，吴邪先后去往尼泊尔、西藏墨脱。在西藏的喇嘛庙里遇到了两股势力，一支来自海外张家，另一支是继承了裘德考“衣钵”的德国势力，他们的目的是利用吴邪进入雪山腹地康巴落村的青铜门，企图窥探“终极”的秘密。

《藏海花》中几乎处处可见宗教传统的“恐惧”美学。故事围绕着“秘密”展开，不论是吴邪苦苦追寻的张起灵的身世之谜，还是他方势力渴求的“终极”之秘，这种执念承载着作家灵魂深处对传统的依恋以及对人的灵魂的诗性解剖。《藏海花》作为《盗墓笔记》的前传，虽然惊悚诡异程度较后者要轻，但它仍是一本不折不扣的悬疑恐怖类型的小说，“盗墓系列”以其惊人的诡秘想象俘获了大批“稻米”的心。人类对于未知的恐惧有着天然的求知欲，这与普遍人性论的观点有契合的部分。“崇高”是传统的古典主义哲学与美学的核心观点之一，而恐怖的美学渊源可以追溯到宗教之诞生。站在经验主义一派的博克认为“崇高”是与“恐怖”“惊惧”的痛感联系在一起的，以恐怖传达传统的崇高之美有其不可忽视的历史向度与厚度。故事中吴邪等人首次正面交锋的场所被作者安排在喇嘛庙，这一藏传佛教之宗教“隐喻”融合在惊险刺激的情节与对人性的灵魂拷问之中，这样的描写往往让粉丝们欲罢不能。无论是吴邪在六角铃铛的幻觉作用下遭到的庙中喇嘛基于自己求生本能的欺骗，还是一行人进入青铜门后与异教邪神万奴王的厮斗，紧张恐怖的氛围一直萦绕在字里行间，可以说故事的架构离不开宗教所带来的静穆的崇高恐惧，而这一点是南派三叔一直不愿意放弃的写作执念。

除了让人肾上腺素激增的诡异恐怖的视觉图景，作品中对于人性、人的灵魂的剖析也是让这部作品的思想内涵与价值得到升华的“强心剂”。主人公吴邪的形象是“立”了起来的，作者在他身上花费的笔墨和心血不亚于传统文学作家刻画人物的心力。吴邪其人，王胖子送外号“天真”，出生于盗墓世家，无意间卷入九门阴谋，生活在背叛、利用与欺骗之中，但是却能一直保持善良，始终守着作为一个“人”的操守。《藏海花》中的吴邪曾经历了鲁王宫、云顶天宫、蛇沼、西沙海底墓等种种考验，人送外号“吴小佛爷”，他是唯一一个可以救张家的九门后人，也是可以凭一己之力瓦解汪藏海千年阴谋僵局之人。孟子所说的“性本善”不足以摹画出他完整的“肖像”，他拥有一个“过尽千帆却仍如是”的灵魂。“过尽千帆”的吴邪对于突然出现在喇嘛庙里的香港人和德国人不是没有怀疑，他的第一反应告诉他“事情有些不对劲”，但是他愿意相信他们只是普通的驴友，相信世界有光，不愿看见黑暗。但是，不愿清醒并不代表他没有清醒过来的能力，所以在胖子三言两语的点拨下，他立刻做回了精明的吴小佛爷。吴邪的可贵之处在于不论看过多少人性丑陋，他仍愿意相信善良，相信人的灵魂深处仍有本善的人性，颇有些道骨之风，江湖之气，与金庸先生笔下的老好人郭靖有同工之妙。

南派三叔在《藏海花》中延续了《盗墓笔记》的写作习惯，笔记体的文字洋洋洒洒，在故事主线：吴邪的冒险历程中穿插着他人的故事，金万堂的故事、张起灵的笔记回忆、张海客的口述回忆适时插叙其中，杂而不乱，张弛有度。这样的笔记式书写兼得传统文学中以《世说新语》为代表的笔记体小说以及以《彼得堡的故事》《狂人日记》《莎菲女士的日记》为代表日记体小说之妙，既助益故事的真实性表达，又与奇异怪诞的题材叙写有着历史的适配性。吴邪在追寻张起灵秘密的过程中，通过金万堂、张海客之口得知了少年张起灵盗掘泗州古城的往事，“我”的叙述视角受限度被削弱，增添了“我”所述之故事的真实性与完整性。

二　后现代语境中的比特叙事

在网络传媒的影响下，中国的文化呈现出从传统走向现代，从现代走向后现代，从尊崇理性到张扬感性，从精英意识到大众立场的转变，尼采的“上帝已死”带来的对人的感觉的重视在网络文学中表露得十分充分。在后现代语境中，一切都需要被解构、被怀疑，不相信理性，也不相信感性成为其标志性思想，二元对立的传统哲学已然让位于多元并存。从网络文学的发展现状可以看出，目前感性的存在比理性存在更受欢迎，网络原住民们更愿意沉浸在幻想无边的赛博空间中，他们愿意沉醉于“盗墓夺宝”“修真成仙”“来一场霸道总裁爱上我的恋爱”这些遥不可及的存在。在这些观念的背后，是人类自我意识的又一次苏醒。在技术简单化与简便化的时代，网民上网创作更加简易，实践上与思想上都更加自由。网络写作比起传统的“文章合为时而著，歌诗合为事而作”有着更多的个人性，发泄与倾诉的诉求更甚于道德教化、社会启蒙，在这样的创作心态下，艺术的自由度相应地会更大。在自由的文化氛围中，人们意识到了自己作为“人”的存在，正如乌纳穆诺所说的“感到”与“知道”[①]自己的存在之异，“感到”的世界本身就更接近于原始，天然更近于感性。网络文学就在这样的文化语境中生长，谱写着这个时代的文艺体验。

“解构”意识下的结构是《藏海花》显性的行文特征。20 世纪以来，尤其是第二次世界大战后，西方的哲学与美学不约而同地奔赴后现代的“解构”，这样的思想随着更广泛的文化交流传递到了东方，并借助互联网新媒体的全球性与便捷性影响了“在场”的网络作家，

---

① ［西班牙］乌纳穆诺：《生命的悲剧意识》，段继承译，北方文艺出版社 1987 年版，第 101 页。

从南派三叔的“盗墓系列”就可见一二。在后现代的解构主义诞生之前，古典主义的文艺创作备受瞩目，贺拉斯就要求作品是要“合式”的整体而不能有“大红补丁”。但在后现代主义登上历史舞台后，传统的文艺理想不断被打破，在逻辑完整的前提下叙述结构可以破碎，甚至逻辑的完整性也不再苛求，一元不在、二元对立也失去其学理地位，多元并存走进了人们的审美视域。《藏海花》的故事本身并不复杂，但是作者打破了传统的线性的“串珠”式写作方式，将“珠子”打乱排列。小说由马坝镇盗墓和陈雪寒接待喇嘛两个故事开启，随后“我”才出场。在阅读过程中可以明显感知到的是，尽管“我”在后文中成了第一叙述人，故事仍旧是乱序的。“我”对于张起灵往事的了解来自多个渠道：老喇嘛的口述、张起灵的笔记、张海客的回忆等，而这些“补丁”被作者安排成了独立的故事，各自成为独立的小结构，凭借着内容上的逻辑连贯性由读者共同“串”成完整的故事。在这一个个分散的故事叙述背后，我看到的是作者对于多元并存价值观的认可。传统写作注意的主线主体地位在这里被削弱，“插叙”的后备力量被提到前线，与主线并肩而成为并存的多元存在。这样的处理带着时代的新色彩，是文学新的生机与生命力的表现，有其存在的合理性。这说明任何事物都不是无瑕的，有着厚重底蕴的传统文学仍有改进之处，网络文学这一“新生幼童”正在向传统挑战！《藏海花》的多元存在叙事有其时代特色，同时，这在客观上却也增加了读者的阅读“门槛”，零落的叙事话语要求读者对故事的相关作品有足够的了解，而这对于读者的要求更高，若用市场逻辑来衡量，在客观上会存在一定的局限性。

幽默诙谐的口语表达舒缓了悬疑灵异的紧张节奏。被称为“新民间写作”的网络文学发源于网民的个体感情抒发，为适应这种写作目的，网文作品在题材的选择与语言的表达方式上有其所独运的匠心。《藏海花》作为《盗墓笔记》的前传，故事离不开恐怖灵异氛围的营造，这是作品的亮点所在，也是卖点所在。网络文学的写作离不开市场逻辑，在作品的生产链上充斥着资本世界的消费逻辑，网文消费与文学叙事的结合，就是后现代语境下的后现代主义在作品中的显性表现。“稻米”们之所以愿意为这个故事付费，一部分原因是为了逃避枯燥平淡的现实，借虚拟世界里吴邪的冒险来刺激日渐失去活力的神经。基于读者粉丝们这样的期待，传统写作的端庄雅正文风就显得不合时宜了。但是，一味的紧张情节也会让读者感到疲劳，不符合他们的阅读需求，因此，适时的插科打诨刚好可以中和这样紧绷快速的节奏。吴邪与王胖子堪称盗墓界两大活宝，尤其是王胖子的“幽默担当”，常常成为作品的一大笑点。《藏海花》是吴邪的笔记，随笔式的对话与“吐槽”随处可见，比如吴邪就曾为验证张起灵有没有常人的情绪而想喂张起灵吃“西班牙大苍蝇”，在与邪神万奴王搏斗时也可以与胖子侃大山……这样的安排比比皆是，往往让读者在为他们的危险境遇捏一把汗时又发出会心一笑，读者在一张一弛中完成了阅读，也让积攒的压力得到了释放。

在网络文本盛行的年代，“作品存在方式可能是超文本和多媒体的，并且是未完成的，这使它的文本是不确定的、多维选择的。”[①] 作品未完结但是已投入市场，这是多媒体时代文学的新变，由此也带来了文学研究的新视点。在数字化的生活方式下，过程的创造性和修正性与最后的成文同样具有吸引力，因为这种过程的参与感会更有利于作者与读者、读者与读者集体记忆的形成，其中会有更多的不确定因素，而这种不确定恰恰是新变的萌芽。网文作者们边写边发，甚至“未完待续”，在这样流动的创作过程中存在着许多的未知因素，并干扰着作品的最后呈现，《藏海花》就是这样一部未完结的有着“写—读”互动性的网文作品。未完结并没有带来其价值的损耗，反而增加了其话题度，让这个大 IP 声名大噪。

20 世纪以前，科学与美还是对立的两门学科，而随着时代的发

① 欧阳友权：《网络文艺学探析》，中国社会科学出版社 2018 年版，第 138 页。

展，网络文学的存在却动摇了这一对立的基点，让人类的视野得到了更大的开拓。网络文学根植于传统，借助互联网新媒体的技术力量，用一个个比特字符构建着新的文学世界，模糊了旧的文学边界。但不论未来的网络文学如何“换装”，把握住它的“文学”性是需要时刻拉住的“缰绳”，毕竟在“网络文学”这一偏正词组中，“文学”才是中心语。

（丁昊　执笔）

在浩瀚的修罗空间展现华夏文明

——评善良的蜜蜂的《修罗武神》

【作者简介】

善良的蜜蜂，本名张保欢，1988 年 12 月出生，吉林公主岭市人，17K 小说网签约作者，橙瓜见证 · 网络文学 20 年十大玄幻作家，主要作品有《修罗战神》《修罗武神》等。

善良的蜜蜂从小热爱漫画，当成为漫画家的梦想破灭后，他在朋友推荐下开始关注网络小说并很快被深深吸引。2011 年 5 月 5 日，他在 17K 小说网发表了第一部小说，却因为内容不够完善导致签约被拒。此后，他加入 17K 青训营，潜心学习网文知识，挖掘作品的不足之处。2011 年 7 月 21 日，善良的蜜蜂再度在 17K 小说网发表了小说，并将作品命名为《修罗战神》。该作品发表字数不足两万字时，便收到了网站的签约邀请。与网站签约后，《修罗战神》成绩火爆，成为 2011 年 17K 小说网最热门的玄幻小说之一。善良的蜜蜂凭借此书成为了 2011 年 17K 小说网的玄幻新人王。次年 12 月，《修罗战神》完本时，单 17K 小说网平台的点击率便高达五千万。2013 年 3 月 24 日，善良的蜜蜂的新书《修罗武神》在 17K 正式连载，发表后迅速占据新书榜和玄幻点击榜第一，被评为年度最火玄幻小说，其人也被评为 17K 小说网年度优秀作家。2017 年，善良的蜜蜂在第二届“网文之王”评选中位列五大至尊。次年，入选第三届“橙瓜网络文学奖”十二主神，《修罗武神》斩获第三届“橙瓜网络文学奖”年度百强作品奖。目前，《修罗武神》仍在火爆连载中。

【上榜评语】

《修罗武神》书写人间爱恨情仇，传承华夏神话，体现传统价值观念，英文版广受海外读者欢迎，成为年度外语翻译的代表作。改编的作品准确把握原著精神，赢得众多国外拥趸。

【故事梗概】

远古之后，浩瀚天外，下界、凡界、上界乃至各方星域都有其强大的势力主宰着。五年前，九州大陆天现异象，九色雷光萦绕星河之间，突然雷光凝聚化作一道九色神雷，自九天星河之上，劈落至九州大陆，附身于十岁少年楚枫体中。

在以武为尊的九州大陆，修武一途永无止境，境界分别为：灵武、元武、玄武、天武、武君、武王、半帝、武帝、半祖、武祖，武祖之上有真仙、天仙、武仙，武仙之上又有尊者、至尊、武尊、半神、真神、武神……每个境界又分为九重，每重之间实力都相差巨大。姜氏王朝是整个九州大陆的霸主，建立了一个完整的管理体系，管辖着各大王府，王府下又设一等城池和二等城池。除姜氏王朝直接管辖的势力外，青州是九州中最贫瘠之处，青州境内宗门林立，每个宗门都拥有大量的武技，按照品阶，武技由弱到强分为九段。青龙宗便是青州一个二等宗门，15 岁的主人公楚枫便是青龙宗数以万计的外门弟子之一。

楚枫并非父亲楚渊的亲血脉，从小受到楚家同族兄弟的排挤和欺凌，好在一直有父亲和大哥的庇护。自从被九色神雷附身以来，楚枫的丹田之内就出现了九只雷霆巨兽，不断吞噬其体内灵气，因此楚枫的修为比常人更难突破。足足用了五年，楚枫从灵武二重突破到灵武三重，终于能参加青龙宗的内门考核，而楚枫的开挂人生也由此开启。

内门考核中，楚枫一举击败修为在自己之上的四十只凶兽，以远快于其他人的速度夺取第一名，楚枫也发现自己真正的实力远强于同修为的其他人。此后，楚枫修炼了虚幻掌、雷霆三式、御空术等武技。为了获取更多提升修为的灵药，楚枫在青龙山脉灵药狩猎时，无意中闯入了富含宝藏却无比凶险的万骨坟冢，激发了体内强大的感应力，一切周边的人和物都在其感应范围内。楚枫无意中还发现父母在自己的精神世界中搭建了一座界灵空间，于是他与当中的界灵缔结通灵契约，成为一名掌握结界之术的界灵师。通过狩猎得来的大量灵药，加之自身极高的修武资质，楚枫实力提升迅速，不仅让所有人刮目相看，还帮助楚家在危机四伏的靠山镇稳固了霸主地位。

另一方面，朱雀城城主为了拉拢楚枫，设计将二女儿苏柔许给楚枫，不曾想有婚约在身的三女儿苏美与楚枫两情相悦，楚枫因此得罪了苏美的未婚夫上官涯及深得麒麟王府器重的上官家。此时虽已踏入元武境界，但楚枫依然不是上官天的对手，被逼跳下悬崖的他险些丧命，幸运被救后进入白虎山脉神秘的帝葬获得白虎攻杀术，并成功拜师青龙宗客卿长老诸葛流云。诸葛流云是青州少有的界灵师，而界灵师按等级分为白袍、灰袍、蓝袍、紫袍和金袍，青州境内灰袍界灵师仅有两人。楚枫在师父带领下来到九州大陆最富饶的界州考取白袍，却不想陷入了界州境内最强的两大势力——界灵公会和界氏族人的争端之中，登上有万年历史、近百年未有人涉足过的修罗鬼塔的最高层，最后他不仅获得了灰袍，还催熟了能让元气大伤的界灵蛋蛋苏醒的灵果。

从界州返回后，便到了苏美的婚期，楚枫怎甘心让心爱之人成为他人之妻？遂联合虚空宗将上官家上上下下一举歼灭。刚解决完上官家，新的仇人又出现了，楚家所在的紫禁城被屠，楚家包括楚父在内全部遇难，凶手是青龙宗第一弟子、一年前与楚枫定下生死局的龚路云。龚路云乃玄武城城主之子，家族实力强劲又与麒麟王府关系密切。但杀父之仇不共戴天，楚枫耗费九牛二虎之力将其斩杀，却也因此得罪了麒麟王府总管林然。数万麒麟高手来势汹汹，直奔青龙宗，眼看就要将青龙宗踏平。在这千钧一发之际，麒麟王府齐氏一族族长齐风扬站出来解决了这一危机，原来他早就欣赏楚枫惊人的修武天赋，不仅与楚枫结为忘年之交，还将青龙宗提升为一等宗门。二人的亲密交往被有心人造谣成齐风扬要篡位麒麟王府府主，齐风扬将被府主处死，幸而负责寻找青州天赐神体的姜氏王朝顶尖强者姜恒远救下两人。复仇后，楚枫收到了姜氏皇朝的皇朝召集令，原来表面无限风光的九州大陆霸主，面临着三座大陆的皇族联合宣战，不得不召集所有顶尖强者共抗大敌。为拖延时间等待大陆传奇人物青龙道人复活，楚枫与刘氏、姬氏两族老祖大战十天十夜，最后帮助姜氏皇朝化解了危机，且结识了皇子姜无殇、张天翼、紫铃等人。

同样是天赐神体、来自东方海域的紫铃，让楚枫了解到九州大陆与东方海域相比不过是弹丸之地，于是与众人一同前往东方海域。楚枫在外自己历练，寻找机缘，提升实力，张天翼等人进入了四海书院。楚枫帮助姜无殇获得其梦寐以求的帝级血脉传承，解决了紫家的危机，覆灭了东方海域的庞然大物诛仙群岛，随后进入了武之圣土。新一轮危机来临，楚枫得到强大无比的五行秘技后，来自百炼凡界的英氏天族二少爷，联合三府中的天道府、人王府以及“十大仙人”中的几位“仙人”给祖武下界带来灾难，楚枫与另外几位“仙人”以及远古精灵族、三府之中的地狱府、四大帝族、九势联手化解了这场危机，被尊称为楚帝。

危机解除后，楚枫终于见到了亲生父亲楚轩辕，身世之谜终于得以解开。原来楚枫所在的楚氏天族是武之圣土远古之后最强大的种族，曾号令一方，楚轩辕乃当年大千上界甚至祖武星域的绝顶天才，天赋超过楚氏天族老祖——楚夜天鸿，29 岁便成为楚氏天族的最强者，因天赋过高被迫离开祖武星域外出闯荡。与七界圣府一天才女子相爱并生下楚枫。楚轩辕当年在其他星域闯荡时，招惹了一个比星域主界强大无数倍的势力——七界圣府，只能选择低调行事，为了能与之对抗，他故意进入祖武下界的禁地。楚父帮助楚枫得到了神罚玄功，且用阵法复活了培养其长大的青州楚家人。父亲给予楚枫一个任务：铲除百炼凡界最危险的势力，用新生儿魂魄进行修炼的魂婴宗。

背负这一艰巨的任务，楚枫来到了百炼凡界。经过与魂婴宗、英氏天族和孔氏天族三方势力艰难的周旋，楚枫不仅完成了父亲交代的任务，还解救了英雄城城主英明朝，覆灭了孔氏天族。此后，楚枫来到了楚氏天族所主宰的大千上界，获得了箭道尊者的传承，成为尊袍界灵师，后在楚氏天族大人物楚轩正法的劝说下回归了家族，成为大千上界真正的第一小辈。父亲的任务又来了，这次是带领楚氏天族替代祖武星域主界势力，成为祖武星域的统治者！为了做好与祖武星域之首令狐鸿飞的大战准备，楚枫与其缔结的界灵蛋蛋各自修炼，获得界灵仙王传承突破至圣袍界灵师，召唤了更为强大的修罗界灵羽纱，通过界灵手段与令狐鸿飞战成平手，后在高人牛鼻子老道相助下击败令狐鸿飞，楚氏天族由此如愿成为祖武星域霸主。

楚枫为解除白篱落诅咒、完成牛鼻子老道任务前往轮回上界，先后获得了斩妖大帝的传承和远古传承的神鹿，并击败了诸天门令红衣圣地，成为诸天星域霸主。随后楚枫又前往紫星上界，获得了修炼至宝，突破神雷劫晋阶至尊境，拜牛鼻子老道为师，从其手中获得太古乾坤图。楚枫获得了圣光天河冷漠的隐士高人如意老人的赞赏，助其解除了九龙异象岗的异毒，后在翊秘境内与仙海少禹遇到了臭名远播且令人胆寒的邪恶势力化魔一族，两人被仙海鱼族的背叛者仙海人护设计陷害。出于愤怒，楚枫身上出现了罕见的血脉暴走的情况，血脉暴走能使人的血脉之力极其强悍，血脉暴走的楚枫强悍到整个浩瀚修武界都找不到第二个，以其强大之力杀死了仙海人护和化魔一族众多高手。但血脉之力也是具有生命力的，可能彻底夺走主人的意识，因此也十分危险，幸而其父亲赶到，及时压制了楚枫，避免其进一步成为飘荡于浩瀚星空的恶魔。

为封印麒麟蛋，楚枫与牛鼻子老道前往图腾星域霸主龙氏，帮助龙氏族长之女龙晓晓获得龙氏传承。此时牛鼻子老道伤病严重，楚枫遂前往整体实力远远强于圣光天河的九魂天河找寻医治良药，在此结识了大名鼎鼎的道海仙姑，继续惩恶扬善击败了魔教飞花斋，使众多无辜的孩子免遭毒手，且从道海仙姑那得到了救治师尊的灵药。紧接着，楚枫跟随龙晓晓来到了愿神宫历练，在一座秘境内得知了爷爷楚翰仙的踪迹，原来当年楚翰仙受到无名一族逼迫，离开家族来到了此秘地足足度过了九千年的漫长时光，直至大约一千年前才获得自由而离开，不知生死。

回到楚氏天族后，楚枫得知楚氏天族被神秘人带离，下落不明。楚枫前往荒凉至极的风暴世界参与最强后辈争霸赛，其最大的对手是能够轻而易举击败龙晓晓和圣光羽、实力深不可测的黑衣青年张英雄，但当楚枫的天雷魂魄的奥义施展后，强大的压制力还是迫使张英雄认输，楚枫成为圣光天河最强小辈，却也因此被圣光一族视为威胁，这之后，他在宋允和九魂天河的统治者九魂圣族的帮助下得以逃脱。再次遇到张英雄时，得知自己和张英雄是拯救浩瀚修武界的天命九子中的其中两人，之后又得到了界灵妖妖、卧龙魂甲和杀戮禁术，实力提升至武尊境。与紫铃重逢后一同前往七界天河并获得了解除修武界大劫之法，并在卧龙武宗解除了此劫。另一边，龙晓晓被圣光一族逼婚嫁给一个智力有缺陷的残疾族人，以此羞辱这位天赋极高的龙氏公主，楚枫岂能坐视不管？于是，他离开卧龙武宗前往圣光一族开启了营救计划……

【作品反响】

故事连贯性好，逻辑性比较强，总会出现意外的东西！好玩！值得等待！

——微信读书用户：天之乐

一代天骄，过五关斩六将，凭借自己的天赋、毅力创下一段段不朽的传奇佳话，在众人的鄙夷下，不放弃、不言败，自强不息，坚强刻苦，得到了认可，成为了历史长河中的一颗耀眼的巨星。势如修罗，天骄武神！

——17K 小说网书友：暮暮歌 er

首先，从故事方面来讲，这本书是绝对吸引人，绝对有看点的。这个主线一直没有偏离，并且很好地做到了环环相扣，引人入胜。故事的完美程度无可挑剔。只是有一些旁观者的情节不必要出现，否则会影响故事的精彩。其次，蜂大的故事叙述能力很强，带入感很强，给人留有想象的空间，尤其是打斗的场面，让人看了热血沸腾，欲罢不能。最后，说说心里话，码字确实是个很累很累的工作，一定要注意身体，好好休息，一直关注和支持你的每一部作品！

——17K 小说网书友：WAPFFF8E5A2

从几个月前一直追修罗武神。感觉真的写的很棒。从故事情节到整体脉络到人物的心理刻画。感觉每一个人物都描绘出了非常独特的人物性格。让人印象深刻。很多次楚枫大战都写的惊心动魄。让人看了非常过瘾。通过读这本书也知道了蜜蜂这位作者。感觉真的很辛苦。经常生病还一直坚持自己的事业。武神加油。

——17K 小说网书友：用以后的时间

修罗武神是我第一部接触到的网络小说，也是由于它，我开始阅读起了其他网络小说。那还是在我初中的时候，在新华书店里，偶然间发现这本书可能是因为好奇，于是就拿来读了读。没想到这一读却一发不可收拾，迷上了这部小说。百度之后发现修罗武神是部网络小说，于是便开始了我的网络小说阅读生涯。首先与大多数人的评价差不多；在我看来：修罗武神的巅峰便是第一卷，从九州大陆开始的尊严之战，到武之圣土结束的第五卷帝王之争，相比于全书，这段部分是我认为表现效果最好的，读的时候非常上头，但也有少数存在尬的情况。

——17K 小说网书友：b01L01V6X

书中小人，众人，旁观者，实在卑贱，令人出离愤怒，这是在主角弱的时候，当一个强大的人出现，又会摇尾乞怜，小人之势利可见一斑。心地坏的人无论怎么巴结都不可讨好的。这本书让我明白，在这浩瀚世界，因为一些人的自私，自以为是，人与人之间真正的纯净的感情是很少的。

——微信读书用户：傲月華

让我失望的是，作者善良的蜜蜂到后来灌水的意图越来越不加掩饰。而且就我个人意见，他把整个玄幻世界的格局设计的太过宏大，作品写到 3000 多章的时候，按照他的书中提出的世界格局，其实主角才走了不到一半的路，但是好的故事都已经写完了，后面的就只能够靠灌水。一本好的小说，所有的读者都不希望它尽快的完结，都希望主角可以一直陪伴着我们，可是有的时候太长也会让人感觉到乏味和枯燥。

——知乎用户：三十九斤糜子

【小说评析】

在浩瀚的修罗空间展现华夏文明

善良的蜜蜂的《修罗武神》主要讲述了一介少年，从一个平凡的下界二等宗门外门弟子成长为上界顶尖人物的故事。小说从 2013 年上线至今，仍在持续更新中，长达八年的积累使作品篇幅超过了 1060 万字，巨大篇幅的背后是作者精巧的构思能力。小说无处不在的古典元素使小说颇具东方文化韵味，这种韵味在增强艺术表现力的同时，又增强了读者的阅读体验。作为一部成功的网络玄幻修武小说，《修罗武神》有诸多可圈可点之处。

一 故事曲折，主线清晰

长篇连载的网络小说最忌讳的便是故事主线被支线覆盖，故事结构混乱。《修罗武神》虽连载八年，但文本主线十分清晰，细节饱满，情节跌宕起伏。小说主要呈现了被家族遗弃在祖武下界九州大陆、被视为毫无血脉之力的主人公楚枫为了证明自己，夺回父亲荣誉、解救母亲而从一个下界二等宗门经过层层历练，一步步增强自身实力、走向修武世界中心，成为修武界传奇人物的故事。

主人公楚枫对强大武技的追求和自己身世的好奇支撑起了主线的走向。他所生活的是一个属于武者的世界，强大的武者不仅能够御空飞行、移山填海，更是受万人敬仰，享受世间无尽荣誉，因此成为修武者乃是所有人的梦想。然而这也是个残酷的世界，自古至今，为了争名夺利，武者之间的厮杀就从未间断过，要想在这个世界生存，唯有获得强于他人的力量。为此，每个修武者都为了变强而努力修炼着。在主线之外，作者还通过苏柔、苏美、张天翼、紫铃、姜无殇、牛鼻子老道、圣光羽、赵虹、龙晓晓、张英雄等配角，设置了许多支线情节以丰富故事内容，并在其中安插了无数大大小小的谜团提高读者阅读兴趣，如万骨坟冢究竟从何而来？隐藏着怎样的秘密？修罗鬼塔最顶层的妖兽隐藏的宝贝是什么？那个疯疯癫癫的神秘乞丐是谁？他为什么要暗中保护楚枫？等等。像这样的谜团贯穿全文，新的线索又会带来新的悬念。但通过细读可以发现这些支线其实都是紧紧围绕着主线铺开的，都为楚枫的成长修炼之路奠定了基石，支线与主线之间形成了一个主干凸显、主次分明的树形结构。

这是一本还未完结的小说，从上线至今已经更新至4800余章，作者洋洋洒洒写了1060余万字，篇幅不可谓不巨大，换作其他小说，读者能够坚持读下来已是难得，然而在其更新的17K小说网的书评区，随便一翻便可发现不少粉丝的催更留言。作品的火热与其故事情节设置不无关系。作者十分擅长设置矛盾冲突，根据主角楚枫不同的修武阶段，矛盾也不断转换升级等待挑战，从而使其在矛盾挑战的过程中成长。作者将故事以波澜曲折的形态呈现给读者，让读者内心跟随情节走向起伏不定，小说开头楚枫与同族其他兄弟姐妹的冲突便牢牢抓住了读者的视线，小到楚家族会小辈比武，与核心弟子龚路云约定生死局等，大到九州大陆霸主姜氏皇朝大战三座大陆皇族、祖武星域霸主之争及威胁整个浩瀚修武界的劫难，全程都安插着大大小小的矛盾冲突，皆是触目惊心的场面，精彩而刺激，制造了一个又一个爽点，也因此让读者欲罢不能。

二　以宏大架构展现尚武精神

作者构造了一个宏大无比的世界，这是一个属于武者的空间，从祖武下界、百炼凡界、大千上界、祖武星域，到圣光天河、九魂天河、七界天河、血脉天河等，类比现实世界的地球、太阳系、银河系等空间概念，每一个场域总有一些新奇、诡异，或令人意想不到的事物。如位于青州万骨坟冢内帝葬中青龙道人手中的神秘宝珠、武之圣土五行老祖创造的能够解开秘密的五行秘技、赤州上界巫马天族的神兽麒麟蛋、轮回上界象山谷远古时期的神鹿、散落各地蕴藏着强大力量的封神竹简、祖武星域的修罗界灵内最高级别的修炼之物修罗神魔石、卧龙星宇的可提升修武者根基悟性的卧龙魂甲、孤漠上界明镜海中的王者兵器斗神之戟等。不仅如此，在不同的氏族宗门还有不同的武技：青龙道人所创的迅如雷强如霆的雷霆三式、虚空宗开宗祖师的绝学武技虚空龙吟刃、楚氏天族为修为提供蜕变的神罚玄功等。如此繁多的事物类别均是在我们真实世界中不存在的，为整部小说带来了新奇和玄幻的色彩，也足以从中看出作者视野之开阔、想象力之丰富。

此外，小说出现了非常多的打斗场景，这些场景不仅是主人公修为提升、故事情节发展背后重要的推动力，而且为读者提供了暴力美学意义上的审美对象。暴力美学主要是使暴力以美学的方式呈现，甚至用幻想中的镜头来表现暴力行为。观赏者本身往往惊叹于艺术化的表现形式，不会对内容产生具体的不舒适感。如：

> 紫色的气焰正面逼来，如同紫色的凶猛野兽，楚枫也不示弱，步伐迈开，腰板挺直，左手金弓，右手金箭。
>
> 弓拉满月，箭如流星，漫天的箭矢，化作金色的暴雨，向那紫色的气焰爆射而去，只不过另楚枫意外的是，那看似如烟一般飘渺的紫色气焰，却并不脆弱，反而如同铜墙铁壁。
>
> 任凭楚枫这百变弓的威势再强，却也在穿越几层紫色气焰之后，不得不渐渐变缓，最终被其抵挡而下，化成碎片，消失不见。
>
> 最主要的是，百变弓被挡而下，但却未能抵挡那紫色气焰的攻势，此时此刻，那紫色气焰已是带着那强大的威势，自正面向楚枫猛扑而来。
>
> 它从天而降，既像势不可挡的瀑布，又像攻无不破的洪流，那等威势，那等力量，唯有身临其境的楚枫才懂。
>
> ——《修罗武神》第 159 章

上文是楚枫为争夺白虎山庄秘技的白虎攻杀术，而与一名灰袍界灵师争斗的场景。这一暴力场景对读者形成了强烈的视觉与听觉刺激，“紫色的气焰”与“漫天的箭矢”碰撞，呈现一种对抗美，“从天而降既像瀑布，又像洪流”画面感十足，让人感受到一股强劲的力量，又绝不是鲁莽随意的暴力，读完血脉偾张。

如果说主体外在的武技、兵器是身份和实力的象征，那么其内涵的尚武精神可视为个体与社会接轨中的自我反抗。尚武，不是逞凶斗狠、热爱战争，而是指一种绝不忍受压迫、反抗不公的精神。这部小说花费了大量的笔墨描写比武打斗的场景，却不是为了宣泄暴力而描写打斗，而是通过对打斗场面的描绘，肯定尚武精神是向外部突围的必然选择。小说大部分篇幅集中于对主角楚枫实力进化的叙述，其间呈现了不同背景的各方势力，短暂出场的人物群像却几乎都被给予了恃强凌弱的性格特征，主角的成长是伴随着对这一现象的质疑与反抗的。在这一以武为尊的世界里，只有更强的武技和实力才能拥有话语权，从小寄人篱下、备受欺凌的生活环境，造就了主人公楚枫冷血凶狠、杀伐果断的性格特征，但其冷酷无情的外表下，却一直坚守初心，保留着人性之善——楚枫从未缺少对亲人朋友的关爱、对师长的知恩图报，以及对弱势群体的帮扶。这让小说在严苛的环境中荡漾出社会正气与人性温情，避免为制造爽感而陷入以暴制暴的文明倒退。

三　古典元素，东方神韵

《修罗武神》善于在宏大的世界中融合传统家族文化、古典建筑、传统瑞兽等多种东方元素，以增强小说的文化底蕴。作品对于传统文化的化用并不仅仅是停留在传统元素的引用上，而是注意吸收和光大传统文化的深层内蕴和人文精神，让读者在阅读过程中，顺着这些文化因子回溯中国源远流长的传统经典文化。

首先是传统家族观念的流露。中国家族制度的发展植根于漫长农耕文明的历史土壤之中，家族利益大于个人利益是中国传统家族文化的重要精神内容，家族的兴盛很大程度上决定个人的发展，因此一个人成长奋斗的动力不仅来自自身发展的需要，更来自其身后所在的家族的需要。小说《修罗武神》中的个体均归属于某个家族，整个故事就是以家族为单位展开叙述的。例如，为了讨好在朱雀城势力强大的上官家，城主苏痕主动选择将女儿的婚姻作为筹码，以维护本家族在朱雀城的统治地位。同样，当他见识到楚枫惊人的天赋后，为替家族拉拢人才，不惜设计让女儿失身于他。在隔壁的界州，利益的争夺同样是以家族为行动主体，为占有修罗鬼塔，界氏族人与界灵公会两大家族的冲突延续了上千年。即便是从小被家族遗弃的主人公楚枫，为了楚氏天族成为祖武星域的霸主，也愿意接受祖武星域十大天族之首的令狐天族挑战。这种强大的家族认同感，强化了个人服从集体的意识，也承袭了家族文化的精神特质。

其次是东方建筑艺术的呈现。中国传统建筑格外注重外部空间和组群布局，包括宫殿、坛庙、寺观、佛塔、民居和园林建筑等，类型十分丰富。《修罗武神》中常常涉及宫殿、塔、阁楼、寺庙等。其中对宫殿的描述非常多，不仅将其作为文中主要角色最为寻常的住所，也成为各大宝藏的收藏之处，就连楚枫的界灵空间也神似一座宫殿。作者笔下的宫殿风格各异，或配以高台、石台金碧辉煌，或内含尺寸惊人的梁柱气势宏大，或由特殊材质建造威严壮观。如：

“那是什么？”顺着浩瀚骨海飞行，在那茫茫骨海的尽头之处，出现了一座黑色的宫殿。

没错，那是一座黑色的宫殿，通体漆黑，如墨一般，似是一把巨大的利剑，倒插入了地表之中一般，非常的壮观，但同时也给予人一种不可亵渎的威严之感。

落地之后，楚枫发现，这座宫殿还真是异常的恢弘，大殿前方有一条宽阔的道路，道路上铺着方方正正，且如水晶一般的黑色石头，道路两旁，更竖立着数座手拿巨剑的士兵雕像。

他们身着一样的盔甲，手拿一样的兵器，但却有着不同的面孔，每个都霸气非凡，拥有着几十米的身高，如同守护者一样，排排而列，整齐的站在道路的两旁，守护着此殿主人的荣耀。

而顺着道路向前行去，便越发觉得，这座宫殿真的很壮观，虽然通体皆是黑色，但却绝非一种材料，整体结构也没有多么浩大，但就是给人一种异常宏伟之感。

——《修罗武神》第 838 章

除宫殿之外，小说还描绘了修罗鬼塔、虚空塔、武技修炼塔、浮空塔南林之塔、藏兵通天塔，以及造型各异的各种不知名小塔，如：

> 神兵山庄很大，各种建筑也是很多，但有一个建筑，却格外的引人瞩目。
>
> 那是在神兵山庄深处的一座塔，那座塔通体红色，不仅造型怪异，更是有着几千层的高塔。
>
> 那红色高塔，穿过云端，直通天际，倒是颇为壮观。
>
> ——《修罗武神》第 3664 章

最后是其他东方元素的交汇。小说吸纳借鉴了鹿、麒麟、海龟、白鹤等古老的动物，这些动物在中国古代都有吉祥幸福、健康长寿的寓意，蕴含了传统瑞兽的象征之意。古人对鹿的解释是："鹿，善聚善散，皆体健壮"，古人对鹿的关注和观察是非常细致的，对鹿天性中善良、柔美、内敛的气质也十分赞赏。在小说的第 3947 章，来自远古的神鹿速度极快，拥有通天的力量，不仅多次帮助楚枫脱逃危险，而且能与其言语沟通，符合大家对这一古老物种的印象。此外，小说融入了古代五行学说和道教乾坤等理念，增强了历史的厚重感。古人以乾坤研究天地、阴阳、万物、社会、生命，有时间和空间的无限延展之意，小说多次应用这一理念，如不过锦囊大小却拥有极大空间的储物神器乾坤袋，与天地万物的思维一脉相承。

总体来说，《修罗武神》是一部非常值得阅读的玄幻修武小说。作者善良的蜜蜂将整个故事放在浩瀚的宇宙中，既呈现了曲折波澜的故事情节，又展示了修武者的尚武精神，还将东方传统文化元素融入其中，为读者打造了一个宏伟壮阔的修武世界。

客观来说，《修罗武神》仍有一些可以改进、提升的空间。一是感性形象方面，诸如人物塑造和语言修辞还需精准打磨，一些人物在后文缺乏交代；二是叙事节奏的把控稍显欠缺。小说更新至今最受读者诟病的就是第 2000 章之后的内容拖沓，对读者的耐心是一个较大的考验，甚至有读者打趣说它“再过五年都未必能更完”。三是小说后半部分故事情节创新性偏低，有陷入“套路”的趋势。如果能在这几个方面做出较大的调整，该小说将会获得更好的艺术效果。

（单志仟　执笔）

起点国际：中国网文出海的门户网站

2017 年 5 月 15 日，阅文旗下起点国际（即 Webnovel）正式上线。作为起点中文网的海外版，起点国际旨在为国际读者提供最全面的内容、最精准的翻译、最高效的更新及最便捷的阅读体验。起点国际的扬帆出海标志着网络文学迈入全新的发展阶段，阅文凭借成功的国内经验布局海外，在更大的海域直面挑战、迅速成长。自此，以阅文为代表的网文企业率先打破文化走出去的“壁垒”，在展现中华文化魅力的同时强力参与全球泛娱乐市场竞争，积极实践了文化“一带一路”倡议，进一步提升了中国文创产业的全球竞争力与影响力。

起点国际入选 2019 年度中国作协网络文学海外传播排行榜，上榜的推荐语是：“从版权输出到模式输出，阅文集团旗下的 Webnovel 创新开拓，从输出翻译作品，到发掘本土原创，成为中国网络文学最大的外语传播平台、中华文化海外传播的亮丽名片。”

一　起点国际，高位运营

自 2017 年 5 月 15 日上线之后，起点国际在短短 4 年内已覆盖全球 200 多个国家，网站总访问量超过 6000 万次。其中，网文作品数量达到了 10 万余部，吸引了超过 6 万名作者进行网文创作。从上线伊始侧重内容输出到建构海外网文生态，起点国际在国际市场的激烈竞争中不断调整思路，以重构线上阅读行业为目标进行了艰辛的探索。

起点国际上线之后重点是内容的输出，即把优质网文翻译成英文以及其他语言，供海外读者阅读。在这期间，《圣墟》《全职高手》《天道图书馆》《放开那个女巫》《修真四万年》《美食供应商》等多部作品成功“圈粉”海外读者。在起点国际发展的初始阶段，“译制优质作品”模式发挥了重要作用，但由于文化差异，一部分优质网文未能得到海外用户的接受和认可，国内的爆款在海外时有遇冷。此外，巨大的作品体量与严重不足的译者使得网文翻译这一环节成为起点国际发展的“痛点”。起点国际 2017 年起推行了“翻译孵化计划”，显著提升了译者的数量和质量。此外，它还建立了严格规范的内容翻译制度，最快日更速度可达 3—10 更，远超其他所有站点的翻译速度。尽管如此，起点国际译作的规模仍无法与本土创作同日而语，在这个背景下，管理层将发展的重点转移到了商业模式的输出。

起点国际试图建立以起点中文网为样本的商业模式，力图吸引海外华人或本土作者在起点国际平台上进行创作，形成与国内一样的内容生产模式。基于以上原因，起点国际于 2018 年 4 月上线了海外原创功能，大量海外作者积极参与创作，西方奇幻、东方幻想以及都市感情等成为热门创作品类，其中的人气作品《Reborn：Evolving From Nothing》（《虚无进化》）便是一部由美国在校大学生创作的英文网文作品，该书上线后迅速攀升至起点国际原创推荐票榜首位，并长期居于榜单前列，累计点击量已超 1500 万。除了鼓励海外作者的创作热情外，起点国际还将目光放在了实体图书出版、IP 多元经营等发展路径之上，加快了网络文学在海外发展的速度。从 2018 年起，起点国际开始陆续向日本、韩国、泰国、越南等亚洲多国，以及美国、英国、法国、土耳其等欧美多地授权数字出版和实体图书出版，涉及多个语种、出版方与授权作品。除此之外，起点国际还向中国图书进出口（集团）总公司授权 120 部版权作品，通过中图易阅通数字平台、海外渠道进行海外市场运营。并且，中图公司还支持起点的内容在 Amazon Kindle、Apple ibooks、Google 书城等渠道，并结合以上平台的推荐资源，在海外地区实现更大限度的分销。

从 2019 年开始，起点国际从先前以内容输出与出版授权为主的模式，进入以线上互动阅读为核心，集合版权授权、开放平台等功能的网文出海 3.0 时代，起点国际的影响力与日俱增。譬如，知名 IP 改编电视剧《择天记》入选"一带一路"蒙俄展映推荐片剧目；《扶摇皇后》改编电视剧《扶摇》登上欧美主流视频网站及多国电视台，引全球观影热潮；《凰权》改编电视剧《天盛长歌》成为 Netflix 以"Netflix Original Series（Netflix 原创剧集）"最高级别预购的第一部中国古装大剧，走向世界。此外，以大神囧囧有妖作品《许你万丈光芒好》向越南授权影视改编为代表，起点国际还通过网络文学 IP 改编授权，推动中国故事在全球文化背景下的演绎，进一步放大中国 IP 的世界影响力。可以期待，未来起点国际的 IP 运营将有着更加多样的落地形式。

二　起点国际的主要职能

1. 海外读者在线阅读

在线阅读是起点国际的基础性职能，在深耕国内市场近 20 年后，阅文在 2017 年扬帆出海，为海外读者提供了高质量的在线阅读服务。起点国际现已覆盖各个终端，全球用户可通过网页、iOS 以及 Android 等端口登录起点国际，根据自己的喜好阅读站内网络小说，获取沉浸式的阅读体验。以起点国际网页端为例，读者登录之后会在首页看到浏览（Browse）、排行榜（Rankings）、创作区（Create）三个选项，浏览一栏作为最重要的导流工具，分为小说（Novels）、动漫（Comics）与粉丝小说（Fan-fic）三个部分。小说分为男频（Male-lead）与女频（Female-lead）两大板块，男频板块包括都市类（Urban）、东方类（Eastern）、游戏类（Games）等 12 个主题，女频板块包括都市类（Urban）、玄幻类（Fantasy）、历史类（History）等 7 个主题。动漫分为爱情（Romance）、魔术（Magic）、武侠（Wuxia）等 23 个主题。同人小说共有动漫（Anime & Comics）、电子游戏（Video games）、名人

（Celebrities）等9个主题。排行榜下分月票榜、畅销榜、推荐榜、阅读指数榜、收藏榜、更新榜、粉丝榜7个子榜单，在此基础上，读者还可根据作品时间长短、原创类与翻译类以及女频男频分类对小说进行精细筛选。浏览与排行榜等自主搜索功能能够有效激发读者的阅读兴趣，丰富多元的内容则是留住读者、增加阅读频率的“干货”。起点国际依托阅文集团海量的作品存储，从中挑选优质内容为海外读者提供了高质量的在线阅读体验。网络小说中的宏大世界、奇幻想象、直白语言与共通情感深深吸引了海外读者。在《天道图书馆》的评论区，网友“Hevveh”留言称，这是“他看过的最好故事，书中包含许多独特有趣的情节，很容易让人产生代入感。主人公的人格魅力，体现了中国传统文化，令人神往。”此外，起点国际简洁美观的页面设计、精细的小说主题分类、“有爱”的留言评论功能以及“五脏俱全”的板块分区使得起点国际在英文网络小说在线阅读市场占据了竞争性优势。

2. 海外用户孵化创作

除了线上阅读功能，起点国际从品牌建设角度出发，鼓励海外用户进行网文创作，致力于打造开放的UGC创作平台。起点国际孵化创作的举措主要有三：降低创作门槛，设置创作专区，举行征文比赛，使网文创作呈常态化趋势；打造专业编辑团队，运营写—发—读—改终端，精准高效孵化创作，实现多向转化；优化作者薪酬与福利制度，提升作者创作成就感与幸福度。

起点国际在首页设置了创作专区Inkstone，用户注册后即可上传创作内容，并且首页通常会有鼓励创作的广告标语，这些动作降低了创作门槛，扩大了作者群体范围。起点国际还打造了征文品牌WPC（Writing Prompts Contest），WPC不定时举行，男频女频板块分开角逐。起点国际每期会根据市场需求指定写作元素，根据元素写作的作者有更大机率赢得比赛。以现在正在进行的WPC第205期女频征文比赛为例，起点国际的指定写作元素是“强力女主”，并且由该元素引申出穿越到现代的女王、穿越到奇幻世界的顶级女厨、助力狼人丈夫复仇的女巫以及遭受背叛的普通女孩四个场景，作者可从其中选择任一背景进行创作。在这期征文中，起点国际还为创作者提供了部分小说以供参考。此外，征文活动还明确了写作要求、奖项设置、风险规避、参与方式等要素。

除了创作专区与征文比赛，起点国际秉持“人人写作”的理念，鼓励不同职业、不同背景的用户进行创作，其具体的举措有：第一，打造专业编辑团队为作者提供写作与运营建议；第二，增加创作者在网站、App 等渠道的曝光量，同时，在亚马逊和其他在线平台推介优秀作品；第三，通过改编授权等形式最大程度提高作品商业价值。在起点国际进行的网文创作突破了传统小说的创作模式，网文创作变得更加便利也更具互动性，大量的读者留言更是成为作者们每天更新的最大动力。

同时，为了使作者能够安心创作，起点国际不断优化创作者的合同模式与福利待遇，其中包括与作者签订的版税合同、固定收益合同以及最低收入保障制度。如果作者与起点国际签订了版税合同，其能够与平台共同享有作品获得的订阅收入、其他平台的直接销售收入以及版权兑现的其他收入。这将是保证作者长期稳定收入的最佳选择。此外，还有一类固定收益合同，这类合同适用于寻求稳定的创作环境的作者。作者会将版权以双方商定的价格转让给起点国际。针对网络小说创作周期长、创作挑战多的情况，起点国际于 2015 年推出了最低收入保障制度，作者若满足以下条件可享最低收入保障：第一，小说已签约且作者提交了“优质小说”的申请；第二，作者必须每天更新不少于 1500 字的优质内容；第三，作者在申请后的连续 30 天里不得断更。如果作者满足以上三个条件，起点国际将在作者提出申请后的四个月内每月发放 200 美金的收入保障。不断完善的合同模式与福利待遇使得作者群体有“口粮”、有尊严、有盼头，他们的创作热情被充分点燃，优质作品也如雨后春笋不断涌现。

3. 面向世界全版权运营

对网络小说进行全版权运营早已成为业界共识，它意味着版权经营不再集中于线上阅读与线下出版两个途径，而是以点带面辐射至影视、动漫、游戏、音乐等多个文产领域，因此，全版权运营也成为起点国际的主要职能。早在2004年，起点中文网就开始向海外出售网络小说的版权，而最负盛名的就是天下霸唱的《鬼吹灯》，它被翻译成英语、法语、越南语、韩语等多种语言在多个国家发售。除此之外，《全职高手》已在日本纸质出版；《斗破苍穹》等授权韩文版；《将夜》等授权泰文版；《盛世茶香》等授权越南文版；《斗罗大陆》等授权法文版；《盘龙》等授权土耳其文版。线上阅读与线下出版激发了海外市场的兴趣，为IP多维开发储备了市场空间与粉丝基础。《全职高手》《天盛长歌》《庆余年》等众多IP改编剧集体登陆海外视频网站及电视台，创下高收视率的同时也收获千万海外粉丝。以《全职高手》为例，小说英文版在起点国际多次登上畅销榜榜首，其动画版在YouTube上连载，字幕和画面内UI的本地化完成度很高，片头广告也联动同名手游，试图发挥IP的联动效应。《庆余年》在线上视频网站平台Viki播出后，成为同期播出的华语跟播剧第一名，用户评分高达平均9.7分。除了以影视化形式直接输出至海外，阅文还通过和海外公司建立合作关系，投资海外文创企业等方式，丰富了网文出海的形态。2018年，囧囧有妖的《许你万丈光芒好》已就改编版权和电子版权向越南进行授权，由越南河内白明股份公司负责改编剧的拍摄制作。同年10月，阅文投资了韩国网文企业Munpia，后者将成为起点国际进入韩国网文市场的重要通道。

《2020网络文学出海发展白皮书》显示，从网络文学出海模式来看，翻译出海占比72%，直接出海占比15.5%，改编出海占比5.6%，其他占比6.9%。因此，在线阅读模式仍然是海外读者接受网络文学的主要形式，IP改编出海的比例不到10%，这说明，从传统的读写输出到全版权运营，海外市场具有巨大的想象空间。但是，全版权运营并非一帆风顺毫无压力，文化差异是横亘在起点国际面前的第一大挑战。此外，起点国际还需积累与海外出版方、流媒体平台、游戏公司、唱片公司、实体制造商等各方的业务经验，在“产”“销”两端均衡发力，稳稳立足海外市场，进一步拓展版权经营范围，助力我国的文化传播。

三　起点国际的突出业绩

1. 专业深耕海外市场

起点国际成立之前，中国网络小说已在海外得到自发传播，彼时的“网文出海”主要是由资深粉丝主导，“民间”翻译组自发组织的行为。来自中国的网络小说吸引了越来越多的读者，越来越多的读者则吸引了越来越多的译者。越来越多的译者则带来更多的网文译作，因此，网文传播从2015年开始以点带面，涌现出Wuxiaworld、Gravity Tales翻译组、Volaretranslations翻译组等多个粉丝翻译网站。基于阅文在国内市场多年的经验以及阅文上市后面临的增长压力，2017年起，阅文启动国际化进程。经过预热页面、网页beta版本以及内测版的试验，起点国际以简洁雅致的页面设计、精美大气的作品封面、简洁流畅的检索及沉浸式的阅读体验俘获了大批海外用户，DAU快速增长，甚至有用户对内测邀请码“千金一求”。5月15日，起点国际正式上线，这对网文出海以及全球文创行业而言，都具有非凡的开创意义。在激烈的市场竞争中，起点国际手握充足“粮草”，拥有与其他对手厮杀的实力和底气。版权、人员及资金形成的“三叉戟”成为起点国际深耕海外的秘密武器。到目前为止，阅文拥有超过1390万部作品，如恒河沙数的作品数量以及规范的版权操作将有助于起点国际优中选优，将“对胃口”“合眼缘”的作品译介到海外。起点国际的运营团队具有十分开阔的视野，他们将注意力从网文编辑、分发转移到了培育本土作家与IP全链开发，着眼于生态构建和价值孵化。此外，母公司阅文的良好营收状况给了起点国际更多施展拳脚的空间。

2. 创新海外付费机制

起点国际出海前，国外粉丝翻译网站并没有成熟的付费机制。起点国际深知培养付费习惯是建立可循环商业模式的前提，因此，在海外网络小说的蓝海中，起点国际于 2018 年开始建立起海外付费机制，为海外读者量身打造了本土化付费阅读体系，建立起付费订阅、打赏、月票等机制。据吉云飞的研究，“付费机制的推行分三步走：第一步是上线‘video advertisement model’即视频广告模式，让读者必须看一段广告才能解锁新的章节，持续一段时间后使部分读者的心态发生变化，表示愿意接受花钱免广告；第二步是试运行付费机制，即‘premium program（VIP）’即 VIP 付费制度，这一机制在 2018 年 2 月 18 日开始试运行，此时读者可以自行选择看广告或者付费；第三步是在 2018 年 5 月 15 日即起点国际正式上线一周年时，取消了‘video advertisement model’，正式推出‘premium program（VIP）’，让读者只能按章付费。”事实上，虽然起点在国内已有丰富的付费运营经验，起点国际在海外推行付费机制之时还是遇到了不少挑战。2019 年初，起点国际推出高级会员制度，会员每月支付 24.99 美元即可畅享所有网络小说和动漫作品，同时也可免受广告的困扰。高级会员制度一经推出，立即在起点国际论坛上炸开了锅，网友纷纷表示，“付不起这么多钱”，“Netflix 比这都便宜”，有网友甚至愿意自己注册会员再将付费内容搬至“地下网站”造福其他网友。此时起点国际的付费模式，不管是按章付费还是包月模式，都有定价过高、过度溢价之嫌，这也是起点国际与海外市场不得不经历的“磨合期”。现在起点国际的付费模式已得到明显优化，以会员制度为例，会员支付 4.99 美元之后，会即时到账 250 个金币，金币可用来解锁付费内容。此外，会员每天登录网页或 App 也会有金币奖励，如果连续 31 天登录，金币数值可达 186 个。成为会员后，用户还可获得会员徽章与会员专属的个性空间。除了会员与金币功能之外，起点国际还设计了一个完整的付费体系用以培养用户的阅读习惯，提升用户的使用黏性。其中值得注意的有解锁卡（Fast Pass），能量值（Power Stone 与 Energy Stone），积分（Points）和金票（Golden Ticket）。解锁卡（Fast Pass）可用于解锁某部作品的某个章节，用户可通过完成相应章节阅读、前往商店兑换、邀请好友注册及参与网站活动获得。能量值（Power Stone 与 Energy Stone）两者均与用户等级挂钩，每天凌晨 0 点直接送达用户账户。前者可用来支持用户喜爱的作者，后者则可用来增加作者曝光量。读者可通过阅读行为积累积分（Points），而相应数量的积分可兑换用户商店相应的服务与商品。金票（Golden Ticket）是付费用户的专属权利，可用于支持自己喜爱的作品。作品收到的金票越多，其得到的曝光概率就越大。可以看到，针对海外读者的付费习惯与文化心理，起点国际有的放矢地设计了一整套付费体系，这套体系激活了海外网文的市场活力，建立了切实可行的商业模式，这相当于为起点国际挖凿了坚固的“护城河”，使其能够在激烈的市场竞争中占有一席之地。

3. 孵化海外原创小说

起点国际的第三大突出业绩是对英文原创小说的成功孵化。在起点国际成立初期，管理层一直投入资金扶持翻译，但体大量多的网文原作与“勉强果腹”的译作形成了鲜明对比，此时网文市场的需求远远大于供给。基于这个原因，再加上起点团队构建行业生态的愿景，2018 年起点国际上线海外原创功能，大量外国作家拥入网站，海外原创网文作品源源不断地出现。《2020 网络文学出海发展白皮书》显示，起点国际海外原创作者已超过 10 万人，创作的网络文学作品超过 16 万部。就原创作者而论，东南亚、北美地区占比最大，共计超六成。海外作者大多由网文粉丝转化而来，他们从阅读网文到创作网文，将中国网文的元素与自己的语言体系相结合，生产出了本地读者喜爱的本土化作品。英国网文作者 JKSManga 2020 年在起点国际上发表了网文处女作“My Vampire System”。作为中国网文的“死忠粉”，JKSManga 完成了从读者到作者的转变。另外，市场的热烈反响与编辑团队的高效引导使他越写越有动力，越写越上瘾。“My Vampire System”

现已累计更新1110章，阅读量超过4140万次，在起点国际原创小说排行榜上排名首位，是海外原创小说的典型代表。

为持续孵化原创小说，起点国际还配备了专业的英文编辑团队，从原创作品中挖掘有潜力的作品，和作者进行签约合作。签约作者可以按意愿选择收益模式，包括长线共享创作红利的收益分成，或是稳定的版权买断形式。同时，起点国际更将为海外创作者提供丰富的成长资源，包括一系列创作支持，如邀请业内著名的编辑和优秀作者进行交流，公开分享阅文经典的网文创作指南，助力海外作家快速成长。此外，为激发不同国家和地区用户的创作需求，起点国际还设置了更有激励性的创作奖金体系，为作者提供安心创作的保障。因此，起点国际“有爱+有钱”的经营模式使原创小说如雨后春笋不断涌现，海外市场也因原创小说的孵化能够自发壮大，具有很强的生命力。

4. 网络文学运营模式输出

2018年4月，起点国际尝试对海外用户开放创作功能，并随之进行产业化运营，标志着中国网文出海步入3.0时代，即从单纯作品传播走向更深层次的模式输出，把在世界上独一无二的网络文学创作、传播、线上经营和IP内容跨界分发模式，整体性输出到网文落地的所在国家和地区，不仅让中国网络文学的国际传播实现“落地生根”，还将其提升至“授人以渔”的新阶段。输出的中国网文模式主要有：

一是输出原创模式。起点国际开放创作功能伊始，即吸引来自全球的数万名创作者进入平台使用自己的母语创作，推动网文原创功能风生水起。为支持海外作者原创，起点国际分别启动了针对韩国和东南亚地区原创作家的培育和扶持计划——“星创计划”和“群星计划”等，旨在帮助全球有创作意愿的网文作者在Webnovel上写作。据2019年财报数据，起点国际开放平台有海外用户原创作品88000部，与上年同比增长576.9%；2020年该站点中的原创作品数量相较于

2019 年增长了 127%[①]。“目前起点国际吸引了海外约 11 万名创作者，审核上线原创作品超 20 万部，近 100 部作品点击量超 1000 万。”[②] 除大型网文企业设立海外原创平台外，还有如 Dreame、HiRead 等中国创业型公司也选择中国网文的海外经营，Dreame 现已在海外积累起 3000 多名原创作者，上线小说逾 3 万部。

二是输出与原创模式相配套的付费阅读机制，即把起点中文网 2003 年创立的 VIP 付费阅读规则用于海外网站的线上经营，以起点国际为代表，为海外读者量身打造落地国本土化付费阅读体系，循序渐进地建立起付费订阅、打赏、月票等线上消费机制。起点国际还根据小说的质量、速度和热度，与译者协商确定翻译小说的定价，截至 2018 年底，该平台已有超过 40 部需要付费的 VIP 小说，较低者每章需 4 块“Spirit Stone”（灵石，起点国际的虚拟币），约 0. 08 美元/章；较高者每章需 15 块“Spirit Stone”，约 0. 30 美元/章；一章需要 10 块“Spirit Stone”的小说占比最高，约 0. 20 美元/章的费用大概是国内价格的十倍。[③]

三是输出翻译模式。基于海外环境和国内环境差异，仿照国内的职业作家体系，设置翻译孵化计划和翻译质量控制系统，建立起一套职业译者的管理模式，对翻译者进行培训考核，扶植他们成长，以加速扩大翻译者的规模和水平。中国网络文学模式根植于网络性和粉丝经济的生产机制，它的成功国际化，不但使中国网络文学的世界影响力大为提升，更为世界各国网络文学之成为一种文创产业形态提供了可资借鉴的中国方案。

---

① 朱柏安：《中国网络文学海外传播的问题与路径探寻——以起点国际网文出海为例》，硕士学位论文，中南大学，2021 年。

② 高凯：《2020 中国网络文学蓝皮书》发布：中国向海外输出网文作品逾万部，中国新闻网，2021 年 5 月 26 日，网络链接：https：//baijiahao. baidu. com/s? id = 1700817833984377486&wfr = spider&for = pc。

③ 参见吉云飞《“起点国际”模式与“Wuxiaworld”模式——中国网络文学海外传播的两条道路》，《中国文学批评》2019 年第 2 期。

四　起点进击的节点性事件

本章将按时间顺序梳理起点国际的主要举措与重要事件，希望通过整理相关信息近距离观察起点国际的发展脉络与发展思路。

2017 年 5 月，起点国际正式上线，同时支持 PC 端、Android 和 iOS 三种版本，支持 Facebook、Twitter 和 Google 账户的注册登录。网站涵盖玄幻、仙侠、科幻、惊悚、游戏等多类作品，现已成为海外内容最多、注册用户最多的网文平台。

2017 年 6 月，阅文集团白金作家风凌天下新作——《我是至尊》全球同步首发，除了在阅文集团旗下起点中文网外，海外粉丝也能在起点国际上首次实现零时差阅读，同步畅享《我是至尊》英文版。

2017 年 8 月，起点国际正式宣布与北美知名中国网文英文翻译网站 Gravity Tales（引力小说）达成合作，协力推动中国网文海外传播迈向正版化、精品化。

2017 年 9 月，中国网络文学国际传播全球研讨会——泰国专场在曼谷召开。此次研讨会以“泰国网络文学传播与市场合作”为主题，促进了网络文学与中华文化在泰国的传播。

2018 年 1 月，起点国际开始全面推行付费模式。

2018 年 4 月，阅文集团作为中国唯一的网文平台参展商亮相 2018 伦敦书展。书展现场，阅文集团展示了众多海外出版成果：其授权由美国企鹅兰登书屋出版发行的《鬼吹灯》英文版第一部“The City of Sand”等引发观展热潮。

2018 年 4 月，起点国际原创功能上线。

2018 年 10 月，阅文投资海外原创网络文学韩国原创网络文学平台 Munpia，携手发布“星创计划”，在联合培养作家、打造优质原创文学作品方面发力。

2019 年 6 月，阅文与手机厂商传音控股达成战略合作，共同开发非洲在线阅读市场，向用户提供近三万部英文作品。6 月，阅文与新加坡电信集团建立战略合作关系，将在内容开发、授权、分发、营销推广和数字支付等方面进行合作。

2019 年 12 月，起点国际推出 30 部 AI 翻译的网文作品，这是由阅文与彩云科技共同开发的 AI 翻译模型完成的。该平台新推出的“用户修订翻译”功能也同步上线，新功能令用户在阅读过程中能够对 AI 翻译进行即时编辑修正，修订信息还能够使翻译模型的效果得到不断优化。

2020 年 6 月，Gravity Tales 关停，正式并入起点国际。

2020 年 9 月，起点国际入选中国网络文学排行榜（2019 年度）海外传播排行榜“最佳海外推广”项目，也是这次评选中唯一入选的平台。

2020 年 10 月，《诡秘之主》泰文版在曼谷国际书展首发，受到热捧。泰文版《诡秘之主》由泰国著名的 SMM PLUS 出版发行。

2020 年 11 月，2020 首届上海国际网络文学周在上海启动，会上发布的《2020 网络文学出海发展白皮书》以起点国际为研究样本，首次披露中国网络文学海外市场分析及用户画像。

2021 年 1 月，起点国际首次面向国内创作者发起“出海征文”，征文活动以中文为创作语言，参与征文的作品将在国内平台首发，随后会选择优质作品翻译后输出到海外，实现国内外平台双站上线。

五　起点国际的贡献与未来走向

在短短四年里，凭借敏锐的市场判断与大刀阔斧的改革创新精神，起点国际在国际文化市场上从无到有，从有到强，成为具有竞争性优势的综合性文化平台。起点国际的突出贡献在于：

第一，为海外读者提供了稳定的在线阅读平台；

第二，激励海外原创深度扎根国际市场；

第三，推行收费行为形成行业发展自循环；

第四，精心设计薪酬制度打造有梯度的作者体系；

第五，重视翻译团队的队伍建设与薪资分配。

展望未来，起点国际将以打造生态系统为目标，以“系统思维”替代“单线思维”，以网文串联起文化产业的各个链条。

首先，起点国际发展的第一个关键词是优质作品。优质作品永远是起点国际的核心竞争力，也是网络文学行业与其他行业的比较优势。优质作品的产生在于网文人才的不断涌现，在于持续吸引人才并留住人才。从宏观层面看，网文市场的发展壮大必然能够吸引越来越多的参与者入局。从微观层面看，起点国际孵化作者与作品的相关机制也将在市场竞争中逐步完善。其中，优质作品的产生离不开完善的薪酬福利体系与作者培养体系，而起点国际也将在现有的基础上继续优化最低工资保障制度、版权合作体系、编辑经理人制度等与作者息息相关的“兜底”服务。尽管起点国际的作者国别有异、背景悬殊，但他们对宽松的创作环境、稳定的收入来源、完善的作者成长体系具有同样的渴望。因此，如何扩大网文作者的基本面，孵化优质原创作品，如何实现作者、作品、读者与平台的多赢，是起点国际未来发展的思考重点。

其次，起点国际未来发展的第二个关键词是 IP 海外运营。阅文在国内 IP 市场已经积累了大量经验，有效激活了网文与影视、游戏等周边行业的联动潜力。起点国际现阶段的 IP 运营大多集中于实体出版与影视输出，其中实体出版反响最大，影视输出激起的“浪花”不大，我们或许可以称之为 IP 海外运营的“1.0”阶段。IP 海外运营虽尚属初始阶段，却也不可唐突冒进，各国各市场均有其特点。面对复杂多变的国际“海域”，起点国际需要在知己知彼的基础上，对目标市场进行充分研究，找准目标受众的“痛点”，通过战略投资、业务合作等方式整合资源，为 IP 运营提供便利条件。举例来说，东南亚国家与中国文化背景相似，并且有着数年的网文接受历史，因此不时有爆款作品“出圈”，成功“俘获”当地读者。起点国际在欧美国家稳扎稳打，从在线阅读出发，用作品获取读者，并通过作品的相关开发如音频、视频、动漫等打入欧美影视产业与游戏产业。然而，欧美国家相关产业已然高度发达，如何从 Netflix、HBO、Hulu、DisneyPlus、Amazon 等流媒体分一杯羹成为起点国际 IP 海外运营“2.0”阶段的重要议题。

最后，起点国际未来发展的第三个关键词是翻译服务的优化升级。运营海外业务的关键在于跨越文化差异，而跨越文化差异的关键在于提供信达雅的翻译服务。起点国际如今面对的局面是作品多而译者少，尤其是优秀译者数量远远不足。另一方面，网络小说大多体量巨大，几百万字甚至上千万字的翻译量超出了一般作品的范围，这无疑给网文翻译提出了一大挑战。幸运的是，人工智能的兴起给了网文翻译广阔的想象空间，机器—人工协同翻译模式已经开始在网文翻译中灵活应用，这种模式极大地提升了翻译速度，打开了网文“无时差旅行”的可能性。值得注意的是，优质的翻译影响十分深远，它不仅能够激发读者对文字的兴趣，还能够引导读者由表及里，产生对中国文化历史的深厚兴趣，从而更好地接受中国故事与中国文化。例如，《庆余年》在海外的热播，使海外观众开始讨论中国古代的枕头到底是用什么材质制成。随着起点国际及其他网文平台影响力的日益扩大，这样的例子将会越来越多，中国故事与中国文化也能成为国际文化市场流行元素的一部分。

起点国际的迅速发展得益于网络文学的发达与文化产业的兴起，而网络文学的海外传播也为中国故事寻求到了更接地气的讲述方式。放眼未来，起点国际一方面要迎接国内网文企业陆续出海的挑战，另一方面也须面对 Tapas、Radish、Tales、Wuxiaworld 等相关外文在线阅读平台发起的进攻。在波涛汹涌的海域中，善谋而有勇者方能胜出。

（罗亦陶　执笔）

后　记

中国网络文学保持“马鞍形”上扬态势十多年后，现在正步入品质写作、价值赋能的升级调适期。尽管这一文学现在呈百万（年生产签约作品超200万）、千万（各大网站储藏原创小说超2900万）、亿级（2021年网文读者4.61亿）规模，但评价却依然众口不一，一个重要原因是“品质焦虑”所致。如何让生机勃勃的网络文学以“文学”的力量而不是以“网络”的标签走进人文审美的世界，真正成为人类文学史标识的重要节点，有待于行业内外的共同努力，这期间，榜单评选、推优立标是一个有效举措。从2015年开始，中国作协每年都举办中国网络小说排行榜评选，国家新闻出版广电总局也举行优秀网络文学原创作品推介，目的是通过遴选名篇、推介精品，为网文创作设立标杆，促进网络文学从求“量”到求“质”的转变，助力这一文学的高质量发展。

这本“精读”遴选的均为入选中国作协“2019年度中国网络文学排行榜”的上榜作品，其中既有网络小说入围作品、网络文学IP影响力入围作品，也有中国网络文学海外传播排行榜的上榜项目，目的在于通过对推优作品的推介取“一箭双雕”之效：既推介优秀网络文学作品，也是对排行榜评选活动本身影响力的一种放大。

多年致力于网络文学理论评论，对这一文学中名篇佳作和重要现象时为关注，特别是主持网络文学评价体系和批评标准的国家社科基金重大课题后，阅读和评价网文作品成了做研究的入门之功，“从上网开始，从阅读出发”也一直是我们网络文学研究团队长期秉持的做法，无论课程讨论还是指导论文，都要求跟自己学生一起细读和精读作品。参与本书撰写的作者均为刻苦求学的博士生和硕士生，所选篇目即为他们网络文学课程学习或科研工作中的研读对象。参与撰写的博士生有：江秀廷、谢日安、罗亦陶、赵明，硕士生有：汪晶晶、潘亚婷、杨春燕、王菡洁、赵艳、关欣、丁昊、许青青、曾歌、单志仟等，每篇评析文章后均留有这些执笔作者的署名。

小书脱稿，要感谢这些青年才俊的携手合作与辛苦付出，还要感谢中南大学文学与新闻传播学院为此提供的经费资助。中国社会科学出版社郭晓鸿女士为本书编辑出版付出了很多辛劳，在此一并深致谢忱！

谨此为记。

欧阳友权

2022 年春节于三亚海滨